出土文獻譯注研析叢刊

# 文字學概要

裘錫圭 著　許錟輝 校訂

# 目次

# 臺灣版出版序言

　　北京大學中文系裘錫圭教授在文字學上的成就，是文字學界所共知的。他的大作《文字學概要》，在北京商務印書館出版以來，更是膾炙人口，洛陽紙貴。這本書在臺灣本地雖然也能看得到，可是一來數量不多，不易買到；二來以簡體字印行，閱讀起來不很方便，臺灣讀者一直引為憾事。

　　三年前，臺南師院汪中文教授向我建議，由國文天地關係企業、萬卷樓圖書公司出版臺灣繁體字版，我當時立刻答應。經與作者裘先生聯繫，他希望將原稿修訂後，再在臺灣出版。我不僅同意，而且向裘先生建議，第一、二章，有些地方內容太長，可以再分數節，以便讀者容易掌握內容要點，裘先生也同意了。前年十二月，裘先生應邀來臺參加魯實先先生學術討論會，就趁便與裘先生商議確定書中分節及加小標題等事。如第一章、文字形成的過程，下分：文字的定義、文字形成過程的推測、文字體系的前後形成等三小節；第二章、漢字的性質，下分：兩個層次的符號、從字符的表意表音作用看漢字體系的性質、從字符表示的語言結構的層次看漢字體系的性質、漢字在形式上的特點等四小節，都是在那時和裘先生一起商量增訂的。

　　書中有許多甲文、金文、篆文，在目前印刷技術尚無法克服，必須用針筆描繪，這部分工作特請國立臺灣師大國文系教授季旭昇先生幫忙完成的。

　　為了使本書的錯誤減少到最小的程度，特請國立臺灣師大國文系

畢業的陳美蘭同學負責初校，而由臺南師院汪中文教授負責二校，本人負責三校，並請裘先生作最後一校。

　　以上繁瑣的敘述本書臺灣版出版的經過，主要是向讀者表明本公司對本書臺灣版出版的重視，並藉此向上述幾位對本書出版而費心盡力的先生們表示由衷的謝意。如果本書的出版，對臺灣文字學的教學和研究有所貢獻，則是本公司最大的願望。

許　鋃　輝

謹序於萬卷樓圖書公司

1994.01.10

# 前言

　　1963年以來，作者在北京大學中文系講過好幾次漢字課，本書是在這幾次課的講稿的基礎上寫成的。

　　在本書寫作過程中，朱德熙先生給了作者很多幫助。在遇到難以處理的問題的時候，作者總是找朱先生請教，花了他很多時間。有些問題較多的章節，朱先生曾不嫌麻煩多次指導作者加以改寫。在修改第五章的時候，曾向啓功先生請教，字音方面的一些問題，曾向王福堂先生請教，都深受教益。作者十分感謝他們。

　　胡平生先生協助準備本書圖版，李家浩先生代爲摹寫銅器銘文，商務印書館的郭良夫、趙克勤、郭慶山、劉玲等先生，爲了本書的出版費了不少精力，尤其是郭慶山、劉玲兩位先生先後擔任本書的責任編輯，給予的幫助尤其多，作者也十分感謝他們。

作　　者

1984年 6 月29日

　　本書出版後，雲南社會科學院東巴文化研究室李靜生先生、南京大學中文系萬業馨先生等友人指出了書中的一些錯誤，現已據改，謹致謝忱。

1989年 8 月修訂時補識

　　蒙友人汪中文先生熱心推薦，萬卷樓圖書有限公司許錟輝先生慨允出版，本書繁體字修訂版得以提供給臺灣讀者，作者對二位先生十分感謝。

1992年 2 月又識

# 凡例

一、本書行文，「之前」、「之後」的用法跟「以前」、「以後」不同。說某一時期之前，不把這一時期包括在內；說某一時期以前，則把這一時期包括在內。「之後」、「以後」依此類推。「以上」、「以下」的用法跟「以前」、「以後」相類，例如「兩個以上」是把兩個也包括在內的。

二、為了行文的方便，同時也是由於詞跟不能獨立活動的語素的界線不容易劃分，除了某些必須提到語素的地方之外，一般不用語素這個術語。所以本書所說的詞，實際上往往是把不能獨立活動的語素包括在內的。

三、為了行文的方便，並為了明確字跟詞的區別，有時用花括號來標明文章裏提到的詞或語素。例如「古漢字以『□』、『○』表示｛方｝、｛圓｝」這一句的意思，就是古漢字以「□」、「○」來表示「方」、「圓」這兩個詞。

四、注字音一般用注音符號及漢語拼音方案，用國際音標時外加方括號。

五、下列各書徵引次數較多，一般用簡稱：

| 原　名 | 簡稱 |
|---|---|
| 許　慎《說文解字》 | 《說文》 |
| 段玉裁《說文解字注》 | 《段注》 |
| 朱駿聲《說文通訓定聲》 | 《定聲》 |

六、稱引本書章節時，一般只舉出章節序數，外加方括號。例如「〔一二㈡2A〕」指第十二章第二節第二小節裏的A小節。

七、圖版匯印於書末，書中稱引時在圖版號前加「圖」字。

# 1 文字形成的過程

## (一)文字的定義

　　討論文字的形成，需要先給文字下個定義。在文字定義問題上，語言文字學者分狹義和廣義兩派。狹義派認為文字是記錄語言的符號。廣義派大致認為，人們用來傳遞信息的、表示一定意義的圖畫和符號，都可以稱為文字。我們覺得這種分歧只是使用術語的不同，很難說這裏面有什麼絕對的是非。我們是狹義派，因為在傳統的漢語文獻裏，歷來是用「文字」這個詞稱呼記錄語言的符號的，採取狹義派的立場，講起話來比較方便。

　　在漢語裏，「文字」一語可以用來指一個個的字，也可以用來指記錄某種語言的文字符號的整個體系。在有必要的時候，我們把後者稱為文字體系。

　　事物都有一個發展過程，文字也不例外。以別的語言的文字為依傍，有時能為一種語言很快地制定出一套完整的文字來。但是對完全或基本上獨立創造的文字來說，從第一批文字的出現到能夠完整地記錄語言的文字體系的最後形成，總是需要經歷一段很長的時間的。我們把還不能完整地記錄語言的文字稱為原始文字。

# (二)文字形成過程之推測

在文字產生之前，人們早已在用實物、圖畫或符號記事表意了，而且所用的各種方法跟古漢字這類早期文字的造字原則有很多共通之處。所以從技術上看，文字產生的條件出現得相當早。可是文字產生的社會條件卻出現得比較晚。在社會生產和社會關係發展到使人們感到必須用記錄語言的辦法來記事和傳遞信息之前，文字是不會產生的。而這種形勢通常要到階級社會形成前夕甚至階級社會形成之後才會出現。在原始社會裏，一個名「鹿」的氏族完全有可能以鹿的圖形來代表自己。這並不等於記錄「鹿」這個詞的文字已經產生。只有用符號（包括圖形）記錄成句語言中的詞的認真嘗試，才是文字形成過程開始的真正標誌。

當一個社會發展到需要記錄語言的時候，如果有關條件都已具備，文字就會出現。前面已經講過，獨立創造的文字體系的形成需要一個很長的過程。目前我們還不可能精確地描繪這個過程。因為大家比較熟悉的幾種獨立形成的古老文字，如古埃及的聖書字、古代兩河流域的楔形文字和我們的漢字，都缺乏能夠充分說明它們的形成過程的資料。但是根據關於這些文字的已有的知識，並參考某些時代較晚的原始文字的情況，還是有可能為文字形成的過程勾畫出一個粗線條的輪廓來的。在原始文字方面，我們準備引用我國雲南納西族使用過的一種文字，即所謂「納西圖畫文字」（以下簡稱納西文）的資料。①

## Ｉ　表意字

按照一般的想法，最先造出來的字應該是最典型的象形字，如像人形的「人」字、像鹿形的「鹿」字等。因為這一類字顯然最容易造。但是實際情況恐怕並不是這樣的。跟這類字相比，圖畫的表意能力不見得有多大遜色。唐蘭先生在《中國文字學》裏曾經引原始岩窟藝術裏人射鹿的圖畫，跟古漢字裏的「人射鹿」三個字對比：（見上圖）

誰都能夠看出來，如果僅僅為了表示人射鹿這一類意思，並沒有必要撇開圖畫去另造文字。從後面要談到的納西文的情況來看，在原始文字階段，文字和圖畫大概是長期混在一起使用的。對人、鹿等物和射這類具體動作的象形符號來說，文字和圖畫的界線是不明確的。

人們最先需要為它們配備正式的文字的詞，其意義大概都是難於用一般的象形方法表示的，如數詞、虛詞、表示事物屬性的詞，以及其它一些表示抽象意義的詞。此外，有些具體事物也很難用簡單的圖畫表示出來。例如各種外形相近的鳥、獸、蟲、魚、草、木等，各有不同的名稱，但是要用簡單的圖畫把它們的細微差別表現出來，往往是不可能的。這些事物的名稱在語言裏經常出現，也不能沒有文字來記錄它們。

在原始文字產生之前，人們已經在用抽象的幾何圖形和象徵等比較曲折的手法表意了。這些方法可以用來為一部分上面提到的那些詞造字。有些詞的意義可以用抽象的圖形表示。例如為較小的數目造字的時候，可以繼承原始社會階段劃道道或點點子的表數辦法，古漢字的「 一 」、「 二 」、「 三 」、「 亖 」(四)就是例子。又如古漢字以「□」、「○」表示{方}、{圓}，② 聖書字以「 Ｘ 」表示{劃分}等等。③ 還有一些詞可以用象徵等手法表示。例如古漢字用成年男子的圖形 大 表示{大}，因為成年人比孩子「大」（也有人認為「大」字以張開兩臂的人形表示「大」的意思，這也是一種曲折的表意方法 ）。聖書字用王笏的圖形 ? 表示{統治}，因為王笏是統治權的象徵。用這些方法造出來的字，雖然外形往往仍然像圖畫，本質上卻跟圖畫截然有別。例如用「 鹿 」表示{大鹿}，跟畫一頭很大的鹿來表示這個意思，是根本不同的兩種表意方法。不知道 大 代表{大}，就無法理解「 鹿 」說的是什麼。如果把它們當圖畫看待，只能理解為一個人跟一頭鹿在一起。人、鹿這一類具體事物的象形符號，大概是在「 三 」、「大」等類跟圖畫有明確界線的文字開始產生之後，才在它們的影響之下逐漸跟圖畫區分開來，成為真正的文字符號的。④ 附帶說一下，原始社會的記數符號，儘管外形可能跟後來的數字相同，性質卻是不一樣的。原始社會記數時，同樣是四道線或四個點，可能在某一場合代表四天時間，在另一場合代表四個人，在其他一些場合還可以代表四個別的什麼東西。所以這種記數

符號還不是語言裏的數詞的符號，還不是文字。

凡是字形本身跟所代表的詞的意義有聯繫，跟詞的語音沒有聯繫的字，包括前面講過的「鹿」、「射」、「三」、「大」各類字，我們都稱為表意字。顯然，語言裏有很多詞是很難或完全不可能給它們造表意字的。上面指出過的那些難以用一般的象形方法表示其意義的詞，其中的大多數，即使採用象徵等比較曲折的表意手法，也仍然無法為它們造出合適的文字來。

## 2　記號字

在原始文字產生之前，人們還曾使用過跟所表示的對象沒有內在聯繫的硬性規定的符號，把這種符號用作所有權的標記，或是用來表示數量或其他意義。例如：雲南紅河哈尼族過去使用的契約木刻，以•代表一元，｜代表十元，×代表五十元，✳代表百元。⑤代表一元的小點跟「一」、「二」、「三」、「三」(四)所用的線條一樣，可以看作抽象的象形符號。代表十元、五十元、百元的符號，至少是後兩個符號，就是上面所說的那種硬性規定的符號。這種符號很難命名，我們姑且借用一個現成的詞——記號，作為它們的名稱。那些難以為它們造表意字的詞，是不是可以分別為它們規定某種記號作為文字呢？

在文字形成過程剛開始的時候，通常是會有少量流行的記號被吸收成為文字符號的。古漢字裏「×」(五)、「∧」(六)、「十」(七)、「八」(八)這幾個數字的前身，很可能就是原始社會階段用來記數的記號（參看〔三㈠〕）。但是要新造很多記號字卻是有困難的。記號字的字形跟它所代表的詞沒有內在聯繫，比較難認難記，不容易被人接受。事實上，無論哪一種獨立創造的文字體系，在形成過程中都極少造記號字。記號字的局限性比表意字還要大得多。

## 3　表音字

要克服表意字和記號字的局限性所造成的困難，只有一條出路：採用表音的方法。這就是借用某個字或者某種事物的圖形作為表音符

號（以下簡稱音符），來記錄跟這個字或這種事物的名稱同音或音近的詞。這樣，那些難以為它們造表意字的詞，就也可以用文字記錄下來了。這種記錄語言的方法，在我國傳統文字學上稱為假借。用這種方法去為詞配備的字，就是假借字。

由於傳統文字學的影響，不少人覺得假借的道理很深奧。這是一種錯覺。我國民間歇後語和謎語中所用的諧音原則，就是假借所依據的原則。例如「外甥打燈籠──照舊（舅）」這句歇後語，就是由於「舅」、「舊」同音而借「舅」為「舊」的。從民族學資料來看，有不少還沒有文字的民族，在利用實物表意的方法中也已經用上了諧音原則。例如：西非的約魯巴人曾經習慣於用海貝來傳遞信息。在他們的語言裏，當「六」講和當「被吸引」講的那兩個詞是同音的，當「八」講和當「同意」講的那兩個詞也是同音的。所以，如果一個年輕男子把串起來的六個貝送給一個姑娘，這就表示「我為你所吸引，我愛你」。姑娘的答覆可能是串起來的八個貝，這就是說：「同意，我跟你一樣想。」⑥我國雲南的景頗族過去通行「樹葉信」。他們把一些不同種類的樹葉和其他東西分別用來表示某種固定的意義。在景頗族載瓦支系用來談情說愛的樹葉信中，「蒲軟」樹葉所表示的意思是「我要到你們那裏去」，「豆門」樹葉所表示的音思是「你快打扮起來吧」。因為在他們的語言裏，當「到達」講的那個詞跟樹名「蒲軟」同音，當「打扮」講的那個詞跟樹名「豆門」同音。⑦看來，表音的方法早在文字出現之前就已經普遍為人們所熟悉了。

前面已經說過，最先需要為它們配備文字的那些詞，有很多是難以用表意的造字方法來對付的。人們無疑很快就會發現，可以用自己本來就熟悉的表音方法來解決面臨的問題。所以，跟圖畫有明確界線的表意字的開始出現和假借方法的開始應用這兩件事，在時間上不會相距多久，大體上應該是同時發生的。

在古漢字、聖書字、楔形文字等古老文字體系和一些原始文字裏，都有大量假借字，而且有不少極為常用的詞就是用假借字記錄的。例如：在古漢字裏，常用的語氣詞「其」是用音近詞「箕」的象形字「🙂」來記錄的。在聖書字裏，「大的」這個詞是用同音詞「燕子」的象形字來記錄的。在納西文裏，「有」這個詞是用音近詞「蕪菁」的象形字來記錄的。這種現象也說明假借字的歷史一定非常

悠久。在文字形成的過程中，表意的造字方法和假借方法應該是同時發展起來的，而不是像有些人想像的那樣，只是在表意字大量產生之後，假借方法才開始應用。

前面曾經指出，跟圖畫有明確界線的表意字的產生，有助於使那些本來跟圖畫分不出明確界線的象形符號，逐漸跟圖畫區分開來，成為真正的文字符號。假借方法也能起這樣的作用。那些性質還不明確的象形符號，如果經常跟假借字放在一起使用，或是被假借來記錄跟它們所像的事物的名稱同音或音近的詞，就會較快地成為真正的文字符號。前面曾經說過，「用符號記錄成句語言中的詞的認真嘗試」是文字形成過程開始的真正標誌。根據以上的討論，我們可以進一步說，跟圖畫有明確界線的表意字和假借字的出現，是文字形成過程正式開始的標誌。⑧

假借方法的適應性是很強的。對找不到合適的單個假借字的雙音節或多音節詞，可以假借兩個以上的字組合起來記錄它。例如：在納西文裏，對雙音節詞「化育」〔pɯ˧ pa˧〕，就是把「蒿」〔pɯ˧〕和「蛙」〔pa˧〕這兩個詞的象形字組合起來記錄它的。在聖書字和楔形文字裏，這種現象更為常見。

## 4 形聲字

假借方法的應用，大大提高了文字記錄語言的能力。但是假借字多起來以後，又出現了新的問題。被假借的字本身有自己所代表的詞，同時又被假借來記錄同音或音近的詞，而且假借它的詞可以有好幾個，因此閱讀文字的人往往難以斷定某一個字在某一具體場合究竟代表哪一個詞。

此外，早期表意字的原始性也給閱讀文字的人帶來了麻煩。在早期的文字裏，存在著表意的字形一形多用的現象。同一個字形可以用來代表兩個以上意義都跟這個字形有聯繫，但是彼此的語音並不相近的詞。例如：在納西文裏，像空氣流動的「≋」，既代表「風」這個詞，又代表「春季」這個詞（二詞完全不同音），因為春天常常颳風。在古漢字裏，像成年男子的「夫」最初既是「夫」字又是「大」字（「夫」的本義就是成年男子），像月亮的「月」最初既

是「月」字又是「夕」字。⑨ 在聖書字和楔形文字裏，這類例子也很常見。這種表意字的存在，當然也會影響文字表達語言的明確性。

為了克服假借所引起的字義混淆現象，人們把有些表意字或表意符號（以下簡稱意符）用作指示字義的符號，加注在假借字上。例如：在古漢字裏，｜翼｜的象形字「 ⺆ 」（像鳥或蟲的翼），在假借來表示當明天講的｜翌｜的時候，有時加注「日」字寫作「 ⺆日 」。在納西文裏，｜蕨菜｜的象形字「⼂」，在假借來表示同音詞｜小官｜的時候，往往加注端坐人形而寫作 ⽄ 。在聖書字裏，這類現象有相當複雜的例子。例如由三個符號組成的 ≋ 這個表音組，可以用來表示｜紙草｜、｜蠟｜、｜青年｜這三個詞的語音。為了加以區別，在用來表示｜紙草｜時就在後面加上表示植物的區別性意符 ⼱ ，表示｜蠟｜時就在後面加上表示顆粒體的區別性意符 ⼁ ，表示｜青年｜時就在後面加上表示人的區別性意符 ⼂ 。這種由表音的符號和指示字義的符號一起組成的字，在我國傳統文字學上稱為形聲字，表音部分稱為聲旁，表意部分稱為形旁。形旁在普通文字學上稱為定符或類符。

人們為了使文字跟所表示的詞的聯繫更為明確，一方面在一些假借字上加注定符，另一方面還在一些表意字上加注音符。例如：在古漢字裏，「鳳」字本作 ⽄ ，像鳳鳥形，後來加注音符「 丮 」（凡）而成為 ⽄ （「鳳」、「凡」古音相近。更後，鳳鳥形簡化為「鳥」旁，「凡」旁又移到上方，就成了「鳳」）。在納西文裏，｜山崖｜寫作 ⽄ 。納西語當「山崖」講和當「雞」講的那兩個詞同音，所以在山崖的象形符號上加畫一個雞頭作為音符。傳統文字學把在象形字上加注音符而成的字，看作象形字的一種特殊類型，即所謂「象形兼聲」。其實還不如把它們看作一種特殊的形聲字來得合理。

在表意字上加注音符，有時顯然是為了區別由於一形多用或其他原因而有兩種以上讀音的字形的不同用法。例如：在納西文裏，像太陽的 ⊕ ，讀〔bi˦〕時當「太陽」講，讀〔 ȵiȵ 〕時當「白天」講，讀〔so˦〕或〔so˅〕時當「早」講。如果是當「早」講，一般就加注｜山顛｜的表意字（字形表示山顛有樹被風吹折）而寫作 ⽄ ，因為當「山顛」講的那個詞也讀〔so˦〕。在聖書字裏，像耳朵的 ⼂ 既可以表示｜耳｜，也可以表示｜聽｜。表示｜聽｜的時候，後面要加注一

個表示這個詞的末一個輔音的符號。表示｜耳｜的時候，則往往在前面加上一組表示這個詞的全部輔音的符號（聖書字只表示輔音，不表示元音）。

在古漢字裏，為了區別一形多用的表意字形的不同用法，往往採用字形分化的辦法。例如：前面講過的「 大 」本來也可以寫作「 夫 」。這兩種字形都既可以用來表示｜大｜，也可以用來表示｜夫｜。後來專用前一形表示｜大｜，後一形表示｜夫｜，把它們分化成了兩個字。「 ﹚ 」和「 ﹚ 」本來也都是既可以用來表示｜月｜，也可以用來表示｜夕｜的。分化情況跟「大」和「夫」相似。不過，加注音符以區別不同用法的情況，大概也是存在的。古漢字裏有少數形聲字，字義與形旁完全相同。例如「鼻」字從「自」「畀」聲，「自」字本作「 自 」，像人鼻，本義就是鼻子。這種形聲字就有可能是在一形多用的表意字形上加注音符而造成的。這就是說，「 自 」可能本有「自」、「鼻」二音（《說文·王部》「皇」字下說「自讀若鼻」），代表兩個同義詞（也有人認為這個字讀「自」時本無「鼻」義，人們指自己時往往以手指鼻，所以古人既用這個字表示｜鼻｜，又用它來表示自己的｜自｜）。後來才在表示｜鼻｜的「 自 」字上加注「畀」聲，分化出了「鼻」字。

形聲字起初都是通過在已有的文字上加注定符或音符而產生的，後來人們還直接用定符和音符組成新的形聲字。不過就漢字的情況來看，在已有的文字上加注定符或音符，始終是形聲字產生的主要途徑。

# 5　文字體系之最後形成

形聲字的應用大大提高了文字表達語言的明確性，是文字體系形成過程中的一個極為重要的步驟。但是形聲字的應用似乎並沒有很快導致文字體系的最後形成。已經使用形聲字的納西原始文字就是一個例證。

下面右圖是引自麗江納西族經典《古事記》的一段原始文字（據注①所引書29頁）：

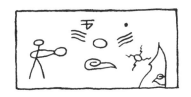

♉ 表示拿蛋。丂 本是｛解開｝的表意字，在納西語裏當「解開」講和當「白」講的那兩個詞同音，所以這裏假借它來表示｛白｝。「●」是｛黑｝的表意字。≋ 是風。⬭ 是蛋。～ 是湖。✧ 表示蛋破發光。最右邊是上文已經提到過的｛山崖｝的形聲字。據納西族經師的解釋，這段原始文字的全部意思是：「把這蛋拋在湖裏頭，左邊吹白風，右邊吹黑風，風蕩漾著湖水，湖水蕩漾著蛋，蛋撞在山崖上，便生出一個光華燦爛的東西來」。在這段原始文字裏，雖然已經使用了假借字和形聲字，但是很多意思仍然是用圖畫手法表示出來的。

古漢字、聖書字、楔形文字等獨立形成的古老文字體系，一定也經歷過跟納西文相類的、把文字跟圖畫混合在一起使用的原始階段。

在已發現的時代較早的古漢字——商代後期的甲骨文裏，可以看到接近圖畫的表意手法的一些殘餘痕跡。其中比較突出的一點，就是某些表意字往往隨語言環境而改變字形。例如：甲骨卜辭裏常常提到商王對祖先舉行進獻食品的「𣇪」祭。「𣇪」在典籍裏多作「登」（《周禮・夏官・羊人》：「祭祀，割羊牲，登其首」，鄭玄注：「登，升也。」）。卜辭「𣇪」字本作🖐，象兩手捧著一種叫做「豆」的盛食器皿。如果登祭所用的食品是鬯（一種香酒），「𣇪」字往往改寫作「𣴎」，兩手所捧的「豆」換成「鬯」。卜辭裏既有「𣇪鬯」之文，又有「𣴎鬯」之文，看來「𣴎」僅僅是「𣇪」字有特定用途的一個異體。但是在漢字發展的較早階段，情況恐怕並不如此簡單。納西文在這方面可以給我們一些啓發。在納西文裏，字形隨語言環境而變化的現象很常見。例如「吼」字通常寫作🐂，象牛嘴出聲氣，如果說到「馬吼」，通常就把這個字裏的牛頭換作馬頭，並不需要另加一個「馬」字。在漢字發展的較早階段，「𣴎」也應該是用來表示｛𣇪鬯｝的。到商代後期，這種比較原始的用字習慣基本上已經被拋棄，「𣴎」字則作為「𣇪」的特殊異體而保存了下來。類似的例子在甲骨文裏還可以找到一些。此外，文字排列方式跟語言中的詞序不完全相應的現象，在甲骨卜辭裏偶爾也能看到。這些都可以看作古漢字曾經經歷過把文字跟圖畫混在一起使用的原始文字階段的

證據。⑩

在形聲字出現之後，原始文字大概還需要經過多方面的改進，才能發展成為能夠完整地記錄語言的文字體系。估計在不斷增加新字的同時，至少還需要進行這樣一些改進：逐漸摒棄圖畫式表意手法，簡化字形並使之趨於比較固定，使文字的排列逐漸變得與語序完全一致。

凡是獨立形成的文字體系，都是像古漢字、聖書字、楔形文字那樣兼用意符和音符的文字。單純使用音符的拼音文字，最初是在這種文字的影響下形成的。⑪

---

注　　釋

① 本章所用納西文資料，大都引自傅懋勣《麗江麼些象形文〈古事記〉研究》（武昌華中大學1948年出版。「麼些」是「納西」的舊譯名）。傅先生在近作《納西族圖畫文字和象形文字的區別》一文中說：「過去所稱的象形文字，實際上包括兩種文字。其中一種類似連環畫的文字，我認為應該稱為圖畫文字，絕大多數東巴文經書是用這種文字寫的。另一種是一個字表示一個音節，但絕大多數字形結構來源於象形表意的成分，應當仍稱象形文字。」（《民族語文》1982年 1 期 1 頁）。我們所說的納西原始文字相當於傅先生所說的圖畫文字。

② 本章所用古漢字的例子皆引自甲骨文或商代金文。關於這兩種資料，參看〔四(一)〕。

③ 本章所用的聖書字的例子，多轉引自《大英百科全書》「聖書字」條（1973年版）和蘇聯伊思特林《文字的產生和發展》等書。由於所據為第二手資料，很可能有錯誤，敬祈方家指正。

④ 唐蘭先生在《中國文字學》裏說：「真正的文字，要到象意文字發生才算成功的」（90頁），已經點出了我們上面這段話的主要意思。唐先生所說的象意文字不包括那些最典型的象形字如「人」、「鹿」之類。

⑤ 汪寧生《從原始記事到文字發明》，《考古學報》1981年 1 期12頁。哈尼人用五個小點代表「五元」，符號不記錄語言。這是原始記數符號不是文字的一個明證。

⑥ 轉引自美國 I.J. Gelb《A Study of Writing》5 頁，芝加哥大學出版社，1963。

⑦ 注⑤所引文 5-6 頁。

⑧ 參看注⑤所引文42頁。

⑨ 沈兼士對古漢字早期表意字的這種特點曾作過研究。他指出這種一形多用的現象「在形非字書所云重文、或體之謂，在義非訓詁家所云引申假借之謂，在音非古音家所云聲韻通轉之謂。而其形其音其義率皆後世認為斷斷乎不相干者。」（《初期意符字之特性》，《沈兼士學術論文集》208頁，中華書局，1986）。

⑩ 參看拙作《漢字形成問題的初步探索》，《中國語文》1978年 3 期168-169頁。

⑪ 關於拼音文字的形成，看周有光《世界字母簡史》（上海教育出版社，1990）。

# 2 | 漢字的性質

　　近代研究世界文字發展史的學者，起初把漢字、聖書字、楔形文字這種類型的文字稱為表意文字。這一類型的文字都包含大量表音的成分，把它們簡單地稱為表意文字，顯然是不妥當的。到本世紀四十年代，有人提出了「過渡文字」（指由表意向表音過渡的文字）的說法。但是，把這些有幾千年歷史的成熟的文字體系稱為過渡文字，顯然也是不妥當的。進入五十年代以後，認為這類文字體系應該稱為「詞──音節文字」（word-syllabic writing，或譯「表詞──音節文字」，參看本章注⑤ ）或「表意──音節文字」的人逐漸多了起來。國內在五十年代後半期，也有人提出了漢字不是表意文字，而是「綜合運用表意兼表音兩種表達方法」的「意音文字」的主張。① 下面談談我們對漢字性質的看法，重點放在分析漢字所使用的符號的性質上，因為一種文字的性質就是由這種文字所使用的符號的性質決定的。至於究竟給漢字這種性質的文字體系安上一個什麼名稱，那只是一個次要的問題。

## (一)兩個層次的符號

　　文字是語言的符號。作為語言的符號的文字，跟文字本身所使用的符號是不同層次上的東西。例如：漢字「花」是漢語裏花草之｜花｜

這個詞的符號，「艹」（草字頭，原作「屮屮」，即古草字）和「化」則是「花」這個字所使用的符號（「花」是一個形聲字，「艹」是形旁，「化」是聲旁）。

在漢字裏，像「花」這樣可以從結構上進行分析的字，一般稱為合體字。合體字的各個組成部分稱為偏旁。秦漢以後所造的合體字，基本上都是用已有的字充當偏旁的（有些字用作偏旁時有變形的現象，如在上方的「屮屮」變作「艹」，在左邊的「水」變作「氵」等，參看〔五(三)〕）。在上古漢字裏，有不少表意字是用兩個以上不一定能獨立成字的象形符號構成的，例如第一章舉過的 （射）一類字。這類字是否可以稱合體字，是需要商榷的。我們姑且把它們稱為準合體字。

有些漢字從結構上看不能分析，一般稱為獨體字。對於獨體字來說，也存在語言的符號跟文字所使用的符號這兩個不同的層次。例如：古漢字裏的「⊙」，作為｛日｝這個詞的符號來看，是一個有音有義的字；作為「日」字所使用的符號來看，則僅僅是象太陽之形的一個象形符號。這種區別在拼音文字裏同樣存在。例如：英文裏的「a」，作為英語裏不定冠詞｛a｝的符號來看，是一個有音有義的字；作為英文所用的符號來看，則僅僅是一個表示一定語音的字母。為了使概念明確，下面把文字所使用的符號稱為「字符」。

語言有語音和語義兩個方面，作為語言的符號的文字，也必然既有音又有義。就這一點來說，各種成熟的文字體系之間並沒有區別。只有根據各種文字體系的字符的特點，才能把它們區分為不同的類型。

英文可以說是一種表音文字。但是這並不是說英文只有音沒有義，只是說英文的字符，即二十六個字母，是表音的，不是表意的。例如：英文的「sun」是英語裏｛sun｝這個詞的符號。它既有音，即｛sun｝這個詞的音——〔sʌn〕，也有義，即｛sun｝這個詞的義——太陽。但是「sun」所使用的字符 s、u、n，跟它所代表的詞只有語音上的聯繫，沒有意義上的聯繫，所以我們把它叫做表音字。同樣，我們所以把古漢字「⊙」（日）叫做表意字，是因為「⊙」作為字符，即太陽的象形符號來看，跟｛日｝這個詞只有意義上的聯繫，沒有語音上的聯繫。如果作為｛日｝這個詞的符號來看，它也是音、義

兼備的。②

　　討論漢字性質的時候，如果不把文字作為語言的符號的性質，跟文字本身所使用的字符的性質明確區分開來，就會引起邏輯上的混亂。

## (二)從字符的表意表音作用看漢字體系的性質

　　各種文字的字符，大體上可以歸納成三大類，即意符、音符和記號。跟文字所代表的詞在意義上有聯繫的字符是意符，在語音上有聯繫的是音符，在語音和意義上都沒有聯繫的是記號。拼音文字只使用音符，漢字則三類符號都使用。

### 1　意符

　　漢字的字符裏有大量意符。傳統文字學所說的象形、指事、會意這幾種字所使用的字符，跟這幾種字所代表的詞都只有意義上的聯繫，所以都是意符。我們所說的表意字就是總括這幾種字而言的。形聲字的形旁跟形聲字所代表的詞也只有意義上的聯繫，所以也是意符。

　　意符內部還可以分類。有的意符是作為象形符號使用的，它們通過自己的形象來起表意作用，如古漢字裏的「人」、「日」等字所使用的 ㄣ、⊙ 等符號，又如構成 𦥔（射）字的弓箭形和手形。幾何形符號如果不是用作記號，而有以形表意的作用，如一、二、三、𡔦、囗（方）、○（圓）等字所用的符號，也應該歸入這一類。古漢字裏的獨體字，基本上都是用單個象形符號造成的表意字。

　　有的意符不是依靠自己的形象來起作用的。這種意符通常都是由已有的字充當的表意偏旁，它們就依靠本身的字義來表意。例如：合體表意字「企」由「不」、「正」二字組成，它的意思就是「不正」。「不」和「正」在這裏就是依靠它們的字義起作用的意符。形聲字的形旁一般由依靠本身字義來指示形聲字字義的字充當，所以也應該歸入這一類（第一章提到的在象形字上加注音符而成的形聲字是

例外）。

在有必要區分上述這兩種意符的時候，可以把前一種稱為形符，後一種稱為義符。在漢字變得不象形之後，形符基本上就不使用了。

## 2　音符

漢字的字符裏也有很多音符。假借字就是使用音符的。人們在假借某個字來表示一個跟它同音或音近的詞的時候，通常並不要求它們原來在意義上有什麼聯繫。例如第一章曾提到古漢字借｜箕｜的表意字「𝕎」來表示語氣詞｜其｜，｜箕｜、｜其｜二詞在意義上就毫無聯繫。又如近代假借花草之｜花｜的形聲字「花」來表示動詞｜花｜（如花費、花錢），這兩個｜花｜在意義上也毫無聯繫。所以，儘管「𝕎」本來是表意字，「花」本來是形聲字，在它們借來表示語氣詞｜其｜和動詞｜花｜的時候，都是純粹作為音符來起作用的。當然，「𝕎」和「花」作為假借字，即作為語氣詞｜其｜和動詞｜花｜的符號來看，也是既有音又有義的；但是作為假借字所使用的字符來看，則只有表音作用。這跟「☉」作為｜日｜這個詞的符號看既有音又有義，作為「日」字的字符看則只有表意作用的情況是一致的。

有時也能看到被假借的字跟借它來表示的詞不但同音或音近，而且在意義上也有某種聯繫的現象。這種現象大概有很多是無意中造成的。在漢語裏，彼此的語音相同或相近並且意義也有聯繫的詞，是很常見的。人們在為某個詞找同音或音近的字充當假借字的時候，很有可能無意中找了一個跟這個詞在意義上也有聯繫的字。有意假借一個跟某個詞在意義上也有聯繫的字來表示這個詞的情況，也是存在的（參看〔九(二)〕）。這種情況不很常見，可以作為假借的特例來處理。

形聲字的聲旁也是音符。聲旁也有兩類。一類是單純借來表音的，如「花」的聲旁「化」。另一類跟形聲字所代表的詞在意義上也有聯繫。例如一種用玉、石等物製作的耳飾叫做｜珥｜（與「耳」同音，古代讀去聲），「珥」字從「玉」從「耳」（「玉」用作左旁時寫作「𤣩」），「耳」就是跟「珥」在意義上有聯繫的聲旁。這種聲旁可以看作音符兼意符。

漢字的音符跟拼音文字的音符有很大區別。即使撇開漢字還同時

使用意符和記號這一點不談，也不能把二者等量齊觀。拼音文字的音符是專職的，漢字的音符則是借本來既有音又有義的現成文字充當的。有很多漢字在充當合體字的偏旁的時候，既可以用作音符，也可以用作意符，而且還能兼起音符和意符的作用。例如「耳」字在「餌」、「鉺」（音耳，金屬元素名）等字裏是音符，在「聰」、「聾」等字裏是意符，在「珥」字裏是音符兼意符。一般拼音文字所使用的字母，數量都相當少。漢字音符的情形就不同了。從原則上說，漢字裏每一個字都有可能借用為音符，實際上用作音符的字，數量也很大（古今用作聲旁的字估計在一千左右）。同樣的字音往往借用不同的字來表示。如果要強調漢字和拼音文字的音符的區別，可以把漢字的音符稱為「借音符」。不過為了行文的方便，我們在下文中仍然稱它們為音符。

## 3　記號

在第一章裏已經說過，在文字形成過程的開始階段，可能有少量長期沿用的記號吸收到文字裏來，古漢字裏×、∧、＋、╲╲等數字大概就來自這種記號。除此之外，用記號造字的情況就很難找到了。[3]但是在漢字發展的過程裏，由於字形和語音、字義等方面的變化，卻有很多意符和音符失去了表意和表音的作用，變成了記號。

由於漢字字形的演變，獨體表意字的字形大都喪失了原來的表意作用。例如古漢字的「⊙」變成隸書、楷書的「日」之後，已經一點也看不出太陽的樣子。如果不考慮「日」字的歷史，根本無法找出「日」這個字的字形跟｛日｝這個詞有任何聯繫。可見「日」字的字符已經從意符變成了記號，「日」字已經從表意字變成了記號字。同類的例子舉不勝舉。唐蘭先生在《中國文字學》「記號文字和拼音文字」節裏說：「圖畫文字和記號文字本是銜接起來的，圖畫演化得過於簡單，就只是一個記號。」（109頁）這是很正確的。

有人把「日」這　類字形由象形到不象形的變化，看作由表形到表意的變化，認為「⊙」是表形符號，「日」是表意符號。這是不妥當的。所以會產生這種看法，大概是由於沒有把字符的作用跟文字的作用區分開來。「日」這一類字使用的字符變為記號這個事實，並沒

有改變這些字作為語言裏相應的詞的符號的性質。字形變得不象形之後，這些字仍然保持著原來的字音和字義。這一點並不能反過來證明它們的字符沒有變成記號。如果因為「日」字還有意義，就把它的字符看作表意符號，把它看作表意字，那末根據「日」字還有讀音這一點，豈不是也可以把它的字符看作表音符號，把它看作表音字了嗎？這顯然是不合理的。

由於記號字仍然代表著它們原來所代表的詞，它們在用作合體字的偏旁，或假借來表示其他詞的時候，仍然能起意符或音符的作用。例如「日」字雖然已經變成記號字，「晴」字所從的「日」卻並不是記號，而是以「日」字的身分來充當意符的（只取「日」字之義而不取其音）；「馹　」字（音日，古代驛站用的馬車）所從的「日」和假借來記錄外國地名日內瓦的「日」，也不是記號，而是以「日」字的身分來充當音符的（只取「日」字之音而不取其義）。總之，儘管它們自身使用的字符已經成了沒有表意表音作用的記號，「日」這類字在充當字符的時候仍然能起表意或表音的作用。

所以，漢字字形的演變雖然使絕大部分獨體字——它們也是構成合體字的主要材料——變為記號字，卻並沒有使合體字由意符、音符構成的局面發生根本的變化。漢字絕大部分是合體字。合體字的性質沒有發生根本的變化，也就是漢字的性質沒有發生根本的變化。所以我們既要充分認識到記號字跟表意字的不同，又不能過分誇大記號字的出現對漢字的整個體系所發生的影響。唐蘭先生在《中國文字學》裏說：「截至目前為止，中國文字還不能算是記號文字……還是形聲文字」（109頁），已經把這個意思很扼要地講了出來。

在獨體表意字之外，還有一些字也由於字形的演變而成了記號字。

準合體字有不少變成了記號字。例如：「立」字本作 $\mbox{大}$，象人立在地上，「並」字本作 $\mbox{竝}$　，像兩個人並立在地上（《說文》「並」字從二「立」，跟字義不切合），演變成隸書、楷書之後，就都變成不能分析的記號字了（關於準合體字的演變，參看〔三(二)〕）。

合體表意字也有少數變成了記號字。例如：「表」字本作 $\mbox{裘}$（麦），由「衣」、「毛」二字合成。「表」本是罩在皮衣外面的衣服的名稱。古人的皮衣有毛的一面朝外，所以「表」字從「衣」在

「毛」上示意。這個字寫成「表」之後，也就只能看作一個記號字了。

形聲字偶爾也會演變成記號字。例如从「禾」「千」聲的 𥝩 字，就變成了形旁、聲旁全都遭到破壞的記號字「年」。

字形的演變還造成了一些半記號字，即由記號跟意符或音符組成的字。這類字大都是由形聲字變來的。例如：「春」字本作「𣈤」，《說文》分析為「从 艸，从日，艸 春時生也，屯聲」。後來聲旁「屯」跟「艸」旁省併成「夫」形。這個偏旁既無表音作用，也無表意作用，是一個只有區別作用的記號。可是偏旁「日」仍有表意作用，所以「春」就成了由記號跟音符組成的半記號半表意字。

還有不少字，雖然其結構並沒有由於字形演變而遭到破壞，但是由於語音和字義的變化，對一般人來說實際上也已經變成了記號字或半記號字。比較常見的一種情況，是形聲字的聲旁由於語音的變化喪失表音作用，轉化為記號（參看〔八(六)〕）。例如簡化字作「耻」的「恥」，本是从「心」「耳」聲的字，後來「耳」、「恥」二字的讀音變得毫無共同之處，「耳」實際上成了僅有區別作用的記號，「恥」實際上成了半記號半表意字。「耻」字寫作「耻」，始見於東漢碑刻，可能當時「耳」、「耻」二字的讀音已經有了很大距離，有的人不知道「耳」是聲旁，就把「心」旁改成了讀音與「耻」相近的「止」（漢隸中「止」和「心」的字形相當接近）。「耻」可以看作由記號「耳」跟音符「止」組成的半記號半表音字。

合體字的表意偏旁由於字義的變化喪失表意作用，轉化為記號的情況，也是存在的。例如：形聲字「特」的本義是公牛，所以用「牛」為形旁。由於這個本義早已不用，對一般人來說，「牛」旁實際上已經成為記號。

形聲字有時會由於語音和字義兩方面的變化而完全變成記號字。上面所舉的形旁喪失表意作用的「特」字，就是一個例子。它的聲旁「寺」的表音作用也已經由於語音演變而喪失，所以對一般人來說，這個字實際上已經完全成為記號字了。

假借字也可能變成記號字。假借字是借用已有的字作為音符來表示跟這個字同音或音近的詞的。對根本不認得被借字的人來說，假借字實際上只是個記號字。有些假借字所借之字的原來用法已經被人遺忘。在這種情況下，如果所借之字不是形聲字，假借字就會變成記號

字。例如 ：「我」字在較早的古文字裏寫作𢦏，像一種鋸或刃形近鋸的武器。它本來所代表的詞，一定就是這種鋸或武器的名稱。由於第一人稱代詞｜我｜跟那個詞同音或音近，古人就假借「我」字來記錄它。可是在相當早的時候，「我」字本來所代表的詞就已經廢棄不用了。因此作為你我之「我」所用的字符來看，「我」已經喪失表音作用，變成了一個硬性規定的記號；作為一個文字來看，你我之「我」已經從假借字變成了記號字。我們現在用來表示虛詞｜其｜的「其」字，④ 一般人並不知道它本來所代表的詞是｜箕｜，實際上也已經成為記號字了。

如果被借字是形聲字，當本義已經湮滅的時候，聲旁一般仍有表音作用。例如「笨」本來當竹子裏的白色薄膜講，後來這個字被假借來表示愚笨的｜笨｜，本義不再使用，形旁「竹」實際上已經變成記號，但聲旁「本」仍有表音作用。

總之，由於種種原因，在我們現在使用的漢字裏，原來的意符和音符有很多已經變成了記號。相應地，很多表意字、形聲字和假借字，也就變成了記號字或半記號字。

通過以上的分析，可以得出如下結論：漢字在象形程度較高的早期階段（大體上可以說是西周以前），基本上是使用意符和音符（嚴格說應該稱為借音符）的一種文字體系；後來隨著字形和語音、字義等方面的變化，逐漸演變成為使用意符（主要是義符）、音符和記號的一種文字體系（隸書的形成可以看作這種演變完成的標誌）。如果一定要為這兩個階段的漢字分別安上名稱的話，前者似乎可以稱為意符音符文字，或者像有些文字學者那樣把它簡稱為意音文字；後者似乎可以稱為意符音符記號文字。考慮到後一個階段的漢字裏的記號幾乎都由意符和音符變來，以及大部分字仍然由意符、音符構成等情況，也可以稱這個階段的漢字為後期意符音符文字或後期意音文字。

## (三)從字符表示的語言結構的層次
## 看漢字體系的性質

前面說過，有人把漢字這種類型的文字體系稱為「詞——音節文

字」。此外，還有人把漢字稱為「詞文字」（word writing，或譯表詞文字）或「語素文字」。⑤ 這些名稱應該怎樣理解呢？

首先應該指出，語素文字說跟詞文字說在基本觀點上並沒有多大分歧。語素是語言中最小的有意義的單位，能夠獨立活動的語素就是詞。上古漢語裏單音節詞占絕對優勢，漢字一般都是代表單音節詞的。但是有很多單音節詞後來變成了不能獨立活動的語素，在今天一個漢字往往只是一個語素的符號，而不是一個詞的符號。這是有些人不願意把漢字叫做詞文字，而要叫做語素文字的原因。按照這種考慮，「詞——音節文字」這個名稱也可以改為「語素——音節文字」。⑥

所謂語素文字究竟是一種什麼樣的文字體系呢？拼音文字可以按照字符所表示的是音節還是音素，分成音節文字和音素文字。「語素文字」是不是可以理解為字符表示語素的文字呢？不能這樣理解。一般認為「日」這一類字是典型的語素字。但是我們只能說「日」字表示語素｛日｝，而不能直接說字符「日」表示語素｛日｝。這一點前面早就說明了。有的人是因為看到漢字裏一個字通常代表一個語素，稱漢字為語素文字的。像這樣撇開字符的性質，僅僅根據文字書寫的基本單位所代表的語言成分的性質，來給文字體系定名，也是不妥當的（這裏所說的文字書寫的基本單位，就是一般所說的字。漢字的筆畫可以稱為用筆的基本單位）。英文是以詞為書寫的基本單位的，大家不是並沒有把它看作表詞文字，而是把它看作音素文字的嗎？這樣說來，語素文字這個名稱是不是根本就不能成立呢？那倒也不必這麼看。音素、音節、語素，是語言結構系統裏由低到高的不同層次（這裏所說的「語言結構」是廣義的，包括語音結構）。我們可以把語素文字解釋為字符屬於語素這個層次，也就是說字符跟語素這個層次發生聯繫，而跟音素、音節這兩個層次沒有關係的文字；或者解釋為能夠表示語言的語素結構（即能夠表示詞由什麼語素構成）而不能表示語言的音素或音節結構的文字。「語素——音節文字」可以解釋為既使用屬於語素這個層次的字符，又使用表示音節的字符的文字。

按照上面的解釋來看，漢字究竟應該稱為語素文字呢？還是應該稱為「語素——音節文字」呢？下面就來討論這個問題。

漢字的意符和記號都不表示語音，前者只跟文字所代表的語素的意義有聯繫（音節以下的層次無意義可言），後者只能起把代表不同

語素的文字區別開來的作用。它們都是屬於語素這個層次的字符。所以漢字裏的獨體、準合體和合體表意字以及記號字和半記號半表意字，都可以看作語素字。

但是，漢字使用的音符，雖然都由原來是語素的符號的現成文字充當，卻應該看作表示音節的符號。使用音符的假借字（就記錄漢語固有語素的假借字而言），以及由意符和音符構成的形聲字，通常也以一個字代表一個語素，但是我們不應該因此就把它們也都看作語素字。

那些記錄具有兩個以上音節的音譯外來詞的假借字，它們表示語素的音節結構的作用，是十分明顯的。例如元代假借來記錄出自蒙古語的官名的「達魯花赤」這四個字（達魯花赤的本來意義是統治者、掌印者），顯然都是作為音節符號使用的。記錄漢語裏固有的雙音節語素的假借字，如「倉庚」（鳥名）、「猶豫」（關於「猶豫」，參看〔九(三)〕）之類，表示音節結構的作用也很明顯。

那些用來記錄漢語固有的單音節語素的假借字，其實同樣具有表示音節結構的作用。只不過在一個語素只包含一個音節的情況下，語素和音節之間的層次界線容易被忽略而已。作為字符來看，假借來表示動詞｛花｝的「花」跟「達魯花赤」的「花」，其本質並無不同，二者都是表示 hua 這個音節的符號。它們的不同在於前者單獨用來表示一個單音節語素的音，後者則只表示一個多音節語素裏的一個音節。「花」作為假借字所使用的字符看，只有表音節的作用；但是作為記錄動詞｛花｝的假借字來看，則既有音也有義（即「花」字的假借義）。「達魯花赤」這四個字必須連在一起才能表示出一定的意義，其中每一個字都只能看作一個沒有意義的表音節的符號。如果不是按照一般習慣，以「書寫的基本單位」當作「字」的定義；而是以「語素或詞的符號」當作「字」的定義的話，只有「達魯花赤」這個整體才有資格稱為假借字。

英文裏表示不定冠詞的「a」字所使用的字母「a」，其本質並不因為單獨成字就跟與其他字母拼合成字的「a」有所不同。漢字裏表示動詞｛花｝的假借字「花」，以一個字代表一個語素這一點，當然也不會影響到它所使用的字符的表音節的本質。所以假借字都可以看作音節字。

形聲字的聲旁也是表音節的符號。例如：讀音相同的「餌」、「洱」、「珥」、「鉺」代表四個不同的語素，但是它們都有一個共同的表音成分——聲旁「耳」。這個「耳」顯然應該看作表音節的符號（「珥」所从的「耳」兼有表意作用，已見上文）。由於形聲字的形旁只跟語素的意義有聯繫，可以把形聲字看作介於語素字跟音節字之間的一種文字。半記號半表音字的性質，也可以這樣看。

前面曾經指出，漢字使用的音符跟拼音文字的音符有很大區別。這種音符作為表音節的符號來看，跟音節文字的音符當然同樣是有很大區別的。漢字既使用表音節的符號，也使用屬於語素這個層次的符號。表音節的符號都是借現成的文字，即語素的符號充當的（「乒」、「乓」等少數例子是例外，參看〔六㈢3〕），而且借來表示同一個音節的字往往有很多個。⑦ 這些都是跟音節文字不同的地方。

通過以上的分析可以知道，漢字不應該簡單地稱為語素文字，而應稱為「語素——音節文字」。不過，對漢字使用的表音節的符號跟音節文字的音符之間的區別，也應該有足夠的認識。

「語素——音節文字」跟意符音符文字或意符音符記號文字，是從不同的角度給漢字起的兩種名稱。前者著眼於字符所能表示的語言結構的層次，後者著眼於字符的表意、表音等作用。這兩種名稱可以並存。意符和記號都是屬於語素這個層次的字符，所以「語素——音節文字」這個名稱對早期和晚期的漢字都適用。


## ㈣漢字在形式上的特點

最後，談一下漢字在形式上的主要特點，以及記錄具有兩個以上音節的語素的漢字跟一般漢字不同之處。

前面已經說過，漢字的書寫單位就是一般所說的字。每個字通常都念一個音節。仕現代漢字裏，只有表示兒化作用的「兒」字不能自成音節，是一個例外。有人把這種「兒」字寫得比較小，以示區別。「瓩」（千瓦）「浬」（海里）等一小批表示計量單位的字可以念兩個音節，但是其性質類似古文字裏的合文（兩個以上的字合寫成像一

個字的樣子），不是正規的漢字。在漢語裏，單音節語素占絕對優勢。通常，一個漢字是為一個單音節語素而造的。這是漢字形成一個字念一個音節的局面的主要原因。

在字的形式上，漢字很早就形成了要求每個字大體上能容納在一個方格裏的特點。組成合體字的字符的配置，缺乏嚴格的規律性，有左右相合、上下相合、內外相合等等不同情況（參看〔八(四)〕）；總之，以拼合成字後能寫在一個方格裏為原則（不合這種原則的字，在商代文字裏還不時能看到，如「般」或作 𝌀 之類；在周代文字裏已大為減少，到秦漢以後幾乎已經絕跡）。一般以「方塊字」之稱表示漢字形式上的這個特點。

在漢語裏，除了占絕對優勢的單音節語素之外，也存在一些雙音節語素，而且還通過音譯外來詞而不斷增加具有兩個以上音節的語素。對於這些語素就需要用兩個以上的字來記錄它們。⑧

具體地說，漢字記錄具有兩個以上音節的語素，有用假借字和造專用字這兩種方法。

用假借字記錄雙音節語素是很常見的，古代就已出現的如前面舉過的「倉庚」、「猶豫」，現代的如「沙發」、「尼龍」。三個以上音節的語素，幾乎都是用假借字記錄的，如古代的「璧流離」（「琉璃」的舊譯名）、「達魯花赤」，現代的「蘇維埃」、「布爾什維克」。在記錄具有兩個以上音節的語素的時候，假借來的字必須連在一起才能表示出意義，各個字只具有表音節的符號的性質。這一點前面已經講過了。

造專用字的辦法通常只用於雙音節語素。⑨所造的字絕大多數採用形聲結構，例如古代的「螮蝀」（虹的別名）、「徜徉」，現代的「咖啡」、「噻唑」（一種有機化合物）。非形聲結構的，如「乒乓」、「旮旯」（ㄍㄚ ㄌㄚ ga lá，角落）之類，極為少見（「旮旯」的造字意圖不明，只能看作記號字）。

為雙音節語素造的形聲字，往往是通過加偏旁或改偏旁等辦法，由假借字改造而成的。例如上面舉過的「徜徉」，就是由假借字「尚羊」（也作「常羊」）改造而成的。又如「蜈蚣」本作「吳公」（《廣雅‧釋蟲》），也是假借字，後來在上一字上加「虫」旁而作「蜈公」（《莊子‧齊物論》釋文引《廣雅》），最後才出現兩個字都

加「虫」旁的寫法。上面舉過的「倉庚」，後來也有了「倉鶊」、「鶬鶊」等寫法（關於把記錄雙音節語素的假借字改造成專用字的情況，參看〔一—（一）1Cd〕）。

為雙音節語素造的字，跟記錄雙音節語素的假借字一樣，也必須兩個字合在一起作為一個整體才有意義。而且，記錄具有兩個以上音節的語素的一組假借字，分開來之後每個字尚有它本來固有的字義；為雙音節語素造的字，單個地看連這種字義也沒有。這是它們不同於一般漢字的一個特點。

如果不受一字一音節原則的拘束，「徜徉」、「蜈蚣」（或「蜈公」）、「鶬鶊」（或「倉鶊」）之類記錄雙音節語素的字，本來完全可以寫成「徉」、「蜈」、「鶊」這樣的形式。在聖書字裏，在包含幾個符號的一個音符組之旁加上一個定符而構成的形聲字，是很常見的。在古漢字的合文裏，偶爾也可以看到類似的例子，例如戰國時代的印章有時就把「邯邢（鄲）」合寫成「鄲」（《古璽文編》361頁）。在這種合文裏，形聲字聲旁的表音節的性質可以看得更加清楚。

---

注　　釋

① 周有光《文字演進的一般規律》，《中國語文》1957年7期。又見《字母的故事》2—7頁，上海教育出版社，1958。

② 以上一段所說的意思，大體上根據趙元任的《Language and Symbolic Systems》105頁，劍橋大學出版社，1968。

③ 天干中的「十」（甲）、「㇏」（乙）、「•」（丁）等字，可能也是源于原始社會所使用的記號的，參看上章注⑩所引文164頁。龍宇純《中國文字學》指出漢字中有一種「純粹約定」或曰「硬性約定」的文字，字形跟字的音、義毫無關係，所舉之例中有「五、六、七、八、九、十」等字（108—109頁，台灣學生書局，1987），我們所說的用記號造的字，跟他所說的這種約定字大致相當。

④ 「其」由「𠀠」變來，演變情況大致如下：

𠀠 — 𠀠 — 𠀠 — 其

有人認為「 $\pi$ 」（音基）是加注的音符。「箕」是由「其」分化出來的一個字。

⑤ 關於漢字是詞文字的說法，參看布龍菲爾德的《語言論》（袁家驊等譯本360頁，商務印書館，1980）。詞——音節文字說是美國的 Gelb 在1952年發表的《A Study of Writing》中提出來的（參看上章注⑥）。語素文字說是趙元任在1959年發表的《語言問題》中提出來的（商務1980年版144頁。趙氏在這本書裏稱語素為「詞素」，現在一般都稱「語素」）。

⑥ 趙元任在注②所引書中「文字」章的一個小標題裏，已稱漢字為「語素——音節文字」（102頁），他還認為如果當初假借字能自由發展，漢字會由語素——音節體系發展為純音節體系（105頁），但是他對稱漢字為語素——音節文字的理由沒有作具體說明。

⑦ 這種現象有很大一部分是由於本來不同音的字演變為同音字而造成的。例如《新華字典》yi 音節下所收的全部形聲字使用了「意」、「衣」、「奇」、「殹」、「昆」、「伊」、「韋」、「多」等十來個不同的聲旁，這些形聲字有很多在古代並不同音。為了區別同音詞而借用不同的字來表示同一音節的現象也是常見的。（參看游順釗《中國古文字的結構程序》，《中國語文》1983年 4 期277頁、279頁注⑰）。例如：「潢」和「湟」，「蟥」和「蝗」，都是同音的。為了從字形上把它們區別開來，分別使用了「黃」和「皇」這兩個聲旁（這跟拼音文字有時為了區別同音詞把它們拼得不同形的情況相似）。此外，借用不同的字來表示同一音節的現象，當然也有很多僅僅是由於選擇音符缺乏規律性而造成的。

⑧ 早期的漢字在記錄雙音節語素時是否一定都如此，還不能肯定。漢語裏的一部分雙音節語素，大概早在漢字萌芽時就已經存在了。對於有的作為具體事物名稱的雙音節語素，最初很可能只造一個表意字來代表它，一個字念兩個音節。甲骨文裏的「鳳」字，除了在｜鳳｜的象形字上加注「凡」聲的寫法之外，偶爾還有加注「兄」聲的寫法。張政烺先生認為加注「兄」聲的應該讀為鳳凰的「凰」（《邵王之諻鼎及簋銘考證》，《中央研究院歷史語言研究所集刊》八本三分。「兄」、「皇」古音極近）。也許｜鳳｜的象形字本來就是為雙音節語素｜鳳凰｜而造的。看來，有可能古漢字裏本來是有念雙音節的字

的，但是由於漢語裏單音節語素占絕對優勢，絕大多數漢字都念單音節，這種念雙音節的字很早就遭到了淘汰。

⑨ 為三音節語素造的專用字，如見於《說文》的「珣玕琪」（東夷玉名）和清代曾經使用過的「㖫咭唎」等外國名，是很罕見的。

# 3 漢字的形成和發展

## (一) 關於漢字形成問題的討論

常常聽到有人提出「漢字是什麼時候產生的」、「漢字起源於何時」這一類問題。嚴格說起來，這樣提問題並不很恰當。第一章裏已經說過，漢字這類完全或基本上獨立創造的文字體系，它們的形成都經歷了一個很長的過程。因此，關於漢字的起源，應該這樣提出問題：漢字這一文字體系的形成過程開始於何時，結束於何時？漢字是怎樣從最原始的文字逐步發展成為能夠完整地記錄語言的文字體系的？

對後一個問題，在第一章裏已經有所涉及。由於缺乏原始漢字的資料，目前還沒有可能復原漢字形成的具體過程，所以在這裏就不想再談這個問題了。由於同樣的原因，前一個問題，即漢字形成過程的起訖時間問題，目前也還沒有徹底解決的可能。下面只能就這個問題作一些很初步的討論。

在已發現的各種內容比較豐富的古漢字資料裏，時代最早的是商代後期（約前14－前11世紀）的甲骨文和金文（參看〔四(一)〕）。它們所代表的是已經能夠完整地記錄語言的文字體系。現代考古學在我國興起之後，主要是五十年代以來，陸續發現了少量早於商代後期的古漢字以及一些可能跟原始漢字有關的資料。這些資料當然是很可寶貴的，可惜它們不但數量不夠多，而且大都比較零碎，還遠遠不能為解

決漢字形成問題提供充分的根據。

　　已發現的可能跟原始漢字有關的資料，主要是刻劃或繪寫在原始社會時期遺物上的各種符號。根據外形上的特點，大體上可以把這些符號分成兩大類。一類是像實物之形的。一類是幾何形符號。有些雖非幾何形但也不像是像實物之形的符號，可以附在後一類裏。下文稱後一類為甲類，前一類為乙類。（關於原始社會時期遺物上的符號，後來又有新的發現，請參看拙作《究竟是不是文字──談談我國新石器時代使用的符號》，文載《文物天地》1993年2期。）下面先討論甲類符號。

　　就已發現的情況來看，甲類符號絕大部分刻劃或繪寫在陶器上，小部分刻在龜甲、獸骨或骨器上。這類符號分布很得廣，在仰韶、馬家窰、龍山、良渚等文化的遺址裏都有發現（我們所說的「遺址」包括墓葬在內）。①它們行用的時間也很長久。就上限來說，在距今七八千年的早於仰韶文化的大地灣一期文化遺址和接近裴李崗文化的賈湖遺址裏，都已經發現了這類符號。大地灣一期文化的符號發現於甘肅秦安縣大地灣，是用顏料繪寫在陶鉢形器內壁上的。②賈湖符號發現於河南舞陽縣賈湖，是刻在龜甲等物上的。③就下限來說，這種符號不但直到原始社會末期還在使用，而且在進入歷史時期以後，在漢字已經形成的情況下，仍然在某些領域延續使用了很長的一段時間。在商代以至春秋戰國時代的陶器上，都可以看到不少這類符號。④

　　在甲類符號裏，仰韶文化早期的半坡類型遺址所出陶器上的符號，時代既比較早，資料也比較豐富，在關於漢字起源的討論中最受人注意。我們就以他們為例來討論一下甲類符號跟漢字的關係。

　　在半坡類型各遺址中，西安半坡和臨潼姜寨這兩個遺址發現的符號數量最多。下面是半坡遺址發現的符號的一些例子：⑤

臨潼姜寨遺址發現的符號，有不少跟半坡的相同或相似，此外還有一些形體比較複雜的例子，如：⑥

半坡類型的符號一般是單個刻在陶鉢外口緣的黑寬帶紋或黑色倒三角

紋上的，例外很少。根據碳十四年代測定，半坡類型的時代距今已有六七千年之久。

對半坡類型符號的性質存在著不同看法。有些學者認為它們是文字。有的並且把它們跟古漢字直接聯繫了起來，如認為 Ｘ 是「五」字，十 是「七」字，丨 是「十」字，ⅠⅠ 是「二十」，丁 是「示」字，↑ 是「矛」字，↓ 是「屮」字，阝 是「阜」字等等。⑦ 有些學者則認為這種符號還不是文字，而「可能是代表器物所有者或器物製造者的專門記號」。⑧ 還有學者認為它們只不過是製造陶器時「為標明個人所有權或製作時的某些需要而隨意刻劃的」。⑨

這種符號所代表的顯然不會是一種完整的文字體系。它們有沒有可能是原始文字呢？恐怕也不可能。我們絲毫沒有掌握它們已經被用來記錄語言的證據。從同類的符號在漢字形成後還在長期使用這一點來看，它們也不像是文字。⑩

把半坡類型的甲類符號跟古漢字裏像具體事物之形的符號相比附，更是我們所不能同意的。這兩種符號顯然是不同系統的東西。我們不能因為前一種符號跟後一種符號裏形體比較簡單的例子或某些經過簡化的形式偶然同形，就斷定它們之間有傳承關係。半坡類型符號的時代大約早於商代後期的甲骨文三千多年。如果它們確是古漢字的前身，象形程度一定大大高於甲骨文。甲骨文裏「阜」字多作 阝，「示」字比較象形的寫法是 示 。半坡符號裏的 阝 和 丁 ，如果確實是「阜」字和「示」字的話，為什麼反而不如它們象形呢？

但是，已發現的半坡類型符號，絕大部分都刻在同一種陶器的同一個部位上，規律性很強。有些符號不但重複出現在很多個器物上，而且還出現在不同的遺址裏。看來，這種符號，至少是其中的一部分，很可能已經比較固定地用來表示某些意義了。除了用作個人或集體的標記之外，這種符號也有可能用來表示其他意義。

沒有文字的民族往往已經知道用符號記數。我國原始社會使用的幾何形符號，估計也不會沒有這種用途。古漢字除了使用像具體事物之形的符號之外，也使用少量幾何形符號。一、二、三、三（四）、Ｘ（五）、∧（六）、十（七）、八（八）、丨（十）等數字，是最明顯的例子（數字「九」，多數文字學者認為是一個假借字）。跟這些數字同形或形近的符號，在我國原始社會使用的甲類符號裏是常見的。很多

學者認為這種符號就是這些數字的前身，這是有道理的。不過這並不
能證明原始社會使用的記數符號是文字，在第一章裏已經就此作過說
明了。此外還應該指出一點。由於構成甲類符號的要素一般比較簡
單，不同地區的人很容易造出相同的符號來。這種同形的符號，其意
義往往並不相同。⑪ 所以，雖然古漢字有些數字的外形跟半坡類型符
號相同，我們仍不能由此就得出這些數字源於半坡類型符號的結論。
它們完全有可能出自其他原始文化。

　　商代和西周時代（主要是西周早期）的銅器上時常鑄有族徽（我
們所說的族徽包括族名）。大部分族徽具有象形程度明顯高於一般銅
器銘文的特點，但有一小部分跟原始社會的甲類符號很相似，例如：

$$ \uparrow \quad \uparrow \quad \updownarrow \quad \chi \quad \leftrightarrow $$

它們也有可能源於這種符號。⑫ 原始社會裏用作個人或集體的標記的
符號，是很容易轉化為族徽的。在商周時代，這一部分族徽符號是否
已經成為文字，還是一個問題。⑬ 它們的性質也許就跟後代的花押差
不多。

　　總之，我們認為我國原始社會時代普遍使用的甲類符號還不是文
字。除了有少量符號（主要是記數符號）為漢字所吸收外，它們跟漢
字的形成大概就沒有什麼直接關係了。而且即使是那些為漢字所吸收
的符號，也不見得一定是來自半坡類型符號的。有些學者以半坡類型
符號為據，說漢字已經有六千年以上的歷史。這種說法恐怕不妥當。

　　近年在西安市郊區長安縣花樓子的客省莊二期文化遺址裏，發現
了一些刻在骨片和骨器上的甲類符號。⑭ 有人稱之為甲骨文，認為跟
殷墟甲骨文有淵源關係。這恐怕也是不妥當的。

　　下面討論原始社會時期的乙類符號。

　　在田野考古中，乙類符號主要發現於山東的大汶口文化晚期遺
址，一般都刻在一種大口的陶尊上。大汶口文化晚期的年代約為前
2800－前2500年。據近年發表的資料，⑮ 已發現的刻有符號的陶尊和
殘器片共有16件。其中15件是在莒縣的陵陽河和大朱村採集或出土
的，一件是在諸城縣前寨採集的。出土的大都出自墓葬。這些墓葬大
部分有豐富的隨葬品，墓主身分似比一般人高。

　　16件陶尊及殘器片上共刻符號18個，可以歸納為 8 種，下面每種
各舉一例（各種符號以拼音字母為代號，旁注數字表示出現次數）：⑯

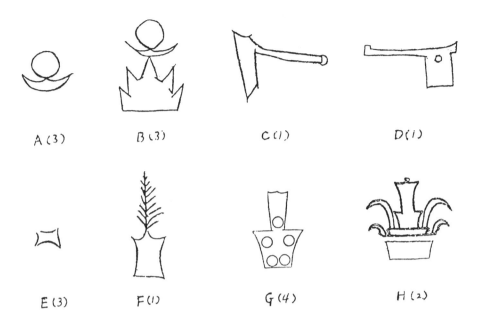

A (3)　　　　B (3)　　　　C (1)　　　　D (1)

E (3)　　　　F (1)　　　　G (4)　　　　H (2)

B 是在 A 下加山形而成。G 跟 H 上部的中間部分像同一種東西。這些符號絕大多數刻在陶尊外壁靠近口沿的部位（下文依注⑮所引文稱為頸部），少數刻在外壁近底處。通常一個陶尊只刻一個符號，只有兩件陵陽河採集的陶尊刻有兩個符號。一件頸部刻 G，近底處刻 E。一件在頸部兩側分刻 G 與 D。G 五見，都塗朱。H 兩見。完整的一例即上圖所示，下部盆形是朱繪的（未刻），其他部分塗朱。殘缺的一例不塗朱。他種符號各例，除諸城前寨採集陶片上殘去左上部的符號 B 塗朱外，⑰全都不塗朱，就是跟塗朱的 G 共見於一器時也不塗朱。看來塗朱似有某種比較重要的意義。

　　在山東泰安、寧陽二縣之間的大汶口墓地的發掘中，曾在一個大汶口文化中期的墓葬中發現過一個背壺，器身上半有朱繪符號如右圖。⑱這個符號跟晚期陶尊上的乙類符號是否屬於一個系統，尚待研究。

　　上舉A—D四例，在1974年出版的《大汶口》發掘報告中就已發表。在70年代有好多位學者對這種符號作過研究。李學勤在1987年發表的《論新出大汶口文化陶器符號》（下文引作「李文」），⑲根據新的資料作了進一步的研究。

　　對這種符號的性質主要存在兩種看法。有些學者認為它們是文字，並且把它們當作比較原始的漢字加以考釋。例如：于省吾釋 A

為「旦」。⑳唐蘭釋 A 為「炅」，B 為「炅」的繁體，C 為「斤」，D 為
「戍」或「戉」。㉑李學勤釋 B 為「炅山」合文，㉒F 為「封」，並指出
E 也見於甲骨文和銅器銘文，在那些資料裏用作人名或族氏。㉓有些
學者則認為這種符號還不是文字，例如汪寧生認為它們「屬於圖畫記
事的範疇」，是「代表個人或氏族的形象化的圖形標記」。㉔此外，
這兩派學者裏都有人主張某些符號與祭祀或器主身分有關。

在良渚文化（？）或作風接近良渚文化的某些遺物上，可以看到
跟上舉大汶口文化乙類符號相類甚至相同的符號。

南京北陰陽營遺址 2 號灰坑曾出土一個大口陶尊，頸部刻有如下
符號：㉕

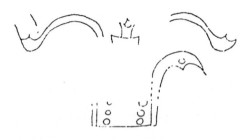

這個符號跟上面舉過的 H 很相似，似可看作同一符號的異體。據發
掘單位的文章，北陰陽營 2 號灰坑遺存「大體與張陵山類型相近……
可能屬於張陵山類型向良渚類型過渡階段」。㉖

四十年代以前流入美國、現藏於華盛頓的弗利爾美術館的幾件古
玉器，也刻有這類符號。首先注意到這批資料並加以研究的，是日本
學者林巳奈夫。後來李學勤也進行了研究，其意見發表在《考古發現
與中國文字起源》（下文引作「起源」）㉗以及上引李文中。下面主
要根據李學勤的文章介紹一下這批玉器上的符號。㉘

這批玉器包括一件「玉臂圈」（？）和三件玉璧。玉臂圈兩側各
刻一個符號：

*a*

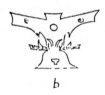

*b*

a 跟上面舉過的 A 相同。三件玉璧上各刻一個複合符號：

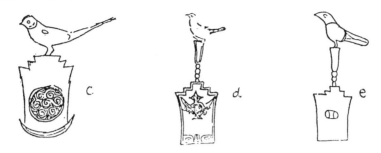

這三個複合符號都以「作鳥立於山上之形」的符號為主體。其山形跟上面舉過的B的山形一樣，也有五個峯，「不過峯頂是平的」。《起源》把這個符號釋為「島」字（155頁）。C的下部包含一個跟「臂圈」的a相同的符號，只是像太陽的圓圈形內加了文飾。d的山形之內，上部有一個跟「臂圈」的d有點相似的符號，底部所添加的究竟是符號還是文飾不易斷定。e的山形之內也有一個符號。這個符號也許是一個甲類符號。刻有c的玉璧的邊緣上還刻有如下兩個符號：

李文已經指出 f 跟上面舉過的F是同一符號的異體（78頁）。

林巳奈夫和李學勤都認為上述玉器是良渚文化的遺物。良渚文化的年代約為前3300－前2200年。大汶口文化晚期的年代正在其範圍之內。這兩種文化分布的地域比較接近，並有某些同類型的器物，彼此顯然是互有影響的。所以李學勤認為「這兩種文化有共同的文字聯繫，實在情理之中」（《起源》156頁）。他把大汶口文化乙類符號和上述玉器上的符號都看作文字，所以用「共同的文字聯繫」這種說法。不同意把大汶口文化乙類符號看作文字的學者，當然也不會同意把上述玉器上的符號看作文字。

近年在國內博物館藏品中也發現了兩件刻有這類符號的玉器。兩件玉器都是大型玉琮，形制相類。首都博物館收藏的一件，上端兩側面各刻一個符號。其中一個跟上舉玉璧上的幾個符號相類，也是以「作鳥立於山上之形」的符號為主體的複合符號。另一個符號已磨損

不可辨。李文認為這件琮屬良渚文化玉琮中最晚的一式（78–79頁）。中國歷史博物館收藏的一件據傳出於山東省，上端正中刻有跟「玉臂圈」的a相同的符號，底部內壁一側刻有斜三角形。發表者認為此琮與「玉臂圈」應為大汶口文化遺物。㉙ 還有學者認為此琮是山東龍山文化遺物。㉚ 由於在考古發掘中尚未發現過刻有這類符號的同類玉器，上述那些玉器究竟應該歸屬於哪種或哪些文化，還是有待進一步研究的問題。（ 按 ： 本書所舉玉器符號的資料不全 ， 請參閱鄧淑蘋《中國新石器時代玉器上的神秘符號》，文載《故宮學術季刊》第十卷第三期。該文指出近年在浙江餘杭安溪出土的良渚文化玉璧上刻有與本書上文所舉符號d的下部基本相同的符號，可證同類玉器符號「或應屬良渚文化居民的原作」。但該文仍認為弗利爾美術館所藏「玉臂圈」——該文稱玉鐲——有可能是大汶口文化或較晚的山東龍山文化的遺物。見該文14、26等頁。）

　　我們過去曾經根據前面舉出的A–D四個符號，斷定大汶口文化乙類符號是用作族名的原始文字，並認為它們跟古漢字之間很可能「存在著一脈相承的關係」。㉛ 現在看來，這樣說是不妥當的。正如汪寧生在《從原始記事到文字發明》一文（以下引作「汪文」）中所指出的，「真正的文字要從表音開始，是能夠記錄語言的符號。陶器上這幾個孤立的圖形，還不能證明這一點」。㉜ 而且如果說A–D這幾個符號確實跟古漢字很相似的話，新出的G、H兩個符號以及玉器上的鳥立山上形符號和符號b跟古漢字顯然就不怎麼相似了。所以把這類符號看作原始文字是根據不足的，把它們直接看作古漢字的前身就更不妥當了。

　　估計刻在陶尊上的乙類符號可能有兩種用途。有的用作性質接近後世的族氏或人名的標記，有的用作器主或其所屬之族的職務或地位的標記。在同一個陶尊上出現的兩個符號也許是分屬這兩類的。汪文說：「這些圖形（引者按：指乙類符號）刻於陶器上，當是作為作器者的一種氏族標記。例如，石斧形標記可能代表善製石斧的氏族……」（28頁）。他說的這種標記接近我們所說的後一種標記。不過古代往往「以官為氏」，「以爵為氏」，「以技為氏」（參看《通志·氏族略》），後一種標記往往會轉化為前一種標記，二者的界線不是絕對的。玉器上的符號的用途尚待研究。

我們在第一章裏曾指出：「在原始社會裏，一個名'鹿'的氏族完全有可能以鹿的圖形來代表自己。這並不等於記錄「鹿」這個詞的文字已經產生。只有用符號（包括圖形）記錄成句語言中的詞的認真嘗試，才是文字形成過程開始的真正標誌。」所以雖然大汶口文化的乙類符號很可能已被用作性質接近後世族氏或人名的標記，我們仍然不能就把它們看作原始文字。

另一方面也應該看到，在大汶口文化晚期，生產相當發達，社會的貧富分化也已經相當顯著，原始文字開始出現的可能性並非完全不存在。而且大汶口文化乙類符號雖然還不能斷定為原始文字，畢竟是我國已發現的最像古代象形文字的一種符號。從有些符號在並非出於一地的遺物上不止一次地出現的情況來看，這種符號的穩定性顯然也是相當強的。它們無疑可以看作原始文字的先驅。如果文字形成的過程接著開始的話，它們的大多數應該是會轉化成文字的。大汶口文化分布的地域接近古代中國的中心地區。有些大汶口文化乙類符號的作風，跟古漢字確實很相似。看來這種符號雖然不見得是原始漢字的前身，但是很可能曾對原始漢字的產生起過某種影響。前面講過，大汶口文化晚期的年代約為前2800－前2500年。按照上述推測，漢字形成過程開始的時間也許在公元前第三千年的中期。

在這裏附帶討論一下前面講甲類符號時提到過的、商周銅器上象形程度比較高的那類族徽的性質。下面是這類族徽的一些例子：

上引汪文認為這類族徽跟大汶口文化乙類符號一樣，是一種「圖畫記事」，而不是真正的文字（33頁）。這類族徽的確可能有相當大的一部分，早在原始漢字產生之前就已經出現。在當時它們當然還不是文字。但是汪文也承認「圖畫記事」中的「大部分圖形成為後來文字的前身」（40頁）。在漢字形成的過程裏，那部分族徽無疑大都轉化成為文字了。而且象形程度較高的族徽肯定也有一部分是在漢字形成後才被使用的。這部分族徽一般都應該是文字。所以我們認為商周銅器上象形程度較高的族徽，至多只會有很小的一部分還不是文字。它們

的絕大部分是沒有理由不當作文字看待的。由於族徽具有保守性、裝飾性，同一個字在銅器上用作族徽時的寫法，往往要比一般使用時更接近圖形。這種區別是文字的古體與今體之別，而不是圖形與文字之別。事實上銅器上的族徽的寫法也不是一成不變的。同一個族徽往往有時寫得比較象形，有時則寫得跟一般金文比較接近。有些圖繪性比較濃厚的、現在還無法確釋的族徽，在殷墟甲骨文中有作為族名或人名使用的例子。它們作為文字的性質是不容懷疑的。這一點郭沫若在《殷彝中圖形文字之一解》中早就指出來了。㉝

在一般認為是族徽文字的象形程度較高的金文裏，有一些字是用作個人的私名的，還有少數甚至是用來表示其他意義的。有的學者把這種金文稱為記名金文。這個名稱要比族徽金文或族名金文合理些。我們在下文中也採用這一名稱。

現在我們來討論漢字大約在什麼時候脫離原始文字階段而形成完整的文字體系。

從我們現有的知識來看，世界上從來沒有一個民族是在進入階級社會之前就創造了完整的文字體系的。根據絕大多數史學家的意見，我國大約在夏代進入階級社會，所以漢字形成的時間大概不會早於夏代（約前21-前17世紀）。

在考古發掘中尚未發現確鑿無疑的夏代的文字。

在河南偃師縣的二里頭文化遺址裏發現過一些刻在陶器上的符號，例如：㉞

| ‖ ‖ M ↑ X W ▽ ⋔ 𖩭

這些符號大多數刻在大口尊的內口沿上。它們大都發現於二里頭遺址的三、四期地層，屬于二里頭文化後期。二里頭文化後期，有人認為相當於商代早期，有人認為相當於夏代。持後一種看法者大都把上舉這種符號看作夏代的文字。我們認為這種符號的性質跟原始社會時期的甲類符號相類，不但不可能是成熟的文字，而且也不可能是原始文字。

陝西商縣紫荊的二里頭文化遺址裏也發現過少量刻在陶器上的符號，個別的可能是象形符號。報導者認為可能是夏代文字。㉟由於資料太少，尚難肯定其性質。

　　河南登封縣王城崗的龍山文化晚期遺址裏也發現過一些刻在陶器上的符號。有的學者認為這個遺址是夏代的，並把所出陶器符號看作夏代文字。㊱由於已發表的資料太少，其性質也難以肯定。

　　由於至今還沒有發現確鑿無疑的夏代以前的漢字（包括原始漢字），商代前期（約前17–前14世紀）的漢字是已知的最古的漢字。可惜已發現的資料也很貧乏。

　　五十年代以來發現了不少商代前期的遺址，但是出土的文字資料卻很少。在鄭州二里崗和南關外的商代前期遺址裏發現了一些刻在陶器上的符號。㊲它們跟二里頭文化陶器符號一樣，大多數刻在大口尊的內口沿上，也是跟原始社會時期的甲類符號同類的東西，並不是文字。在二里崗還發現過兩塊字骨。㊳一塊只刻有一個像是「屮」的字（「屮」字見於殷墟出土的商代後期的甲骨文），出自商代前期地層。一塊是採集品，上面刻有十來個字，字形跟商代後期甲骨文相似，文例則比較特殊。

　　河北藁城縣台西商代遺址裏也發現過一些刻在陶器上的文字和符號，其中一部分的時代稍早於商代後期。㊴它們一般都是單個地刻在陶器上的，確實像文字的有「止」「目」「刀」等字，其字體古於殷墟發現的商代後期的陶文和甲骨文。（圖1）

　　江西清江縣吳城商代遺址裏發現的刻在陶器上的文字和符號，也有一些是早於商代後期的。㊵它們既有單個地刻在器物上的，也有四五個以至十來個刻在一起的，可惜後一類刻文還沒有讀通。（圖2）吳城出土的有些陶器上的文字或符號，作風比較獨特，似乎不屬於商文化的系統。

　　在已發現的商代前期銅器裏，有銘文的非常少，器上的銘文通常只有一兩個字。（圖3）有的究竟是不是應該看作文字，還有討論餘地。㊶

　　總之，已發現的商代前期的文字資料又少又零碎，顯然不能充分反映漢字當時的發展水平，對我們研究漢字的形成過程沒有重大參考價值。

　　由於夏代和商代前期的文字資料的貧乏，我們在討論漢字形成時代的時候，主要只能根據商代後期漢字的發展水平來進行推測。

　　商代後期的漢字不但已經能夠完整地記錄語言，而且在有些方面

還顯得相當成熟。前面已經說過，商代的記名金文情況特殊，象形的程度比較高。甲骨文和一般金文，跟它們比起來，寫法已經大大簡化（參看〔四(一)〕），不少字已經變得不大象形了。有些字還由於文字直行排列的需要，改變了字形原來的方向，例如「犬」（犬），「豕」（豕）等字都已經變成足部騰空，「疒」（疒，即疾字初文）所包含的人形和床形也已經豎了起來。當時，在上層統治階級的政治和社會生活裏，文字已經使用得相當廣泛，為他們服務的史官一類人的書寫技巧也達到了很高的水平。從這些方面看，商代後期跟漢字脫離原始文字階段而形成完整文字體系的時代，應該已經有一段距離了。④

但是另一方面，在商代後期文字裏仍然可以找到一些比較原始的跡象，例如我們在第一章裏已經提到過的，某些表意的字形一形多用，某些表意字隨語言環境而改變字形，以及文字排列偶爾跟語序不相應等現象。這些現象在西周以後的古文字裏基本上已經絕跡，只有表意的字形一形多用的現象仍有少量殘存（如「夫」、「大」二字有時不加區別等）。從這方面看，商代後期距離漢字形成完整文字體系的時代似乎也不會很遠。

《尚書·多士》記載西周初年周公對商朝遺民的訓話說：「惟爾知，惟殷先人有冊有典：殷革夏命。」周公特別強調殷的先人有典冊記載「殷革夏命」之事，也許我國就是從夏商之際才開始有比較完備的記事典冊的。漢字形成完整的文字體系，很可能也就在夏商之際。當然，完整的文字體系形成之後，原始文字是不會馬上就絕跡的。在一段時間裏，原始文字和完整的文字體系可能會在不同的地域裏或不同的用途上同時並存。只要注意一下原始文字以至完整的文字體系產生之後，原始的甲類符號還在繼續應用的情況，就可以理解這一點。

前面已經說過，原始漢字可能開始出現於公元前第三千年中期。到公元前第三千年末期，隨著夏王朝的建立，我國正式進入階級社會。統治階級為了有效地進行統治，必然迫切需要比較完善的文字，因此原始文字改進的速度一定會大大加快。夏王朝有完整的世系流傳下來這件事，就是原始文字有了巨大改進的反映。漢字大概就是在這樣的基礎上，在夏商之際（約在前十七世紀前後）形成完整的文字體系的。有的學者主張漢字形成於夏初。㊸ 由於大家都缺乏確鑿的證

據，究竟誰是誰非，只有留待發現有關的新資料以後再去判斷了。還有學者認為「中國象形文字出於商代後期（盤庚、武丁以後）的卜人集團」。㊹這未免把漢字形成的時間估計得過晚了。

原始漢字在原始社會晚期開始出現的時候，是勞動人民的創造。但是，「文字在人民間萌芽，後來卻一定為特權者所收攬」（魯迅《門外文談》）。進入階級社會之後，在漢字由原始文字發展成完整的文字體系的過程裏，起主要作用的大概就是為統治者服務的巫、史一類人了。納西原始文字在過去是由納西族的「東巴」（巫師）掌握的，所以也叫東巴文。在目前所能看到的內容比較豐富的成批古漢字資料裏，時代最早的是與占卜有關的甲骨文，它們大概也出自當時的巫、史之手。歷史悠久的倉頡造字的傳說，也許並沒有真實的歷史根據。但是相傳倉頡是黃帝的史官，把史官跟造字聯繫在一起，還是有一些道理的。

## (二) 漢字發展過程中的主要變化

即使只從商代後期算起，漢字也已經有三千三百年左右的歷史了。在這段很長的時間裏，漢字的意音文字的本質沒有改變，但是無論在形體上或結構上，都發生了一些很重要的變化。

從形體上看，漢字主要經歷了由繁到簡的變化。這種變化表現在字體和字形兩方面。字形的變化指一個個字的外形的變化。字體的變化則指文字在字形特點和書寫風格上的總的變化，而且通常是指較明顯較巨大的變化而言的。當然，這兩方面的變化往往是交織在一起而難以截然劃分的。

漢字字體演變的過程可以分成兩個大階段，即古文字階段和隸、楷階段。前一階段起自商代終於秦代（公元前三世紀晚期），後一階段起自漢代一直延續到現代。

由象形變為不象形，是字體演變過程中最容易覺察到的變化。在整個古文字階段裏，漢字的象形程度在不斷降低。古文字所使用的字符，本來大都很像圖形。古人為了書寫的方便，把它們逐漸改變成用比較平直的線條構成的、象形程度較低的符號。這可以稱為「線條

化」。在從古文字演變為隸書的過程裏，字符的寫法發生了更大的變化。它們絕大多數變成了完全喪失象形意味的，用點、畫、撇、捺等筆畫組成的符號。這可以稱為「筆畫化」。下面所舉的是「馬」、「魚」二字字體演變的簡單情況：

| 古 文 字 | | | | 隸書 | 楷書 |
|---|---|---|---|---|---|
| 記名金文 | 甲骨文 | 周代金文 | 小篆 | | |
| 馬 | 馬 | 馬 | 馬 | 馬 | 馬 |
| 魚 | 魚 | 魚 | 魚 | 魚 | 魚 |

隸書書寫起來，要比古文字方便得多。由古文字變為隸書，應該看作漢字形體上最重要的一次簡化。從表面上看，楷書對隸書的改變似乎不大。但是楷書的筆畫書寫起來比隸書更加方便，所以由隸變楷也是一次重要的簡化。

　　字體的變化跟字形的簡化往往是相伴的。這從上舉的「馬」、「魚」二字就可以看出來。從下面所舉的由古文字變為隸書的兩個例子，這一點可以看得更為明白：

　　寒 —— 寒　　　塞 —— 塞

在字體沒有發生顯著變化的情況下，字形的簡化也在不斷進行。早在商代的甲骨文裏就可以看到很多這樣的例子，如：

　　采 —— 采（采）　　　漁 —— 漁（漁）

漢字演變為楷書之後，字形仍在不斷簡化。五十年代以來，大陸還在政府的領導下進行了大規模的漢字簡化工作。前面舉過的「馬」和

「魚」，就在五十年代簡化成了「马」和「鱼」。

另一方面，在漢字發展的過程裏也存在著字形繁化的現象。字形繁化可以分成兩類。一類純粹是外形上的繁化，一類是文字結構上的變化所造成的繁化。

前一類繁化有時是為了明確字形以避免混淆而進行的。例如：「上」、「下」二字在古文字裏本來多寫作「 二 」、「 二 」。為了避免相互混淆，並避免與「二」字相混，後來各加一豎而寫作「上」、「下」。「玉」和「王」在隸書所從演變的古文字（即篆文）裏寫作「 王 」和「 王 」，其區別僅在於中間的一道橫畫的位置稍有高下，很容易相混。隸書在早期沿襲了這種字形，後來為了使二者有比較明顯的區別，使用了在「玉」字上加點的辦法。「肉」字在隸書所從演變的古文字裏寫作 ⊘ 。在隸、楷裏，為了避免跟「月」相混，把它繁化成了「 肉 」、「肉」等形（此外還出現過「 宍 」、「 宍 」等寫法）。

但是在多數情況下，純粹外形上的繁化似乎只是書寫習慣上的一種變化，並沒有什麼有意義的目的。例如「 辛 」變為「 辛 」、「 辛 」（辛），「 角 」變為「 角 」（角），「 侯 」變為「 侯 」（侯）等。無意義的繁化大都發生在古文字階段。有不少繁化的寫法在使用了一段時間之後，就為保持原形的寫法所淘汰。例如在春秋時代，「天」、「正」等字曾出現上加短橫的「 天 」、「 正 」等寫法，這些寫法到秦漢時代就絕跡了。

總的來看，上述這兩種外形上的繁化只涉及全部漢字的一個很小的部分，繁化的程度也很輕微，通常只不過增添一兩筆而已。

文字結構上的變化所造成的繁化，最常見的是增加偏旁，如第一章裏舉過的｛鳳｝的象形字加注音符「凡」的例子。又如象深潭的「 淵 」加注意符「水」而作「淵」（本作 淵 ），像一種斧類兵器的「戉」（本作 戉 ）加注意符「金」而作「鉞」[45]等等。

漢字裏有大量加旁字，但是大部分加旁字跟未加偏旁的原字都分化成了兩個字，第二章裏舉過的由「尚羊」分化出來的「徜徉」、由「吳公」分化出來的「蜈蚣」、由「倉庚」分化出來的「鶬鶊」等字就是例子。像上面舉過的「鳳」、「淵」、「鉞」等字那樣的、用法跟原字毫無區別的加旁字，為數並不太多（「淵」和「戉」在古代說

不定也有過為「淵」和「鉞」所沒有的假借用法）。所以大部分加偏旁的現象可以解釋為文字的分化或字數的增加，不必看作字形的繁化。不過如果以詞為本位，加偏旁的分化字的出現就應該看作字形的繁化了。例如對｜蜈蚣｜來說，由寫作「吳公」變為寫作「蜈蚣」，的確是字形的繁化。漢字簡化有時也是以詞為本位的。例如五十年代漢字簡化時用音近字「斗」取代鬥爭的「鬥」。從文字的角度來看，這是文字合併或字數減少的現象。從詞的角度來看，｜鬥｜由寫作「鬥」變為寫作「斗」，是字形的簡化。

　　即使是「鳳」、「淵」、「鉞」這一類加旁字，如果就組成它們的偏旁來看，字形變化的主要趨向仍然是簡化。在漢字形體演變的過程裏，偏旁的寫法絕大多數不斷在由繁趨簡。有些偏旁還經歷了比一般的字形演變更為劇烈的簡化。例如在隸書裏，「水」用作左旁時變為三短橫，寫法比獨立成字時簡單得多。有的學者認為：「就漢字的單個符號來看，並不存在繁化的趨向。」⑯ 這是有道理的。當然，少數的例外還是有的，如前面所說的「玉」、「肉」之類。

　　這裏附帶談談漢字字數的問題。

　　漢字的總數是不斷增多的。東漢許慎在公元二世紀編寫的、我國第一部比較完整的字典《說文解字》，共收9353字，加上重文共10516字。⑰ 南朝梁代顧野王在六世紀編寫的《玉篇》，收16917字。⑱ 十一世紀宋真宗時編的《廣韻》收26194字（包括一字重出於不同韻者）。十四世紀明洪武年間編的《洪武正韻》收三萬二千二百餘字（同上）。十八世紀清康熙年間編的《康熙字典》收47043字。⑲ 本世紀六十年代編的《中文大辭典》收49888字，加上補遺共49905字。八十年代編成的《漢語大字典》收字頭54678個。但是《康熙字典》一類大型字典裏包含很多已經死亡的字、極為生僻的字（包括一般人不用的專業字）以及很多異體、訛體，一般需要使用的字只占一個相當小的比例。

　　如果以各個時代一般使用的漢字為考察對象，就會發現漢字的數量其實是相當穩定的。我們所說的一般使用的漢字，就是除去很生僻的字和比較專門的專業用字之後的實際使用的漢字，跟有些人所說的「通用漢字」大致相當。

　　由於掌握的資料太少，我們只能考察一下漢字發展史的上古和現代這兩頭的情況。先看上古漢字。已發現的商代後期的甲骨文資料，

總字數當以百萬計，大體上應該能夠反映商代後期一般使用文字的情況。1965年出版的《甲骨文編》根據當時已出版的甲骨文資料，整理出單字4672個。此書《編輯序言》認為「其中有些字還可以歸併；目前甲骨刻辭中所見到的全部單字的總數，約在四千五百字左右」（引者按：《甲骨文編》中也有應分而誤合之字，但數量不多）。在此後新發表的甲骨文資料裏，出現了一些《甲骨文編》所未收的新字，充其量也不過數百。如果把商代後期一般使用的漢字數量估計為五千左右，大概離事實不會很遠。周代遺留下來的主要文獻是十三經。據《十三經集字》統計，十三經共用單字6544個。[50] 十三經由於後世的傳抄刊刻，用字情況已不完全是原貌，但在單字總數方面大體上總還是能夠反映周代的情況的。十三經的時代延伸得比較長，幾乎包括了整個兩周時代，而且其中還有一些秦漢時代的東西。如果有可能以周代某一段一二百年的時間為範圍來進行統計，當時一般使用的字數大概要比十三經使用的字數低一些。

再來看大陸使用的現代漢字的情況。1965年文化部和中國文字改革委員會聯合發布的《印刷通用漢字字形表》收字6196個。1981年國家標準局發布的《信息交換用漢字編碼字符集・基本集》收字6763個。1988年國家語言文字工作委員會和新聞出版署聯合發布的《現代漢語通用字表》收字7000個。據有的學者統計，現代書報刊物的用字數為6335個。[51] 據另一種統計，掌握了3800個漢字，就能閱讀一般書刊內容的99.9％左右；掌握了5200個漢字，就能閱讀一般書刊內容的99.99％左右。[52] 此外，從漢字構詞能力的角度來看，據中國人民大學語言文字研究所統計，4990個漢字就「構成了《現代漢語詞典》中的幾乎所有的詞」。[53] 從上面舉出的一些數據來看，大致可以說，現在一般使用的漢字的數量是五六千左右。

從上述情況來看，從商代到現代，一般使用的漢字的數量似乎並沒有顯著的變化，很可能一直在五六千左右徘徊。在這三千多年裏，新字在不斷產生，但是舊字也在不斷退出歷史舞台。二者相抵，字數的變化就不大了。一般說來，時代越晚，新詞增加得越快。但是由於複合詞在漢語裏越來越占優勢，音譯外來詞又絕大多數用假借字記錄，所以需要為它們造新字的新詞卻並不是越來越多，這是一般使用的漢字的數量有可能比較穩定的重要原因。

　　漢字使用意符、音符和記號三種字符，結構複雜，不易記憶。如果單字太多，使用的人會無法掌握。但是如果單字太少，又會影響記錄語言的明確性，使用起來也會發生困難。在漢字發展的過程裏，幾乎始終同時存在文字分化和文字合併這兩種相反相成的現象（參看第十一章）。進行分化是為了加強記錄語言的明確性，進行合併是為了控制單字的數量。漢字裏一般使用的字數從古到今變化不大，顯然不是一個偶然的現象。

　　下面討論漢字結構上的變化。

　　從結構上看，漢字主要發生了三項變化：1.形聲字的比重逐漸上升。2.所使用的意符從以形符為主變為以義符為主。3.記號字、半記號字逐漸增多。下面分別加以說明。

　　1. 形聲字的比重逐漸上升。

　　在漢字發展的過程裏，形聲字在全部漢字裏所占的比重逐漸上升，由少數變成了占壓倒優勢的多數（這裏所說的「全部漢字」指全部表意字、形聲字和記號字、半記號字，不包括借這些字充當的假借字）。

　　漢字形成完整的文字體系之後，新增加的字多數是通過加偏旁或改偏旁等途徑從已有的字分化出來的。這些字絕大部分是形聲字（參看〔八(一)〕、〔一一(一)1C〕）。此外，由於用圖形表示字義是造表意字的重要方法，漢字象形程度的不斷降低，對造表意字很不利，並使很多已有的表意字的字形無法再起原有的表意作用，但是形聲字一般卻不受影響。這不但促使人們多造形聲字，少造表意字，而且還促使人們陸續把一些表意字改成形聲字。為了簡化等目的把形聲字改成表意字的現象也是存在的，但是比表意字改成形聲字的現象少見得多（參看〔八(一)〕）。由於上述原因，形聲字在全部漢字裏所占的比重就逐漸上升了。

　　有人曾對商代後期甲骨文裏已認識的那部分字的結構作過研究，發現形聲字還明顯地少於表意字。㊿ 在周代，特別是在春秋戰國時代，形聲字增加得非常快，新造的表意字則已經很少見。這從有關的古文字資料裏可以清楚地看出來。目前似乎還沒有人對周代古文字裏形聲字所占的比重作過統計。可能早在春秋時代，形聲字的數量就已經超過表意字了。關於《說文》所收的九千三百多個小篆裏的形聲字的

數量，有幾種統計數字。據清代朱駿聲的《六書爻例》，形聲字約占百分之八十二強。如果把所謂「兼形聲」的象形、指事和會意字也算作形聲字，比重便可以提高到百分之八十六強。⑮ 南宋鄭樵對兩萬三千多個漢字的結構作過分析。根據他的統計數字，形聲字的比重已經超過百分之九十。⑯ 不過在常用字裏，表意字和由表意字變來的記號字比較多，所以形聲字的比重要低一些。

在漢字裏，有些字的結構的性質尚無定說，因此上引的那些統計數字是不可能很精確的。但是這些數字所反映的形聲字由少數逐漸變成占壓倒優勢的多數的情況，顯然是合乎歷史事實的。

形聲字既有表音成分，又不像有些假借字那樣有造成誤解的可能。在使用意符、音符的文字裏，尤其是在漢字這種記錄單音節語素占優勢的語言的文字裏，這是最適用的一種文字結構。形聲字比重的上升，是漢字發展的主要標誌。

2. 所使用的意符從以形符為主變為以義符為主。

在第二章裏曾經講到過形符和義符的區別，這裏再作些補充。形符是依靠本身的形象來起表意作用的，它們往往不能獨立成字。例如：古人畫兩只一前一後的腳作為「  」（步）字。「  」是像人的左腳的形符〔比較原始的寫法見〔四(一)〕的商代字形對照表〕，獨立使用時就是「止」字（「趾」的初文）。但是像右腳的「  」卻不能獨立成字（  後來變作  ，又變作見於「步」字的「少」、見於「登」、「發」等字的「」，只作偏旁用。《說文》把「  」當作一個獨立的字，是不妥當的）。又如第二章裏舉過的「  」（立）字所使用的兩個形符，「  」像站著的人，「一」像地面，表面上跟「大」字「一」字同形，實際上卻跟這兩個字沒有關係，所以也應該看作不能獨立成字的形符。

義符一般都由現成的文字充當。就我們現在使用的文字來看，有少數義符是只作偏旁用的，如「辶」（辵）、「疒」、「宀」等。⑰它們大都是很常見的偏旁，所代表的意義是很多人所熟悉的。

但是形符和義符的界線並非總是很明確的。在古文字裏，有些表意字的偏旁既可以看作形符，也可以看作義符。例如「  」（林）字，無論把構成這個字的兩個「  」看作形符——樹木的象形符號，還是看作義符——由「木」字充當的表意偏旁，都可以從字形體

會出樹林的意思來。不過從隸、楷的角度來看，這類偏旁就只能歸入義符了。

在象形程度較高的早期古文字裏，表意字絕大部分是用形符造的，形符是意符的主流。漢字由象形到不象形的變化，破壞了絕大部分形符的表意作用，但是對依靠本身的字義來起作用的義符，則並無多大影響。因此，隨著漢字象形程度的降低，造表意字的方法就逐漸由主要用形符變為主要用義符了。春秋戰國以後新造的表意字，不但只占全部新增字的一個很小的部分，而且大多數是用義符構成的合體字，如「劣」（弱而少力為劣）、「羠」（「膻」的異體，指羊的臭味）之類，用形符造的字如「凹」、「凸」等，為數極少。

一方面在造字的時候，形符使用得越來越少。另一方面，舊有的文字裏的形符也在不斷減少。在漢字象形程度不斷降低和字形不斷簡化的過程裏，人們陸續把一些準合體表意字裏由不能獨立成字的形符充當的偏旁，改成了能夠獨立成字的表意偏旁。例如：防戍的「戍」本來寫作 ，像人荷戈形。這個字早在甲骨文裏就已經簡化為 ，荷戈人形改成一般的「人」字，橫置在人肩上的戈也豎了起來，跟一般的「戈」字取得一致。當匹配、對偶講的「儔」（ㄔㄡˊchóu）本來寫作 ，像兩鳥相對。西周金文「雛」字作 ，所从的「雔」也作兩「隹」相對形（「隹」也像鳥，參看〔七（一）〕）。後來這個字改寫作 ，左邊那個向右的「隹」改成了一般的「隹」字。涉水的「涉」本來寫作 ，以一腳在水南一腳在水北示意，後來變作 ，成為从「水」从「步」的字。當人拉的車子講的

「輦」字，本來的寫法像兩個人在拉車：（見左圖）後來變作 ，「車」旁隨一般的「車」字而簡化，舉手拉車的人形也換成了「夫」字。折斷的「折」本來寫作 ，像用斧斤砍斷樹木之形，後來斷木形改成兩個「屮」，再後兩個「屮」又改成外形與之相近的 （手），就成為从「手」从「斤」的字了。這類表意字經過改造之後，大都可以認為已變成了由義符組成的合體字。

為了盡量使偏旁成字，以便書寫，往往不得不在字形的表意作用方面作些犧牲。「戍」、「雔」、「涉」、「折」等字後來的字形，其表意作用顯然不如原來的字形明確。有時為了使偏旁成字，甚至不

惜完全破壞字形的表意作用。例如： （射）字像弓箭的部分後來改成形近的 （身），跟字義就完全失去了聯繫（《說文》「躲」字下以「弓弩發於身而中於遠」說「躲」字从「身」之意，是牽強附會的。「躲」即「射」字異體）。

第二章裏說過，形聲字的形旁一般是義符。因此，形聲字比重的不斷上升，也意味著義符的重要性在逐漸增加，形符的重要性在逐漸降低。而且有些形聲字的產生是直接跟某些形符的消滅聯繫在一起的。用形符造的表意字加注音符之後，往往通過把形符改為義符的途徑，變成一般的形聲字，如第一章舉過的「鳳」字。本像鳳鳥形，由於加了音符「凡」，像鳳鳥的形符後來為義符「鳥」旁所取代。還有一些表意字，通過把用作偏旁的形符改為音符的途徑，轉變成形聲字。例如：「昃」（仄）字本作 、 等形，用人跟太陽之間的位置關係來表示日已西斜的意思，後來通過把傾斜的人形改為形近的音符「矢」（ ）而變成形聲字（更後又把聲旁「矢」換成了「仄」。「矢」和「仄」都可以認為兼有表意作用。「矢」字《說文》訓為「傾頭」）。上述這兩種把表意字改造成形聲字的情況，在〔八(一)〕裏講形聲字產生途徑的時候還要講到，這裏就不多舉例了。

由於在造字的時候，形符使用得越來越少，義符則使用得越來越多（主要用作形聲字的形旁），並且已經使用的形符也有不少陸續為義符或音符所代替，大概早在春秋時代，義符的重要性就已經超過了形符。在漢字演變為隸、楷的過程裏，那些用單個形符造的表意字如「人」、「日」之類，它們的形符大都變成了記號。充當表意字偏旁的、不能獨立成字的形符，如果在隸書形成前還沒有為成字的偏旁所取代，在隸書形成和發展的過程裏也大都變成了記號。例如構成「立」字的人形和地面形合在一起變成了一個記號，「步」字下部的右腳形也變成了記號。這樣，曾經作為漢字意符主流的形符，就基本上退出了歷史舞台。在現代的漢字裏，可以認為真正是用形符造成的字，如「一」、「二」、「三」、「凹」、「凸」等，為數極少。

3. 記號字、半記號字逐漸增多。

漢字裏用記號造字的情況極為少見（參看第二章）。但是，由於字形象形程度的降低和簡化、訛變等原因，估計早在古文字階段，就已經有一些表意字和少量形聲字變成了記號字或半記號字。有很多古

文字的字形，我們感到無法解釋，恐怕其中有些字對當時人來說就已經是記號字了。前面提到過的「射」字，在屬於古文字的小篆裏已經寫作从「身」从「寸」，就未嘗不可以認為已經變成了記號字。

在隸書形成的過程裏，有一大批表意字和一些形聲字變成了記號字或半記號字。這方面的情況在第二章裏已經作過說明，這裏就不重複了。

在隸、楷階段，由於字形的簡化和訛變等原因，記號字、半記號字還在繼續出現（如〔一〇㈠8〕所舉的某些由於訛變而形成的異體）。在五十年代的漢字簡化裏，也採用了一些記號字和半記號字，如「头」是記號字，「鸡」、「疖」是半記號字。

有些字形構造並未受到破壞的字，由於某些原因實際上也已經成為記號字或半記號字。這方面的情況，第二章裏也已經說明了。

有時候，在一個字應不應該看作記號字的問題上，文化水平不同的人會有不同的答案。例如：一個文化水平比較高的人，大概會承認「都」是一個形聲字。因為他知道右邊的「阝」旁是「邑」的變形，而都城就是一種邑。「者」和「都」現在的讀音毫無共同之處，但是他一想起「賭」、「堵」、「睹」等讀音跟「都」相近的一連串字，也能勉強承認「者」是「都」的聲旁。可是對一個沒有這些知識的人來說，「都」實際上只是一個記號字。又如：「之」的本義是「到……去」，古書中常用此義（如《孟子·告子下》「先生將何之？」）。因此一個有古漢語修養的人，覺得把「之乎者也」的「之」看作假借字是很自然的。一般人大概只知道後一種「之」。對他們來說，這種「之」字實際上也只是一個記號字。在半記號字方面也存在類似的問題。

現在還沒有人統計過漢字裏記號字和半記號字的數量。如果要作統計，按理說，字形構造並未受到破壞但實際上已經成為記號字或半記號字的那些字，也應該包括在內。由於上面指出的那種情況，這種統計恐怕很難得到一致同意的結果。估計即使採取比較保守的立場，也就是文化水平比較高的人的立場來作統計，記號字、半記號字在現代一般使用的漢字裏所占的比重也不會低於五分之一。在常用字裏比重無疑還要更高。

前面引用過的對形聲字在漢字中所占比重的統計，都沒有考慮到

一部分形聲字實際上已經變成記號字或半記號字的情況。所以那些統計數字實際上都是偏高的。

以上我們分形體和結構兩個方面，介紹了漢字發展過程中的主要變化。事實上，這兩方面的變化是緊密聯繫在一起的。漢字象形程度的降低，是促使人們少造表意字、多造形聲字的原因之一。而形聲字成為漢字主流這件事，回過頭來又為漢字象形程度的進一步降低創造了條件。文字結構的變化，客觀上常常造成字形繁化或簡化的後果。文字形體的變化，也常常造成破壞或改變文字結構的後果。記號字的大量出現，主要是漢字形體的變化所引起的。這從文字結構上看是一種倒退，然而卻是為了簡化字形，提高文字使用效率所必須付出的代價。直到今天，如何處理好字形簡化跟文字結構的矛盾，仍然是一個需要認真對待的問題（為了把象形的古文字改造成隸、楷而破壞一部分字的結構，是迫不得已的，也是值得的。在楷書早已成熟的情況下，僅僅為了減少筆畫而去破壞某些字的結構，把它們變成記號字，這樣做究竟是不是必要，是不是值得，就大可懷疑了）。

---

注　　釋

① 參看第一章注⑩所引文。

② 《甘肅秦安大地灣遺址1978年至1982年發掘的主要收穫》，《文物》1983年11期22−25頁。

③ 《河南舞陽賈湖新石器時代遺址第二至六次發掘簡報》，《文物》1989年1期11、12、14等頁。

④ 參看高明《中國古文字學通論》36頁，文物出版社，1987。甚至在某些西漢陶器上都還可以看到這類符號，參看《廣州漢墓》上冊89−91、210−211頁，文物出版社，1981。

⑤ 引自《西安半坡》197頁圖141、圖版167−171，文物出版社，1963。

⑥ 引自王志俊《關中地區仰韶文化刻劃符號綜述》，《考古與文物》1980年3期15頁。

⑦ 丁省吾《關於古文字研究的若干問題》，《文物》1973年2期32頁。

⑧ 注⑤所引書198頁。

⑨ 第一章注⑤所引文23頁。

⑩　參看注④所引高明書35–36頁。

⑪　例如古漢字用來表示「五」的「Ｘ」，納西文用來表示「十」，哈尼族曾用來表示五十元　，傈僳族曾用來表示相會的意思（第一章注⑤所引文15頁），古代巴比倫曾用作所有權的標記（同上23頁），聖書字用來表示「劃分」（參看第一章）。

⑫　參看郭沫若《古代文字之辯證的發展》，《考古學報》1972年1期4–5頁。

⑬　參看第一章注⑤所引文39頁。

⑭　鄭洪春、穆海亭《陝西長安花樓子客省莊二期文化遺址發掘》，《考古與文物》1988年5、6合期237–239頁。

⑮　王樹明《談陵陽河與大朱村出土的陶尊「文字」》，載《山東史前文化論文集》，齊魯書社，1986。

⑯　下引線圖取自注⑲所引文75頁。

⑰　《文物》1974年1期75頁。

⑱　《大汶口——新石器時代墓葬發掘報告》73頁，文物出版社，1974。

⑲　《文物》1987年12期。

⑳　注⑦所引文32頁。

㉑　《關於江西吳城文化遺址與文字的初步探索》，《文物》1975年7期72–73頁。唐氏認為「戌」「戉」古為一字。

㉒　《考古發現與中國文字起源》，《中國文化研究集刊》第2輯155頁，復旦大學出版社，1985。

㉓　注⑲所引文78頁。

㉔　第一章注⑤所引文27頁。

㉕　引自注⑲所引文79頁。

㉖　《長江下游新石器時代文化若干問題的探析》，《文物》1978年4期52頁。

㉗　出處見注㉒。

㉘　有關的圖都轉引自注㉒所引文157頁。

㉙　石志廉《最大最古的　紋碧玉琮》，《中國文物報》1987年10月1日2版。此文稱「玉臂圈」為「矮筒形小玉琮」。

㉚　安志敏《關於良渚文化的若干問題》，《考古》1988年3期241、245頁注㉔。

㉛ 第一章注⑩所引文165—166頁。

㉜ 同注㉔28頁。

㉝ 《殷周青銅器銘文研究》，科學出版社，1961。

㉞ 引自《河南偃師二里頭遺址發掘簡報》，《考古》1965年5期222頁。

㉟ 王宜濤《商縣紫荊遺址發現二里頭文化陶文》，《考古與文物》1983年4期1—2頁。

㊱ 李先登《夏代有文字嗎》，《文史知識》1985年7期51—52頁。同人《關於探索夏文化的若干問題》，《中國歷史博物館館刊》總2期（1980）34頁。

㊲ 《鄭州二里岡》17頁，又圖31，科學出版社，1959。《鄭州南關外商代遺址的發掘》，《考古學報》1973年1期83—84頁。

㊳ 《鄭州二里岡》38頁，又圖30。

㊴ 季云《藁城台西商代遺址發現的陶器文字》，《文物》1974年8期。

㊵ 注㉑所引文。《江西清江縣吳城商代遺址發掘簡報》，《文物》1975年7期。《江西清江吳城商代遺址第四次發掘的主要收穫》，《文物資料叢刊》2。

㊶ 李學勤《論美澳新收藏的幾件商周文物》，《文物》1979年12期73頁。曹淑琴《商代中期有銘銅器初探》，《考古》1988年3期247—252頁。本書圖3B所錄銘文，有的學者認為是偽刻。

㊷ 參看董作賓《中國文字》、《中國文字在商代》、《從麼些文字看甲骨文》等文，皆收入《董作賓先生全集》乙編第四冊。

㊸ 孟維智《漢字起源問題淺議》，《語文研究》1980年1期106—108頁。

㊹ 徐中舒、唐嘉弘《關於夏代文字的問題》，中國先秦史學會編《夏史論叢》127、140頁，齊魯書社，1985。

㊺ 《說文・金部》有訓「車鑾聲」的「鉞」字，《段注》疑是「鉞」之誤，即使不誤，跟「戉」的加旁字「鉞」也沒有關係，只是偶然同形而已。關於同形字，詳〔一〇㈡〕。

㊻ 第一章注⑪所引書9頁。

㊼ 這是《說文・敍（序）》自記的數字。有人據今本《說文》統計，實際共有　萬零七百多字，見胡樸安《中國文字學史》46頁注⑨⑩。其中可能有後人摻入之字。《說文》把在當時實際上已經成為古文字的小篆作為標準字體，有不少當時通行的字沒有被收入。

㊽ 據唐代封演《封氏聞見記》。今本《玉篇》經唐宋人增補，收字近二萬三千。

㊾ 其中有110個重見字，不同形的字共46933個。見王竹溪《編寫新部首字典的一些考慮》，《語文現代化》1980年4期92頁。

㊿ 據錢玄《秦漢帛書簡牘中的通假字》轉引，見《南京師院學報（社科版）》1980年3期47頁。蒙南京師範大學中文系施謝捷先生見告,錢文所據為清李鴻藻《十三經集字》，光緒丙戌刊本與李氏《十三經不二字》合為一冊。

(51) 鄭林曦《精簡漢字字數的理論和實踐》，中國社會科學出版社，1981。

(52) 陳明遠《數理統計在漢語研究中的應用》，《中國語文》1981年6期468頁。

(53) 同上注469頁。

(54) 參看李孝定《中國文字的原始與演變（上篇）》「甲骨文的六書分析」節，台北史語所集刊45本（1974年）374−380頁。

(55) 《六書爻列》見《說文通訓定聲》卷首。《六書爻列》中列出了少量假借字和轉注字。這些字同時又按照它們字形本來的結構列入了其他四書（即指事、象形、會意、形聲）。我們計算百分比時沒有管這些字。關於「六書」，參看〔六㈠〕。

(56) 看《通志・六書略》。鄭樵的工作做得比較粗糙，統計數字不盡可據（會意一類之中就有重出之字），而且他的轉注類所收的字，既有表意字，又有形聲字，其中有的字同時又收入他類，有的字則只見於轉注類，這些情況給統計形聲字的百分比帶來了一些麻煩。所以我們舉出的百分比只取整數。

(57) 「辵」是由「彳」跟「止」合成的。古代有「辵」字，但極罕見（《說文》引《公羊傳・宣公六年》「辵階而走」，今本《公羊傳》作「躇」），而且大概是先有「辵」旁，然後才有「辵」字的。「彳」其實也可以看作不能獨立成字的義符。它本是「行」用作偏旁時的省體，「彳亍」的用法是後起的。「疒」和「宀」在較早的古文字裏都可以獨立成字，參看〔七㈠〕。

# 4 形體的演變（上）：古文字階段的漢字

第三章裏說過，漢字字體的演變可以分成古文字和隸楷兩個大階段，前一階段起自商代終於秦代，後一階段起自漢代一直延續到現代。這是一種粗略的說法。秦代既使用屬於古文字的篆文，也使用隸書，實際上是兼跨兩個階段的。秦代使用的隸書尚未完全成熟，可以稱為早期隸書。這種隸書在戰國晚期就已經在秦國形成，到西漢早期還在使用，如果把戰國晚期到西漢早期劃為古文字和隸楷兩個階段之間的過渡階段，也許更符合漢字字體發展的實際情況。但是為了減少頭緒，並照顧劃分字體發展階段的舊習慣，下面講漢字形體的演變，仍然只分古文字和隸楷兩個階段。

如果把商代後期算作開端，秦代算作終端，古文字階段大約起自公元前14世紀，終於前3世紀末，歷時約一千一百多年。根據唐蘭先生的意見，古文字按照時代先後和形體上的特點，可以分為商代文字、西周春秋文字、六國文字和秦系文字四類。① 這四類文字之間的界線並不十分明確。商末和周初的文字，春秋末和戰國初的文字，都很相似，往往難以區分。秦系文字時代的上限是春秋，內容跟西周春秋文字有部分的重複。不過，這樣劃分的確能夠反映出古文字形體演變過程的一些重要特點，並且對於介紹古文字資料頗為方便。所以下面就按照這種分類方法來敘述古文字形體演變的情況。

本章的最後一節是「隸書的形成」，因為隸書是在古文字階段將要結束的時候形成的。

# (一) 商代文字

　　二千四百多年前，孔子曾為殷禮無徵而慨嘆。今天我們依靠地下發現，卻能夠看到大批商代後期遺留下來的文字資料。在已發現的各種商代後期文字資料裏，數量最多的是甲骨文，即占卜用的龜甲和獸骨上的文字；其次是金文，即青銅器上的文字。此外，在陶、石、玉、骨、角等類物品上也發現了文字，不過數量都不多。商代金文幾乎都是鑄在銅器上的（西周、春秋時代金文也一樣）。甲骨文和上述其他各種文字，絕大多數是用刀刻出來的，少數是用毛筆蘸墨或朱砂書寫的。

　　甲骨文發現於商代後期王都的遺址——殷墟（今河南省安陽市西北）。大約在公元前 14 世紀，商王盤庚遷都於殷。此後，直到公元前 11 世紀商紂亡國，在二百七十多年的時間裏，這裏始終是商王朝的國都。甲骨文是這一時期商代統治者的占卜記錄。其中大部分是商王的占卜記錄，小部分是跟商王有密切關係的大貴族的占卜記錄。

　　商代統治者非常迷信，對各種各樣的事情，例如一旬之中會不會有憂患，天會不會下雨，農業能不能有收成，打仗能不能勝利，以至生育、疾病、做夢等事，都要占卜一下，看看是吉是凶。占卜所用的材料是龜的腹甲、背甲和牛的肩胛骨（偶爾也用其他獸骨）。通常先在準備用來占卜的甲骨的背面鑽鑿出一些小坑，占卜時就在這些小坑上加熱，使甲骨表面因熱而裂縫。這種裂縫叫做兆。占卜的人就根據兆的樣子來判斷吉凶。商代後期管理占卜事務的人員，往往把占卜的事由、卜兆的吉凶以至後來應驗與否的情況，刻記在卜甲卜骨上。這些文字就是所謂甲骨文，也稱甲骨卜辭。商代人有時也在卜甲卜骨或一般獸骨上刻記一些跟占卜無關的事情。這類文字通常也都稱為甲骨文。所以嚴格說起來，甲骨文的範圍要比甲骨卜辭廣一些。

　　商朝滅亡後，刻著文字的甲骨埋藏在殷墟地下，長期為人所遺忘。雖然這種甲骨也不時被人翻挖出來，但是並沒有人知道上面刻著具有重要歷史價值的古代文字。直到清末光緒二十四、五年（1898、1899）的時候，甲骨文的價值才開始被人認識。從那時以來，經過當地村民的私掘和公家的考古發掘，出土的有字甲骨已經累積到十多萬

片。不過其中只有少數是完整的卜甲和卜骨（圖4、5），絕大多數是面積不大的碎片，有的小碎片上只有一個字（跟有字甲骨一起出土的，還有很多無字的卜甲卜骨，因為當時在占卜之後並不是每次都一定寫刻卜辭）。

一塊完整的有字甲骨，往往刻有很多條卜辭。篇幅較長的卜辭，一條有六十多個到八九十個字。殷墟曾出土一塊非卜用的刻字骨版，一面刻著一篇記事文字，另一面刻著六十干支表。由於記事文字提到小臣牆之名，一般稱為小臣牆骨版。（圖6）此骨上部已經殘去，據干支表的殘缺程度推測，骨上刻的記事文字原來長達一百餘字，應是地下發現的最長的一篇商代文字，可惜殘存下來的只有五十多個字。甲骨文數量既多，內容也很豐富，是我們研究商代文字和商代歷史、文化的最重要的資料。

在青銅器上鑄銘文的風氣，從商代後期開始流行，到周代達到高峰。先秦稱銅為金，所以後人把古代銅器上的文字叫做金文。由於鐘和鼎在周代各種有銘文的銅器裏占有比較重要的地位，過去也有人稱金文為「鐘鼎文」。有銘文的先秦銅器歷代都有發現，早在宋代就有人專門搜集研究。估計已著錄的和現存未著錄的先秦有銘銅器大約有一萬數千件。其中商代銅器可能占四分之一左右。

商代銅器上的銘文大都很簡單，多數只有一到五六個字，主要記作器者之名（多不用私名而用族名）和所紀念的先人的稱號（如父乙、祖己等）。（圖7）在商代後期的晚期階段，出現了一些篇幅較長的銘文，但是已發現的商代銘文最長的也不過四十餘字。（圖8）

《尚書・多士》說「惟殷先人，有冊有典」。甲骨文裏有「冊」字，寫作 ⅲ ⅲ 等形，直豎代表細長的竹木簡， ⊂ 或 ⊃ 代表把簡片編聯成冊的編繩。商代典冊的內容無疑會比甲骨文、金文更為重要，文字篇幅也一定會更長。可惜竹木易腐，沒能保存下來。

下面簡單介紹一下商代文字形體上的特點。

首先應該指出，甲骨文和金文在字體上有不同的特點。在商代，毛筆是主要的書寫工具。「筆」字從「竹」從「聿」。甲骨文「聿」字作 ⅈ，正像手執毛筆形。我們今天雖然已經無法看到用毛筆書寫的商代典冊，但是還能在商代後期留下來的甲骨和玉、石、陶等類物品上看到少量毛筆字。（圖9）金文基本上保持著毛筆字的樣子，甲

骨文就不同了。商代統治者頻繁進行占卜，需要刻在甲骨上的卜辭數量很大。在堅硬的甲骨上刻字，非常費時費力。刻字的人為了提高效率，不得不改變毛筆字的筆法，主要是改圓形為方形，改填實為勾廓，改粗筆為細筆，如：

| | 日 | 丁 | 子 | 父 |
|---|---|---|---|---|
| 金文 | ⊙ | ● | ♀ | ♂ |
| 甲骨文 | ▱ | ▢ | ♀ | ♂ |

有時他們還比較劇烈地簡化字形，如把子丑寅卯的「子」由 ♀ 簡化為 ㅂ （在上古，子丑的「子」跟子女的「子」寫法不同），把「于」字由 丂 簡化為 于 等等。我們可以把甲骨文看作當時的一種比較特殊的俗體字，而金文大體上可以看作當時的正體字。所謂正體就是在比較鄭重的場合使用的正規字體，所謂俗體就是日常使用的比較簡便的字體。商代人有時也在獸骨上刻記跟占卜無關的有紀念意義的事件，這種刻辭的作風就往往跟一般的甲骨文不同，而跟銅器銘文相似，如著名的「宰丰骨」(《殷契佚存》518)。

在講漢字形體演變的時候，應該充分注意甲骨文作為一種俗體的特點。例如在甲骨文裏很早就出現了寫作 ▱ 的「日」字，而在時代較晚的商代金文以至周代金文裏，「日」字卻仍然寫作比較象形的 ⊙ ⊖ 等形。如果機械地按照時代先後編排字形演變表，就會得出「日」字由 ▱ 演變為 ⊙ 這種不合事實的順序來。

甲骨文和金文各自的字形，又由於時代的早晚或用途的不同而產生差別。商代後期的甲骨文有兩百多年歷史，可以按照字形的特點分早晚期。早期甲骨文一般要比晚期更象形（也有個別例外，如子丑寅卯的「子」早期甲骨往往作 ㅂ，最晚期的甲骨反而作 ♀，因為這個字在甲骨文裏早期多用簡體，最晚期卻用正體）。在金文裏，記名金文的象形程度通常顯著地高於用於記事的一般金文。後者大多數見於商代後期的晚期銅器上，字形跟晚期甲骨文相似。記名金文不管是見於早期銅器的，還是見於晚期銅器的，通常都比早期甲骨文還要象形。在記名金文裏，彼此的象形程度也有高低之別，不過這種差別似乎並不是完全為時代的早晚所決定的。下面把上述這幾種文字列表對照一下（部分例子取自偏旁）：

| | 虎 | 犬 | 牛 | 止 | 戌 |
|---|---|---|---|---|---|
| 記名<br>金文 | | | | | |
| 早期<br>甲骨文 | | | | | |
| 一般<br>金文 | | | | | |
| 晚期<br>甲骨文 | | | | | |

鑄有記名金文的銅器，時代往往比早期甲骨文晚，甚至在西周早期的銅器上都還時常能看到這種金文。但是它們的字形卻比早期甲骨文更象形。這種現象可能主要是古人對待族名的保守態度所造成的。現代的姓氏和地名，有一些還保持著較古的語音，例如作為姓氏的「洗」（ㄒ一ㄢ xiǎn，也寫作「冼」）、地名番禺的「番」（ㄆㄢ pān）。這跟商代後期人用較古的字體來寫族名，似是同類的現象。也有學者認為記名金文具有裝飾性，所以字形的象形度程度特別高。這兩種意見並不是完全相排斥的。

　　從上面的字形對照表，可以把商代文字逐漸簡化的情況看得很清楚。上引記名金文中象形程度較低的那部分字，即「犬」、「牛」、「止」的第二體，也許大體上可以代表跟早期甲骨文同時的一般的正體（早期甲骨文中有些時代較早的「止」字，寫法跟記名金文第二體相似）。至於象形程度很高的那部分記名金文，可能還保持著商代前期甚至更古的漢字的面貌。象形程度較低的記名金文和早期甲骨文，比起這種記名金文來已經大為簡化。晚期的一般金文和甲骨文，又進一步簡化了象形程度較低的記名金文和早期甲骨文。「虎」、「犬」等字，早期都畫出腹部，晚期就把腹背合併成一筆了。

　　歷來的統治階級都輕視俗體字。其實，在文字形體演變的過程裏，俗體所起的作用十分重要。有時候，一種新的正體就是由前一階

段的俗體發展而成的（如隸書，詳後）。比較常見的情況，是俗體的某些寫法後來為正體所吸收，或者明顯地促進了正體的演變。從上面的字形對照表裏所列的「虎」、「牛」、「止」、「戍」等字的寫法來看，在商代後期文字裏，正體（在表中由金文代表）的演變顯然是受到甲骨文一類俗體的強烈影響的。

　　商代後期一般文字的字形，跟圖畫已經有了很大距離。但是作為一種文字來看，象形程度仍然應該算是相當高的。有些字只要把它們所象的事物的特徵表示出來，就能使人認識，因此寫法很不固定。在記名金文和早期甲骨文裏，這種現象尤其突出。例如「車」字，從《甲骨文編》所收的資料來看，在早期甲骨文裏就有很多種不同寫法（見531–532頁。此書「車」字條所收之字，有一些其實並非「車」字，而是跟「車」有關的其他字。不過從這些字同樣可以看出商代文字中「車」形的多樣性）。在記名金文裏還可以看到好多種寫法跟甲骨文不同的「車」字（見《金文編》1985年版929–930頁）。《甲骨文編》所收的晚期甲骨文的「車」字有兩例：（見左圖）除字形方向不同外，彼此的區別很小。看來在商代後期文字裏，晚期的字形比早期已經穩定多了。

　　商代文字字形的方向相當不固定。一般的字寫作向左或向右都可以，如 （人）也可以寫作 ， （子）也可以寫作 。有的字還可以倒寫或側寫，如 （侯）或作 ， （五）或作 。上舉的晚期甲骨文的「車」字也是一例。字形方向不固定的現象，也是跟象形程度比較高的特點緊密聯繫在一起的。這種現象在周代文字裏仍可看到，不過已經比較少見，到秦漢時代就基本絕跡了。

　　最後，談談商代文字的排列方式。漢字自上而下的直行排列法，顯然早在商代後期之前就已經確立。所以在甲骨文裏，不少原來寬度比較大的字，如〔三㈠〕和本節裏提到的「犬」、「豕」、「广」、「虎」等字，已經由於直排的需要而改變了字形的方向。甲骨卜辭偶爾也有橫行的，但是只限於單行，並且跟卜辭與卜兆相配合的需要有關，是一種特殊情況。在行次的排列上，傳統的從右到左的排列法在商代後期，至少在後期的晚期階段也已經確立。商代後期龜腹甲左右兩半的卜辭，或左、右肩胛骨上的卜辭，其行次方向往往彼此相反。

這也是一種特殊情況。商代後期的晚期銅器上的銘文和獸骨上的記事文字，幾乎全都由右向左排行。漢字的這種自上而下、自右而左的直行排列方式，沿用了三千多年。本世紀初期，開始出現了一些橫行排列的漢字印刷品。直到五十年代中期，橫排才取得優勢。

## (二)　西周春秋文字

　　研究西周春秋時代文字的主要資料是金文。西周是銅器銘文的全盛時代。在西周銅器上，篇幅百字以上的銘文頗為習見，二三百字以上的也不乏其例，如西周前期的大盂鼎有 291 字（圖10），小盂鼎有四百字左右（部分已殘泐），後期的散氏盤有350字，毛公鼎近五百字（圖11）。春秋時代仍有長篇銘文。宋代發現的齊靈公大臣叔弓（或釋「叔夷」）所作的一件大鎛，銘文493字。同時出土的同人所作的編鐘上，也鑄有內容基本相同的銘文，由七個編鐘合成的全文長達501字。但是春秋時代長篇銘文的數量要比西周時代少得多。從已發現銅器的銘文內容看，西周銅器大多數為周王朝貴族、臣僚所作，春秋銅器幾乎都屬於各諸侯國。

　　在金文之外，還發現了一些西周春秋時代的文字資料，其中以西周甲骨文最為重要。

　　五十年代之前只有殷墟出土甲骨文，五十年代以後在山西省洪洞縣坊堆村、北京市昌平縣白浮和陝西省岐山、扶風二縣之間的周原遺址等地，都發現了西周時代的甲骨文，其中以周原的發現為最重要。1977年在岐山縣鳳雛村周原遺址西周前期宮室廢墟的窖穴裏，發現了大量卜甲碎片，其中有近三百片刻有卜辭（《文物》1979年10期。有字卜甲數字據整理者的新的統計），字體跟殷墟商代晚期甲骨卜辭相當接近。（圖12。周原甲骨的字刻得很小，照片是放大的）從內容看，這些卜辭應是周王的占卜記錄，其時代一部分屬西周前期，一部分早到周滅商之前。有人認為周滅商之前的卜辭裏有原屬於商王朝的卜辭，這是一個需要繼續研究的問題。1979年在屬於周原範圍的扶風縣齊家村一帶也發現了一些西周時代的有字甲骨（《文物》1981年9期），時代似稍晚於鳳雛發現的西周前期卜甲。

　　在這裏附述一下時代介於春秋、戰國間的「盟書」。1965年在位於山西省侯馬市的東周時代晉國都城新田的遺址裏，發現了大量書寫著盟誓之辭的玉、石片，研究者稱為「侯馬盟書」(《侯馬盟書》，文物出版社，1976）。（圖13）盟辭都是用毛筆寫的，絕大部分是朱書，極少數是墨書，二者不同坑。研究者或認為這批盟書跟趙鞅與范、中行氏之爭有關，是春秋晚期的東西；或以為跟趙桓子嘉逐趙獻侯自立之事有關，是戰國早期的東西（主後說者有的認為墨書盟書的時代可能較早）。七十年代末八十年代初又在河南省溫縣西張計村發現了大量墨筆寫的盟書，時代跟侯馬盟書相近(《文物》1983年3期）。在三十、四十年代就曾在這一帶發現過這種盟書，當時有人稱為沁陽玉簡（西張計一帶當時屬沁陽縣）。

　　下面簡單介紹一下金文所反映的西周春秋時代文字形體演變的情況。

　　西周金文的形體，最初幾乎完全沿襲商代晚期金文的作風。到康、昭、穆諸王的時代，字形逐漸趨於整齊方正，但是在其他方面變化仍然不大。恭、懿諸王以後，變化才劇烈起來。西周金文形體演變的主要趨勢是線條化、平直化。商代晚期和西周前期金文的字形，象形程度仍然比較高，彎彎曲曲的線條很多，筆道有粗有細，並且還包含不少根本不能算作筆道的呈方、圓等形的團塊，書寫起來很費事。為了改變這種情況，就需要使文字線條化、平直化。

　　線條化指粗筆變細，方形圓形的團塊為線條所代替等現象，例如（下引諸「火」字取自偏旁）：

| | 西周前期<br>（昭穆以前） | 西周後期<br>（恭懿以後） | 春　　秋 |
|---|---|---|---|
| 天 | | | |
| 古 | | | |
| 王 | | | |
| 火 | | | |

　　平直化指曲折象形的線條被拉平，不相連的線條被連成一筆等現象，例如（下引部分「貝」字取自偏旁）：

| | 西周前期 | 西周後期 | 春　　秋 |
|---|---|---|---|
| 隹 | | | |
| 馬 | | | |
| 貝 | | | |
| 自 | | | |

　　經過這些變化，文字的象形程度顯著降低，書寫起來就比較方便了。

　　春秋時代各國的金文，在開始的時候大體上都沿襲西周晚期金文的寫法。後來各地區逐漸形成了自己的特色（一個地區可以是一個國家，如秦國自成一區；也可以包含幾個國家，如齊、魯等在今山東省境內的一部分國家構成一區，楚、徐、吳等東南國家也構成一區）。各地區金文的特色主要表現在書寫風格上，字形構造大體上還是相似的。因此，除下面要提到的鳥篆等特殊字體外，彼此的差別並不是很大。

　　在一部分春秋中晚期的金文裏，出現了明顯的美術化傾向。例如有些東方和南方國家的部分金文，字形特別狹長，筆畫往往故作宛曲之態：

| | | | |
|---|---|---|---|
| 丂 | 永 | 乍 | 月 |
| （齊子仲<br>姜鎛） | （徐沈<br>兒鐘） | （蔡大孟<br>姬鹽缶） | （吳王<br>光鑑） |

　　筆畫故作宛曲之態，跟筆畫因象形而顯得曲折是兩回事。這種作風反而會降低文字的象形程度。

主要在春秋晚期到戰國早期這段時間裏，還流行過一些特殊的美術字體。其中最重要的是加鳥形等文飾的鳥篆，也稱鳥書，例如：

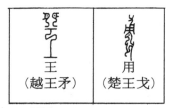

此外還有加蟲形或其他文飾的字體，例如：

這些加鳥形、蟲形等文飾的美術字體，也有人合稱為鳥蟲書，主要流行於楚、宋、蔡、吳、越等國。

上述那種文字美術化的風氣，對當時日常使用的文字想來是不會有多大影響的。

西周春秋時代一般金文的字體，大概可以代表當時的正體。一部分寫得比較草率的金文，則反映了俗體的一些情況。例如六十年代武功縣出土的兩件瘋簋蓋，大約是西周恭懿時器，為同人同時所作，銘文內容相同，但是一件寫得規整，一件寫得草率，差別極為明顯（《文物》1964年7期26、27頁）。銘文中的「宀」旁，規整的一件作 ⌂ ，草率的一件作 宀 ，應是正體和俗體的不同。在比瘋簋晚一點的銅器上，就是那些字體很規整的銘文，也大都把「宀」旁寫作 宀 ，俗體就變成正體了。春秋中期晉國銅器欒書缶的銘文，字體跟同時代一般的金文有比較明顯的差別，大概也吸取了俗體的一些寫法（ 按 ： 有學者認為此缶是欒書的後人在楚國鑄造的 ， 並非真正的晉器 ）。（圖14）缶銘「寶」（寶）字所從的「宀」作 ∧ ，春秋戰國間晉國的侯馬盟書裏，「守」、「宝」、「宗」、「定」、「宮」等字的「宀」旁有時也寫作 ∧ （《侯馬盟書》306、314、320頁）。缶銘之外的春秋金文如番君簠的「寶」字、邾公釛鐘的「宭」字，也都把「宀」寫作 ∧ 。「宀」旁的這種寫法，顯然是當時相當流行的一種俗體（在戰國文字裏這種寫法也時常可以看到）。

最後，討論下一籀文的時代問題。

　　籀文指《史籀篇》裏的文字。據傳統的說法，史籀是周宣王（前827–前782）的史官，《史籀篇》是他所編的一部字書。這部字書所用的字體，後人稱為大篆（《漢書·藝文志》、《說文·敘》）。《史籀篇》早已亡佚，但是篇中一部分字的字形還保存在《說文》裏。許慎在《說文·敘》裏說他編書的體例是：「今敘篆文，合以古、籀。」「古、籀」就指古文和籀文（關於古文詳見下一節「六國文字」）。《說文》所收的字，字形一般以小篆為主，如果古文和籀文的寫法跟小篆不同，就兼錄古文和籀文，例如：

　　　　　　♀（子）……♀，古文子，从巛，象髮也。♣，籀

　　文子，囟有髮，臂脛在几上也。

如果小篆只跟古文有出入就只錄古文，反之就只錄籀文（《說文》也有以籀文或古文為字頭而附小篆於後之例，但為數不多）。許慎看到的《史籀篇》已經殘缺（據《漢書·藝文志》，《史籀篇》本為十五篇，建武時亡六篇），所以《說文》裏的籀文資料是不完整的。據今本統計，《說文》所收籀文共二百二十餘字（參看王國維《史籀篇疏證》，收入《海寧王靜安先生遺書》）。

　　按照傳統的說法，籀文應該是西周晚期的文字。近代古文字學興起之後，對籀文的時代產生了懷疑。清末的吳大澂和陳介祺（即陳簠齋）已經提出了《說文》所收籀文裏有時代較晚的文字的看法。[②] 近人王國維和唐蘭都明確主張籀文是東周時代的一種文字。王氏作《史籀篇疏證》和《戰國時秦用籀文六國用古文說》（《觀堂集林》卷七），認為籀文「作法大抵左右均一，稍涉繁複，象形象事之意少，而規旋矩折之意多」，體勢與小篆極近，字形也多與已發現的春秋戰國時代的秦國文字相同，應該是戰國時代秦國通行的文字，《史籀篇》應該是「春秋戰國之間秦人作之以教學童之書」。他還懷疑史籀不是人名，認為《史籀篇》的第一句應為「太史籀書」（籀書意即讀書），古人摘取其中二字名篇，故稱史籀篇。唐先生在《中國文字學》裏說籀文「是盡量繁複的一種文字，和西周厲、宣期文字不一樣，可是和春秋時到戰國初期的銅器文字卻很接近」。他認為史籀就是《漢書·古今人表》的史留，「古今人表把史留放在春秋戰國之際，正是史籀篇的真確時代」（《中國文字學》155頁）。我們覺得王、唐二家之說似乎缺乏充分的根據。

首先應該指出，籀文的字形並非全都具有繁複的特點。有些籀文
比後來的小篆更為簡單，如
「妣」作「ㄅ」，「薇」作
「ㄗ」，「蓬」作「ㄆ」，
「磬」作「殸」等。至於那些
比較繁複的字，其構造往往跟
商代和西周文字相合，例如：
（見右圖）
跟籀文寫法相似的「囿」、

| | 籀文 | 西周金文 | 甲骨文 |
|---|---|---|---|
| 囿 | | | |
| 登 | | | |
| 員 | | | |
| 則 | | | |

「登」、「員」、「則」等字，在春秋戰國時代的文字資料裏的確可
以看到。但是既然這些寫法在商和西周時代早已存在，當然就不能以
此來證明籀文是春秋戰國時代的文字了。

籀文裏有些很像是在較晚的時候有意加繁的字，其實也有相當古
老的淵源，例如：（見右圖）
籀文「次」字作，寫法跟秦國
石鼓文裏的「次」旁相同，而石鼓
文從字體上看大概不會早於春秋晚
期，因此有的人把這個字當作籀文
是春秋戰國間的秦國文字的一個證
據。1978年寶雞發現春秋早期秦武

| | 籀文 | 西周金文 |
|---|---|---|
| 孷 | | （宗周鐘） |
| 喬 | （繑字偏旁） | （翏生盨邅字偏旁） |

公（前697–678）所作的鐘、鎛，銘文裏的「次」旁作，跟籀文
「次」字基本相同。周宣王死於前782年，只早於秦武公一百年左
右。跟籀文「次」字相類的寫法在周宣王時代完全有可能已經存在，
可見這個字也不能當作籀文晚出的證據。

有些籀文的字形在較早的古文字資料裏尚未發現。但是我們目前
掌握的古文字資料很有限，不能因為在現有的較早資料裏看不到這些
字，就斷定它們在當時還不存在。所以我們認為把籀文的時代推遲是
缺乏充分根據的。與其相信近人史籀不是人名、史籀就是史留等揣測
之說，還不如相信去古未遠的漢代人的舊說。

當然，《史籀篇》的字形在由西周到東漢的傳寫過程中，不可避免
地會受到較晚的寫法的一些影響。《說文》所收的籀文的字形，在《說
文》傳寫刊刻的過程裏也會產生一些訛誤。例如：在古文字裏變偏旁

「又」為「寸」的風氣，似乎要到春秋戰國之際才開始流行（石鼓文、侯馬盟書中有一些例子，再往上追溯好像就沒有資料了），但是籀文尌（尌，石鼓文从「又」）和叜（叟）卻都已經从「寸」。所以會出現這種情況，應該是由於後來的抄寫者按照自己的書寫習慣改變了原來的寫法。我們不能因此把全部籀文的時代都往後拉。有些籀文的字形顯然已經被後人寫得大大走樣，例如「馬」作𢒉，「車」作𨍶 等。後者無疑就是西周金文裏「車」字的常見寫法𨎥 的訛形（看王筠《說文釋例》卷五「籀文好重疊」節補正、孫詒讓《籀𪗉述林・卷三・籀文車字說》）。這個訛形正可以證明籀文本是西周時代的文字。因為在春秋戰國時代，大家都已經在使用簡化的「車」字了。

在春秋戰國時代各國的文字裏，秦國文字對西周晚期文字所作的改變最小，這一點是古文字學者所公認的（參看本章第三、四兩節）。秦國文字跟從西周晚期流傳下來的《史籀篇》相合之處比較多，本來是很自然的事。王國維因此認為《史籀篇》是秦人所作字書，理由是不充足的（看容庚《文字學形篇》41 頁下）。唐先生在這一點上比王氏謹慎，他並沒有說籀文是秦國文字。

春秋戰國時代秦以外國家的文字裏有些寫法較特殊的字形，跟籀文正好相合，例如：（見右圖）

這些字在秦國並不這樣寫。這種現象也說明《史籀篇》不會是秦人所作的專用於秦地的字書（參看張光裕《先秦泉幣文字辨疑》3 頁）。

總之，我們認為《史籀篇》應如漢人所說，是周宣王太史

| | 籀文 | 秦以外國家文字 |
|---|---|---|
| 折 | | （齊侯壺） |
| 嗌 | | （侯馬盟書）（齊國圓錢 嗌字偏旁） |
| 封 | | （齊刀幣） |

籀所作的一部字書，籀文就是周宣王時代的文字，只不過在後來的傳抄過程中已經產生了 些訛誤。近人把籀文時代推遲的說法似不能成立。

所謂大篆，本來是指籀文這一類時代早於小篆而作風跟小篆相近

的古文字而言的。但是現代研究文字學的人使用大篆這個名稱的情況比較混亂。有人用大篆概括早於小篆的所有古文字（古人也有這樣用的），有人稱西周晚期金文和石鼓文等為大篆（這也是比較舊的辦法，由於石鼓有些字的寫法跟籀文相合，過去很多人把它看作周宣王時的刻石），有人根據王國維的說法把春秋戰國時代的秦國文字稱為大篆，唐蘭先生則按照他自己的觀點把「春秋時到戰國初期的文字」稱為大篆。為了避免誤解，最好乾脆不要用這個名稱。

## （三） 六國文字

在春秋、戰國之交，中國社會發生了劇烈變化。這對漢字形體的演變產生了巨大影響。春秋以前，貴族階級在經濟、政治、文化等方面都占有統治地位，文字當然也為他們所壟斷。春秋戰國之交，舊的貴族階級逐漸為新興剝削階級所取代，文字開始擴散到民間。進入戰國時代以後，隨著經濟、政治、文化等方面的巨大變化和飛速發展，文字的應用越來越廣，使用文字的人也越來越多，因此文字形體發生了前所未有的劇烈變化。這主要表現在俗體字的迅速發展上。

在春秋時代的各個主要國家中，建立在宗周故地的秦國，是最忠實地繼承了西周王朝所使用的文字的傳統的國家。進入戰國時代以後，秦國由於原來比較落後，又地處西僻，各方面的發展比東方（指函谷關以東）諸國遲了一步，文字的劇烈變化也開始得比較晚。在秦國文字裏，大約從戰國中期開始，俗體才迅速發展起來。在正體和俗體的關係上，秦國文字跟東方各國文字也有不同的特點。東方各國俗體的字形跟傳統的正體的差別往往很大，而且由於俗體使用得非常廣泛，傳統的正體幾乎已經被沖擊得潰不成軍了。秦國的俗體比較側重於用方折、平直的筆法改造正體，其字形一般跟正體有明顯的聯繫。而且戰國時代秦國文字的正體後來演變為小篆，俗體則發展成為隸書，俗體雖然不是對正體沒有影響，但是始終沒有打亂正體的系統。戰國時代東方各國通行的文字，跟西周晚期和春秋時代的傳統的正體相比，幾乎已經面目全非。而在戰國時代的秦國文字裏，繼承舊傳統的正體卻仍然保持著重要的地位。所以唐蘭先生把戰國時代的秦國文字

跟東方各國的文字區分開來，前者跟春秋時代的秦國文字和秦代的小篆合稱為秦系文字，後者稱為六國文字。所謂「六國文字」，其範圍實際上並不限於齊、楚、燕、三晉這六個國家的文字，而是把東方各國的文字全都包括在內的。本節專講六國文字，秦系文字留到下一節去講。

首先介紹一下六國文字的資料。戰國時代遺留下來的實物上的文字資料，種類比較多，下面把內容比較豐富的幾種分項介紹一下。

1. 金文　從西周後期到戰國早期，銅器銘文中習見的內容並無很大變化，主要是器主敘述作器原由，以及祝願子孫保有器物等類的話。1978年在位於湖北省隨縣（現改隨州市）的戰國初年的曾侯乙墓裏，發現了好幾套有銘的編鐘。銘文總字數近二千八百字，內容幾乎全是講音律的（《文物》1979年7期）。這是先秦金文中的一個特例。從戰國中期開始，傳統形式的銅器銘文顯著減少，「物勒工名」式的銘文則大量出現。這類銘文，字數一般不多，所記的主要是作器年分、主管作器的官吏和作器工人的名字等等。兵器銘文在這類銘文裏占有相當大的比重。（圖15）舊式的長篇銘文在戰國中期以後仍未絕跡。七十年代在河北省平山縣發現了前四世紀末期的中山王墓。墓中出土的鐵足銅鼎有長達469字的銘文，銅方壺有長達450字的銘文（《文物》1979年1期）。（圖16）

春秋以前，銅器銘文絕大部分是鑄在器物上的，戰國中期以後則往往是在器物製成後用刀刻出來的，就連上舉的中山王銅器上的長篇銘文也是用刀刻的。

2. 璽印文字　戰國時代各國的官、私璽印，遺留下來的為數很多（秦始皇之前，一般人用的印也稱璽）。所以璽印也是研究戰國文字的重要資料。（圖17）據古書記載，至遲在春秋時代已經開始使用官璽，但是在已發現的先秦古印裏似乎還沒有可以確指為屬於春秋時代的東西。

戰國璽印大多數是銅印，此外比較常見的還有銀印、玉印等。齊、楚、三晉等國的古印多把「璽」字寫作「鉨」。這個字不見於《康熙字典》等舊字書，但是在近代金石學者和考古學者的著作裏卻常常可以看到（《現代漢語詞典》已收入此字）。

3. 貨幣文字　鑄幣在我國從春秋時代開始應用，到戰國時代已經

在很多地方大量流通。已發現的先秦鑄幣絕大部分是戰國時代的青銅幣。東方各國銅幣的形制比較複雜，可以分為布（象鏟形）、刀、圓錢、蟻鼻錢（象海貝形）四大類。布主要行用於三晉和燕，刀主要行用於齊、燕、趙。圓錢出現得比較晚，三晉、齊、燕似乎都使用過。蟻鼻錢只行用於楚國。楚國還流行一種版狀金幣，使用時臨時稱量，雖然印有文字，其實並非真正的鑄幣。有人稱之為印子金，還有人稱之為「郢爰」（這種金幣上的印文多數作「郢爯」，過去把「爯」字誤釋為「爰」，日本學者林巳奈夫始改釋為「爯」）。（圖18、19）

六國貨幣多數鑄有地名，應是發行貨幣的城市之名。有的還鑄有標明重量或價值的文字。有的貨幣，如蟻鼻錢上的文字，含義還不很明白。

4. 陶文　戰國時代的陶器上往往有文字。已發現的陶文，多數是在陶器燒製之前用璽印打上去的（印文多為陶工名），少數是在燒製前或燒成後刻劃上去的。（圖20）所以大部分陶文其實就是璽印文字。在已發現的東方國家的陶文裏，齊、燕二國的數量最多。

5. 簡帛文字　我國在使用植物纖維紙之前，長期以簡和帛為主要書寫材料。簡至遲在商初就已使用，帛用為書寫材料也許要稍遲一些。由於簡和帛都很容易損壞、腐爛，早期的簡帛文字很難保存下來，已發現的簡帛文字以戰國時代的為最早。

西晉初期曾在汲郡（今河南省汲縣）發現戰國時代的魏墓，出土了大批竹簡，其中有《紀年》、《穆天子傳》等整部的書。可惜這些竹簡上的文字的原樣沒有保存下來。五十年代以來曾在湖南省長沙市、常德市、臨澧縣、慈利縣、河南省信陽市和湖北省江陵縣、荊門市等地的一些楚墓裏發現過竹簡。1986年至1987年間發掘的荊門市包山 2 號楚墓出有字竹簡二百八十枚左右，總字數一萬二千餘，是已發現的戰國簡中數量最多的一批（《文物》1988年5期。關於簡數、字數，參看《包山楚簡》，文物出版社，1991）。1978年曾在上文提到過的戰國初年的曾侯乙墓裏發現了二百多枚竹簡，這是已發現的時代最早的一批簡。（圖21）曾是附屬於楚的小國，文字作風與楚國基本相同，所以曾侯墓竹簡也可以看作楚簡。戰國時代其他國家的簡，還沒有發現過。

已發現的楚簡都用毛筆蘸墨書寫，較多見的是關於隨葬器物或送

葬車馬的記錄，此外還有占卜的記錄、「司法文書」（見包山墓）和關於時日的占書等。

有成篇文字的戰國帛書，迄今為止只發現了一件，也是屬於楚國的。這件帛書大約是在1942年從長沙的一個楚墓裏盜掘出來的，早已流入美國。帛上有九百多個墨書的文字以及一些跟文字配合的彩色圖象，講的是跟天文、四時有關的神話與禁忌等事。（圖22）

除以上所述各項外，在六國文字的實物資料裏，還有少量見於金、銀、漆、木、玉、石等類物品上的文字以及個別刻石，這裏就不一一說明了。（圖23）

下面再介紹《說文》、三體石經等所保存的六國文字資料，即所謂「古文」。

上一節已經說過，《說文》除小篆外還收入一部分古文和籀文。據《說文·敍》的說明，《說文》所收古文的主要來源，是西漢時代在孔子故宅牆壁裏發現的以及張蒼等人所獻的、用古代文字抄寫的儒家經典（包括《尚書》、《春秋左氏傳》等書）。《說文·敍》說：「及宣王太史籀著大篆十五篇，與古文或異。至孔子書六經，左丘明述春秋傳，皆以古文，厥意可得而說。」由此可知許慎是以「古文」來指稱早於籀文的古字體的。許慎認為，雖然古文經書的書寫時代晚於《史籀篇》，它們所用的字體卻早於籀文，因為孔子等人有意用比較古的字體來寫經書。

近代古文字學興起之後，古文早於籀文的說法遭到了懷疑。因為《說文》所收的古文跟甲骨文和西周春秋金文都不相近，但是跟六國文字卻往往相合，例如：（見右圖）

現在所用的簡化字「弃」，就是來自古文的。「明」字在甲骨文裏有從「囧」從「月」和從「日」從「月」兩種寫法，西周春秋金文和小篆都從「囧」不從「日」（參看本章第五節）。

還在甲骨文發現之前，吳大澂在《說文古籀補》的自序

| | 《說文》古文 | 六國文字 |
|---|---|---|
| 鞭 | | |
| 棄(弃) | | |
| 明 | | |
| 恆(亙) | | |

裏，已經根據《說文》古文跟周代金文不合的現象，提出了許慎所謂古文實際上是周末文字的看法。他說：「竊謂許氏以壁中書為古文，疑皆周末七國時所作，言語異聲，文字異形，非復孔子六經之舊簡」。陳介祺在為《說文古籀補》寫的序裏也說：「疑孔壁古經亦周末人傳寫，故……古文則多不似今之古鐘鼎。」漢代人收集的古文經書，顯然是秦代焚書時被藏匿起來的。吳、陳二氏認為這些經書是周末人用當時的文字所傳寫的本子，是很合理的。後來，王國維又根據大量資料斷定所謂古文是戰國時代東方國家的文字，其說見《桐鄉徐氏印譜序》（《觀堂集林》卷六）、《戰國時秦用籀文六國用古文說》（同上卷七）等文，以及就古文問題答容庚的信（《王國維全集·書信》436—438頁。此信寫作年代有 1925、1926二說）。王氏認為籀文是秦國文字，實不可從，但是他對古文的看法則是正確的。近幾十年來出土的大量六國文字資料，給王氏的說法增添了很多新的證據。

　　漢代的經學家由於對古文的態度不同而分成兩派。一派對古文抱懷疑、否定的態度，認為只有今文本經書，即世代相傳的用漢代通行的隸書抄寫的經書才是可信的。一派相信古文，推崇古文本經書。許慎是屬於古文經學派的，他對古文的看法並不是個人的私見，而是這個學派的共同見解。古文經書早在漢初就已經開始出現，但是古文經學派要到西漢末期才正式形成。當時離開秦始皇統一文字已有二百年左右，人們對六國文字早就不熟悉了。古文經學家看到這種古文字跟籀文不同，就把它當作比籀文更古的一種字體了。當然，古文經學家所以會得出這種錯誤結論，也不見得完全是由於認識上的原因，他們極力想抬高古文經地位的心理大概也起了作用。

　　曹魏正始年間，政府把《尚書》、《春秋》兩種經書刻在石碑上。每個字都用古文、小篆、隸書三種字體書寫三遍。這就是所謂正始石經，也稱三體石經或三字石經。三體石經的古文跟《說文》古文相似，應該是同出一源的。三體石經在唐代就已遭到破壞，後來連拓本也失傳了（宋人尚見到少量殘拓，摹本見《隸續》），但清末以來卻陸續發現了一些殘石。（圖24）

　　《說文》和三體石經殘石上的古文，是研究戰國文字的重要資料。古文經書原來都是寫在簡冊上的。所以這種古文其實就是簡帛文字，不過由於屢經傳寫，免不了有一些錯誤。

古文還有「科斗文」的別名。這是因為古文的筆道一般都寫得前粗後細，或兩頭細中間粗，形狀略有點像蝌蚪的緣故。過去有些人認為這種筆法不是古文原有的，而是摹寫古文的人造出來的。但是，類似的筆法在楚簡上也能看到，可見古代摹寫古文的人並沒有憑空臆造，只不過略為誇大了這種筆法的特點並使之制度化而已。

下面簡單談談六國文字形體上的特點。

六國文字形體上最顯著的特點是俗體的流行。俗體之中最常見的是簡體，例如：

前面舉過的「弃」也是一個簡體字。簡體流行是文字的使用越來越頻繁的反映。六國文字的筆道通常比春秋以前的文字平直，從上舉諸例就可以看出來。這也是一種簡化。

另一方面，在六國文字裏也出現了一些加點畫或偏旁的繁化現象，例如：（見右圖）

當然，比起簡化來，這種現象是次要的。

由於存在大量的往往相當劇烈的簡化現象，以及數量不算太少的繁化現象，六國文字的面貌就跟西周晚期和春秋時代的文字很不相同了。不過，六國文字的某些特殊字形，其實是在較早的時代就已出現的俗體，只是在當時不像在戰國時代那樣流行而已，齊國文字裏的「安」就是一例。西周時代的格伯簋銘，字體很草率，銘文中的「安」字寫作 𩠐 𩠐 等形，跟一般西周金文「安」字的寫法不同，

應該是當時的一種俗體。戰國時代齊國文字裏的「安」字作 ⋒ 、 ⋒ 等形，顯然就是源於這種俗體的（張光裕《先秦泉幣文字辨疑》116頁）。又如戰國時代的燕國文字常常把「宀」旁簡化為「宀」，這種簡化方法在春秋時代就已經出現了（參看上節）。

在俗體流行之外，六國文字還有一個顯著特點，就是各國文字異形。

在春秋時代的文字裏，地方性的異體就已經出現了。例如：從金文看，齊、魯、薛、鑄、杞等在今山東省境內的一部分國家，喜歡把「老」字頭寫作 兂 、 兂 等形。在其他地區這種寫法就不通行。戰國時代，文字劇烈變化，而各國變化的情況又往往不一樣（上面舉的簡化和繁化的例子，就大都只見於一個或一部分國家），因此地方性異體就大大增加了。不但六國文字跟秦系文字差別很大，六國文字彼此間也有顯著差別（但三晉文字彼此比較接近，下文姑且把三晉作為一個單位處理）。

從戰國中期以後的文字資料來看，有些字在不同的國家裏有很不一樣的寫法，例如（下引部分「者」字取自偏旁）：

| | 秦 | 楚 | 齊 | 燕 | 三晉 |
|---|---|---|---|---|---|
| 者 | 旹 | 旹 | 旹 | 旹 | 旹 |
| 市 | 市 | 市 | 市 | 市 | 市 |

又如燕國把「中」寫作 弓(中山王墓所出的鉞作 弓 。「中」本作 弓，大概先簡化為 弓 ，又簡化為 弓 )，齊國把「馬」寫作 馬，把「大」寫作 夻(與「去」相混)，三晉把「隹」寫作 隹，楚國把「隹」寫作 隹 等，都是很特殊的。

有時候，同一個字所用的偏旁，在不同國家的文字裏是不一致的。例如隸、楷的「廚」字來自秦系文字，從「广」「尌」聲。此字楚國作「腏」，從「肉」「豆」聲；三晉或作「胅」、「床」，從「肉」或「广」，「朱」聲。此外還可以看到，同一個詞在不同的國家　或用本字或用假借字，以及不同的國家使用不同假借字的現象。例如「門」字，本作 門 ，是一

個常用的表意字，但是有些國家卻喜歡用假借字代替它，齊國用「聞」代「門」，燕、中山用「閔」代「門」。三晉有時把「門」寫作「閂」，不知道是「門」的異體，還是假借字。上舉的「廚」字，在三晉地區（包括周）的文字裏也有用假借字「朱」的例子。

《說文・敘》說戰國時代各國「文字異形」。從上面所說的情況來看，許慎的話是符合實際的。當然，這並不是說戰國時代各個國家的文字沒有相互影響的一面，更不是說每一個字在各國的文字裏都不同形，而是說在戰國時代，字形因地而異的現象非常嚴重，遠遠超出了前後各個時代。秦始皇統一全國後，六國文字與秦文不合的異體都被廢除，因此它們對後來的漢字沒有顯著的影響。近時，有人為了否定秦始皇統一文字的作用，否認戰國時代有嚴重的文字異形現象。這種說法是不符合事實的。

六國文字裏正體和俗體的關係比較複雜。有的俗體字幾乎已經完全把原來的正體字排擠掉了，如上面舉過的齊國文字裏從「厂」的「安」。這種俗體也可以認為已經轉變成了正體。有的俗體字則仍與正體字並存。王國維曾指出齊國的陳侯午敦、（圖25）陳侯因資敦「係宗廟重器，其制作及文字自格外鄭重」，所以字體跟陶器、兵器、貨幣和璽印上的文字有所不同（王氏答容庚書，《王國維全集・書信》437頁。陳侯午即田齊桓公，陳侯因資即齊威王）。在楚國文字裏也有類似情況。例如：懷王時鑄的鄂君啓節（國家為鄂君啓的商隊頒發的過關津用的符節），銘文字體比較規整。（圖26）時代相近的江陵望山一、二號楚墓所出的竹簡，字體就比較簡率。有些字的寫法彼此顯然不同，例如：（見右圖）

上舉各字，節銘的寫法跟西周春秋金文相當接近，簡文就很不一樣了（簡文「馬」字寫法跟三晉相似，可能受了三晉影響）。這正反映了正、俗體的區別。

| | 馬 | 金 | 則 |
|---|---|---|---|
| 鄂君啓節 | | | |
| 望山竹簡 | | | 惻字偏旁 |

各國的正體都跟西周春秋文字比較接近，因此它們之間的共同性也比較多。不過在我們看到的六國文字資料裏，幾乎找不到一種沒有受到俗體的明顯影響的資料。例如王國維稱為「宗廟重器」的陳侯午

敦就使用了前面舉過的「獻」字簡體。剛才提到的鄂君啓節也使用了
舄（為）、龘（鑄）等簡體。所以我們在前面說，在六國文字
裏，傳統的正體幾乎已經被俗體沖擊得潰不成軍了。

在壽縣發現的戰國末年楚王墓所出的銅器裏，就是像酓忎鼎（楚
幽王熊悍所作器）等巨型宗廟重器，銘文也是隨手刻的，作風跟楚簡
相似。這個大鼎的銘文也使用了「為」、「鑄」等字的簡體（「鑄」
作龘，比鄂君啓節更簡單），「銅」字「金」旁的寫法也跟上舉望
山竹簡「金」字相同。（圖27）同墓所出酓朏（？）盤的銘文，是
「蚊腳書」一類的美術體。就連這種刻意求精的銘文，也同樣使用了
「為」字的簡體，而且還把「楚」字所从的兩個「木」省略了一個。
（圖28）看來在戰國晚期，至少在某些國家裏，俗體字已經在很大程
度上取代了傳統的正體字。

# (四) 秦系文字

秦系文字指春秋戰國時代的秦國文字以及小篆。

首先介紹一下秦系文字的資料。為了敘述的方便，我們把秦代隸
書的資料也放在這裏一併介紹。下面先介紹當時遺留下來的實物上的
文字資料（包括文字已為前人所著錄但實物在後來已經亡佚、破壞的
某些資料在內）。

1.石刻文字　石刻文字是秦系文字的重要資料。我國最著名的古
代石刻——石鼓文，就屬於秦系文字。唐初在天興縣（今陝西省鳳翔
縣）發現了十個石碣，每碣上都刻著一篇六七十字或七八十字的四言
詩。這些石碣形似高腳饅頭，每個高七十餘至八十餘釐米不等（高度
據 Gilbert L. Mattos《秦石鼓》22頁，華裔學志叢書19號，1988）。因
為它們有些像鼓，一般就稱之為石鼓。經過很多學者研究，石鼓文已
經證明是東周時代的秦國文字。但是關於它的具體年代，仍有好幾種
不同說法，最早的到春秋早期，最晚的到戰國中期。從字體上看，石
鼓文似乎不會早於春秋晚期，也不會晚於戰國早期，大體上可以看作
春秋戰國間的秦國文字。現在石鼓保存在故宮博物院裏，但是文字大
半已經殘泐。（圖29）現存最早的石鼓文拓本是宋代的，當時的石鼓

就已經有不少殘泐之處了。

戰國中期以後的秦國石刻有詛楚文。這是秦王詛咒楚王的告神之文。當時每告一神即刻一石，文字基本相同。北宋時發現了告巫咸、告大沈厥湫和告亞駝（滹沱）三石，原石和拓本後來都已亡佚，現在只能看到摹刻本。（圖30）關於詛楚文的時代也有不同說法。有人認為是秦惠文王詛楚懷王，有人認為是秦昭王詛楚頃襄王。前一種說法相信的人比較多。至於具體的年代似以惠文王後元十三年（前312）的說法為比較合理。

秦統一後，始皇巡行天下，在嶧山、泰山、琅邪（玡）臺、之（芝）罘、碣石、會稽等地刻石銘功。秦二世時又在每處刻石上加刻了一道詔書，說明這些石上的文字是始皇刻的。這些刻石是研究小篆的最好資料，可惜原物幾乎都已毀壞，只有琅邪臺刻石尚有殘塊存留，保存的主要是二世詔部分。（圖31）不過，嶧山刻石的文字尚有完整的摹刻本傳世，（圖32）泰山刻石有殘文的摹刻本傳世。

泰山刻石摹刻本見於流傳的所謂《絳帖》，大約出自宋劉跂《泰山秦篆譜》（看容庚《古石刻零拾》），存字一百四十六（「大夫」合文「夫=」作一字計）。傳世明人安國舊藏所謂泰山刻石宋拓本，較絳帖本多十九字，但實非原石拓本。不但其書法遠遜琅邪臺刻石；而且有些字的寫法還與宋人摹刻本有出入，

如：（見右圖）

右舉二字，安國本的寫法與今本《說文》相合，《絳帖》本的寫法則與漢印篆文等相合。在早於漢印的古文字資料裏，「平」字中豎大多數直通頂畫；「靡」字未見，「非」字的寫法全都與《絳帖》

| | 絳帖本 | 安國本 |
|---|---|---|
| 平 | | |
| 靡 | | |

本「靡」字偏旁相合。而且據馬衡研究，《說文》「非」字本來也是寫作 **非** 的，今本作 **非** 實為後人所改（《談刻印》，《凡將齋金石論叢》299頁，中華書局，1977）。由此可知泰山刻石《絳帖》本的篆形雖然由於經過摹刻而不能完全保持原貌，但基本上是可靠的，安國本的篆形則有經過後人竄改之處。容庚在《秦始皇刻石考》（《燕京學報》17期）和《秦泰山刻石考釋》（《古石刻零拾》）二文中，早就指出安國本不是原石拓本，這是很正確的（「靡」字的問題在《秦始皇刻石考》中

也已指出）。安國本所據拓的，大概是宋人的一種摹刻，始皇刻文部分甚至有可能是較晚的人有意作偽的。傳世的泰山刻石明拓本只存二世詔中的二十九個字。從字形看，所據拓的大概也是宋人的摹刻。此殘石至清乾隆初毀於火，嘉慶時發現了尚餘十字的碎塊，今存泰安岱廟。或以為這是原刻的殘餘，恐不可信。傳世有會稽刻石摹刻本，係傳自元人，過去有人懷疑過它的可靠性。這個本子裏「平」、「靡」二字的寫法，跟泰山刻石安國本全同。此外，「陳」（右旁中部从「申」）、「甲」（所从之「十」中豎未出頭）、「中」（作 中 ）、「得」（右旁上部作「見」）、「皆」（从「白」不从「曰」）、「同」（从「月」不从「月」）等字的寫法，都與《說文》相合，而與秦漢金石上所見的篆文不合。又「刑名」之「刑」左旁作「开」而不作「井」，也與秦漢文字不合（參看張書岩《試談「刑」字的發展》，《文史》25輯）。可見此本很不可靠，前人的懷疑是有道理的。

漢以後的石刻文字裏也有一些篆文的資料，其中以魏三體石經上的篆文為比較重要。

2.金文　春秋時代的秦國金文，有本章第二節裏提到過的春秋早期秦武公所作的鐘鎛、（圖33）宋代發現的原器已經亡佚的秦公鐘（實為鎛）以及民國初期發現的秦公簋的銘文。（圖34）秦公簋跟宋代發現的秦公鐘為同一個秦君所作。這個秦君有人認為是秦景公（前576-537），有人認為是秦共公（前608-604），此外還有一些別的說法。這兩種銅器的銘文大體上可以代表春秋中期秦國的字體。

戰國時代的秦國金文，多見於兵器、權量、虎符等器物上。其中最有名的是秦孝公十八年（前344）所作的商鞅量（也稱商鞅方升）的銘文。（圖35）

秦統一後，把始皇二十六年（前221）統一度量衡的詔書刻在或鑄在很多權、量上。二世時，為了說明這些是始皇時的刻辭，又在很多權、量上加刻了一道詔書。有些二世時新造的權、量，則同時刻上或鑄上兩道詔書。一部分秦代權、量上還有記重量和地名的銘文。銘有詔書的秦代權、量，以及原來嵌在或釘在權、量上的刻有詔書的銅板，即一般所謂「詔版」（亦作「詔板」），歷代不斷有發現。（圖36、37）這些權、量、詔版上的銘文，占了已發現的秦代金文的大部分。此外還發現了一些有銘文的秦代兵器和其他器物。漢代銅器上的

銘文，也有不少是篆文。

戰國時代和統一後的秦金文，有很多是用刀刻的，並且往往刻得很草率，是研究隸書形成問題的重要資料。

秦漢貨幣上的文字都是篆文，但所用的字很少，如秦幣主要只有「半兩」、「兩甾（錙）」二種。附述於此，不另立專項了。

3.印章、封泥文字　戰國後期和統一後的秦印，歷來發現得很多。印文多數是篆文，但也有不少是早期古隸或接近古隸的篆文俗體。已發現的漢印數量更多，印文一般是篆文。（圖38）

在用紙之前，一般印章主要用來打在封文書信札或其他物品的封泥上。封泥上的印文或稱封泥文字。漢代封泥文字已大量發現。（圖39）戰國時代的封泥文字雖有發現，但數量很少，所以前面介紹六國文字資料時沒有提到。秦代封泥文字發現得也不多。

4.陶文　戰國後期的秦國和秦代的陶器和磚、瓦等物上，往往打有陶工或官府的印章。（圖40）有些秦代陶量上還有四個字一方的大印打出來的始皇詔書，頗有後代活字排版的意味。（圖41）此外在秦陶上還可以看到一些刻劃出來的文字。

西漢前期的陶器上也往往有用印章打出來的文字。漢代瓦當上的文字大都是篆文，有些磚上也有篆文。

5.漆器　戰國後期的秦國和秦代的漆器上，往往有烙印和刻劃出來的文字。西漢前期的漆器上也屢見烙印文字，一般都是篆文。

6.簡帛文字　秦簡在七十年代才發現。1975年底，湖北省雲夢縣睡虎地十一號秦墓出土了一千一百多枚竹簡，其內容有秦律、大事記和《日書》（與時日有關的占書）等。這座墓是在始皇三十年或稍後的時候下葬的，竹簡抄寫時間不一，估計不出戰國末年至秦代初年這段時期。這批竹簡是研究秦代隸書的最重要的資料。（圖42）跟睡虎地十一號秦墓同墓地的睡虎地四號秦墓，出土了兩塊家信木牘，從內容看是寫於戰國末年秦統一前夕的，對研究字體也很重要。（圖43）此後，秦代簡牘續有發現。1979年在四川青川縣一座戰國晚期的秦墓裏，發現了一塊抄有律文的木牘（《文物》1982年1期）。1986年在甘肅大水市放馬灘一座戰國晚期的秦墓裏，發現了四百六十枚竹簡以及四塊註有文字的木板地圖。竹簡內容主要是日書（《文物》1989年2期）。1989年在雲夢縣龍崗的一座秦代墓裏，又發現了一批秦律竹簡

和一塊木牘（《江漢考古》1990年 3 期 ）。這些簡牘的字體都與睡虎地秦簡同類型。簡一般很窄，通常只寫一行字。牘是可以寫幾行字的較寬的長方形木板。

1973年底，在下葬於漢文帝十二年（ 前168 ）的長沙馬王堆三號漢墓中，發現了大批帛書，其中有《老子》、《周易》等重要典籍以及醫書、占書等等，種類很多。有些帛書是用篆文或很接近篆文的早期隸書抄寫的，其中至少有一部分是秦抄本。

除以上所述各項外，秦系文字還有一些零星的實物資料，這裏就不介紹了。

下面簡單談談《說文》裏的小篆。

《說文》收集了九千多個小篆，這是最豐富最有系統的一份秦系文字資料。但是《說文》成書於東漢中期，當時人所寫的小篆的字形，有些已有訛誤。此外，包括許慎在內的文字學者，對小篆的字形結構免不了有些錯誤的理解，這種錯誤理解有時也導致對篆形的篡改。《說文》成書後，屢經傳抄刊刻，書手、刻工以及不高明的校勘者，又造成了一些錯誤。因此，《說文》小篆的字形有一部分是靠不住的，需要用秦漢金石等實物資料上的小篆來加以校正。例如「戎」字，《說文》作戎，分析為「从戈，从甲」。這個字在西周金文裏作戎、戎等形，嶧山刻石作戎，漢印小篆以至隸書、楷書，也都从「十」而不从「甲」。《說文》的篆形顯然是有問題的。在古文字裏，「甲」本作「十」，跟「戎」字所从的「十」的確沒有什麼區別。但是上引西周金文可以證明「戎」所从的「十」並不是「 甲 」字，而是十（毌，音ㄍㄨㄢguàn)的簡化之形。「毌」本象盾牌。在古代，戈和盾分別是進攻和防衛的主要器械。兵戎的「戎」字由「戈」、「毌」二字組成是合理的。大概某些文字學者誤以為「 戎 」字所从的「十」是「甲」的古寫（甲冑也是重要的戎器），所以把「戎」的篆文改成了戎。《說文》「早」字作早，「 卓 」字作卓，也犯了類似的錯誤（「早」、「卓」二字的結構，目前還不能作確切的解釋）。此外，如走（走）訛為走，欠（欠）訛為欠（關於「走」和「欠」的字形的意義，參看〔七(一)5C〕），以及前面講到過的兆訛為非等等，都是《說文》篆形錯誤的例子，這裏就不多舉了（參看上文論泰山刻石安國本和會稽刻石摹刻本的字形的部分）。

唐代小篆書法家李陽冰曾據秦刻石改《說文》篆形，例如上舉《說

文》「欠」字篆形上部的「彡」，就被他改成了「丿」。這種做法受到了
後人的很多指責。李氏擅自改書是不對的。但是就字形本身而論，用
秦刻石改《說文》並沒有錯。宋人刊刻的《說文》，其篆形似乎是出自李
氏改篆本而又經過回改的，但往往改之未盡。例如在《四部叢刊》影印
的影宋寫本《說文解字繫傳通釋》裏，「欠」字就作㐅而不作㐅。

我們指出《說文》的篆形有不少錯誤，並不是想貶低它的價值。
《說文》是最重要的一部文字學著作。如果沒有《說文》，有很多字的結
構就會弄不清楚，有很多字在古文字裏的寫法跟在隸、楷裏的寫法就
會聯繫不起來，還有不少字甚至會根本失傳。總之，要研究漢字的結
構和歷史，是離不開《說文》的。但是，過去的很多文字學者迷信《說
文》，也是不對的。我們應該盡量利用已有的古文字資料來糾正、補
充《說文》，使它能更好地為我們服務。

下面簡單談談秦系文字的形體。

秦系文字也跟其他古文字一樣，有正體、俗體之分。秦系文字的
俗體就是隸書形成的基礎，我們準備放到下一節去講，這裏只講秦系
文字的正體。

從春秋戰國時代秦國的金石文字來看，春秋早期的秦國文字跟西
周晚期的文字，尤其是跟由虢季子白盤等代表的字形比較規整的一派
很接近。（圖44）在整個春秋戰國時代裏，秦國文字形體的變化主要表
現在字形規整勻稱程度的不斷提高上。這從下面所列的按時間順序編

| | 西周晚期 金文 | 秦公鎛 (武公器) | 秦公簋 | 石鼓文 | 詛楚文 |
|---|---|---|---|---|---|
| 虎 | 師寏盤　虢盤 | | | | |
| 犬 | 毛公鼎　虢盤 | | | | |
| 隹 | 訣鐘　虢盤 | | | | |
| 省 | 訣鐘　攸从鼎 | | | | |

排的字形對照表，可以看得很清楚(表中部分例子取自偏旁)：（見前頁）
秦國文字有時為求字形的規整勻稱，使筆道變得宛曲起來，如上引
「虎」字的頭部；有時又為了同樣的目的，並為了書寫的方便，使筆
道變得平直起來，如上引的「犬」字。隨著這兩種變化，文字的象形
程度就越來越低了。小篆的字形一般比石鼓文、詛楚文等更為規整勻
稱，象形程度也更低，詳見下文。

　　春秋時代其他國家文字的字形，有的並沒有出現明顯的規整化勻
稱化的傾向；有的雖然出現了這種傾向，但是採取的具體方式跟秦國
文字不同，本章第二節裏提到的春秋中晚期金文中那種字形狹長的帶
有美術化傾向的字體，就是一例。因此在春秋時代，秦國文字在作風
上已經跟其他國家的文字有了相當明顯的區別。到了戰國時代，東方
各國文字的變化大大加劇，秦國文字跟它們的區別也就越來越突出
了。上一節已經介紹了戰國時代「文字異形」的情況，這裏就不重複了。

　　文字異形的現象影響了各地區之間在經濟、文化等方面的交流，
而且不利於秦王朝對本土以外地區的統治。所以秦始皇統一全中國
後，迅速進行了「同文字」的工作，以秦國文字為標準來統一全中國
的文字。在此之前，在逐步統一全中國的過程裏，秦王朝在新占領的
地區內無疑已經在進行這種性質的工作了。

　　《說文·敘》在講到秦始皇統一文字的時候是這樣說的：

　　　其後（按：指孔子之後）……分為七國……文字異形。
　　秦始皇帝初兼天下，丞相李斯乃奏同之，罷其不與秦文合者
　　（按：實際上李斯當時還沒有任丞相）。斯作《倉頡篇》，中
　　車府令趙高作《爰歷篇》，太史令胡母敬作《博學篇》，皆取史
　　籀大篆，或頗省改，所謂小篆者也。

這段話給人這樣一種印象，似乎秦始皇用來統一全國文字的小篆，是
李斯等人通過對籀文進行簡化而制定出來的一種字體。《漢書·藝文
志》的說法與此有所不同。《藝文志》說《蒼頡》等三篇「文字多取史籀
篇，而篆體復頗異，所謂秦篆者也」，只是把秦篆（即小篆）跟籀文
在形體上的不同，作為一種客觀事實指了出來。從有關的文字資料來
看，籀文並不是秦國在統一全中國前夕所用的文字（參看本章第二
節），小篆是由春秋戰國時代的秦國文字逐漸演變而成的，不是直接
由籀文「省改」而成的。《說文·敘》的說法是不妥當的。

把小篆的形體跟石鼓文對比，可以看出兩種比較顯著的變化。

| | 為 | 角 | 竈 | 涉 |
|---|---|---|---|---|
| 石鼓文 | | | | |
| 小篆 | | | | |

首先，小篆的字形進一步趨於規整勻稱，象形程度進一步降低，例如（小篆「為」字據金石）：（見右圖）

其次，一部分字形經過明顯的簡化，例如（石鼓文「吾」字取自偏旁，小篆「中」字據金石）：（見下圖）

上述這兩種變化在戰國時代的秦國文字裏都可以看到。商鞅量「為」字作 ，秦昭王時代造的丞相觸（即丞相壽燭）戈的「觸」字左旁作 ，寫法都不同於石鼓而跟小篆很接近。這

| | 吾 | 道 | 中 | 草 |
|---|---|---|---|---|
| 石鼓文 | | | （籀文作 ） | （說文引大篆同） |
| 小篆 | | | | |

是第一種變化的例子。詛楚文「俉」字所從的「吾」已經把「 」省為「五」，「中」字已經寫作 中 ，都跟小篆相同；「道」字簡化為 ，也跟小篆很相近。這是第二種變化的例子。傳世的新郪虎符和近年發現的杜虎符，都是秦在統一前所鑄造的，但是銘文的字體跟統一後的文字簡直毫無區別。（圖45）總之，春秋戰國時代的秦國文字是逐漸演變為小篆的，小篆跟統一前的秦國文字之間並不存在截然分明的界線。我們可以把春秋戰國時代的秦國文字和小篆合稱為篆文。在以《說文》為中心的傳統文字學裏，小篆是不算古文字的。從小篆跟春秋戰國時代秦國文字的實際關係來看，這樣處理顯然不夠妥當。

戰國時代的秦國文字是處於變化之中的，異體的存在當然不可避免。秦始皇要用秦國文字統一全中國的文字，首先需要對秦國文字本身作一番整理，拿出一種標準字體來。李斯等人撰《蒼頡》等篇，應該就是為這個目的服務的。他們做的是整理、統一的工作，不是創新的工作。錢玄同在為卓定謀《章草考》所作的序裏說：「許叔重（許慎字叔重）謂李斯諸人取大篆省改為小篆，實則戰國時秦文已如此，可見李

斯諸人但取固有的省改之體來統一推行，並非刱（創）自他們也。」
這是很正確的。

經過李斯等人整理的標準字體，在當時未必會有區別於統一前的
秦系文字的專門名稱。「大篆」和「秦篆」、「小篆」等名稱應該是
從漢代才開始使用的。秦代大概只有「篆」這種字體名稱。《說文》訓
「篆」為「引書」，其義不明。「篆」跟「瑑」同音，「瑑」是「雕
刻為文」的意思（《漢書·董仲舒傳》顏師古注。「文」指花紋、紋
樣），古代「篆」、「瑑」二字可以通用（蔣禮鴻《義府續貂》增訂本
8頁，中華書局，1987）。《呂氏春秋·慎勢》：「功名著乎槃（盤）
盂，銘篆著乎壺鑑」，「銘篆」猶言「銘刻」。頗疑篆文之「篆」當
讀為「瑑」。隸書是不登大雅之堂的字體，篆文可以銘刻金石，所以
得到了「瑑」這個名稱。

人們書寫文字的習慣是在長時間的實踐中形成的，秦王朝要改變
被征服地區人民的書寫習慣，當然不是一件很容易的事。由於統一文
字從根本上說符合全國人民的利益，並且「秦法」又雷厲風行，十分
嚴酷，這項任務總算在較短的時間裏完成了。不過，六國文字的影響
並不是一下子就完全消失的，這從長沙馬王堆三號漢墓出土的帛書就
可以看出來。在這座墓所出的一部分時代較早的帛書上，可以清楚地
看到楚文字的影響。例如有一份大約抄寫於秦統一前後的占書（秦統
一前，本屬於楚的今長沙地區已為秦占領多年），其字體大體上可以
看作篆文，但是有很多字顯然用了楚國的字形。③又如帛書《老子》甲
本，字體是接近篆文的早期隸書，文中不避漢高祖劉邦、高后呂雉
諱，大約抄寫於秦末至漢初這段時間裏。在這個抄本裏仍可看到個別
屬於楚國的字形。例如「關」字作 ，就與秦文不合，而與前面提
到過的楚國的鄂君啓節相合（李裕民《馬王堆漢墓帛書抄寫年代考》，
《考古與文物》1981年4期）。可見在楚國故地，楚文字的影響是逐漸
消失的。在其他東方國家的故地，估計也會存在類似情況。

秦王朝用經過整理的篆文統一全國文字，不但基本上消滅了各地
「文字異形」的現象，而且使古文字異體眾多的情況有了很大改變，
在漢字發展史上有重要的意義。不過這並不是說秦代文字就沒有異體
了。且不論小篆跟篆文俗體和隸書的不同，就拿小篆本身來說，異體
也還是存在的。《說文》就收了一些小篆的異體。又如《說文》以「則」

為小篆，「𠟭」為籀文，但是在秦代權量詔版的小篆裏，「則」字的這兩種寫法卻仍然是並存的。

在古文字裏，偏旁位置不固定的現象很突出，例如：

| | | |
|---|---|---|
| 𦨶 | 或作 | （般） |
| 𤰌 | 或作 | （男。以上見甲骨文） |
| 𢏚 | 或作 | （旁） |
| 杞 | 或作 | （杞。以上見金文） |
| 聖 | 或作 | （聖） |
| 沽 | 或作 | （沽。以上見六國文字） |

在小篆裏，這種現象也已經顯著減少，但是還不能算罕見。過去有些講字體的人，把隸書偏旁位置跟《說文》小篆不同的現象稱為「隸行」，認為是隸書移動了小篆的偏旁位置。其實，所謂隸行往往只是小篆本身偏旁位置不固定的反映。例如：在小篆裏，「和」字有咊、和 兩種寫法，「徒」字有𢓇、徒 兩種寫法。這兩個字在《說文》裏都作前一形，跟一般隸書的寫法不一樣，因此都被當作隸行的例子。其實，一般的隸書只不過是繼承了篆文裏跟《說文》不同的那種寫法而已。偏旁位置不固定的現象，就是在隸書楷書裏也還沒有絕跡，後面講形聲字的時候還會講到。

到了漢代，隸書取代小篆成為主要字體，漢字發展史就脫離古文字階段而進入隸楷階段了。漢代以後，小篆成為主要用來刻印章、銘金石的古字體。

## （五） 隸書的形成

《漢書・藝文志》和《說文・敘》都說隸書開始出現於秦代，是為了應付當時繁忙的官獄事務而造的一種簡便字體。此外，從漢代以來，還廣泛流傳著程邈為秦始皇造隸書的傳說。④ 這些說法跟事實是有出入的。

從考古發現的秦系文字資料來看，戰國晚期是隸書形成的時期。前面說過，跟戰國時代其他國家的文字相比，秦國文字顯得比較保守。但是秦國人在日常使用文字的時候，為了書寫的方便也在不斷破壞、改造正體的字形。由此產生的秦國文字的俗體，就是隸書形成的基礎。

在秦孝公時代的銅器銘文裏，就可以看到正體和俗體並存的情況。秦孝公十八年（前344）所造的商鞅量上的銘文是極為規整的正體，孝公十六年所造的商鞅矛鐓（矛柄下端的銅帽）上的銘文則是很草率的俗體.（圖46）孝公之後，文字的使用越來越頻繁，俗體也隨著越來越流行了。在銅器（主要是兵器）銘文、漆器銘文，以至印文、陶文裏，都可以看到俗體字。⑤ 在這些俗體字裏，已經出現了不少跟後來的隸書相同或相似的寫法。例如：惠文君十三年（前325）所造的相邦義（即張儀）戈，「義」字所从的「羊」已經寫作 羊 （正規篆文作 羊 ）。惠文君四年（前334）或惠文王更元四年（前321）所造的相邦樛游戈的「游」字、莊襄王三年（前247）或秦始皇三年（前244）所造的上郡戈的「漆」字，其「水」旁都已經寫成三短橫——「三」。昭王四十年（前267）所造的上郡戈的「造」字所从的「者」已經寫作 者 （正規篆文作 者 。圖40·D秦陶文「奢」字所从的「者」作 者 ，與隸書更近）。秦統一前所造的高奴銅權，「奴」字的「女」旁已經寫作 女 （正規篆文作 女 ）。

在秦國文字的俗體裏，用方折的筆法改變正規篆文的圓轉筆道的風氣頗為流行。有些字僅僅由於這種變化，就有了濃厚的隸書意味。昭王廿一年（前286）所造的相邦冉（即魏冉）戈的 廿 （廿）字、而 （帀）字，就是例子。

對於研究字體來說，七十年代發現的秦簡比上述那些資料更可寶貴。秦簡上的文字不但數量多，而且都是直接用毛筆書寫的，由此可以看到當時日常使用的文字的真正面貌。仔細觀察睡虎地十一號秦墓出土的大批竹簡上的文字，可以知道在這批竹簡抄寫的時代，隸書已經基本形成。

睡虎地秦簡上的文字顯然不是正規的篆文。從筆法上看，在簡文裏，正規篆文的圓轉筆道多數已經分解或改變成方折、平直的筆畫。例如「又」字（包括「又」旁），正規篆文作 又 ，簡文則大都作 又

。從字形上看，簡文裏很多字的寫法跟正規篆文顯然不同，跟西漢早期的隸書則已經毫無區別，或者只有很細小的區別了。例如（寫在後面括號裏的是供參考的小篆字形）：

| 毋 | 母（母） | 羊 | 羊（羊） | 明 | 明（明） |
|---|---|---|---|---|---|
| 州 | 州（州） | 人 | 人（人） | 皆 | 皆（皆） |
| 立 | 立（立） | 亦 | 亦（亦） | 即 | 即（即） |
| 老 | 老（老） | 者 | 者（者） | 書 | 書（書） |

這些字形的形成，都跟使用方折、平直的筆法有關。最後舉出的「書」，本是从「聿」「者」聲的字，簡文通過把「聿」旁下部和「者」旁上部的筆畫合而為一的辦法簡化了字形。西漢早期隸書裏「書」字的寫法大體與此相同。如果再把「者」旁的斜筆省去，就跟較晚的隸書和楷書的寫法沒有什麼區別了。在簡文字體方面還有一個非常值得注意的現象，就是左邊从「水」的字幾乎都把「水」旁寫作「氵」，像正規篆文那樣寫作「水」的例子極為罕見（《語書》部分中「江陵」之「江」的「水」旁作水 ）。

根據上述這些情況，可以把秦簡所代表的字體看作由篆文俗體演變而成的一種新字體。秦簡出土後，很多人認為簡上的文字就是秦隸，這應該是可信的。

1975年在湖北江陵鳳凰山七十號秦墓裏，發現了兩顆同文的玉印⑥：（見右圖）

這兩顆印的字體顯然不同。甲印是正規篆文，乙印的作風與則與秦簡相合。大概墓主人有意用當時並行的兩種字體各刻一印。這也可以說明秦簡的字體是已經跟篆文分家的一種新字體。

上一節提到的睡虎地四號秦墓所出的兩塊家信木牘，寫得比較草率，字體顯得比十一號墓的簡文更接近於後來的隸書，沒有問題也可以看作秦隸。

睡虎地十一號墓竹簡抄寫於戰國末年至秦代初年，四號墓木牘寫

於秦統一前夕。由此可知，隸書在戰國晚期就已經基本形成了。隸書顯然是在戰國時代秦國文字俗體的基礎上逐漸形成的，而不是秦始皇讓某一個人創造出來的。錢玄同在為《章草考》所寫的序裏指出，康有為、梁啓超都認為隸書是自然形成的，不是個別人所創造的。他表示同意，並說隸書「當亦始於戰國之世，為通俗所用」。唐蘭先生在《中國文字學》裏指出，《漢書》等說秦代「由於官獄多事，才建隸書，這是倒果為因，實際是民間已通行的書體，官獄事繁，就不得不採用罷了」（165頁）。這些意見都是正確的。不過，在隸書逐漸形成的過程裏，經常使用文字的官府書吏一類人一定起過重要作用，程邈也許就是其中起作用比較大的一個；也有可能在秦的官府正式採用隸書的時候，曾由程邈對這種字體作過一些整理工作，因此就產生了程邈為秦始皇造隸書的傳說。

在戰國時代，六國文字的俗體也有向隸書類型字體發展的趨勢。楚國的簡帛文字「體式簡略，形態扁平，接近於後世的隸書」（郭沫若《古代文字之辯證的發展》，《考古學報》1972年3期8頁）。在齊國陶文裏可以看到把「 含 」所從的「 犬 」寫作 大 ，⑦把「棠」所從的「 米 」寫作 木 ，把「 夲 」（卒）寫作 夲 或 夲 等現象。這種簡寫方法跟隸書改造篆文的方法極為相似。如果秦沒有統一全中國，六國文字的俗體遲早也是會演變成類似隸書的新字體的。

秦簡所代表的隸書還只是一種尚未完全成熟的隸書。這主要表現在以下兩方面：

首先，有很多字的寫法仍然接近於正規篆文，例如：

木： 米　　　　自： 自　　　　行： 行　　　　塞： 塞

前面舉過的「ヨ」，跟後來的隸書裏的「又」相比，也還是比較接近篆文的。

其次，有些字雖然已經有了跟成熟的隸書相同或相似的寫法，但同時仍然使用接近正規篆文的寫法，例如：

| 比 | 竹 | 比 | | | |
|---|---|---|---|---|---|
| 之 | 业 | 业 | | | |
| 言（偏旁） | 言 | 言 | 言 | 言 | 言 |
| 辵（偏旁） | 辵 | 辵 | 辵 | 辵 | 辵 |

「言」、「辵」兩個偏旁的各種寫法，實際上反映了它們由篆到隸的演變過程。

上面指出的這兩種現象，在西漢早期的隸書裏仍然可以看到，只不過在程度上沒有如此嚴重而已。為了跟成熟的隸書相區別，可以把秦和西漢早期的隸書合稱為早期隸書。

在秦國文字的俗體演變為隸書的過程裏，出現了一些跟後來的草書相似或相同的寫法。這類寫法，有的經過改造，為後來的隸書正體所吸收。前面所舉的秦簡「之」字作 ⊻ 的一體，就是一個例子。這種「之」字是由於用快速的草率筆法寫「ⴜ」字而形成的，後來通過「正體化」，也就是像漢字簡化中的草書楷化那樣的途徑，演變為在成熟的隸書正體裏常見的那種「之」字——之。前面還舉過秦簡把「辵」旁所从的「止」寫作Ɀ的例子。後來的草書裏的「止」旁，寫法與此基本相同。在成熟的隸書正體裏常見的那種「辵」旁——辶，也是帶草書意味的「辵」旁「正體化」的產物。

四號墓木牘寫得特別草率，「攻」字的「工」旁寫作 ㇄ ，「从」（從）、「徒」、「定」等字的「止」旁都寫作 ㇄ ，「遺」字的「辵」旁竟簡化成 ⌇ 或 ∫ 。這類草率寫法作為隸書俗體的一部分，為漢代人所繼續使用，並成為草書形成的基礎。

關於隸書字形的來源，有一些問題需要解釋一下。

按理說，隸書既然由戰國時代秦國文字的俗體發展而成，它的字形構造就應該是屬於秦系文字的系統的。可是隸書的有些字形卻不合於《說文》的小篆，而合於春秋以前的古文字和某些六國文字，並且這種字還不算太少。因此有些文字學者認為隸書「有一部分是承襲六國文字的」。這其實是一種誤會。我們在講秦系文字的時候已經指出，《說文》裏一部分小篆的字形，跟秦漢時代實際使用的篆文並不相同。主張隸書有一部分出自六國文字的人，他們所舉的主要例證就是這種有問題的字，如前一節提到過的《說文》作「戎」的「戎」字。其實，隸書「戎」字的字形跟始皇嶧山刻石上的「戎」字完全相合，它所從出的無疑是秦系文字而不是六國文字。同樣，隸書久（欠）的字形雖然跟《說文》的篆形 ⿰ 不合，但是跟秦漢金石文字裏的篆形 ⿰ 顯然也是一脈相承的。總之，我們不能因為隸書的有些字形跟《說文》裏

有問題的篆形不合，就得出這些字形來自六國文字的結論。

字形演變過程裏某些比較複雜的現象，也容易使人在隸書字形來源問題上產生錯覺。例如：甲骨文「朝」字右旁从「月」（西周前期金文「廟」字所从的「朝」也有从「月」之例），小篆的「朝」字卻不从「月」而从「舟」。⑧ 從表面上看，隸、楷「朝」字的字形似乎不是出自秦系文字，而是通過其他途徑從較早的古文字裏繼承下來的。但是，秦簡的「朝」字都从「舟」，東漢碑刻上的「朝」字也有不少仍然从「舟」。這說明隸、楷「朝」字的「月」旁，跟「朕」、「服」等字所从的本來作「舟」的「月」旁一樣，也是由「舟」省變而成的。所以隸、楷「朝」字的字形也沒有問題是出自秦系文字的，把它跟較早的古文字裏「朝」字从「月」的寫法聯繫起來是不妥當的。

跟「朝」字情況相近的還有「明」字。秦系文字的「明」字从「囧」，六國文字从「日」（參看本章第三節）。我們現在所用的「明」字跟六國文字相合。但是在隸書裏，「明」字一般从「目」而不从「日」。秦代權量上的草率小篆有時把「明」所从的 ⌾ （囧）簡寫為 ⌾ ，「目」是由它進一步簡化而成的（與「目」字相混）。後來大概是為了要簡省一筆，或是為了使字形合乎六書裏的會意原則，才普遍採用了古文的字形。

不過，我們雖然在原則上不同意隸書有一部分是承襲六國文字的說法，卻並不否定隸書所从出的篆文或篆文俗體以至隸書本身，曾受到東方國家文字的某些影響的可能性。即使把為秦所統一的東方國家的人民寫篆文和隸書時，有時使用本國舊字形的情況排除在外，仍然可以找到這種影響的某些跡象。例如：在秦和東方國家的文字裏，都出現了「則」字所从的「鼎」旁簡化為「貝」旁的現象。在東方，早在春秋戰國間，晉國的侯馬盟書裏已經出現了从「貝」的「則」字（盟書裏多數「則」字仍从「鼎」）。秦系文字省「鼎」旁為「貝」旁，可能是由於東方國家文字的影響。又如「於」字，秦簡多簡寫作 丩 ，刻得草率的權量銘文或作 亇 （類似的寫法在東漢碑刻上都還能看到）。戰國時代楚國文字裏的「於」字也有寫作 归 的（見長沙仰天湖楚簡）。秦系文字「於」字的寫法是否受到過楚文字的影響，也是可以考慮的。

　　在秦代，小篆是主要字體，隸書只是一種新興的輔助字體，社會地位很低。「隸書」這個名稱就表示了它的身分。有人說隸書由於「施之於徒隸」而得名（《漢書・藝文志》），有人說隸書由於秦官府「令隸人佐書」而得名（晉衛恆《四體書勢》，見《晉書・衛恆傳》）。總之，隸書是上層統治階級所看不起的。秦代統治者允許官府用隸書來處理日常事務，是迫於形勢不得不然，並不說明他們喜歡或重視這種字體。在比較莊重的場合，一般是不用隸書的。

　　但是，隸書書寫起來比小篆方便得多，要想長時間抑制它的發展，是不可能的。從秦代權量上的銘文，就可以清楚地看到隸書侵入小篆領域的情況。權量銘文的內容是統治者準備傳之久遠的統一度量衡的詔書，按理當然應該用正規的小篆來銘刻。可是遺留下來的權量銘文卻不乏刻得很草率的例子。在有些權量銘文裏，「毋」、「明」、「皆」、「者」等字的寫法，跟前面舉過的秦簡隸書完全相同。從總體上考慮，這種草率銘文恐怕還不能就看作隸書。因為在這些銘文裏，「法」字所从的「水」旁像隸書那樣寫作「氵」的例子，連一個也沒有發現過。但是，這種包含著很多隸書成分的詔書銘文，確實預示著小篆即將為隸書取代的命運。

　　在秦代，隸書實際上已經動搖了小篆的統治地位。到了西漢，距離秦王朝用小篆統一全國文字並沒有多久，隸書就正式取代小篆，成了主要的字體。所以，我們也未嘗不可以說，秦王朝實際上是以隸書統一了全國文字。

---

注　釋

① 唐先生分古文字為殷商、兩周（止於春秋末）、六國、秦四系（《古文字學導論》齊魯書社1981年版33、315頁，又《中國文字學》149–161頁）。我們在名稱上作了一些小變動。

② 吳氏《說文古籀補》自序認為《說文》所引籀文有的不合於六書，為周末文字。陳氏為《說文古籀補》作序，也說「故籀文則多不如今之石鼓」（當時多以石鼓文為標準的大篆）。

③ 李學勤《新出簡帛與楚文化》一文指出，馬王堆帛書中「秦代寫本《篆書陰陽五行》（引者按：即我們所說的占書），文字含有大量楚國古

文的成分。例如卷中『稱』字的寫法，就和楚國「郢稱」金幣（原注：舊釋郢爰）的「稱」完全相同。「冠、帶劍」，「劍」字作「會」，也是古文的特色。在「并天地左右之，大吉」一句中，抄寫者把「左」字寫成古文的「岩」，下面「并天地而左右之，一擊十」一句，又改正為「左」。同樣，在「凡戰，左天右地，勝」一句中，他按照古文寫法，把「戰」字寫成從「曰」，在「王戰」一句中，又遵照了秦國的字體。這位抄寫者顯然是還未能熟練掌握秦朝法定統一字體的楚人」。（《楚文化新探》36–37頁，湖北人民出版社，1981）

④　《說文・敘》說：「及亡新居攝……時有六書……三曰篆書，即小篆，秦始皇帝使下杜人程邈之所作也」，把程邈說成造小篆的人。但是一般都認為程邈造的是隸書。蔡邕《聖皇篇》說：「程邈刪古立隸文」（《法書要錄》卷七所收張懷瓘《書斷》所引）。南北朝時的宋代的羊欣、齊代的王僧虔和北魏的江式等人，也都說程邈為秦始皇作隸書。段玉裁等人認為上引《說文・敘》中「秦始皇帝使下杜人程邈之所作也」這句話本應在下文「四曰佐書，即秦隸書」之下，傳本誤置篆書條下。

⑤　參看拙作《從馬王堆一號漢墓遣冊談關於古隸的一些問題》，載《考古》1974年1期。以下所引秦國兵器等銘文的出處皆見此文。

⑥　引自吳白匋《從出土秦簡帛書看秦漢早期隸書》，《文物》1978年2期50頁。鳳凰山七十號墓，有人認為是秦昭王時墓，有人認為是秦始皇時墓。

⑦　把 **夰** 寫作 **大** 的現象，早在春秋時代的銅器銘文裏就已經出現。在陶文之外的齊國文字以及三晉文字裏，有時也能看到這種現象。但是秦代隸書通常卻把「大」字寫作 **仌**。

⑧　《說文》「朝」字從「倝」「舟」聲。漢印「朝」字篆文也從「舟」，但不從「倝」而從「卓」。「舟」、「朝」古音相近。

# 5 形體的演變（下）：隸楷階段的漢字

　　隸楷階段起自漢代，一直延續到現代。成熟的隸書，字形跟楷書很接近。所以雖然隸書早已為楷書所取代，習慣上卻不把它看作一種古文字。

　　兩漢時代通行的主要字體是隸書，輔助字體是草書。大約在東漢中期，從日常使用的隸書裏演變出了一種比較簡便的俗體，我們姑且稱之為新隸體。到東漢晚期，在新隸體和草書的基礎上形成了行書。大約在漢魏之際，又在行書的基礎上形成了楷書。楷書出現後，隸書與新隸體並沒有很快就喪失它們的地位。經過魏晉時代長達二百年左右的時間，楷書才最終發展成為占統治地位的主要字體。

## （一）　研究隸楷階段文字形體的資料

　　為了敘述的方便，我們把隸楷階段各種字體的資料放在一起來介紹。由於在這個階段中，比較劇烈的文字形體上的變化集中在兩漢魏晉時代裏，我們介紹資料也以兩漢魏晉的為主，南北朝的附帶提到一些，隋唐以後的就從略了。下面基本上按照書寫或銘刻文字的材料的性質，分項進行介紹。

　　1. 石刻和墓誌文字　　在清代末年發現兩漢和魏晉時代木簡之前，石刻文字是研究這一時期文字形體的最重要的資料。

　　這一時期的石刻文字以碑文為最重要。刻碑的風氣大概要到東漢時代才興起，東漢中晚期是這種風氣最盛的時期。所以前人搜集的漢代石刻文字絕大部分屬於東漢中晚期。西漢石刻文字只有一些零星的發現，東漢早期石刻文字的數量也不多。

　　在有明確年代的西漢石刻文字裏，趙廿二年羣臣上醻刻石（刻於趙王逡廿二年，公元前158年）和魯六年北陛石的題字（刻於魯恭王六年，公元前149年），都是小篆。有明確年代的最早的西漢隸書刻石，是地節二年（前68年）巴州民楊量買山記和五鳳二年（前56）刻石，都是宣帝時候的東西。（圖47）

　　東漢碑刻一般使用隸書。東漢後期碑刻上的隸書，書法往往很美，如石門頌（即楊孟文頌，為摩崖）、乙瑛碑（即孔廟置守廟百石卒史碑）、禮器碑（即韓勅造孔廟禮器碑）、孔宙碑、華山碑（即西嶽華山廟碑）、史晨前後碑、西狹頌（為摩崖）、韓仁銘、曹全碑、張遷碑和熹平石經等，都是為後代書法家所推崇的。（圖48）

　　魏和西晉碑刻一般也使用隸書，字體大都很工整。東晉碑刻則已多用新隸體。南北朝以後，楷書就成為碑刻上的主要字體了。

　　墓誌的性質跟墓碑相近。不過碑是立在地上的，墓誌則是埋在墓裏的。墓誌的材料有的用石，有的用磚，所以石刻文字這個名稱還不能包括全部墓誌文字。

　　在秦漢時代刑徒之類人的墓葬裏，發現過刻記死者身分、籍貫、名字的磚瓦。這可以看作原始的墓誌。親屬在死者墓中放置墓誌的風氣，是從晉代才流行起來的（可能跟當時的政府禁止私人立碑有關）。南北朝時墓誌盛行，形成了比較固定的規格，一般都把誌文刻在石質或磚質的方板上，誌文記載死者家世和生平梗概，文後還有一段有韻的銘，所以墓誌又稱墓誌銘。

　　東晉南北朝時代的碑刻和墓誌，是研究新隸體和楷書的重要資料。

　　2.簡牘文字　　在兩漢時代，簡仍是主要書寫材料，牘也使用得相當普遍。東漢中期蔡倫改進造紙方法之後，紙開始較多地用為書寫材料。不過一直要等到南北朝時代，紙才比較徹底地把簡牘排擠掉。在晉代，雖然紙已經使用得很普遍，政府的文書簿籍卻往往仍然使用簡牘。

從清末（二十世紀初年）以來，在西北地區兩漢和魏晉時代的邊塞遺址裏，陸續發現了很多漢簡和一些魏晉簡。五十年代以後，還在湖南、湖北、安徽、山東、河北、甘肅、青海、江蘇等地的漢墓裏發現了很多簡冊。

邊塞遺址出土的漢簡，習慣上按出土地區分成三類：

①**敦煌漢簡**　發現於甘肅省的敦煌、安西、酒泉、鼎新（毛目）等地。這些地方在漢代屬敦煌、酒泉兩郡，但是一般把這些地方出土的漢簡統稱為敦煌簡。（圖49、50）

②**居延漢簡**　發現於甘肅和內蒙兩地的額濟納河（即弱水）兩岸等地。這些地方的邊塞在西漢屬張掖郡的肩水和居延二都尉管轄，但是一般把這些地方出土的漢簡統稱為居延簡。（圖51、52）

③**羅布泊漢簡**　發現於新疆羅布泊北岸，簡數不多。這批簡的出土地接近所謂樓蘭遺址，所以也有人稱之為樓蘭漢簡。

上述這些漢簡通常是在漢代邊塞地區的官署和烽燧的遺址裏發現的，大都是屯戍吏卒遺留下來的文書、簿籍以及私人書信等類東西。其時代起自西漢武帝晚期，終於東漢晚期（但東漢晚期的簡數量不多）。

墓葬裏發現的漢簡，多數是書籍和記隨葬物品的「遣冊」。邊塞漢簡裏沒有西漢早期的簡。墓葬漢簡裏，如臨沂銀雀山一號墓、長沙馬王堆一號、三號墓、阜陽雙古堆一號墓、江陵張家山247號等墓和江陵鳳凰山漢墓群所出的簡，都屬於西漢早期（指武帝初年以前）。（圖53、54）

邊塞漢簡基本上是木簡。墓葬漢簡裏竹簡比較多。此外，邊塞遺址和墓葬都出了一些木牘。

魏晉簡主要出土於羅布泊西面偏北的「樓蘭遺址」以及新疆民豐北部的古遺址。簡文中所記的年號，由曹魏延續到東晉初期，而以西晉的為多。（圖55、56）在少數魏晉墓葬裏也發現過少量的簡。

金石銘刻在選擇字體上往往比較保守。簡牘上的文字通常是用日常使用的字體書寫的，就研究漢字形體的演變來說，其價值超過碑誌上的文字。在西漢簡上可以看到隸書逐漸成熟和草書逐漸形成的情況。在東漢中晚期的簡上可以看到早期的新隸體。魏晉簡對於研究新隸體和行書、草書都很有價值。

3. **帛紙文字** 〔四(四)〕裏已經提到，1973年在西漢早期的馬王堆三號墓裏發現了大批帛書。這些帛書除少數用篆文外，都用早期隸書抄寫。其中一部分字體跟篆文比較接近的，抄寫時間有可能早到秦末漢初，此外的大概都抄寫於文帝時代。（圖57、58）

過去在漢代敦煌、居延（包括肩水）的邊塞遺址裏，曾經發現過少量寫在帛上的隸書，內容是書信和題署。

在魏晉時代的「樓蘭遺址」裏，除木簡外，還出了一些字紙，年代範圍跟同出魏晉簡差不多。其中有書信、文書和簿籍殘片等物。對研究字體來說，這些字紙的價值比木簡還高。（圖59-65）

過去，在某些出敦煌漢簡的地點，也發現過極少量的字紙，可能是東漢晚期的東西。（圖66）據考古報導，在1990年開始發掘的敦煌東面的漢代懸泉置遺址的西漢宣、元時期地層裏，也發現了少量殘字紙（《中國文物報》1992年1月5日）。

在敦煌莫高窟和新疆吐魯番等地，發現過不少晉代和南北朝的卷子和字紙，其中有佛、道經典，古書抄本和文書、契約等物，對於研究新隸體和楷書也是重要資料。（圖67-69）

自古流傳下來的魏晉以來名家書跡，也可以歸入帛紙文字。可惜現存的一般都是臨摹本或臨摹本的刻本。

4. **其他** 除以上所述外，還有很多兩漢和魏晉時代的文字資料，如銅、漆、陶、瓷等類器物和磚瓦上的文字，買地券、鎮墓券、衣物券上的文字，以及墓壁題字等。下面擇要作些介紹。

西漢銅器上所刻的銘文有一部分是隸書，對於研究西漢隸書的演變很有參考價值。（圖70、71）

東漢中、晚期，主要是晚期，有在墓裏放置寫有鎮墓文的陶瓶的風氣。這種鎮墓文是研究新隸體的重要資料。（圖72）

七十年代在安徽省亳縣（現改亳州市）發掘了東漢晚期曹氏宗族（即曹操之族）的墓葬群。其中兩個墓的一部分墓磚上有任意刻劃上去的文字，對於研究當時的各種字體有很重要的價值（《安徽亳縣發現一批漢字磚和石刻》，《文物資料叢刊》2）。（圖73、74）八十年代在亳州市又發現了一座有同類字磚的曹氏宗族墓（《考古》1988年1期）。

## (二)　漢代隸書的發展

　　我們從字形構造和書體兩方面來說明漢代隸書的發展。下面先談字形構造的變化。

　　在〔四(五)〕裏，我們主要根據字形構造上的特點，指出了秦代和西漢早期的隸書是尚未成熟的早期隸書。西漢武帝時代可以看作隸書由不成熟發展到成熟的時期。

　　在西漢早期（武帝初年以前）簡帛上的隸書裏，明顯地接近篆文的字形仍然很多。在居延、敦煌等地發現的武帝晚期以後漢簡上的隸書裏，這種字形就大大減少了。例如「斗」字，西漢早期簡帛一般作 ⺠ 、 ⺠ 等形，居延簡則作 ⺠ 、 ⺠ 、 ⺠ 、 ⺠ 等形。「自」字，西漢早期簡帛一般作 自 、 自 等形，居延簡一般作 自 、 自 等形。「它」字，西漢早期簡帛一般作 ⺠ 、 ⺠ 等形，居延簡一般作 ⺠ 、 ⺠ 等形，「地」、「池」等字所从的「它」並且多簡化為 也 ，所以後來就變得跟「也」旁混而不分了（「地」、「池」、「施」等字本來都从「它」，「池」和「沱」是後來才分化成兩個字的。《說文》「地」、「施」等字从「也」聲，是《說文》篆形訛誤之例）。「大」、「木」等字，在西漢早期既有寫作 大 、 木 等形的，也有寫作 大 、 木 等形的。在居延簡裏，前一種寫法似乎已經絕跡。

　　在武帝之後到東漢晚期這段時間裏，隸書字形仍有不少變化，如「其」字由 其 、 異 等形變為其，「五」字由 X 、 五 等形變為五等等。總之，變得跟後來的楷書越來越相近了。

　　如果從字形繁簡的角度來看，隸書的字形大都是按由繁到簡的方向演變的。

　　在隸書字形演變的過程裏，新的字形出現之後，舊的字形往往遲遲不退出歷史舞台。不但早期隸書裏有這種現象（參看〔四(五)〕），就是在成熟的隸書裏也常常可以看到這種現象。例如在東漢晚期的碑刻上，「其」字既作其，也作 異 、 其 ；「五」字既作五，也作 X 、五 ；「恭」、「慕」等字的「心」旁有 ⺗ 、 ⺗ 、 小 、 小 、 心 等多種寫法。又如「口」旁，早在秦代隸書裏就出現了少量作「口」的寫法，但是在西漢中晚期的漢簡上仍然習見作 ⊟ 的寫法

（「如」、「知」等字的「口」旁往往作此形），甚至在東漢晚期的碑刻上，都還可以看到一些這樣的寫法。

在少數東漢晚期碑刻上，還可以看到有意按照小篆字形來寫隸書的復古現象，如「農」作農（司農劉夫人碑），「壹」作壹（祝睦碑）等。偽孔安國《尚書序》裏有「隸古定」的說法（或謂「隸古」與「定」不應連讀，這裏用一般的讀法），指用隸書的筆法來寫「古文」的字形。後人把用楷書的筆法來寫古文字的字形稱為「隸定」。

下面談談漢代隸書在書體上的變化。

我們在東漢晚期書法工整的碑刻上看到的隸字，結體一般都是扁方的，用筆也有一套成規。向右下方的斜筆幾乎都有捺腳，捺腳往往略向上挑。有些較長的橫畫，收筆時也略向上挑，形成上仰的捺腳式的尾巴。先豎後橫的彎筆，收筆時多數上挑，而且幅度往往比較大。向左下方的斜筆（即撇），收筆時多數也略向上挑。收筆時上挑的橫畫，起筆時還往往有下垂的頓勢，整道筆畫略呈微波起伏之勢，較長的捺有時也有這種筆勢，如 一 、 ㇏ 。書法家用來形容隸書書法特點的「挑法」、「波勢」和「波磔」（磔指捺一類筆勢）等語，就是指這些筆法而言的。

上述隸書書體的特點，是有一個形成過程的。習慣上把具備這些特點的隸書稱為漢隸，漢隸形成之前的隸書稱為秦隸。秦隸也稱古隸。由於秦隸也包括漢隸形成前的漢代隸書，稱它為古隸比較合理。要注意的是古隸這個詞有歧義。它也可以用作跟楷書的別名——「今隸」相對的名稱。這種用法的「古隸」跟一般所說的隸書同義。

漢隸也稱八分。這個名稱大概在漢魏之際就已經出現。當時一般人日常所用的隸書，就是我們在前面提到過的新隸體，其面貌跟正規的隸書已經有了顯著的區別，所以有必要為正規的隸書另起一個名字（看啓功《古代字體論稿》34頁，文物出版社，1979）。直到唐代，一般人還是把當時通行的字體（即楷書）稱為隸書，把漢隸稱為八分。

關於八分得名的原因，古人的說法不一。有人認為是由於這種書體以「字方八分」為大小的標準；有人認為是由於這種書體字形較扁，筆畫向兩旁伸展，勢「若『八』字分散」；還有人假托蔡文姬之名，說這種書體「割程隸八分取二分，割李篆二分取八分」，所以稱為八分（看唐蘭《中國文字學》169－170頁）。最後一說提到的「程

隸」，其實並不是指真正的秦隸而言的。古人缺乏字體發展的歷史觀念，很容易把他們稱之為隸書的新隸體或楷書，跟程邈所「作」的隸書混為一談（例如《法書要錄》卷二所錄梁庾肩吾《書品論》就說：「尋隸體發源秦時，隸人下邳程邈所作……故曰隸書，今時正書是也。」他所說的正書就是我們所說的楷書。）但是他們又不得不承認八分的形體實際上比這種「程隸」更接近小篆，所以才會有取「程隸」二分取「李篆」八分的說法。以上各說，究竟哪一說符合或最接近八分命名者的原意，現在已經難以確定了。也有可能這些說法全都是不正確的。漢隸也稱分書、分隸，這兩種名稱是由八分派生出來的。

八分究竟是在什麼時候形成的呢？下面來討論這個問題。

發現漢簡之前，石刻文字幾乎是研究隸書的唯一資料。在已發現的漢代碑刻的隸書裏，八分書體的特色要到東漢中期以後才充分顯示出來，所以前人往往把八分形成的時間定得比較晚。後來的研究者有大量漢簡上的隸書作為依據，看法就跟他們很不一樣了。

八分筆法的萌芽出現得很早。在拋棄了正規篆文的筆法之後，如果把字寫得很快，收筆時迅速提筆，橫畫和向下方的斜筆很容易出現尖端偏在上方的尾巴。如果把這種筆法「正體化」，八分的挑法就形成了。魏建功先生認為八分的挑法是草書筆法規整化的產物（《草書在文字學上之新認識》，《輔仁學志》14卷 1、2期合刊）。這是很精闢的見解。

早在秦代的隸書裏，就可以看到少量帶捺腳的斜筆和略有挑法的橫畫。在西漢早期的隸書裏，這類筆法的使用有明顯的增加。例如在馬王堆三號墓出土的文帝時代抄寫的那部分帛書上，就有不少字的書寫風格跟八分頗為接近。（圖58）江陵鳳凰山九號墓出土的漢文帝時木牘上的有些字，筆法也相當像八分。（圖75。注意第二行的「上」。）不過在西漢早期的隸書裏，豎長的字形和接近篆文的寫法還很常見，八分式的筆法還遠遠沒有占統治地位。所以西漢早期的隸書跟秦代隸書一樣，也屬於古隸的範圍。

在敦煌、居延等地發現的武帝晚期到宣帝時代的簡上，可以看到八分逐漸形成的過程。在敦煌簡裏，武帝天漢三年（前98）簡（圖49A）和王國維考定為武帝太始三年（前94）以前之物的「使莎車續相如」簡，（圖49B）其書體都屬於古隸；而太始三年簡的書體則已

經跟八分沒有多大區別了。（圖49C）在居延簡裏，有不少武帝征和至昭帝始元年間的食簿散簡，書體大都呈現從古隸向八分過渡的面貌。（圖51A、B）還有一件昭帝始元七年（前80）的出入符，雖然寫得不算工整，其書體卻已經可以看作八分了。（圖51C）此外，居延簡裏還有一些書體很像八分的昭帝時代的簡，不一一列舉了。在宣帝時代的簡上，出現了相當標準的八分書，如居延的本始二年（前72）水門燧長尹野簡（圖51D）和敦煌的五鳳元年（前57）簡（圖49D）等。由此可見，至遲在昭宣之際，八分已經完全形成。

八分形成以後，在書法上受八分的影響不大、筆畫的寫法比較簡便的隸書，仍然是常見的。在宣帝以後寫得比較草率的漢簡上，就可以看到這種隸書。（圖76）近年來有學者稱這種隸書為「通俗隸書」（參看賴非、王思禮《漢代通俗隸書類型》、《漢碑研究》192–212頁，齊魯書社，1990）。其書體在早期近於古隸，後來逐漸發展成為前面提到過的新隸體。

西漢銅器上的隸書銘刻所反映的書體變化的情況，跟漢簡基本相合。西漢早期銅器上的隸書，跟西漢早期簡上的古隸同類型。在從武帝到宣帝時代的銅器上，可以看到隸書書體跟同時期漢簡相似的演變。不過，刻在銅器上的隸書，大都沒有把用毛筆書寫的八分的特色充分表示出來。例如宣帝時的陽泉使者舍熏爐的銘文，從字的結體看跟八分相近，但筆畫沒有明顯的波磔。（圖71）

西漢石刻文字的書體要保守一些。宣帝時的地節二年買山記呈現由古隸向八分過渡的面貌，五鳳二年刻石跟古隸仍然很接近。（圖47）

我們在前面根據字形構造區分了早期的和成熟的隸書，並指出武帝時代是隸書由不成熟發展到成熟的時期。從書體上看，在武帝晚期也已經出現了古隸即將演變成為八分的形勢。所以，早期隸書和古隸，成熟的隸書和八分，其範圍大體上是重合的。也許我們可以把武帝中晚期看作隸書發展的前後兩個階段之間的過渡時期。前一階段的隸書既可以稱為早期隸書，也可以稱為古隸。後一階段的隸書既可以稱為成熟的隸書，也可以稱為八分（昭帝時代的隸書，有些還帶有比較濃厚的古隸意味，也許可以把昭帝時代也包括在過渡時期裏）。

隸書也稱佐書。《說文·敘》說王莽時有六書（指六種字體，跟象

形、形聲等六書無關），「四曰佐書，即秦隸書」。漢代人還常常把官府文書等所用的隸書書體稱為史書，如《漢書・王尊傳》說：「尊竊學問，能史書，年十三，求為獄小吏（史？），數歲，給事大守府……除補書佐，署守屬，監獄」。前人往往由於《史籀篇》也稱《史篇》，誤以為史書就是籀文。段玉裁在《說文・敘》的注裏已經指出了這個錯誤，他說《漢書》「或云善史書，或云能史書，皆謂便習隸書，適於時用，猶今人之工楷書耳」。這是正確的。漢代官府裏從事文書工作的官吏是書佐和史（《論衡・效力》：「治書定簿，佐、史之力也。」《後漢書・百官志》：「書佐幹主文書。」）。啟功先生認為佐書和史書就是因此而得名的（《古代字體論稿》32-33頁），其說當可信。所以八分書體很有可能是先在官府佐、史一類人手中形成，然後再推廣到整個社會上去的。我們用作研究八分形成過程的主要根據的敦煌簡和居延簡，以及有較長銘刻的銅器，大都是官府的東西，文字應出自佐、史之手。而一般的石刻文字則不一定出自他們之手。這也許是比較標準的八分在石刻上出現得比較晚的原因之一。

從「佐書」、「史書」這兩個名稱來看，隸書得名的原因似當以「令隸人佐書」之說為是（參看〔四(五)〕）。睡虎地秦墓所出「法律答問」有如下一條：

何謂「耐卜隸」、「耐史隸」？卜、史當耐者，皆耐以為卜、史隸。○後更其律如它。（《睡虎地秦墓竹簡》234頁，文物出版社，1978）

所謂「史隸」，不就是「隸人佐書」者嗎？在「更其律如它」之前，「令隸人佐書」一定是秦官府裏普遍存在的現象。所以官獄文書所用的簡便字體便得到了隸書之稱。

## (三) 隸書對篆文字形的改造

在漢字形體演變的過程裏,由篆文變為隸書,是最重要的一次變革。這次變革使漢字的面貌發生了極大的變化,對漢字的結構也產生了很大影響(參看〔三(二)〕)。所以有必要把隸書對篆文字形的改造比較具體地介紹一下。前面已經說過,隸書的字形是不斷變化的。為了比較充分地說明屬於古文字階段的篆文的字形跟隸楷階段的字形的不同,我們在遇到隸書有異體的時候,一般用晚期隸書裏跟楷書最接近的字形來跟篆文作對比。所以這裏所舉的隸書改造篆文的例子,有一些也可以看作晚期的隸書改造較早的隸書的例子。

隸書對篆文字形的改造,主要表現在以下幾方面:

**1.解散篆體,改曲為直** 從商代文字到小篆,漢字的象形程度在不斷降低,但是象形的原則始終沒有真正拋棄。隸書不再顧及象形原則,把古文字「隨體詰詘」的線條分解或改變成平直的筆畫,以便書寫。例如:隸書改篆文的 ⊖ 為日,把像日輪的外框分解為「丨、一、丨、一」四筆或「丨、㇆、一」三筆。改篆文的 ⼋ 為 女,把象跪著的身體的彎曲線條改為直筆(「女」字由篆變隸時轉了個將近九十度的角,所以這一筆變成了橫畫)。這是隸書改造篆文的最重要的方法。

**2.省併** 隸書往往把篆文的兩筆併為一筆,或是把兩個以上的偏旁或偏旁所包含的部分合併起來,改成較簡單的筆畫結構。例如:

大 —— 大　兩臂併作「一」,身軀和左腿併作「丿」。

襄 —— 襄　㗊簡化為「𠀎」。

遷 —— 遷　㠯簡化為「覀」,𠂤簡化為「大」。

無 —— 無　全面省併。

〔三(二)〕裏舉過的「寒」和「塞」,也是省併的例子。省併通常同

時起改曲為直的作用。

3. 省略　隸書有時直捷了當地省去篆文字形的一部分。例如：

4. 偏旁變形　在篆文裏，一個字用作偏旁時的寫法，通常跟獨立成字時沒有明顯的區別。在隸書裏，獨立成字和用作偏旁的寫法明顯不同的情況，就時常可以看到了。例如：「人」字用作左旁時作「亻」（這種寫法實際上比「人」更接近篆文），「犬」字用作左旁時作「犭」，「邑」字用作右邊的形旁時作「阝」（用作聲旁的如「浥」、「挹」等字的右旁仍作「邑」），「阜」字用作左旁時也作「阝」等等。前面還曾提到過「水」變作「氵」，「屮屮」變作「艹」等例子。偏旁的寫法往往隨所處的位置而異，例如「水」旁的位置在上或在下時，就仍作「水」而不作「氵」，如「沓」、「漿」。有時即使位置相同，寫法也不同。因此，同一個偏旁在不同的文字裏可以分化成很多種不同寫法，例如：

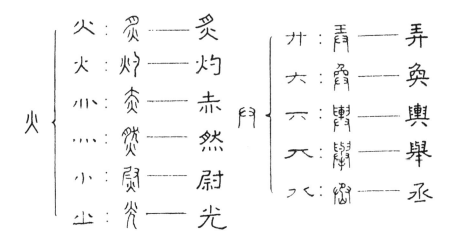

在隸書裏，偏旁的寫法有很多還沒有固定下來，同一個字的同一個偏旁也往往有好幾種寫法，例如上一節舉過的「恭」、「慕」等字的「心」旁。在早期的楷書裏，偏旁寫法也還沒有完全固定下來。為求簡明，上面所舉的偏旁變形的例子，只取為後來的成熟的楷書所繼承的寫法。例如在晚期的隸書裏，「赤」字和「尉」字所從的「火」都有作灬的寫法，這裏就都沒有採用。

(5)**偏旁混同**　隸書為求簡便，把某些生僻的或筆畫較多的偏旁，改成形狀相近，筆畫較少，又比較常見的偏旁。例如：「敦」、「淳」、「醇」、「鶉」、等字的偏旁 𠂤 （𠭖，音ㄔㄨㄣ chún）和「郭」的偏旁 𩫖 （城郭之「郭」的古字），都被改成「享」（《說文》「孰」字也從「𠭖」，但從古文字看，此字本從「享」的古體「㝬」而不從「𠭖」）。「活」、「括」、「适」（南宮适之「适」）等字的偏旁 𠯑 （昏，音ㄎㄨㄛ kuò），被改作「舌」。

此外，省併、省略和偏旁變形，也會造成偏旁混同的現象。例如由於偏旁變形，在左的「肉」旁、一部分在下的「肉」旁、「朕」「服」等字的「舟」旁和「青」字的「丹」旁，都跟「月」旁混了起來。又如：「寒」字所從的「茻」、「塞」字所從的「𡨄」，由於省併都變成了「共」。「屈」、「尿」等字本從「尾」，由於省略變成了從「尸」之字。下面再舉兩個主要由於省併而造成的偏旁混同的例子：

隸書對篆文字形的改造，主要就表現在上述這五方面。

隸書的形成，使漢字所使用的「隨體詰詘」需要描畫的字符，變成由一些平直的筆畫組成的比較簡單的字符，大大提高了書寫的速度。這是有進步意義的一次變革。封建社會的士大夫由於看到隸書破壞了一部分漢字的結構，就認為由篆變隸是一件壞事，這種態度是不正確的。

## ㈣　漢代的草書

漢代行用的字體，除隸書之外還有草書。「草」字在古代可以當粗糙、簡便講。草書之「草」大概就取這種意義。「草書」有廣狹二義。廣義的，不論時代，凡是寫得潦草的字都可以算。狹義的，即作為一種特定字體的草書，則是在漢代才形成的（啓功《古代字體論稿》38頁）。大約從東晉時代開始，為了跟當時的新體草書相區別，稱漢代的草書為章草。新體草書相對而言稱為今草。

〔四㈤〕裏已經說過，早在秦國文字的俗體演變為隸書的過程裏，就出現了一些跟後來的草書相同或相似的草率寫法，如把「止」旁寫作「ㄥ」之類。隸書形成之後，這些草率寫法作為隸書的俗體繼續使用，此外還出現了一些新的草率寫法。草書就是在這些新舊草率寫法的基礎上形成的。

在使用古隸的簡牘裏，可以看到整簡、整牘的字都寫得相當草率的例子，如〔四㈤〕裏提到的睡虎地四號墓木牘，又如臨沂銀雀山漢墓出土的一部分古書抄本。（圖77）在這些簡牘上可以看到一些寫法跟後來的草書相同的偏旁，但是絕大多數字雖然寫得草率，字形構造卻仍然跟一般的古隸沒有多大區別。所以這些簡牘的字體只能看作草率的隸書，不能看作狹義的草書。古代有稱為「𨖷」的書體。《玉篇·辵部》：「𨖷，士洽切（今音ㄓㄚˊ zhá），行書貌。」《廣韻·洽韻》：「𨖷，行書。」《集韻·洽韻》：「𨖷，行書也。秦使徒隸助官書𨖷，以為行事，謂艸艸行之間，取其疾速，不留意楷法也。从筆从辵。」據《集韻》，這種書體在秦代就已出現。上述那種草率的隸書，也許就可以稱為𨖷書。

　　從居延簡中有明確紀年的那些簡來看，武帝晚期和昭帝時代的簡上只有草率的隸書；宣帝簡中如登記號為271·17的神爵二年（前60）簡，（圖52A）元帝簡中如登記號為562·3A的永光元年（前43）簡，（圖52B）特別是後者，其字體已有很濃厚的草書意味；成帝簡中如284·8A陽朔元年（前24）簡和170·5A元延二年（前11）簡，（圖52C、D）其字體就已經是相當純粹的草書了。由此推測，草書的形成至遲不會晚於元、成之際，很可能在宣、元時代就已經形成了。

　　唐張懷瓘《書斷·上》「章草」條引南朝宋代王愔的話說：「漢元帝時史游作急就章，解散隸書麤（粗）書之，漢俗簡墮，漸以行之」（《法書要錄》卷七），把章草的出現跟急就章聯繫了起來。這是不可信的。「急就章」是史游所編字書《急就篇》的俗名。《急就篇》分三十一章（每章六十三字），所以有人稱之為「急就章」。這個名稱在漢代似乎還沒有出現。魏晉時代的書法家喜歡用章草寫《急就篇》，但是已發現的敦煌簡和居延簡中的《急就篇》漢代抄本，卻都是用隸書寫的。所以章草決不會是史游作《急就篇》時所創造的字體。為編一種書而創造一種字體，實際上也是不可能有的事（唐蘭《中國文字學》172頁）。不過，史游的時代倒恰好跟我們所推測的草書形成的時代大致相合。漢末的蔡邕、趙壹都說草書作於秦代，似無確據（蔡說見《書斷·上》「草書」條所引梁武帝《草書狀》。趙說見其所作《非草書》，收入《法書要錄》卷一）。過去有很多人認為草書起於東漢，則又失之過晚。

　　草書的形成比八分稍晚一些。不過，作為草書形成基礎的草率的隸書俗體，有很大一部分在古隸階段就已經存在。所以也可以說，八分和章草是分別由古隸的正體和俗體發展而成的。這跟戰國時代秦國文字的正體演變為小篆，俗體發展成隸書的情況很相似（參看第四章注⑤所引文54頁）。

　　草書字形不出自成熟的隸書而出自古隸的例子是常見的，不但是偏旁的寫法，就是整字的寫法也往往由古隸變來。例如：「夫」的草書 ✗ 當由古隸草體 ✗ 變來，「天」的草書 ✗ 當由古隸草體 ✗ 變來，「可」的草書 ✗ 當由古隸草體 ✗ 變來，「鹿」的草書 ✗ 當由古隸 ✗ 變來（參看上引文）。古隸的形成以篆文俗體為基礎，二者

的字形往往很相近。過去的學者如清人孫星衍等，有草書字形出自小篆之說（看孫氏《急就章考異》）。應該承認他們已經接觸到了事情的真相。

草書是輔助隸書的一種簡便字體，主要用於起草文稿和通信。在草書形成的過程裏，官府佐、史一類人大概也起了很大作用。因為他們經常需要起草文書，草書這樣的字體對他們最有用。西漢時代一般人使用的隸書俗體裏所包含的草書因素，比戰國時代秦國一般人使用的篆文俗體裏所包含的隸書因素要少得多。所以草書的形成不如隸書自然，羣眾基礎不如隸書廣泛。在草書形成後的西漢簡裏，雖然夾雜草體字的隸書簡很常見，純粹的草書簡卻並不多見。

敦煌、居延等地出土的新莽簡和東漢簡上所見的草書，比西漢簡的草書成熟。（圖50A、B）東漢簡中草書簡所占的比重，也明顯地升高了。這跟古書所反映的、草書在東漢時代比較流行的情況相合。

漢代之後，歷代書法家喜歡寫章草的頗不乏人。據說魏晉時代有好幾位名書法家用章草寫過《急就篇》，但是只有吳國皇象寫的一本有臨摹本流傳下來。北宋時葉夢得曾將皇象本《急就篇》刻石於潁昌（今河南省許昌）。明正統年間又有人據已有殘缺的葉刻拓本重新刻石於松江，所據拓本的殘缺之處以明初書法家宋克寫本補足。這就是一般所謂松江本《急就章》，是我們現在所能看到的內容最豐富最有系統的一份章草資料（下文所引的《急就章》據《吉石盦叢書》三集所收的影印的松江本。少數字的寫法據文物出版社影印的《明宋克書急就章》）。（圖78）此外，還有一些古代書法家所寫的章草在傳世法帖中保存了下來。

皇象本《急就章》屢經摹寫，當然免不了有訛誤。但是只要跟考古發現的漢代草書資料對照一下，就可以看出現存之本大體上能反映漢代草書的面貌。皇象本《急就章》裏的很多字和偏旁的寫法，在漢簡裏都可以找到相同或極其相似的例子，如：君作 ，卿作 ，得作 ，與作 ，樂作 ，器作 ，等作 ，尉作 ，長作 ，書作 ，在左的言旁作 ，在左的糸旁作 ，在下的止旁作 ，在下的皿旁作 ，在右的月旁作 ，在上的門旁作 ，在下的心旁或作 等等。皇象本《急就章》的有些字使用了跟八分相似的挑法，這跟漢簡草書的情況也是相合的。

　　漢代草書的字形，有一些是先後有變化的。皇象本《急就章》當然是接近漢代較晚期的草書的。例如「受」字草體，西漢簡多作 ✕（從古隸俗體 ✕ 簡化。隸書「爪」旁有時變作「 日 」，如「爭」字往往作 爭 ），東漢簡則作 ✕ 、 ✕ 等形。皇象本《急就章》作 ✕ ，跟東漢簡相近。亳縣東漢晚期曹氏墓羣中的元寶坑一號墓的一塊墓磚上，刻有草書的「會稽曹君」四字，除「稽」字外，字形跟皇象本《急就章》基本相同。（圖74C。《急就章》「稽」字作 稽 。）

　　下面根據皇象本《急就章》簡單談談草書改造隸書的方法（對於那些在篆文演變為古隸的過程裏就已經出現的草體，也可以說是草書改造篆文的方法）。

　　草書改造隸書的主要方法是：

　　1. 省去字形的一部分　例如：「時」作 時 ，省去「寺」旁的上部（簡化字「时」可以看作草書楷化字）。「尉」作 ✕ ，省去左半的右下部。「盧」作 ✕ ，省去中間部分（草書「虍」旁作 ✕ ，「皿」旁作 ✕ ）。「尚」作 ✕ ，省去左邊的一豎。

　　2. 省併筆畫保存字形輪廓，或以點畫來代替字形的一部分　例如：「長」作 長 ，「為」作 為 （簡化字「长」、「为」，都是草書楷化字。漢簡「長」字還有簡化為 ✕ 、 ✕ 等形的），「疆」作 疆 ，「君」作 ✕ ，「論」作 ✕ （簡化字「论」也可以算作草書楷化字）。

　　3. 改變筆法　草書由於寫得快，很自然地改變了隸書的筆法。例如：隸書較長的撇，尾部往往比較粗；草書的撇，尾部一般是尖的。隸書基本上只用彎筆而不用鈎，彎一般轉得很慢，草書彎轉得很快，把有些轉折後的部分較短的彎筆簡化成了帶鈎的筆畫，如隸書 ✕（宀）、 ✕（冖）等偏旁裏的 ✕ ，草書大都變作 ✕ 。這種筆法後來為行書所吸收，並發展成為楷書的硬鈎。草書橫畫用挑法比八分用得少，點、捺等筆畫的寫法也都跟隸書有些差別。此外，草書還大量使用連筆，如上舉「時」字的第二筆「 ✕ 」，「尉」字的第一筆「 ✕ 」。有些字甚至可以用一筆寫成，如 ✕ （卿）、 ✕ （門）等。不過跟今草比起來，章草使用的連筆還算是少的。章草每個字自成起訖，這跟今草字與字時相鈎連的情況也不一樣。

　　關於草書的偏旁有幾點需要說明。

草書裏有些偏旁的寫法，有比較複雜的形成過程，例如：

皿（皿）　　　　　　　

止（止）　　　　　　　

上舉的例子同時也可以說明草書字形往往是由出自篆文俗體的古隸草體演變而成，而不是由成熟的隸書草化而成的。

有的偏旁在草書裏分化成幾種形式，「口」旁是一個比較突出的例子。據皇象本《急就章》，「口」旁至少有口、マ、ッ、ゝ、ヽ五種寫法：

古：古　杏：杏　合：合　谷：谷　君：君

「ッ」是由「廿」的簡體「ㅂ」變來的。

另一方面，有些本來有明顯區別的偏旁，在草書裏被混同了起來，或者已經變得很容易相混了。例如從皇象本《急就章》看，以下一些字的偏旁就有這種情況：

| 糸 | 約：約　紬：紬 |
| 歹（本作歺） | 列：列 |
| 另（本作丹） | 別：別 |
| 車（限于少數車旁） | 斬：斬 |
| 子 | 孫：孫 |
| 月（肉旁、舟旁） | 膾：膾　勝：勝 |

張（能）字的左半也跟上舉這些偏旁很相似。

草書由於字形太簡單，彼此容易混淆，所以不能像隸書取代篆文那樣，取代隸書而成為主要的字體。

關於章草命名的理由，過去有幾種說法。除了前面已經提到過的把章草跟《急就章》聯繫起來的說法之外，還有因東漢章帝提倡而得名，因可以施於章奏而得名等說法。這些說法都很難令人相信。「章」字有條理、法則等意義。近人多以為章草由於書法比今草規矩而得名，這大概是正確的。

## (五) 新隸體和早期行書

八分的形成使隸書的書法有了比較明確的規範，但是這種字體書寫起來卻相當費事，人們日常使用文字的時候，並不一定按照這種字體的要求去書寫。大約在東漢中期，從日常使用的隸書裏演變出了一種跟古隸和八分都有明顯區別的比較簡便的俗體。在東漢後半期，雖然士大夫們相競用工整的八分書勒石刻碑，一般人日常所用的隸書卻大都已經是這種俗體了。

上述這種俗體隸書一般不用八分那種收筆時上挑的筆法，同時還接受了草書的一些影響，如較多地使用尖撇等，呈現出由八分向楷書過渡的面貌。在東漢中晚期的木簡和鎮墓陶瓶上都可以看到這種字體。其中如敦煌發現的永和二年（137年）簡（圖50D）和傳世的熹平元年（172年）陶瓶，（圖79）是經常為講字體的人所引用的例子。前者的字體的風格，羅振玉評為「楷七而隸三」（《流沙墜簡》考釋）。有些東漢晚期的墓壁題字和墓磚刻文，如和林格爾發現的護烏桓校尉墓的題字、(圖80)亳縣曹氏墓的有些墓磚刻文，(圖73B)以及八十年代發現的河北滄縣北塔村東漢墓磚上的朱書文字（《書法》1987年1期），也是屬於這種字體的。為了區別於正規的隸書，我們姑且把這種字體稱為新隸體。新隸體在魏晉時代仍然流行，下一節還會講到。

在東漢晚期還出現了一種新的字體，就是行書。據說，行書是桓、靈時代的劉德昇所創造的，他寫的行書「雖以草創，亦豐妍美，風流婉約，獨步當時」（張懷瓘 《書斷·中》，《法書要錄》卷八），漢魏之際的著名書法家鍾繇、胡昭都曾跟他學過這種字體（見衛恆《四體書勢》，載《晉書·衛恆傳》。參看《書斷·中》）。

我們所熟悉的行書是介於楷書跟今草之間的一種字體。在劉德昇等人的時代，今草還不存在，他們所寫的行書當然不會跟我們所熟悉的行書完全一樣。可惜劉、胡二家的書跡現在都已經看不到了。在現存比較可靠的鍾繇字帖中，墓田丙舍帖可能是行書，（圖81。為王羲之臨本的摹刻本）但是也有人認為是楷書（褚遂良《晉右軍王羲之書目》就列此帖於正書，見《法書要錄》卷三），還有人懷疑它是否能反映鍾氏書法的真面目。所以，要弄清楚早期行書的真相，並不是很容

易的。

在我們所能看到的魏晉時代遺留下來的文字資料裏，有沒有能代表早期行書的字呢？下面談一下我們不成熟的看法。

在魏晉時代日常所用的文字，如樓蘭遺址出土的簡、紙文字裏，除了比較規整的新隸體（圖55A、B，59A、B、C）和處於由章草向今草過渡的階段中的草書（圖56C、D，65A、B、C）之外，還有不少字體風格介於二者之間的文字。它們在字形構造方面，除了採用少量草書偏旁外，跟新隸體沒有多大不同；在書體上則受到草書的較大影響，比規整的新隸體活潑得多。它們的情況並不一致。有些簡紙上的字似乎只能看作比較草率的新隸體。有些簡紙上的字則比較明顯地呈現出一種獨特的風格，筆畫的寫法和文字的結體，都明顯地比新隸體更接近楷書，無論是對新隸體，還是對章草而言，都稱得上是一種「風流婉約」的新體。如曹魏晚期的景元四年（263年）簡，（圖55C）以及時代大約不晚於東晉初期的署名「濟逞」的兩封信（圖62A、B）和署名「超濟」的一封信，（圖63）就是比較典型的例子。我們認為這種字體就是早期的行書。

今傳王羲之的行書幾乎都是介於楷書跟今草之間的那種行書，只有姨母帖（也稱十一月十三日帖）比較古拙。（圖82）而姨母帖的字體跟上面提到的濟逞的書信正好很相似。這可以當作上述那種字體就是早期行書的一個證據。

由魏晉向上追溯，在亳縣曹氏墓的少數刻字墓磚上，也可以看到風格跟上舉早期行書相似的字體。（圖74A、B）其時代大致與劉德昇相當。可見行書的形成也是有羣眾基礎的，並非劉氏一人的功勞。

在東漢後期，已經出現了帶有較多草書筆意的新隸體，前面舉過的熹平元年陶瓶上的文字就是一例。早期的行書應該就是以這種字體為基礎，通過在筆畫的寫法和文字的結體上進行美化而形成的。

早期行書是一種有獨特風格的新字體。它既不是把有些字寫成新隸體有些字寫成草書的雜湊字體，也不是新隸體的草體。有的早期行書，如上舉的超濟書信，寫得相當規整，但是由於在筆法和結體上有自己的特點，仍然很容易跟新隸體區別開來。1976年在安徽馬鞍山市發現了東晉太元元年（376年）的孟府君墓，墓中出了五塊磚刻墓誌，文字內容完全相同，字體則有兩種。一種是古拙的新隸體。（圖

83A）另一種字體比較秀麗，（圖83B）有人認為是真書（即我們所說的楷書），其實也是比較規整的早期行書。

前面提到過的鍾繇的墓田丙舍帖，顯然要比以上所舉的那些早期行書更像楷書，不過總的風格跟它們還是比較一致的。南朝宋代的羊欣說：「鍾書有三體：一曰銘石之書，最妙者也。二曰章程書，傳秘書、教小學者也。三曰行狎書，相聞者也。」（羊欣《採古來能書人名》、《法書要錄》卷一）行狎書就是行書（《法書要錄》卷一所錄南朝齊代王僧虔的《論書》中，有一段跟上引羊欣語大同小異的文字。跟「三曰行狎書，相聞者也」相當的一句，作「三曰行狎書，行書是也」。行狎書，後人多作行押書）。墓田丙舍帖正是書啓一類「相聞」的文字。現在的傳本可能有臨摹失真之處，不過大體上大概還是可以反映出鍾氏行書的面貌的。鍾氏的行書比較接近楷書，可能是他的一種創造。衛恆《隸書勢》說鍾繇、胡昭兩家的行書「俱學之於劉德昇，而鍾氏小異」，也許就是指這種特點而言的。

早期行書雖然並不是新隸體的一種草體，畢竟是在帶有較多草書筆意的新隸體的基礎上發展出來的一種字體，它跟草率的新隸體不可避免地會有一些相似的特色。而且早期行書出現後，必然會對新隸體產生影響，一部分人所寫的新隸體必然會向行書靠攏。因此，要在早期行書跟草率的新隸體之間劃出一條很明確的界線，也是有困難的。拿我們現在所寫的字來說，有些字究竟應該看作草率的楷書，還是應該看作行書，是兩可的。魏晉時代人寫的字，有一些似乎也是既可以看作草率的新隸體，也可以看作早期行書的。例如樓蘭出土的前涼西域長史李柏的書信稿，就是這樣。（圖61）也許比較妥當的辦法是把這一類字看作介於新隸體跟早期行書之間的字體。

在第四節裏說過，在草書形成前曾有過稱為「䢒」的一種書體。據字書、韻書的解釋，其性質近於後來的行書。從「辵」之字的意義多與行走有關。「䢒」字從「筆」從「辵」會意，大概表示書寫時行筆較快的意思。行書可能也是由於行筆較快而得名的。

## (六) 楷書的形成和發展、草書和行書的演變

我們所知道的最早的楷書書法家是鍾繇，所能看到的最古的楷書

是鍾繇所寫的宣示表等帖的臨摹本的刻本（「薦季直表」恐不可信）。（圖84）

宣示表等帖的字體顯然是脫胎於早期行書的。如果把規整派的早期行書寫得端莊一點，把在早期行書裏已經出現的橫畫收筆用頓勢的筆法普遍加以應用，再增加一些捺筆和硬鈎的使用，就會形成宣示表那種字體。鍾繇的行書可能本來就比一般的早期行書更接近楷書。他在一些比較鄭重的場合，如在給皇帝上表的時候，把字寫得比平時所用的行書更端莊一些，這樣就形成了最初的楷書。

以上所說如果基本符合事實的話，我們簡直可以把早期的楷書看作早期行書的一個分支。明人孫鑛在《書畫跋跋》中說：「余嘗謂漢魏時，隸乃正書，鍾、王小楷乃隸之行。」這是很精闢的見解。

「鍾王」之「王」指東晉著名書法家王羲之。他跟他的兒子王獻之的楷書，在鍾繇楷書的基礎上又有發展，顯得更為美觀。（圖85、86）

應該指出，儘管楷書在漢魏之際就已形成，但是在整個魏晉時代，使用楷書的人卻一直是相當少的，恐怕主要是一些文人學士。當時一般人所用的仍然是新隸體或介於新隸體和早期行書之間的字體。我們現在所能看到的魏晉簡、紙上一般使用的字體，除了行書、草書，幾乎都是這類字體。晉代的古書、佛經等抄本，也大都使用新隸體，而且有的還有意增加一些八分筆意。（參看本章第一節所引有關圖版）《隋書・經籍志》說：「其中原，則戰爭相尋，干戈是務，文教之盛，苻、姚而已（苻指苻氏前秦，姚指姚氏後秦，其時代相當於東晉）。宋武入關，收其圖籍，府藏所有，才四千卷，赤軸青紙，文字古拙。」所謂「文字古拙」，大概就是指前後秦的古書抄本用的不是楷書而是新隸體而言的。

碑刻選擇字體，比古書抄本等更保守。魏和西晉的碑刻一般仍然使用八分。不過，東漢碑刻上的八分，風格多種多樣，隨書手而異，魏和西晉碑刻的八分則多數顯得呆板造作，千篇一律。這應該是八分由於新隸體的排擠，已經變成專門用來銘刻金石的非通行字體的反映（啓功《范式碑跋》，《啓功叢稿》344頁，中華書局，1981）。魏和西晉時代的個別碑刻，如魏景元四年（263年）的盪寇將軍李苞通閣道題字（圖87）和吳鳳凰元年（晉泰始八年，公元272年）的九真太守

谷朗碑，（圖88）已經使用了新隸體。但谷朗碑偶爾有有意仿古的情況，如「之」字作「㞢」之類。

已發現的東晉碑刻所用的字體，大都是新隸體。其中，前秦建元四年（東晉太和三年，公元368年）的廣武將軍碑，寫得比較隨便，大概跟當時一般所用的新隸體比較接近。不過此碑也有少數有意仿古的地方，如「之」作「㞢」，草頭作「屮屮」等。（圖89）隆安三年（399年）的楊陽神道闕題字（圖90）和義熙元年（405年）的爨寶子碑等，（圖91）則都想摹仿八分而又學不像，字體顯得很不自然。

東晉時代的墓誌，少數用八分（如謝鯤墓誌，《文物》1965年6期36頁）或行書（如上節所舉行書孟府君墓誌），多數用新隸體。墓誌上的新隸體，有的寫得比較笨拙，如上節所舉新隸體孟府君墓誌；有的則跟行、楷已經相當接近，如永和元年（345年）顏謙婦劉氏墓誌；（圖92）還有一些跟楊陽神道闕等相類，是想摹仿八分的新隸體，如咸康七年（341年）王興之墓誌、（圖93）升平元年（357年）劉剋墓誌等。（圖94）

有些講字體的人，由於看到魏晉時代的碑誌上用的是八分和新隸體，一般人所用的也大都是新隸體之類的字體，就認為當時根本不可能有楷書和跟楷書相近的行書存在，傳世的鍾、王楷書和行書基本上都靠不住。這是不妥當的。有的人甚至說真正的王羲之的字，其風格一定跟爨寶子碑一類字體相似，那就更可笑了。他們不知道，古人在不同的用途上往往使用不同的字體，而且文人學士，特別是開風氣之先的書法家所寫的字，跟一般人所寫的字也往往有很大距離。鍾王楷書跟新隸體同時並存，是一點也不奇怪的。在魏晉時代的樓蘭遺址出土的、時代不會晚於東晉初期的字紙上，不但可以看到早期行書，而且還可以看到作風跟鍾、王楷書很相似的字。（圖64）可見那種認為魏晉時代不可能有楷書，傳世鍾王字帖都靠不住的說法，是完全站不住腳的。

進入南北朝之後，楷書終於成了主要的字體。

前面說過，東晉時代的有些新隸體，跟行、楷已經相當接近。到了南北朝，就出現了在鍾王楷書的影響下由新隸體演變而成的一種楷書。在南北朝早期的碑刻、墓誌上，占統治地位的字體已經不是新隸體，而是這種楷書了。這種楷書在結體和筆法上保留了新隸體的一些

比較明顯的痕跡，而且在使用於碑刻、墓誌的時候，就跟東晉時代碑刻、墓誌上的新隸體一樣，往往有仿古的傾向，筆法略帶八分的意味，因此其面貌比鍾王楷書要古拙一些。南朝劉宋時代的碑誌，如大明二年（458年）的爨龍顏碑（圖95）和大明八年（464年）的劉懷民墓誌等，（圖96）都使用這種楷書。在北朝的碑誌裏，這種楷書較長期地占據著統治地位。由於使用這種楷書的北魏碑誌數量很多，（圖97、98）後人稱這種楷書為魏碑體。

南朝到了齊梁時代，碑誌上出現了跟鍾王體很接近的楷書。（圖99、100）北朝到了後期，碑誌上的楷書也出現了向鍾王體靠攏的現象。有的碑刻，如東魏武定元年（543年）的高歸彥造象記的字體，簡直已經完全是鍾王一系的楷書了。（圖101）唐以後，魏碑體基本上退出了歷史舞台，到了清代才由於書法家的提倡而重新受到重視。

在南北朝的碑誌上可以看到一些仿八分的字。（圖102）這類字跟只不過略帶八分筆意的魏碑體是不同性質的。有的人把它們看作由漢隸向楷書演變過程中的字體，有的人把它們跟魏碑體混為一談，都是不正確的。

鍾王楷書脫胎於行書，作為碑刻上的正體來用，結體和筆法都有不夠莊嚴穩重的地方。南北朝時人已經為了這個原因，對鍾王楷書作了一些改造。不過直到唐初的歐陽詢，才較好地完成了這項改造工作。（圖103）因此也有人認為楷書到唐初才真正成熟。例如認為「鍾王小楷乃隸之行」的孫鑛就說：「若楷書則斷自歐陽始，點點畫畫，皆具法度，無一筆遷就從便，意正與隸同，法正與行草相配也。」（《書畫跋跋》）

楷書的「楷」當楷模講，「楷書」的原意就是可以作為楷模的字或有法度的字，本來並非某種字體的專名。魏晉時代人曾稱工整的八分書體為「八分楷法」或「楷法」。脫胎於行書的鍾繇楷書，在當時顯然是沒有資格稱「楷書」的。不少講字體的人認為羊欣所說的鍾書三體中的章程書，就相當於我們所說的楷書，不知確否。說不定我們所說的鍾繇楷書，當初本是包括在行狎書裏的，後來才獨立了出來（所謂章程書，也許是一種比較規整的新隸體）。從南北朝到唐代，楷書有正書、真書、隸書等名稱。「正書」、「真書」都是相對於「行書」、「草書」而言的，「隸書」是相對於「八分」而言的（參

看本章第二節）。「楷書」這個名稱也曾經跟「楷法」一樣，被用來指稱八分。唐張懷瓘《書斷·上》「八分」條，就說八分「本謂之楷書。楷者，法也，式也，模也」（《法書要錄》卷七）。不過在唐代，「楷書」大概也已經用來指稱我們所說的楷書了。宋以後，「楷書」就成為我們所說的楷書的專稱了。

在魏晉時代，由於早期行書和楷書的書法的影響，章草逐漸演變成為今草。啓功先生曾指出，傳世的西晉陸機的平復帖，（圖104）是由章草向今草過渡的草書（《啓功叢稿》27頁）。樓蘭發現的簡、紙上的草書，也大都呈現這種面貌。（圖56C、D，65）對於今草的正式形成，王羲之大概起了很大作用。南齊王僧虔《論書》說：「亡曾祖領軍洽與右軍（指王羲之，羲之官至右軍將軍、會稽內史）書云：『俱變古形，不爾，至今猶法鍾、張（張指東漢草書書法家張芝）。』」（《法書要錄》卷一）《書斷》引歐陽詢《與楊駙馬書章草千文批後》，也說王羲之、王洽變章草為今草（《法書要錄》卷七）。他們的說法應該是有根據的。傳世的王羲之的草書，除了豹奴帖都是今草。（圖105）

今草的字形多因襲章草，但是改掉了跟隸書相近的筆法，有時對筆畫還略有省併，書寫起來比章草更方便，例如：（見左圖）

| | 章草 | 今草 |
|---|---|---|
| 其 | | |
| 真 | | |
| 書 | | |
| 亭 | | |

此外，今草裏也有一些字已經簡化得跟章草大不相同，如「亦」作 ㇄ ，「上」作 ㇒ ，「下」作 ㇏ 等等。有些字在今草裏既有來自章草的寫法，也有楷書草化的寫法，如「卿」既可作 ㇇ 也可作 砂 ，「介」既可作 乑 也可作 介 等等。今草連筆比章草多，字與字也常相鈎連。總之，要比章草更「草」，因此也比章草更不易辨認。使用今草的人範圍很窄，主要是一些文人學士。唐以後更有所謂狂草，寫出來別人多不能識，完全成了一種供欣賞的藝術品。

在王羲之等人手裏，隨著楷書的發展和今草的形成，行書也相應地演變成為介於楷書和今草之間的一種字體，面貌跟早期行書有了明顯的不同。（圖106、107）

　　行書沒有嚴格的書寫規則。寫得規矩一點，接近楷書的，稱為真行或行楷。寫得放縱一點，草書味道比較濃厚的，稱為行草。行書寫起來比楷書快，又不像草書那樣有難於辨認的毛病，因此有很高的實用價值。我們現在以楷書為正體，但是知識分子平時所寫的字，多半是接近行書的。

　　隸書、楷書這兩個階段的時間界線不大好定。從各方面綜合考慮，似乎可以把南北朝看作楷書階段的開端，把魏晉時代看作隸書、楷書兩個階段之間的過渡階段。

　　漢字進入楷書階段之後，字形還在繼續簡化，字體就沒有大的變化了。

# 6 漢字基本類型的劃分

## (一) 六書説

　　過去的文字學者在講漢字構造的時候，一般都遵循六書的說法，把漢字分成象形、指事等六類。

　　「六書」一語最早見於《周禮》。《周禮‧地官‧保氏》列舉了周代用來教育貴族子弟的「六藝」的項目，其中有「六書」：

　　　　……六藝：一曰五禮，二曰六樂，三曰五射，四曰五
　　馭，五曰六書，六曰九數。
但是《周禮》並未具體說明六書的內容。

　　漢代學者把六書解釋為關於漢字構造的六種基本原則。《漢書‧藝文志》說：

　　　　古者，八歲入小學，故周官保氏掌養國子，教之六書，
　　謂象形、象事、象意、象聲、轉注、假借，造字之本也。
鄭眾注《周禮‧地官‧保氏》說：

　　　　六書，象形、會意、轉注、處事、假借、諧聲也。
許慎《說文‧敍》給六書分別下了定義，並舉了例字：

　　　　周禮八歲入小學，保氏教國子，先以六書。一曰指事。
　　指事者，視而可識，察而見意（今本作「察而可見」，《段
　　注》據《漢書‧藝文志》顏注改），「上」、「下」是也。二

曰象形。象形者，畫成其物，隨體詰詘（「詘」通「屈」。「詰詘」的意思就是曲折），「日」、「月」是也。三曰形聲。形聲者，以事爲名，取譬相成（一般認爲前一句指形旁而言，後一句指聲旁而言），「江」、「河」是也。四曰會意。會意者，比類合誼（「誼」通「義」），以見指撝（「撝」通「麾」。「指麾」在這裏當「意之所指」講），「武」、「信」是也。五曰轉注。轉注者，建類一首，同意相受，「考」、「老」是也（《説文》以「老」爲會意字，訓爲「考」。「考」字在「老」部，「从老省，丂聲」，訓爲「老」）。六曰假借。假借者，本無其字，依聲托事，「令」、「長」是也。

漢代的經學家分古文和今文兩派（參看〔四㈢〕）。《周禮》是古文學派的經典。上引《漢書・藝文志》是根據西漢末年古文學派大師劉歆的《七略》編成的。鄭眾和許慎也都屬於古文學派。鄭眾是鄭興的兒子，鄭興是劉歆的學生。許慎是賈逵的學生，賈逵的父親賈徽也是劉歆的學生。所以上引這三家的六書說應該是同出一源的。不過在六書的名稱和次序上，他們之間卻有一些差別，情況如下表：

| 藝 文 志 | 1 象形 | 2 象事 | 3 象意 | 4 象聲 | 5 轉注 | 6 假借 |
|---|---|---|---|---|---|---|
| 鄭 眾 | 1 象形 | 4 處事 | 2 會意 | 6 諧聲 | 3 轉注 | 5 假借 |
| 許 慎 | 2 象形 | 1 指事 | 4 會意 | 3 形聲 | 5 轉注 | 6 假借 |

後人多數襲用許慎的六書名稱。

《周禮》把六書跟九數並提，二者都是兒童學習的科目。九數就是九九表，六書的內容也應該很淺顯，恐怕只是一些常用的文字（參看張政烺《六書古義》，《中央研究院歷史語言研究所集刊》第十本）。把六書解釋爲「造字之本」，大概是漢代古文經學派的「托古改制」。

六書說是最早的關於漢字構造的系統理論。漢代學者創立六書說，對文字學的發展是有巨大功績的。作爲六書名稱的象形、會意、形聲、假借等術語，直到今天大家都仍然在使用。但是漢代在文字學發展史上畢竟屬於早期階段，漢代學者對漢字構造的研究不可能十全十美。而且爲了要湊「六」這個數，他們在給漢字的構造分類的時

候，顯然很難完全從實際出發。因此六書說的問題也是相當多的。下面把幾個主要問題簡單介紹一下。先講象形、指事、會意這三書的問題，再講轉注的問題，最後講假借的問題。

按照六書說，用意符造成的字，即我們所說的表意字，分成象形、指事、會意三類，但是這三類之間的界線實際上並不明確。

《說文・敍》說「日」、「月」是象形字，「上」、「下」是指事字。「日」、「月」本作 ⊙ 、 ☽ ，「上」、「下」本作 ⸀ 、 ⸂ 。前者所用的字符像實物之形，所代表的詞就是所像之物的名稱。後者用的是抽象的形符，所代表的詞不是「物」的名稱，而是「事」的名稱。這兩類字的區別似乎很明確。但是，實際上卻有不少字是很難確定它們究竟應該歸入哪一類的。例如 大 （大）這類字，它們所用的字符跟「日」、「月」一樣也是像實物之形的，可是所代表的詞並不是所像之物的名稱，而是跟所像之物有關的「事」的名稱，這一點卻跟「上」、「下」相近。因此講六書的人有的把這類字歸入指事，有的把這類字歸入象形。《說文》說：「大，天大，地大，人亦大，故大象人形」，似乎許慎自己是把「大」看作象形字的。許慎還把某些用抽象的形符構成的字也看作象形字。例如《說文》對 叕 （叕）字的解釋就是「綴聯也，象形」（秦簡「叕」字作 叕 ，寫法跟《說文》有別，許慎對「叕」字字形的解釋不一定正確，但是這一點在這裏無關緊要）。《說文》裏的「叕」字以六條曲線相綴聯示意，這跟「上」、「下」以短線跟長線的位置關係示意，有多大區別呢？「叕」可以算象形字，「上」、「下」為什麼就不能算象形字呢？鄭樵在《通志・六書略》裏就把「上」、「下」歸入象形中的「象位」類，這樣做不能說沒有道理。不過這樣一來，象形、指事的界線實際上就蕩然無存了。

《說文・敍》給會意舉的例子是「武」、「信」。「武」本是從「止」從「戈」的字。「止戈」為「武」，是說能使戰爭停止才是真正的「武」。「人言」為「信」，是說人講的話應該有信用。但是在上古文字裏，這種跟後來的「歪」一類字相似的、完全依靠會合偏旁字義來表意的字，是非常少見的。《說文・敍》舉出的這兩個字都有問題。現代學者大多數認為「信」本是從「言」「人」聲的形聲字。「武」字見於甲骨文，是出現得很早的一個字。「止戈為武」的說法

出自《左傳》（見宣公十二年），歷史相當古，但是這種思想顯然不是
當初造「武」字的人所能夠具有的。

在上古文字裏，用兩個以上意符構成的表意字，多數是使用形符
的，字形往往有圖畫意味，如我們在〔三(二)〕裏舉過的「立」、「步」
等字。講六書的人多數把這種字看作會意字，但是它們的性質跟
「歪」一類會意字顯然是有區別的。鄭樵在《六書略》裏把「立」和
「步」列入象形字。他說「立」字「象人立地上」，「步」字「象二
趾相前後」，解釋字形比《說文》高明。近人林義光在《文源》裏更明確
主張，只有像「止戈為武」、「人言為信」那樣「取其詞義連屬」的
字，才可以算會意字，像 （射）、 （涉）、 （舂，象兩手
舉杵舂臼中物）、 （爭，象兩手爭一物）等字那樣，「隨體畫
物，其會合也不以意而以形」的字，都應該算象形字。這種說法是有
道理的。但是這些「其會合也以形」的字，在會合兩個以上意符來表
示一個新的意義（即跟所使用的各個意符本身所表示的意義不相同的
一個意義）這一點上，卻跟「日」、「月」一類象形字不同，而跟
「其會合也以意」的會意字一致。所以把它們算作會意字也不是沒有
道理的。在漢字已經變得完全不象形之後，人們有時還在用「其會合
也以形」的辦法造合體表意字，也就是說把義符硬當作形符用。例如
以「人」在「水」上表示漂浮之意的「氽」字，就是很晚才造出來
的。這種字應該看作象形字呢，還是應該看作會意字呢？總之，會意
跟象形的界線也是不明確的。

還有些表意字的性質，跟《說文·敘》為象形、指事、會意所舉的
例字都顯然不同，例如某些所謂變體字，即「叵」一類的字（按照一
般說法，「叵」的意思是不可，字形就是反寫的「可」）。很多人把
這種字歸入定義比較模糊的指事類，這本是一種無可奈何的辦法。還
有一些人把這種字歸入會意類，這就跟《說文》給會意所下的定義顯然
矛盾了。

有些用六書說分析表意字結構的人，還想出了什麼「象形兼指
事」、「會意兼指事」等名目，適足以說明六書說劃分表意字類別的
不合理。

六書中的轉注，問題更大。「轉注」這個名稱的字面意義，在六
書中最為模糊。《說文·敘》對轉注的解釋也不夠清楚。因此後人對轉

注的異說最多。下面舉少數幾種比較有代表性的簡單介紹一下。

(1)**以轉變字形方向的造字方法為轉注**　宋元間的戴侗（《六書故》）、元代的周伯琦（《六書正訛》）等主張此說，認為「反正（正）為乏（乏）」等轉變字形方向的造字方法就是轉注（唐代裴務齊《切韻序》說「考字左回，老字右轉」，以「考」、「老」二字最下部一筆走向的不同來解釋這兩個字的「轉注」關係。一般把裴氏看作以字形轉向為轉注的說法的創始者。但是他對「考」、「老」二字的解釋過於荒謬，所以後人極少襲用）。

(2)**以與形旁可以互訓的形聲字為轉注字**　南唐徐鍇（《說文解字繫傳通釋》）等主張此說，認為轉注字「類於形聲」，但一般形聲字不能與形旁互訓，如「『江』、『河』可以同謂之『水』、『水』不可同謂之『江』、『河』」，而轉注字則可以與形旁互訓，如「『壽』、『耋』、『耄』、『耆』可同謂之『老』、『老』亦可同謂之『耆』，往來皆通」（見徐書卷一「上」字注。徐氏的轉注說比較複雜，這裏只取主要的意思）。

(3)**以部首與部中之字的關係為轉注**　清代江聲（《六書說》）等主張此說。江氏說：「《說文解字》一書凡五百四十部，其分部即『建類』也，其始『一』終『亥』五百四十部之首，即所謂『一首』也。下云『凡某之屬皆从某』，即『同意相受』也。」

(4)**以在多義字上加注意符滋生出形聲結構的分化字為轉注**　清代鄭珍、鄭知同父子等主張此說。鄭知同《六書淺說》謂「轉注以聲旁為主，一字分用，但各以形旁注之。轉注與形聲相反而實相成」，如「齊」字滋生出「齋」、「齏」、「劑」等字，就是轉注（｜齋｜、｜齏｜、｜劑｜等詞本來都用「齊」字表示）。

(5)**以在已有的文字上加注意符或音符造成繁體或分化字為轉注**　清代饒炯（《文字存真》）等主張此說。饒氏說：「轉注本用字後之造字。一因篆體形晦，義不甚顯，而從本篆加形加聲以明之（引者按：如〔三(二)〕中舉過的「囦」加「水」而為「淵」之類）。是即王氏《釋例》（指王筠《說文釋例》）之所謂累增字也。一因義有推廣，文無分辨，而從本篆加形加聲以別之（引者按：如上條所舉「齊」加形旁而為「齋」、「齏」、「劑」之類）。一因方言轉變，音無由判，而從本篆加聲以別之。是即王氏《釋例》之所謂分別文也。」他認為「考」

字就是由於「方言有變『老』聲而呼『丂』者」,因而在「老」字上「加『丂』以別之」而造成的。

(6)以文字轉音表示他義為轉注　宋代張有(《復古編》)、明代楊慎(《轉注古音略》)等主張此說,認為文字轉讀他音以表示另一意義就是轉注。例如:「其」本「箕」字初文,轉音而用為虛詞「其」。「少」本讀上聲,轉讀去聲而用為少年之「少」。

(7)以字義引申為轉注　清代江永(《與戴震書》)、朱駿聲(《說文通訓定聲》)等主張此說,認為文字的本義展轉引申為他義就是轉注。例如:命令之「令」轉為官名之「令」。長短之「長」轉為少長之「長」,又轉為官名之「長」。

(8)以訓詁為轉注　清代戴震(《答江慎修先生論小學書》)、段玉裁(《說文解字注》)等主張此說,認為文字輾轉相互訓釋,或數字同訓為一義(如《爾雅・釋詁》「初、哉、首、基、肇、祖、元、胎、俶、落、權輿,始也」),就是轉注。

(9)以反映語言孳乳的造字為轉注　章炳麟(《轉注假借說》)等主張此說。章氏說:「蓋字者孳乳而寖多。字之未造,語言先之矣。以文字代語言,各循其聲。方語有殊,名義一也。其音或雙聲相轉,疊韻相迆,則為更制一字。此所謂轉注也。」他認為如「屏」和「藩」,「亡」和「無」等等,彼此音相轉而義相通,雖然字形沒有聯繫,同樣可以看作轉注的例子。

以上諸說,大都顯然跟漢代學者的原意不合。第一、六、七、八、九諸說所說的轉注,跟《說文》所說的轉注毫無共同之處。其中,第七、八、九諸說其實是在講語言學上的問題。這些問題當然是值得研究的,但是放到作為「造字之本」的六書的範圍裏來,卻只能引起混亂。第三說幾乎把所有的字都納入轉注的範圍。這種說法無論從哪個角度來看都是毫無意義的。第二說也許比較符合《說文》的原意。但是按照這種說法,轉注字只是比較特殊的一種形聲字,似乎沒有獨立為一書的必要。而且嚴格說起來,「老」字跟「考」、「壽」、「耆」、「耄」、「耇」等字也並不是完全同義的。提出第四、五兩說的人,大概認為一般的形聲字是直接用意符和音符構成的,所以把在已有的文字上加注偏旁而成的形聲字另稱為轉注字。其實形聲字大部分是通過加注偏旁而形成的,把這種形聲字跟一般的形聲字分開

來，是不合理的。如果只把在已有的文字上加注音符而成的形聲字稱為轉注字，在已有的文字上加注意符而成的形聲字則仍稱為形聲字，那倒還能使形聲跟轉注的區分顯得合理一些。不過這跟《說文》的原意也不見得一定符合。

我們認為，在今天研究漢字，根本不用去管轉注這個術語。不講轉注，完全能夠把漢字的構造講清楚。至於舊有的轉注說中有價值的內容，有的可以放在文字學裏適當的部分去講，有的可以放到語言學裏去講。總之，我們完全沒有必要捲入到無休無止的關於轉注定義的爭論中去。

《說文・敘》給假借下的定義是「本無其字，依聲托事」，似乎跟我們所說的假借（借用某個字來表示跟這個字同音或音近的詞）完全相合。其實並不然。因為《說文・敘》所舉的假借例字是「令」、「長」，它們只能用來說明字義引申的現象，而不能用來說明借字表音的現象。主張轉注就是引申的清代學者，就把「令」、「長」移作了轉注的例字。

大概漢代學者心目中的假借，就是用某個字來表示它的本義（造字時準備讓它表示的意義）之外的某種意義。至於這種現象究竟是由字義引申引起的，還是由借字表音引起的，他們並不想去分辨。也有可能他們根本不承認在「本無其字」的假借裏，有跟字義引申無關的借字表音現象。從《說文》喜歡把借字表音現象硬說成字義引申現象的情況來看（參看〔九(五)1A〕），後一種推測大概是正確的。但是，跟字義引申無關的「本無其字」的借字表音現象，是客觀存在的。無論從普通文字學的角度，還是從漢字的事實來看，都必須承認這一點（參看第一章）。字義引申是一種語言現象，借字表音則是用文字記錄語言的一種方法，二者有本質的不同。就具體的例子來看，由字義引申引起的和由借字表音引起的一字多用現象，有時的確很難分辨。但是從原則上說，卻必須把它們區分開來。所以，否認借字表音現象的存在是錯誤的；把由字義引申引起的和由借字表音引起的一字多用現象混為一談，都稱為假借，也是不妥當的。

在古代的文字學者中，已經有人指出了把字義引申跟借字表音混同起來的不妥當。例如戴侗在《六書故》裏就明確提出了假借不應該包括引申的主張。他解釋假借說：「所謂假借者，義無所因，特借其

聲，然後謂之假借。」因此他認為「令」、「長」不能用作假借的例字，像「豆」字本來當一種盛食器皿講（俎豆之「豆」），又借為豆麥之「豆」，這才是真正的假借。把轉注解釋為引申的文字學者，大體上也把引申跟假借區分了開來。

但是清代以前的文字學者絕大多數是把引申包括在假借裏的。即使是已經比較明確地認識到字義引申和借字表音這兩種現象的不同性質的人，多數也還是這樣做。例如：戴震認為「一字具數用」有「依於義以引申」和「依於聲而旁寄」兩種情況。旁寄應該就是指借字表音而言的。但是他仍然主張把引申和旁寄都稱為假借，反對把引申從假借裏分出來（《答江慎修先生論小學書》，見《戴東原集》）。

現在，有不少人仍然把引申跟假借混為一談，有的人並明確主張在本無其字的假借裏不存在跟詞義引申無關的借字表音現象。可見漢代學者的假借說直到今天仍有相當大的影響。

前面說過，漢代學者提出六書說是有功勞的。但是六書說在建立起權威之後，就逐漸變成束縛文字學發展的桎梏了。在崇經媚古的封建時代裏，研究文字學的人都把六書奉為不可違離的指針。儘管他們對象形、指事等六書的理解往往各不相同，卻沒有一個人敢跳出六書的圈子去進行研究。好像漢字天生注定非分成象形、指事等六類不可。大家寫了很多書和文章，爭論究竟應該怎樣給轉注下定義，究竟應該把哪些字歸入象形，哪些字歸入指事，哪些字歸入會意等等。而這些問題實際上卻大都是爭論不出什麼有意義的結果來的。可以說，很多精力是白白浪費了。另一方面，文字學上很多應該研究的問題，卻往往沒有人去研究。直到今天，這種研究風氣對我們仍然還有影響。這是值得警惕的。唐蘭先生在《中國文字學》裏說：「……六書說能給我們什麼？第一，它從來就沒有過明確的界說，各人可有各人的說法。其次，每個文字如用六書來分類，常常不能斷定它應屬那一類。單以這兩點說，我們就不能只信仰六書而不去找別的解釋。」這段話也許說得有點過頭，但並不是沒有道理的。

# （二） 三書説

唐蘭先生不但批判了六書説，而且還提出了關於漢字構造的新的理論——三書説。他在1935年寫的《古文字學導論》和1949年出版的《中國文字學》裏都談到了三書説。下面是從《中國文字學》裏摘錄下來的主要論點：

我在《古文字學導論》裏建立了一個新的系統，三書説：

一　象形文字，

二　象意文字，

三　形聲文字。

……

象形文字畫出了一個物體，或一些慣用的記號（注意：這裏所説的記號，意義跟我們所説的記號不同），叫人一見就能認識這是什麼。畫出一隻虎的形象，就是「虎」字，象的形狀，就是「象」字，一畫二畫就是「一二」，方形圓形就是「☐○」。凡是象形文字：

一　一定是獨體字，

二　一定是名字，

三　一定在本名以外，不含別的意義。

古「大」字雖則象正面的人形，但是語言裏的「大」和人形無關……這個字已包含了人形以外的意義，那就只是象意字。……

象意文字是圖畫文字的主要部分……不過象意文字，不能一見就明瞭，而是要人去想的。……

象形，象意，形聲，叫做三書，足以範圍一切中國文字，不歸於形，必歸於意，不歸於意，必歸於聲，形意聲是文字的三方面，我們用三書來分類，就不容許再有混淆不清的地方。……（《中國文字學》75—78頁）

唐先生批判六書説，對文字學的發展起了促進作用，但是他的三書説卻沒有多少價值。

三書說有以下一些問題：

(1)把三書跟文字的形意聲三方面相比附　唐先生所說的文字的形意聲，就是一般所說的文字的形音義。把象意字和形聲字分別跟字義和字音聯繫起來，多少還有些道理。因為象意字的字形是表示字義的，形聲字的聲旁是表示字音的。可是把象形字跟文字的形聯繫起來，就使人難以理解了。所謂字音字義實際上就是字所代表的詞的音義。字形可以說是詞的書寫形式。象形字固然是詞的書寫形式，象意字和形聲字又何嘗不是呢？為什麼單單把象形字跟字形聯繫起來呢？如果從字形跟所代表的詞發生聯繫的途徑來看，象形字跟象意字並沒有多大區別。因為象形字所象的形，是詞所指的事物之形，而詞所指的事物就是詞義的內容。象形字的字形跟象意字的字形一樣，也是表示字義的。詞並沒有一個獨立在詞義之外的，可以為象形字所象的「形」。

(2)沒有給非圖畫文字類型的表意字留下位置　唐先生的象形字和象意字都屬於圖畫文字（大致相當於我們所說的用形符造成的表意字）。所以在他的三書說裏，非圖畫文字類型的表意字是沒有位置的。大概唐先生認為那些字都是後起的，而且數量也不多，可以不去管它們。但是作為關於漢字構造的一種基本理論，不考慮這些字，總不免是一個缺陷。唐先生曾把這種字稱為「變體象意字」（《中國文字學》93頁）。這當然不是認真解決問題的辦法。

實際上就是拿時代較早的商周文字來說，有些表意字也已經很難說是圖畫文字了。例如「明」、「鳴」等字（甲骨文有從「日」從「月」的「明」字和由像雞的形符跟「口」組成的「鳴」字），雖然跟後世「歪」一類會意字還有很大距離，但是要說它們是圖畫文字顯然也是很勉強的。又如 𡩁（宦）字，字形表示在別人家裏當臣僕的意思，「宀」下的「𦣞」只能理解為「臣」字，而不能看作一只豎起來的眼睛。 𠹬（去）字從「大」從「口」，是「呿」的初文，意思是張口（《莊子·秋水》「公孫龍口呿而不合」），它所從的「大」，也不是用作像正面人形的形符，而是用來表示「張大」的意思的。總之，以「圖畫文字」來概括漢字的表意字是不全面的。

(3)象形、象意的劃分意義不大　唐先生自認為三書說的分類非常明確，一點混淆不清的地方也沒有。其實象形、象意的界線並不是那

麼明確的。唐先生在《古文字學導論》上編裏把「雨」當作象形字，在上編的「正訛」裏加以糾正，說「雨」應該是象意字。《導論》把「上」、「下」當作象意字，到《中國文字學》裏，「上」、「下」、「□」（方）、「○」（圓）都變成了象形字。他說象形字一定是「名字」（當是名詞之意），「方」、「圓」所代表的詞恐怕不能說是「名字」。可見他自己在劃分象形、象意的時候也有舉棋不定的情形。

⑷把假借字排除在漢字基本類型之外　三書不包括假借，因為唐先生認為假借不是造字方法。說假借不是造字方法，是可以的。但是因此就不把假借字看作漢字的一種基本類型，卻是不妥當的。一個表意字或形聲字在假借來表示一個同音或音近的詞的時候，是作為音符來起作用的。所以，假借字（如花錢的「花」）跟被借字（花草的「花」），在文字外形上雖然完全相同，在文字構造上卻是不同性質的（花草的「花」是由意符和音符構成的形聲字，花錢的「花」是完全使用音符的假借字）。過去有人說假借是不造字的造字，也就是這個意思。假借字不但在構造上有自己的特性，而且數量很大，作用很重要。在建立關於漢字構造的理論的時候，必須把假借字看作一種基本類型，不然就不能真正反映出漢字的本質。

陳夢家在1956年出版的《殷墟卜辭綜述》的「文字」章裏，已經指出了上舉的唐蘭三書說的第三、四兩個問題，同時他還提出了自己的新的三書說。他認為假借字必須列為漢字的基本類型之一，象形、象意應該合併為象形。所以他的三書是象形、假借、形聲。

我們認為陳氏的三書說基本上是合理的，只是象形應該改為表意（指用意符造字）。這樣才能使漢字裏所有的表意字在三書說裏都有它們的位置。陳氏在《綜述》裏批評過唐蘭認為古代只有象意字沒有會意字的說法（科學出版社1956年版75頁），不知道為什麼自己仍然以「象形」來概括全部表意字。

在這裏還應該提一下通假應不應該包括在假借裏的問題。通假也叫通借，有廣義、狹義之分。我們這裏說的是狹義的通假，指借一個同音或音近的字來表示一個本有其字的詞，如簡化字借斗升的「斗」為鬥爭的「鬥」。按照《說文》「本無其字，依聲托事」的假借定義，本有其字的通假是不能包括在假借裏的。我們既然不同意《說文》對假

借的看法，當然不必受這種拘束。在通假和本無其字的假借現象中，被借的字都是當作音符來使用的。從文字構造上看，通假字和本無其字的假借字的性質是完全相同的。所以我們認為三書中的假借不應該限制在本無其字的假借的範圍裏，應該把通假也包括進去。「通假」這個文字學術語出現得相當晚，到近代使用的人才逐漸多起來。過去一般文字學者所說的假借，都是把有本字的假借，即後來所謂通假包括在內的。

三書說把漢字分成表意字、假借字和形聲字三類。表意字使用意符，也可以稱為意符字。假借字使用音符，也可以稱為表音字或音符字。形聲字同時使用意符和音符，也可以稱為半表意半表音字或意符音符字。這樣分類，眉目清楚，合乎邏輯，比六書說要好得多。

在對三書分別進行研究的時候，當然還可以分小類。如果有必要，還可以根據不同的標準分出幾種類來。

# (三) 不能納入三書的文字

三書並不能概括全部漢字。前面講過，在漢字發展的過程裏，由於形體演變等原因，有不少字變成了記號字、半記號字。三書說跟六書說一樣，只管這些字的本來構造，不管它們的現狀。此外，漢字裏還有少量不能納入三書（同樣也不能納入六書）的文字，下面分類舉例加以說明。

(1)**記號字**　除了由於形體演變等原因而形成的記號字之外，漢字裏還有少量記號字，如第一章裏提到過的「五」、「六」、「七」、「八」等字。

(2)**半記號字**　除了由於形體演變等原因而形成的半記號字之外，漢字裏還有少量半記號字。例如現代為「叢」字而造的簡化字「丛」，就可以看作半記號半表音字。「从」旁是音符，「一」旁是記號。宋元時借「乂」為「義」，後世在「乂」上加點造成「义」字，專用作「義」的簡體。這個字也可以看作半記號半表音字。不過對不知道「乂」字讀音的人來說，「义」只能算一個記號字。

(3)**變體表音字**　有時候人們稍為改變一下某個字的字形，造出新

字來表示跟那個字的本來讀音相近的音。這樣造成的字，我們稱之為變體表音字，如稍變「兵」字字形而成的「乒乓」。有些跟母字僅有筆畫上的細微差別的分化字，如由「刀」分化出來的「刁」（參看〔一一㈠1B），似乎也可歸入此類。

⑷**合音字**　就是讀音由用作偏旁的兩個字反切而成的字。中古時代的佛教徒為了翻譯梵音經咒，曾造過一些合音字，來表示漢語裏所沒有的音節，如「⿰名養」（名養反）、「⿰亭夜」（亭夜反）等（梁東漢《漢字的結構及其流變》150頁，上海教育出版社，1959）。在現代使用的漢字裏，表示「不用」的合音詞的「甭」，表示吳方言中「勿要」、「勿曾」的合音詞的「覅」〔fiæ˥〕、「朆」〔fən˦〕，都既是會意字，又是合音字。化學用字中指氫氧基的「羥」（ㄑㄧㄤˇ qiǎng）、指碳氧基的「羰」（ㄊㄤ tāng）這一類字，性質與「甭」等相似，但「氫」、「氧」所从的「气」和「碳」所从的「石」都已省去。「羥」字讀音取「氧」的聲調，「羰」字讀音取「羊」的聲調（由於「羰」的聲母是清音，變陽平為陰平），字例不統一。

過去有些文字學者認為早在使用反切的表音方法之前，漢字裏就已經出現了一些帶有合音字性質的字，如「矧」（矢引反）、「羑」（羊久反）、「眇」（目少反）之類。其實這類字是一般的形聲字，只不過它們和所從的形旁的讀音，聲母恰好相同而已。

⑸**兩聲字**　就是由都是音符的兩個偏旁組成的字。例如「牾」的古體「啎」，《說文》認為是从「午」「吾」聲的形聲字，其實就可以看作兩聲字。古代曾假借「午」字來表示啎逆的{啎}，「啎」是在假借字「午」上加注音符「吾」而成的一個字（參看〔一一㈠1Cc〕）。見於古文字的「⿰台司」（「台」、「司」古音相近）、「㠱」等字，性質可能跟「啎」相類（《說文》：「㠱，長踞也。从己，其聲」，此說不一定可信）。林義光《文源》卷十二所謂「二重形聲」字，就是我們所說的兩聲字（不過林氏所收之字，有一些恐怕不是真正的兩聲字）。

第二章提到過的「耻」字以及本是「榦」字俗體的「幹」字，它們的兩個偏旁也都是音符（「榦」字从「木」「倝」聲）。但是一般人並不知道「耳」和「倝」是音符，所以這兩個字實際上只是半記號半表音字。

　　有個別漢字可能有特殊的來源，如出現於宋元之際的好歹的「歹」字（這個「歹」跟「死」、「殘」等字所从的由「歺」變來的讀さ（è）的「歹」字是同形字。關於同形字，參看〔一〇㈡〕）。據有的學者研究，現在讀ㄉㄞ（dǎi）的「歹」字是由讀ㄊㄚ[ta]的藏文字母ㄋ變來的。這個字在古書裏的較早寫法是ㄋ（見元刊本《陶村輟耕錄》卷一，有《四部叢刊三編》影印本），跟上舉藏文字母很接近，後來變形作「歹」，最後才變得跟「死」「殘」等字的左旁混而不分（《康熙字典》仍以「歺」爲正體，「歹」爲訛體）。在宋元之際，蒙古人跟西藏已有密切關係，他們在記錄蒙古的人、地等專名的時候，大概常常借用ㄋ這個藏文字母來表示ㄊㄚ[ta]一類音（《南村輟耕錄》、《元朝秘史》等書記蒙古人名、族名時屢用「歹」字）。好歹的｜歹｜本是漢語從蒙古語借來的一個詞，原來的讀音跟ㄊㄚ[ta]很接近，所以也借用這個字來記錄（徐復《歹字源出藏文說》，《東方雜誌》40卷22期。參看李思純《江村十論·說歹》）。

　　總的來看，在那些由於形體演變等原因而形成的記號字和半記號字之外，不能包括在三書裏的字是爲數不多的。如果只是想說明一般漢字的本來構造，三書說基本上是適用的。在下面三章裏，我們將對表意字、形聲字以及跟假借有關的問題分別作一些考察。

# 7 表 意 字

## (一)　表意字分類舉例

　　表意字的構造方法多種多樣，情況很複雜。給表意字分類是很麻煩的一件事。我們曾經批評六書說分表意字為象形、指事、會意三類不夠合理。這並不意味著我們自己能夠給表意字分出很合理的類來。下面暫且把表意字分為抽象字、象物字、指示字、象物字式的象事字、會意字和變體字六類，分別舉一些例字。例字的歸類一般以較古的字形為準。所引字形，凡取自比較接近圖畫的記名金文的注「圖」字，取自殷墟甲骨文的注「甲」字，取自商周時代一般金文的注「金」字，取自秦漢篆文（包括《說文》篆文）的注「篆」字，取自漢代隸書的注「隸」字。部分字形取自偏旁，其後加注「偏」字，例如取自甲骨文偏旁的，就注「甲偏」（但是引用甲偏，並不一定意味著甲骨文中沒有這個字。金偏等類推）。引用字形，只求能說明造字意圖，並提供字形演變的最主要的環節，不求各體具備。

### |　抽象字

　　這類字用抽象的形符造成，數量不多。

　　前面幾章裏提到過的一　、二　、三　、三　（四）、二

（上）、＝（下）、□（方）、○（圓）等字，都屬於這一類。如果《說文》的解釋可信，㘴（叕）字也可以歸入這一類。

數詞｜四｜，西周以前都用「三」字表示，春秋戰國時代「三」、「四」並用，秦以後基本上用「四」字，只有新莽時代曾恢復用「三」字。《說文》說「四」字「象四分之形」，似不可信。「四」字用來表數，大概是假借用法，但是它的本義我們已經不清楚了。古人以「四」代「三」顯然是為了避免跟「二」、「三」等字相混。

「□」（方）在古文字裏容易跟「●」（丁）的勾廓寫法「ㅁ」和「○」（圓）字等相混，所以很早就被假借字「方」所代替。「方」字較早的寫法是「才」，本義也不清楚（《說文》認為「方」的本義是「併船」，不可信。近人對「方」字本義有新說，但尚無定論）。「四」和「方」實際上都早已成為記號字了。

「○」跟「圓」是同一個字的初文跟後起字。「圓」字從「□」「員」聲。「□」在篆文裏寫作○，《說文》認為「象回帀（匝）之形」。按照相傳的音讀，「□」跟「圍」同音。「圍」、「圓」二字古音相近（二字陰陽對轉），「□」字顯然是由「○」字變來的。秦漢簡帛多以「員」表｜圓｜，《孟子》、《淮南子》等書裏也有這樣的例子。「員」字由「鼎」簡化而成，本應是從「鼎」「○」（圓）聲的字。由於「○」字很容易跟上面提到過的「□」（方）字和「丁」的簡體等相混，古人大概很早就假借「員」字來代替它了（也有人認為「員」就是「○」的繁體。鼎絕大多數是圓口的，所以在「○」下加注「鼎」字，以免它跟別的字相混）。「員」字除代替「○」字外，還有一些別的用途，如表示員數之｜員｜等。所以後來又在「員」字上加了一個「□」旁，分化出「圓」字來專門表示｜圓｜這個詞。

下面再舉幾個抽象字。

б̄ а̄（甲、甲偏）◎（篆）回 《說文》「回」字古文作᷇，與甲骨文略同。字形以回旋的線條示意。

ϙ（篆）Ч 《說文》：「Ч，相糾繚也。」字形以兩條曲線相鉤連示意。「糾」本是由「Ч」分化出來的一個字（《說文》：「糾，繩三合也。」）。後來「Ч」字廢棄不用，由「糾」字取代了它的職務。

ʌʌ、ʌ̈（甲）ıʌ（篆）小　以三、四個小點表示微小的意思。「小」、「少」二字本由一字分化。「少」字是由四點的「小」字演變而成的。

抽象字大都出現得很早，秦漢以後出現的，大概只有「凹」、「凸」、「丫」（像分杈形）等很少的幾個。

## 2　象物字

這類字的字形象某種實物，它們所代表的詞就是所象之物的名稱。多數講六書的人所說的象形字，就相當於我們的象物字。前面幾章裏提到過的「日」、「月」、「鹿」、「虎」、「馬」、「魚」「犬」、「人」、「自」、「止」、「肉」、「角」、「車」、「冊」等字，都是象物字。下面再舉一些例子。

ᴍ（甲）ᵾ（金）山（篆）山　像起伏的山峯。

ᴍ（甲）ᵾ（篆）丘　像比山低小的丘陵。

厂（金）厂　加注音符的繁體作「厈」（ㄏㄢ hǎn）。《說文》：「厂，山石之厓（崖）巖，人可居，象形。」

水（甲）水　像流水。在楷書裏，左邊的水旁一般寫作「氵」，在下的「水」旁有的寫作「氺」，如「泰」、「黍」。

川（甲）川（金）川　像河川。本作兩岸間有水流貫之形，後來中間像水的那些點連成了一條線。

泉（甲）泉（篆）泉（隸）泉　像流出泉水的泉穴。所引篆文取自新莽貨幣文字。《說文》篆形中間部分作「丅」。

火（甲）火（甲）火（金偏）火　古人一般把火看作具體的東西，所以「火」可以列為象物字。在楷書裏，「火」旁在下時往往寫作四點（關於「火」旁的各種變形，參看〔五㈢〕）。

木（甲）木　像樹木。上像枝，下像根。「木」的本義就是樹木。

屮屮（甲偏）艸（篆）艸　「屮」是草木之「草」的本字（把一個詞當作本義或引申義來表示的字，對這個詞的假借字來說就是本字。「草」是草木之｛草｝的假借字。參看〔九㈠〕）。草的根部一般很細小，所以「屮」的字形不表示根部，以與「木」字相區別。在

古代，「屮屮」字也可以寫作「屮」，單複不別。楷書把「屮屮」字頭寫作「艹」。

（甲）（篆）**禾**　「禾」的本義是穀子（子實叫小米）。字形上部像穀子的穗和葉，下部像根。

（甲）（金）（篆）**黍**　黍的穗是散的，這是它不同於禾的一個重要特點。造字的人抓住了這個特點。甲骨文的「黍」字有不加「水」和加「水」兩種寫法，加「水」的原因不詳。周代金文把黍形簡化為「禾」旁。這是形符改為義符的一個例子。

（甲）（金）**來**　本像麥子。麥穗直上，所以「來」字上端不下垂。上端所加的斜畫或橫畫，可能是並無深意的贅筆。《詩・周頌・思文》「貽我來牟（麳）」，用「來」字本義。

（甲）（篆）（隸）**桑**　上部像桑樹的繁茂枝葉。所引篆文第一形取自漢印，第二形取自《說文》。

（甲）（石鼓文）（篆）**栗**　上部本像栗樹上長的栗子。後來栗子形改成「卤」字（「卤」、「㔶」本為一字，音ㄊㄧㄠ（tiáo）或ㄧㄡ（yǒu）。《說文》：「卤，艹木實垂卤卤然，象形。」）。《說文》「栗」字古文（小徐本作「籀文」）作，上面的「卤」訛變為「西」。

（甲）（篆）**象**　突出大象長鼻的特點。

（甲）（篆）**豕**　甲骨文「豕」與「犬」的區別在於「豕」尾短，「犬」尾長，「豕」腹肥，「犬」腹瘦（甲骨文犬字見〔四（一）〕）。「象」和「豕」在族名金文裏都有很象形的寫法（見《金文編》1985年版673頁和1077頁196號）。

（圖）（甲）（金）（篆）**龍**　象大口長身的一種怪獸。

（甲）（金）（篆）**鳥**

（金）（篆）**隹**　「隹」（ㄓㄨㄟ zhuī）也像鳥，所以「隹」和「鳥」在用作表意偏旁時往往可以通用，如「雛」也作「鶵」，「雞」也作「鷄」。《說文》說「隹」是「鳥之短尾總名」，「鳥」是「長尾禽總名」，可能僅僅是根據字形推測的。

（甲）（篆）**龜**　像龜的側面。

（甲）（篆）**虫**　像一種較小的毒蛇。「虫」本應讀作

ㄏㄨㄟ hui，古書一般用「虺」字表示這個詞。但是至遲在秦漢時代就已經有人把「虫」當作「蟲」字用了（見秦簡和漢碑等）。

〔金〕 〔篆〕**它** 「蛇」的初文。它（蛇）形比虫（虺）形粗大。「它」字形體在隸書裏的演變情況見〔五㈡〕。

〔圖〕 〔甲〕 〔篆〕**萬** 像蝎子。「萬」和「萬」古音相近，是由一字分化的。甲骨文 字已有借表千萬之｜萬｜的例子。周代金文「萬」字作 、 等形，本是 的繁體。後來「萬」專用來表數，「萬」專用來表示本義，分化成了兩個字。《說文》雖訓「萬」為「蟲」，但已不知「萬」與「萬」本由一字分化。

〔圖〕 〔甲〕 〔金〕**貝** 像一種海貝。古人用它做飾物和貨幣，所以跟財富有關的字多从「貝」。

〔金〕**子** 像嬰兒。造字的人抓住了嬰兒頭大，兩臂常常擺動、腿部不發達等特點。

〔甲〕 〔金〕 〔隸〕**女** 古代婦女地位低，所以「女」字像一個斂著兩手跪坐著的人。「女」、「奴」音近，有人認為「女」字本像女奴。

〔甲〕 〔金〕 〔篆〕**首** 像人頭。《說文》以不帶髮的 為小篆，帶髮的 為古文。但是秦漢金石篆文的「首」字大都帶髮，《說文》的說法不符事實。畫頭時如附帶畫出人身，就成 （頁）字。「頁」本是「首」的異體，一ㄝ（yè）的讀音大概是後起的。以「頁」為表意偏旁的字，意義大都跟頭有關。

〔圖〕 〔甲〕 〔金〕 〔篆〕**耳** 像人耳。

〔金、金偏〕 〔篆〕**目** 像人眼。

〔甲〕**口** 像人嘴。

〔金〕 〔篆〕**心** 在楷書裏，左邊的「心」旁一般寫作「忄」，在下的心旁有的寫作「小」，如「忝」、「恭」、「慕」。

〔金〕**手** 像手形，上有五指。但是在古文字的合體和準合體表意字裏，表示手的偏旁通常是像手的側面形的「ㄓ」（又），而不是「手」。在楷書裏，左邊的「手」旁一般寫作「扌」（「拜」、「掰」是例外），在下的「手」旁有的寫作「龶」（如「舉」、「奉」）。

（圖）　（甲）　（金）　（篆）疋　「止」（趾）像人腳（「止」在古文字裏的寫法見〔四㈠〕等），「疋」字則像連腿帶腳的整個下肢。《管子·弟子職》：「問疋何止」（弟子服侍老師安息，問老師腳放在哪一頭），用「疋」字本義。「足」（篆文作　）、「疋」形近，大概是由一字分化的。

（金）　（篆）衣　像上衣。《詩·邶風·綠衣》：「綠衣黃裳」，《毛傳》：「上曰衣，下曰裳。」

（甲）　（金）絲　像兩絞絲。在較早的古文字裏，「糸」和「絲」是一個字，單複無別。後來「糸」被當作另外一個字，讀為ㄇㄧˋ（mì）。

（圖）　　（甲）　　（金）　（篆）鼎　像三足的圓鼎。鼎是古代煮食盛食用的一種器皿。

（甲）　（金）　　（篆）鬲　鬲是古代燒水煮粥用的一種器皿。鬲跟鼎的主要區別在足部，鬲足中空，足壁與器壁相連，足壁也就是器底。

（甲）　（金）　（篆）壺　像器上有蓋，器身有兩耳的一種容器（古代的壺沒有嘴）。

（金偏）　（篆）皿　像一種有圈足的容器。盆、盂、盤　都是容器，所以其字都从「皿」。

（甲偏）　（金）豆　像一種有高圈足的盛食器。《說文》：「豆，古食肉器也。」

（甲）　　（篆）酉　像釀酒盛酒的圓底尊。「酉」、「酒」古音相近，古文字往往以「酉」為「酒」。以「酉」為表意偏旁的字，意義大都與酒有關。

（甲）　「牀」（床）的初文，字形要橫看（這個字的楷書「爿」，跟讀ㄆㄢˊ（pán）的「爿」是同形字，參看後面「變體字」部分）。「壯」、「狀」、「妝」、「牆」等字都从「爿」聲。

（甲）　（金偏）　宀　像房屋。字書音ㄇㄧㄢˊ（mián），恐是後起之音。

（甲偏）　（金偏）广　像比「宀」簡單的建築。字書音ㄧㄢˇ（yǎn）。表示建築物名稱的字，有很多是以「宀」或「广」為表意偏旁的。如果所指的建築是比較簡單的，或者主要不是供人居住

的，字形往往從「广」，如「盧」、「廊」、「廡」、「府」、「庫」、「廚」、「廄」、「廁」等。

日（甲）戶（篆）戶　像單扇門。

門門（金）門（篆）門　像雙扇門。

行行（甲）彳（金）行　像十字路。「行」的本義是道路，行走是引申義。《說文》「行」字篆文作 彳亍，是訛變的形體；以「人之步趨」為本義，也是錯誤的。「行」字在用作表意偏旁時往往省為彳，後人因而把「行」字拆成「彳」（彳 chì）、「亍」（彳 chù）二字。意義跟行走有關的字往往既從「彳」又從「止」，二者後來合成一個偏旁，即一般所謂「走之」——「辶」（本作「辵」。關於「辵」旁形體的演變，參看〔四(五)〕）。

夕（甲）月（金）舟（篆）舟（隸）舟　像簡單的木船。

戈（圖）戈戈（甲）戈（篆）戈　戈是商周時代最常用的一種兵器。字形像裝上把的戈。

刀（圖）刀（甲）刀（篆）刀　在楷書裏，右邊的刀旁一般寫作「刂」（「切」是例外。用作聲旁的「刀」，在「魛」、「叨」等較晚出的字裏仍作「刀」，在「釗」、「到」等字裏已變作「刂」）。

斤（甲）斤斤（金偏）斤　斤是古代常用的木工工具，類似後代的錛。「◣」像斤身側面，「了」像斤的柄。

弓（甲）弓（金）弓（篆）弓　第一形像弓張時形，第二形以下弓弛時形。

矢（甲）矢矢（金）矢（篆）矢　像箭形。

㫃（圖偏）㫃（甲）㫃㫃（篆偏、篆）㫃　像古代的一種旗。跟旗幟有關的字多從「㫃」。銅器銘文或以「㫃」為「旒」，可能「㫃」就是「旒」的初文。據字書，此字讀一ㄢˇ（yǎn），疑是後起之音。所引篆文偏旁，取自漢印。

网网（甲）网（篆）网　「网」的後起字作「網」，從「糸」「罔」聲。「罔」本作 罔，從「网」「亡」聲。據《說文》「罔」和「網」都是「网」的異體。秦漢文字資料和古書裏都有用「罔」表｛網｝的例子。由於「罔」字還有表示否定詞等用法，所以又加注「糸」旁，分化出專門表示｛網｝的字。在楷書裏，「网」用作表音偏旁時寫作「罔」，如「岡」；用作表意偏旁時一般簡化為

「⺲」，如「罟」、「罩」等，只有與「网」同音的「罔」字仍从「⺳」。「罔」是由「网」的簡體「⺳」變來的。

象物字有一些變例。有極少數象物字的字形只表示所像之物的一部分，如〔四(一)〕裏舉過的「牛」只表示牛的頭部。「羊」字的情況跟「牛」相類：

〔圖〕 〔甲〕 〔金〕 〔篆〕羊

又有一些象物字的字形比較複雜。這些字所象的東西很難孤立地畫出來，或者孤立地畫出來容易跟其他東西相混。所以為它們造象物字的時候，需要把某種有關的事物，如周圍環境、所附著的主體或所包含的東西等一起表示出來，或者另加一個用來明確字義的意符。這種象物字可以稱為複雜象物字。例如：

〔甲〕 〔篆〕 〔隸〕州 「洲」的初文。本義是「水中可居者」（《說文》），字形像河川中的一塊陸地。

〔金〕 〔篆〕果 如果單獨表示果實，字形不夠明確，所以把生長果實的樹木也一起表示出來。

〔甲〕 〔金〕 〔篆〕枼 《說文》分「枼」、「葉」為二字，其實「枼」就是「葉」的初文。樹葉很難單獨表示，所以「枼」字跟「果」字一樣，也把樹木一起表示出來。由於樹葉一年一生，「枼」引申而有世代的意思（《詩・商頌・長發》：「昔在中葉」，《毛傳》：「葉，世也。」）。「世」、「葉」古音相近，｛世｝應該是從｛葉｝分化出來的一個詞。從字形上看，「世」也應該是由「枼」分出來的。周代金文中時代較早的「世」字寫作 ，顯然就是「枼」字的上半部。「世」字通行後，「枼」字反而被看作从「木」「世」聲的形聲字。《說文》附會三十年為一世的說法，把「世」的字形解釋為「从卅而曳長之」，不可信。

〔甲〕 〔篆〕朿 像樹上或武器上的刺。《說文》：「朿，木芒也」，「刺，君殺大夫曰刺。刺，直傷也。从刀，从朿，朿亦聲」。後來不管是芒朿（刺）的｛朿｝，還是刺傷的｛刺｝，都用「刺」字表示。上引「朿」字篆文見《說文》，上端已訛變（秦泰山刻石「速」字所从的「朿」同）。漢印「刺」字所从的「朿」或作 ，下部雖已訛變，上端仍保持原形。「刺」字的俗體「夾」，是由這種篆文變來的。「朿」和「束」不是一個字，應該注意分辨（如上

引「速」字是「迹」的異體，跟迅速的「速」不是一個字）。

（金）（篆）瓜　為表示瓜而連帶畫出瓜蔓。

（圖）（甲）（篆）元　「元」的本義是人頭（《左傳・僖公卅三年》「狄人歸其元，面如生」），字形為了表示人頭連帶畫出人身。

（甲）（金）（篆）身　「身」的本義大概是腹（《易・艮卦》：「艮其身」，虞翻注：「身，腹也。或謂妊身也。」）。字形為了表示腹部連帶畫出人體。

（甲）（金）（篆）眉　為表示眉毛而連帶畫出人目。

（金）（篆）須　「鬚」的初文。鬚長在臉上，所以把鬚形畫在「頁」旁代表臉的部分上。

（甲）（金）（篆偏）食　像盛在簋中的食物。簋是古代常用的一種食器。像簋身，像蓋。「簋」字中間的「艮」就是由「」訛變的。

（甲）（篆）（隸）牢　牢是關牛羊的欄圈。象欄圈形（《說文》誤以為「牢」字从「冬」省），為使字形的意義明確，加上了一個「牛」旁。隸書用常見的「宀」旁取代了欄圈的象形符號。這是以義符取代形符的一個例子。

（甲）（石鼓文）（金）囿　囿是古代供田獵用的大園子。囿內保留大量草木供鳥獸棲身。如果單獨畫出一塊圍起來的土地，不足以表示出囿的特點，所以在裏面加上四個「木」或「屮」（草）。這個字後來被改成从「囗」「有」聲的形聲字。

（金）（篆）胃　像胃形，由於形狀不夠明確，加注了一個「肉」旁。大概本是「胃」的初文，「肉」旁是後來加上去的。

象物字幾乎都出現得很早。在晚期出現的表意字裏，「閂」也許可以算複雜象物字（「一」象門閂）。此外，有的人認為「傘」是一個象形字（即我們所說的象物字）。

# 3 指示字

這類字在象物字或象實物的形符上加指示符號以示意，數量很少。例如：

＃（篆）**本** 「本」字的本義是樹根，字形在「木」的根部加一個指示符號以示意。

＃＃（金）＃（篆）**末** 在「木」的頂端加指示符號以表示末梢的意思。

ㄅ（篆）**刃** 在「刀」字上加指示符號以表示刀口的意思。

夾（甲）夾（篆）**亦** 「腋」的初文（「腋」字較晚出，古代以「掖」表｛腋｝。「亦」與「掖」、「腋」古音相近。「掖」、「腋」從「夜」聲，「夜」本是從「夕」「亦」聲的形聲字，參看〔八(三)〕），字形在正立人形的兩腋部加指示符號以示意。唐蘭先生認為「亦」是「液」的初文，金文有 夾 字，是「亦」字較原始的寫法，像人腋下有汗液。此說如確，「亦」就應該看作帶連表示主體的複雜象物字了。

指示符號可以看作一種特殊的意符，指示字可以看作準合體字。

指示字的性質其實跟連帶表示主體的複雜象物字很接近。只不過這類字所要表示的事物很難跟它們的主體區分開來，所以需要在表示主體的字形的相應部分加指示符號以示意。古文字裏有些字的情況可以說是介於連帶表示主體的象物字和指示字之間的，例如：

囟（金偏）圙（篆）面（隸）**面** 「面」本指人頭部的表面，所以字形在「首」前加曲線以示意。這條曲線既可以認為是起指示作用的，也可以認為是像人面的縱剖面的。

ㄋ（圖）ㄋ（甲）ㄋ（篆）厷（隸偏）**厷** 「肱」的初文，意思是手臂。ㄋ 像整個上肢。加在像臂的部分的「○」既可以認為是起指示作用的，也可以認為是像手臂的橫斷面的。

ㄋ（金）ㄋ（篆）**叉** 《說文》：「叉，手足甲也。從又，像叉形。」手足甲就是手和腳的指甲。「叉」字加在手形指端部分的兩筆，既可以認為是起指示作用的，也可以認為是像指甲形的。後世借「爪」為「叉」，如「爪牙」就是「叉牙」。

## 4　象物字式的象事字

這類字從外形上看很像象物字，二者不同之處在於象物字所代表的詞是「物」的名稱，這類字所代表的詞則是「事」（如屬性、狀態、行為等）的名稱。這類字數量不多，出現的時代大都很早。例如：

ㄅ（甲）又

ㄈ（甲）ナ（楷偏）　「ナ」、「又」是指方位的「左」、「右」的本字，分別以象左手和右手的形符表示左方和右方的意思。

（甲）（篆）矢　「矢」和「仄」同音，意義也相近。《說文》：「矢，傾頭也。」字形象一個仄著頭的人。

（甲）（篆）屰　順逆之「逆」的本字（「逆」的本義是迎，用來表示順逆之｛逆｝，是假借為「屰」）。字形以一個倒過來的人表示不順的意思。

在較早的古文字裏，有些字形兼有象物字和象事字二重職務。第一章裏講過，「月」、「夕」二字本來都既可以寫作 ）　，也可以寫作 ））。） 或 ）） 作為「月」字應該歸入象物字，作為「夕」字應該歸入象事字。象成年人的 大，本來既可以用作「大」字，也可以用作「夫」字。作為「夫」字應該歸入象物字，作為「大」字應該歸入象事字。

有些會合幾個形符來表示某種「事」的圖形式表意字，如前面提到過的 射（射）、立（立）等字，按理說也可以稱為象事字。但是我們為了分類的方便，把它們歸到會意字裏去了。我們所以把上舉的「ナ」、「又」等字稱為象物字式的象事字，而不是簡單地稱為象事字，就是為了跟「射」、「立」這一類字相區別。

## 5　會意字

在抽象字、指示字之外，凡是會合兩個以上意符來表示一個跟這些意符本身的意義都不相同的意義的字，我們都看作會意字。果 跟 ⊕ 同義，胃 跟 同義，所以「果」、「胃」一類字雖然由兩個意符組成，卻仍然是象物字而不是會意字。

　　構成會意字的意符既可以是形符也可以是義符。按理說，把由形符構成的字跟由義符構成的字放在同一類裏是不合適的。但是我們在〔三（二）〕裏已經講過，有些由兩個以上意符構成的字，它們所用的意符究竟應該算形符還是義符，是兩可的。所以只好採用現在的分類辦法。

　　會意字數量既多，情況也很複雜，下面把它們分成六類，分別舉例加以說明。這六類並沒有一個完全統一的分類標準，這樣分類只是一種權宜的辦法。

## A·圖形式會意字

　　這類字大體上跟林義光認為應該劃入象形字的會意字相當（參看〔六（一）〕）。例如：

　　🖼（甲）🖼（篆）宿　表示人睡在屋裏的簟席上。「🖼」是「簟」的象形初文，小篆訛變為 西 （字書音ㄊㄧㄢ tiàn，與「簟」音極近），《說文》以為象「舌兒（貌）」，不確。

　　🖼（甲）🖼（金偏）疒（篆）疒　表示人有疾病躺在床上。甲骨文「疒」字有時在人形旁邊加小點，可能表示病人在出汗。跟疾病有關的字多从「疒」。按照字書，「疒」字音ㄋㄧㄝ niè，其實「疒」大概就是「疾」的初文。

　　🖼（金）🖼（篆）臽　表示人掉在陷阱裏。所引金文「臽」字人形上所加的「ㄩ」，可能是由「止」形訛變的（又古文字人旁下部往往變作从「女」，這個字的人旁也有可能屬於這種情況）。「臽」、「陷」音同義近，也許「臽」就是「陷」的初文。

　　🖼（甲）从　表示一個人跟從另一人。

　　🖼（甲）北　「背」的初文，字形像兩人相背。北方是背陰的一方，方位詞｛北｝是由｛背｝派生出來的。後來「北」主要用來表示方位，另在「北」上加注「肉」旁分化出「背」字來表示本義。

　　🖼（甲）🖼🖼🖼（金）🖼（篆）無　「無」與「舞」本為一字。字形表示人持牛尾一類東西跳舞（《呂氏春秋·古樂》：「昔葛天氏之樂，三人操牛尾，投足以歌八闋。」），「舞」下部的「舛」本象二趾。「無」字由於經常假借來表示有無的｛無｝，跟只表示本義的「舞」分化成了兩個字。

（甲）**夾** 表示二人夾輔一人。古人畫圖，往往把尊者畫得比卑者大，所以「夾」字中間人形大兩邊人形小。

（甲）（金）**即** 表示人就食。古人席地跪坐，ᘐ 像跪坐的人。

（甲）（金）**卿** 饗的初文，字形表示二人相向而食。用它來表示卿大夫的｛卿｝，當是引申或假借的用法。古代還用「卿」來表示方向的｛向｝，參看本章第二節。

（金）（篆）**埶** 種藝之「藝」的初文，字形表示在土上種植物。「丮」（ㄐㄧ jí）像人伸出兩手，楷書「丮」旁與「丸」相混。「埶」字在古代還被用來表示｛勢｝。後來，表示｛勢｝的「埶」加「力」成「勢」，表示｛藝｝的「埶」先加「艸」成「蓺」，又變作「藝」。

（甲）（篆）**鬥** 表示二人相搏鬥。

（圖）（篆）**取** 表示以手取耳。古代田獵獲獸或戰爭殺敵，一般取下左耳作為計功的憑據。

（圖）（甲）（篆）**得** 表示得到財富，加「彳」旁表示在行道時得到。《說文》以不加「彳」的為古文。「又」旁在篆文裏變成「寸」旁。在古文字裏，從「又」（代表手）的字後來往往變成從「寸」。「貝」旁在《說文》篆文裏訛變為「見」，上引篆文取自漢印。

（甲）（金）（篆）**隻** 表示抓獲一隻鳥。在商周時代文字裏，「隻」所表示的詞是｛獲｝。後來又用「隻」來表示與｛雙｝相對的｛隻｝，另造從「犬」「隻」（ㄨㄛˋ wò）聲的字（篆文作 獲 ），來表示｛獲｝。「隻」既是「獲」的初文，又用來表示當單個講的｛隻｝。這跟早期表意字一形多用的現象是很相似的。但是以「隻」表示當單個講的｛隻｝，是「隻」（獲）字已經使用了很久之後才發生的事，所以可以把這一現象解釋為對已有的文字的一種比較特殊的借用。假借一般只取被借字原來的音，這種借用則只取被借字的形而不管它原來的音、義。我們可以稱之為「形借」。

（甲）（篆）**及** 表示追到人把他抓住。

（金）**秉** 表示手裏拿著禾（這裏以「禾」代表一把禾）。《詩·小雅·大田》：「彼有遺秉，此有滯穗」，《毛傳》：「秉，把

也。」

(篆)兼　表示同時拿著兩把禾。

(甲)(篆)采　「採」的初文，字形表示採摘樹上的葉子。「爪」像抓取或執持東西的手。

(甲)(篆)孚　「孚」是「俘」的初文（「孚」當「信」講，是假借用法）。在比較原始的時代，戰勝者往往把對方的成年男子全都殺死，只俘虜婦女跟孩子，所以「孚」的字形表示抓住一個孩子。

(篆)舀　表示用手從臼裏取出東西來。「稻」、「蹈」、「滔」等字以「舀」（ㄧㄠˇ yǎo）為聲旁，「陷」、「餡」、「闇」、「諂」等字以「臽」為聲旁，應該注意分辨。

(甲)(金)(篆)受　｜授｜、｜受｜二詞本來都由「受」字表示。字形表示「舟」的授受，上面的手形代表授者，下面的手形代表受者。可授受的東西很多，為什麼造字的人挑選了「舟」呢？大概是由於「舟」的音跟「受」相近，可以兼起表音的作用。《說文》說：「受，相付也。從受，舟省聲」。這應該是自古相傳的舊說。就「受」字從「舟」的那種較古字形來說，其實可以把它看作會意兼形聲字。上引篆文第一形取自漢印，第二形取自《說文》。

(圖)(篆)共　古書多以「共」表｜供｜。「共」的字形表示兩手供設器皿，可能就是「供」的初文。《說文》以「同」為「共」字本義，似不確。「廾」（廾）單獨成字時，大概就是「拱」的初文。

(甲)(金)戒　表示兩手持戈有所戒備。

(金)弄　表示兩手持玉玩弄。

(金)盥　表示用水洗手，「皿」代表接水的盤。

(甲)(金)興　「興」字古訓「起」，字形表示眾手共同舉起一物。後來，象所舉之物的形符「𠦝」（可能本像搬重物用的擔架）改成義符「同」。《說文》：「𦥑（ㄩˊ yú），共舉也」，「興，起也。從舁，從同，同力也」。

(金)(篆)闢　「闢」本是表意字，字形表示用兩手推開門（《說文》古文同），後來才改成從「門」「辟」聲的形聲字（可能先假借「辟」字代替「闢」，後來又加「門」成「闢」）。

（圖）　（甲偏）　（篆）攴　《說文》：「攴（夂ㄨ pū），小擊也。」字形表示手持棍棒一類東西，後來棍棒形變得跟「卜」字同形。「攴」、「卜」音近，當時可能是為了使「攴」的字形兼有表音作用，有意把棍棒形改成「卜」的。从「攴」旁的字，意義往往跟打擊有關。楷書「攴」旁多變作「攵」（由隸書的「攵」變來），一般稱為「反文」。

（甲偏）　（篆）殳　表示手持可以用來敲擊的錘棒一類東西。

（金）　（篆）寇　表示有人手執器械進屋襲擊人。

（圖）　（甲）伐　（篆）伐　表示用戈砍人頭。《說文》說「伐」字「从人持戈」，不確。

（甲）　（金）　（篆）執　表示把俘虜或犯人的手銬起來。「幸」本象梏形（梏是古代一種木製的手銬），字書音ㄋㄧㄝ（niè），隸、楷變作「幸」，跟楷書幸福的「幸」字同形（幸福之「幸」，據《說文》本是从「夭」从「屰」之字，漢隸多作「幸」）。

（金）　（篆）縣　「懸」的初文，字形表示把砍下來的頭懸掛在樹上。上引篆文取自漢印。《說文》「縣」字篆文作，从「系」从倒「首」。

（甲）　（篆）毓　《說文》以「毓」為「育」的或體。字形表示母親生育孩子。後來「母」旁變成「每」旁，倒「子」和代表血水的小點合併而成「充」旁。

（甲）　（籀文）棄　字形表示用箕盛嬰兒去拋棄掉。古人生孩子後因迷信或生活困難等原因棄而不育的情況比較多，周代始祖后稷名棄，據說就是由於出生後曾被拋棄而得名的。

（甲）　（金）曰　表示人嘴出聲氣。

（甲）　（篆）益　「溢」的初文，字形表示水從器皿裏漫出來。

（甲）　（篆）析　表示用斤剖木。跟「析」形近的「折」字本象用斤斷木，見〔三(二)〕。

（甲）　（篆）至　表示箭射到一個地方。

（甲）　（篆）彘　古代稱野豬為彘。野豬是射獵的對象，所

以字形在「豕」上加「矢」以示意。「彘」所代表的詞是一種實物的名稱，這一點跟象物字相同。但是甲骨文「彘」字去掉「矢」形後，剩下來的不是野豬的象形符號，而是一般的「豕」字，所以我們不把它歸入象物字而歸入圖形式會意字。

　　前面幾章提到過的「射」、「立」、「並」、「輦」、「折」、「戍」、「雧」等字，按照它們較古的寫法來看，都應該歸入圖形式會意字。這類會意字大都出現得很早。

## B·利用偏旁間的位置關係的會意字

　　這類會意字其實大都也是按照以圖形表示字義的原則造出來的，所以它們的偏旁之間的位置關係在表示字義上有重要的作用。但是造字時或者明顯地用了象徵手法（如〔三㈠〕裏提到的以「止」形表示人在前進的「步」、「涉」等字），或者把義符硬當作形符用（如〔六㈠〕裏提到的以「臣」字代表在主人家中服役的臣僕的「宦」字），因此字形的圖畫意味就淡薄了。這是我們把它們跟圖形式會意字區分開來的原因。下面舉一些例子。

　　　（甲）　（金）**正** 「征」的初文，本義是遠行。「口」代表行程的目的地，「止」向「口」表示向目的地行進。

　　　（甲）　（篆）**之** 「之」的本義近於「往」。或以為字形以「一」代表人所離開的地方，以向前的「止」表示人離此地他去，待考。

　　　（甲）　（篆）**韋** 「違」的初文。「止」不向「口」表示違離其地。一說字本作　（見甲骨文），象徵很多人圍住一地，是「圍」的初文。

　　　　（甲）　（金）　　（篆）**出** 古人穴居，凵或臼象坎穴（「坎」的象形初文本作「凵」）。整個字形以趾離坎穴表示外出。所引篆文前一形取自《說文》，後一形取自漢印。

　　　　（甲）　（金）**各** 「徦」的初文。《方言·一》：「徦，至也。」《方言·二》：「徦，來也。」字形以趾向穴表示來到。古書多借「格」為「徦」。

　　　（甲）　（篆）**陟** 「阝」就是「阜」字，一般認為像山阜形，待考。趾形向上表示人向高處登陟。

降（甲）降（篆）**降**　趾形向下表示人自高處下降。

逐（甲）逐（金）逐（篆）**逐**　「止」向「豕」，表示人追逐豕一類動物。

祭（金）**祭**　表示用肉祭祀鬼神。甲骨文「示」字較原始的寫法作 呂 ，可能像古代的一種神主。

相（甲）相（篆）**相**　「相」的本義是察看，字形表示用目觀察樹木。

明（甲）明（篆）**朙**　古「明」字（關於「明」字的形體，參看〔四㈢、㈤〕）。字形表示月光照在窗上。「囧」即「冏」字，像鏤孔的窗牖。（囧像鏤孔的窗牖之說可能有問題。）

間（金）間（篆）**間**　「間」的原來寫法。字形表示門有間隙，從門內可以看到月光。

朝（甲）朝朝（篆）朝朝（隸）**朝**　表示下弦月時日方出月尚可見的清晨景象。關於「朝」字形體的演變，參看〔四㈤〕。

莫（甲）莫（篆）**莫**　「暮」的初文，字形以日在叢林或草莽之中表示日將落下。

杲（篆）**杲**　《說文》：「杲，明也。从日在木上。」

杳（篆）**杳**　《說文》：「杳，冥也。从日在木下。」

竄（篆）**竄**　《說文》：「竄，匿也。从鼠在穴中。」

突（篆）**突**　《說文》：「突，犬從穴中暫出也（「暫」是「猝」的意思）。从犬在穴中。」

閑（金）**閑**　《說文》：「閑，闌也（《說文》：「闌，門遮也」）。从門中有木。」

原（金）**原**　「源」的初文，以「泉」出「厂」下表示水源的意思。楷書「原」字所從之「泉」，寫法接近隸書「泉」字的一般寫法。

庫（篆）**庫**　《說文》：「庫 ，兵車藏也。从車在广下。」

困（篆）**困**　《說文》：「困，廩之圌（圓）者。从禾在囗中。」

　　如果把「圖形式」一語的涵義理解得寬泛一點，上舉這類會意字大都可以併到圖形式會意字裏去。反過來說，如果把「圖形式」一語的涵義理解得更狹窄一點，前面舉出的圖形式會意字就有很多應該併到這一類裏來。這兩類字之間並沒有十分明確的界線。

利用偏旁位置關係的會意字一般是在古文字階段造出來的。不過在漢字變得完全不象形之後，偶爾也還造這類會意字，如〔六(一)〕裏舉過的「杂」，又如：

**嬲** 以二「男」夾一「女」表示戲弄、糾纏的意思。

**尖** 下大上小為「尖」（｜尖｜本用「鐵」字表示，「尖」字後起）。又有「夵」字，音一ㄢ（yǎn），《廣韻》：「夵，上大下小」。有一種兒童玩具，兩頭尖，中間大，叫「嘎嘎」（ㄍㄚ·ㄍㄚ gá·ga），也可以寫作「 米 」。

**灭** 「滅」的簡化字，字形表示把火壓滅。「火」上的「一」實際上起形符的作用，並非一二的「一」字。

近代為來自英語 pump 的音譯外來詞而造的「泵」字，也可能是一個利用偏旁位置關係表意的字。泵可以用來壓水，字形大概是以「石」在「水」上來表示壓水的意思的。有人認為「泵」字所以這樣造，是因為大石掉在水上的聲音跟 pump 的發音相似。按照這種說法，「泵」的字形是用會意的方法來表音的，「泵」應該看作三書所不能包括的一種特殊表音字。（「泵」可能是因音近被借用的方言字。）

### C · 主體和器官的會意字

這類字把像人或動物的字或形符，跟像某種器官的字或形符配合起來（有時還加上像其他有關事物的偏旁），以表示跟這種器官有關的某種行為或情狀。楊樹達稱這類字為「主名與官名的會意字」（《積微居小學述林》207頁，中國科學院，1954）。我們怕「主名」、「官名」不好懂，改為「主體」、「器官」，實際上是指象主體和器官的字或形符而言的。下面舉一些例子。

ㄗ（甲）ㄗ（篆）**見** 見是目的功能，所以字形在「人」上加「目」以示意。

ㄗ（甲）ㄗ（金）**望** 瞭望之｜望｜古代本用「望」字表示。目形豎起，表示不是一般地看，而是極目遠望。人形下或加「土」，「人」和「土」合起來就成了「壬」（音ㄊㄧㄥ tǐng，跟壬癸的「壬」不是一個字）。《說文》把 ㄗ 當作「望」的古文。「望」字金文作 ㄗ ，從「月」從「望」（「望」是音符兼意符），本是從「望」字分化出來專門表示朔望之｜望｜的（陰曆每月十五日是望

日，由於這一天日月正相望而得名）。「望」本是「朢」的異體或分化字，是把「朢」字的「臣」旁改為形近的聲旁「ㄣ」（亡）而成的。後來「朢」和「望」都廢棄不用，只用「望」字。

（甲）（金）（篆）**監**　表示俯首在盛水的器皿裏照臉。《尚書‧康誥》：「古人有言曰：『人無于水監，當于民監』。」「于水監」就是在水裏照自己的意思（「監」的這個本義後來多用「鑒」字表示。「鑒」亦作「鑑」）。監視是「監」字的引申義。

（甲）（金偏）（隸偏）**欠**　「欠」的本義是張口舒氣（欠伸之「欠」即用此義）。字形在人形上端加豎起來的「口」，以表示張口的意思。很多从「欠」的字，如「吹」、「飲」、「歎」（嘆）、「歌」等等，字義都跟張口有關。關於「欠」字的形體，參看〔四(五)〕。

（甲）（金）（篆）**飲**（隸）**飲**　表示俯首張口飲酒尊裏的酒。古文字「舌」字作 、 等形，可知上引第一形倒口下的「 」代表舌頭。這個字後來加上「今」聲，成為形聲字，但是在隸書裏又簡化為會意字。上引篆文取自漢印，《說文》「欠」形已訛變。

（甲）（篆）**既**　表示飲食完畢，所以人形上端的豎「口」不向食物而向身後。上引篆文取自三體石經，《說文》作 ，是訛變的形體。

（甲）（金）（篆）**聖**　「聖」和「聽」是由一字分化的。二字古音相近，古書中有通用之例。上引甲骨文其實也可以釋作「聽」。甲骨文「聽」字一般作「聝」（三體石經古文同），表示以耳聽人口之聲，跟上引甲骨文「聖」字第二形的不同只在人形的有無，二者本應是一字的異體。上引甲骨文第一形在人形上加「耳」，以造字方法相類的「見」字類推，正應該是「聽」的初文。這個字所从的人形後來變為「壬」，跟「朢」字同例（「聽」字的左半就是𦕁。《篇海》以「𦕉」為古文「聽」字，可能是有所據的）。從語言的角度來看，｜聖｜應該是｜聽｜所派生出來的一個詞，本義可能近於｜聰｜。

（甲）（篆）**企**　《說文》：「企，舉踵也。」企望本來就是踮起腳望的意思。字形在人形下加趾形以示意。

　　　（金）　（篆偏）**走** 　像人急行時兩臂擺動得很厲害的樣子，後來演變為「夭」字。「走」的本義近於小跑（《釋名‧釋姿容》：「徐行曰步」，「疾行曰趨」，「疾趨曰走」），所以字形在「　」下加「止」以示意。《說文》中，「夭」字以及「走」字所從的「夭」都已訛變為　。上引篆文偏旁取自漢印。

　　　　（金）　（石鼓文）　（隸）**奔** 　奔比走更急更快，所以字形在「夭」下加三個「止」以示意。後來三個「止」被改成形近的「卉」（《說文》說「奔」從「賁」省聲，「賁」本身就是從「卉」聲的字，「奔」字似乎也應該分析為從「卉」聲，但是「卉」和「奔」、「賁」的音不很相諧）。「夭」旁在隸、楷裏簡化成「大」。

　　　（甲）　（篆）**臭** 　「嗅」（《說文》作「齅」）的初文。狗以嗅覺靈敏著稱，所以「臭」字從「犬」從「自」。「自」本像鼻形（參看第一章）。香臭的｛臭｝是｛臭｝（嗅）的引申義。

　　　（甲）　（金）　（篆）**鳴** 　雞以善鳴著稱，所以甲骨文「鳴」字在雞形旁邊加「口」以示意。後來雞形為「鳥」旁所代替。

　　　（篆）**吠** 　《說文》：「吠，犬鳴也。從犬、口。」

　　　（篆）**臭** 　《說文》：「臭，犬視皃（貌）。從犬、目」。「臭」音ㄐㄩ（jú），熟語「闃無一人」的「闃」就是以「臭」為聲旁的。

　　　（篆）**瞿** 　《說文》：「瞿，鷹隼之視也」（此義讀ㄐㄩ jù）。毛公鼎「趯」字所從之「瞿」作　，從一「目」。

　　　（六國古印）**𤘩** 　「觸」的異體（也可能就是「觸」的初文）。牛喜以角相觸，所以字形在「牛」上加「角」以示意。

　　　這類會意字一般也是在古文字階段造出來的。其中，把象主體和器官的字或形符連成一體的那種字，如「見」、「呈」、「欠」、「既」、「監」、「飲」等，字形有相當濃厚的圖畫意味，出現的時代都很早。漢字變得完全不象形之後，偶爾還造「鳴」、「吠」一類的字，如當羊叫聲講的「咩」。

## D·重複同一偏旁而成的會意字

　　　重複同一偏旁而成的表意字，並非都是會意字。有的字如「艸

」和「絲」，跟它們的偏旁是繁簡體的關係，應該看作象物字。即使是會意字，也不見得一定屬於本類，如象一人跟從另一人的「从」字，就是圖形式會意字。不過，大多數重複同一偏旁而成的字，是可以歸入本類的。下面舉一些例子。

珏（篆）**珏** 《說文》：「二玉相合為一珏」。

林（甲）**林** 樹木叢生為林，从二「木」。

卉（篆）**卉** 《說文》：「卉，艸之總名也。」从三「屮」。

艸（篆）**艸** 據《說文》，「艸」是草莽之「莽」的本字（《說文》對「莽」字本義的解釋是「南昌謂犬善逐兔艸中為莽」），但古書中不見此字。在已發現的古文字裏，「艸」只用為偏旁，而且意義似與「屮」無別。

蚰（甲）蚰（篆）**蚰** 據《說文》，「蚰」是昆虫之「昆」的本字，但古書中不見此字。甲骨文的「蚰」跟《說文》的「蚰」究竟是否一字，還有待研究。

蟲（篆）**蟲** 从三「虫」。

毳（金）毳（篆）**毳** 《說文》：「毳，獸細毛也。从三毛。」

磊（篆）**磊** 《說文》：「磊，眾石也（段注改「也」為「皃」）。从三石。」《說文》「石」字篆形作「石」，與金石上的篆文不合，今改正。「石」本作石，可以看作象物字，「口」旁是後加的，大概只起使「石」字跟形近的字相區別的作用。

森（篆）**森** 《說文》：「森，木多皃。」从三「木」。

**淼** 水大貌，从三「水」，也寫作「渺」（但「渺小」不能寫作「淼小」）。「淼」字不見於《說文》本文，大徐本《說文》收入新附字中。

羴（甲）羴（篆）**羴** 「羶」的初文。《說文》：「羴，羊臭也。从三羊。」甲骨文的「羴」字跟《說文》的「羴」字究竟是否一字，還有待研究。

鱻（金）鱻（篆）**鱻** 新鮮之「鮮」的本字（據《說文》，「鮮」本是一種魚名。新鮮的「鮮」是假借為「鱻」的）。「鱻」字原始的意義可能是鮮魚的氣味，就跟「羴」是羊的氣味一樣。

猋（篆）**猋** 《說文》：「猋，犬走皃。从三犬。」

麤（篆）**麤** 《說文》：「麤，行超遠也。从三鹿。」在古書中，

「麤」字多假借來表示粗細的｛粗｝。

犇　《廣韻》訓為「牛驚」，一般當作「奔」的異體用。

轟（篆）轟　《說文》：「轟，羣車聲也。从三車。」

　　在重複同一偏旁而成的會意字裏，有些字的字形也利用了偏旁之間的位置關係。例如同樣是由兩個「朿」（ㄘ ci）構成的字，偏旁並列的是「棘」字，上下重疊的是「棗」字（棘即酸棗樹，是多刺的灌木。棗比棘高大得多。但是從金文孃、爨等字看，棗字原來似不从二朿）。「炎」字，《說文》訓「火光上也」；「矗」字當「直立，高聳」講，偏旁的上下重疊也都可以認為是有意義的。這類字也未嘗不可以歸到B類會意字裏去。

### E·偏旁連讀成語的會意字

　　這就是第二章裏講到過的「歪」那一類字。它們由兩個以上（絕大多數是兩個）可以連讀成語的字構成，連讀而成之語能說明或暗示字義。例如：

凭（篆）凭　《說文》：「凭，依几也。从几从任（段注改為「从任、几」，並謂「任几猶言倚几也」）。」

劣（篆）劣　《說文》：「劣，弱也。从力、少。」

扁（篆）扁　《說文》：「扁，署也。从戶、冊。戶冊者，署門戶之文也。」此義現在用「匾」字表示。

尟（篆）尟　鮮少之「鮮」的本字。《說文》：「尟，是少也……从是，少。」「尟」有異體作「尠」，从「甚、少」會意。

暹　《廣韻》：「暹，日光升也。」从「日、進」會意。

昶　《說文》新附字：「昶，日長也。从日、永會意。」

甦　蘇醒之「蘇」或作「甦」，从「更、生」會意。

楞　邊棱之「棱」的異體（「威棱」、「模棱」等詞裏的「棱」一般不作「楞」），由「四、方、木」三字構成。

　　此外如由「拏」字分化出來的「拿」（从「合、手」）、「膻」的異體「羴」，當不好講的「孬」，氽丸子的「氽」，「塵」的簡化字「尘」（「塵」俗作「尘」，已見《集韻》），「糶」、「糴」的簡化字「粜」（「糴」俗作「粜」，已見《廣韻》、《集韻》）、「粜」（《康熙字典》謂「粜」見《廣韻》，但《廣韻》所錄「糶」字俗體實作

「棥」,《集韻》亦同,《龍龕手鑑・出部》始收「棠」字)等等,都是屬於這一類的會意字。

《說文》裏還有會合可以連讀成語的四個字而成的會意字——「曝」的初文「暴」和疾暴之「暴」的本字「曓」:

　　　　晞也。从日从出从収从米(《段注》:「日出而竦手舉米曬之,合四字會意。」)。

　　　　疾有所趣也。从日、出,夲収之(「夲」音 ㄊㄠtāo,跟「本」是兩個字。《說文》訓「夲」為「進趣」)。

「曓」字在隸書裏多省作「暴」,疾暴之┤暴├隸書也多用「暴」字表示。後來「暴」又簡化為「暴」。

但是,《說文》對「曝」字初文和疾暴之「暴」的本字的分析,都是有問題的。這兩個字所从的「 㞢 」,跟《說文》「出」字篆文不同形(清人所刊《說文》多將「 㞢 」改作「 㞢 」,宋本並不如此)。曾侯乙墓竹簡文字裏有从「市」「 㮯 」聲之字。 㮯 像兩手持草木一類東西在日下曝曬,應該就是「暴」的初文,可以隸定為「㬥」(燕國古印有从「日」从「 㮯 」之字,疑亦當釋「㬥」)。《說文》把「曝」字、「暴」字都分析為从「暴」省聲,這兩個字可能本來都是从「㬥」聲的。「暴」應該是在「㬥」字上加注「米」旁而成的後起字,並非「从日出収米」會意。「曓」也應該是从「㬥」聲的字,並非「从日出夲収之」會意(這個字嶧山刻石作 㮯 ,中豎相連不斷,也有可能本是「㬥」的異體)。所以,會合可以連讀成語的四個字而成的會意字,實際上是不存在的(「暴」字作「暴」之形已見漢初文字資料,其出現時代應早於漢。秦簡「暴」字寫作「暴」,中間的「共」應是由「 米 」省變而成的。但是漢印「暴」字篆文卻多數作 㮯 、 㮯 等形,「日」下無「 㞢 」。其字形表示兩手捧米在日下曝曬,可以看作A類或B類會意字。漢隸「暴」字或作「暴」,就是繼承這種字形的。如果這種字形不是「暴」的簡體,而有較早的來源的話,「暴」也有可能是由「㬥」、「曓」兩種字形糅合而成的)。

在已經廢棄的古代俗體字裏,有不少屬於木類的會意字,例如:先人為「老」(先),巧　為「辯」(誓,又訛作誓),追來為「歸」(逨,與歸形近),百升為「斛」(飷。以上南北朝時通行),不少為「多」(尐),不長為「矮」(襄),不明為「暗」

（裊），大衣為「寬」（裒。以上見《龍龕手鑑》），敗門為「嫖」
（闞），初生為嫩（埕）等等。

偏旁連讀成語的會意字絕大多數是漢字變得完全不象形之後才造
出來的，在古文字裏很少見。

**F・其他**

在會意字裏還有不少不能歸入以上各類的字。例如：

（甲）（篆）劓　劓的意思是割掉鼻子。甲骨文「劓」字從
「刀」從「自」會意，篆文改「自」為「鼻」（「鼻」所從的
「畀」，《說文》作 畀 ，是訛變的形體，已據漢印等篆文改正）。

（篆）刪　古代在竹木簡冊上寫文字，刪改時用刀將字削去，
所以「刪」字從「刀」從「冊」會意。

（篆）剖　《說文》：「剖，楚人謂治魚也。從刀從魚。」
「剖」音ㄐㄧㄝˊ（jié），「薊」字從「剖」聲（形聲字 魟 魚的
「魟」，由於「刀」旁不變形，跟「剖」字區別了開來）。如果把
「圖形式」一語的涵義理解得寬泛一點，「劓」、「刪」、「剖」一
類字也未嘗不可以列入A類會意字。

掃　從「手」從「帚」，表示持帚打掃的意思。《說文》作
「埽」，表示用帚掃除髒土的意思（《說文》的「埽」跟堤埽的「埽」
是同形字。從先秦古音看，「帚」、「掃」音近，「掃」、「埽」也
可以看作會意兼形聲字）。

擤　「揩」的異體。從「手」從「鼻」，表示用手揩鼻涕的意
思。

掰　意思是用手把東西分開或折斷。從兩「手」從「分」會意
（「掰」音ㄅㄞ bāi，是分擘之「擘」的口語音。《新華字典》、《現代
漢語詞典》等以「擘」為「掰」的異體）。

（甲）（篆）（隸）邑　邑為人所居之處，所以在表示區
域的「囗」下加跪坐人形以示意。在楷書中，用作意符的右邊的
「邑」旁一般寫作「阝」。

（甲）（篆）啚　「鄙」的初文（《說文》分「 啚 」、
「鄙」為二字，不妥。俗字有以「 啚 」為「圖」者）。古代稱都邑
四周的土地為鄙，鄙人主要從事農業生產，所以字形在「囗」下加

「靣」（倉廩之「廩」的初文）以示意。

占（篆）**占** 「占」的本義是觀察卜兆以判斷吉凶，从「卜」从「口」會意。

銜（篆）**銜** 《說文》：「銜，馬勒口中（指馬勒在馬口中的部分，相當於現在所謂嚼子）。从金从行。銜，行馬者也。」（從先秦古音看，「金」、「銜」音近，「銜」也可以看作會意兼形聲字）

明（甲）**明** 甲骨文既有从「囧」的「明」，也有从「日」的「明」。六國文字用「明」字（參看〔四㈢、㈤〕）。

名（甲）名（金）名（篆）**名** 《說文》：「名，自命也。从口从夕。名者，冥也。冥不相見，故以口自名。」

**斌** 「彬」的異體。古代以「彬彬」形容人文質俱備，疑造「斌」字的人以「文、武」代「文、質」。

**灶** 「竈」的俗字，見《五音集韻》，為簡化字所採用。砌灶用土，灶中生火，所以其字从「火」从「土」會意。

**笔** 「筆」的或體，見《集韻》，為簡化字所採用。毛筆的桿用竹做，筆頭用毛做，所以其字从「竹」从「毛」會意。

會意字的例子就舉到這裏為止。

# 6 變體字

這類字用改變某一個字的字形的方法來表意，為數不多。改變字形的方法主要有兩種，即增減筆畫（一般是減筆畫）和改變方向。

先舉第一種的例子：

片（篆）**片** 《說文》：「片，判木也。从半木」。「木」字篆文作 木 ，取其右半便成 片（片）字。木片是剖析樹木而成的，所以「片」的字形取「木」字的一半。此外，從戰國時代到漢代早期，還有人把半「木」形當作「析」字用（長沙仰天湖楚簡和馬王堆帛書《老子》乙本中，「策」字異體「䇂」所从的「析」都作半「木」形。此外，曾侯乙墓所出戈銘「析」作 析 ，戰國中山王墓銅壺銘文「䇂」字的「析」旁作 析 ，都从半「木」从「斤」。在東漢碑刻的隸書裏，「析」字仍有寫作「析」或「枂」的。這也許可以看作六國文字影響隸書的一個例子）。

**导**（礙） 從古文字看，「得」和「导」是一字異體（參看會意字A類「得」字條）。但是東漢以後，有些人卻把「导」當作「礙」（碍）的異體使用（東漢碑刻楊君石門頌以「导」為「礙」，「导」即隸書「得」字右旁。南北朝以後人時常把「礙」寫作「导」。後來又在「导」上加「石」旁造成了「碍」字，現在已為簡化字所採用）。當「礙」字用的「导」，以去掉「得」字的「彳」旁來表示有障礙不能得到的意思，應該看作變體字。

**悳**（惡） 「悳」是「德」字右旁的俗寫。據《說文》，「德」本是從「彳」「悳」聲之字，本義是「升」。「悳」字從「直」從「心」會意（段注謂「直」亦聲），是道德之「德」的本字（從古文字看，「德」似是從「心」「值」聲之字，「升」並非其本義，「悳」似是「德」之省體）。但是南北朝人有時卻把「惡」寫作「悳」。惡是德的反面，去掉「德」字的「彳」旁來表示「惡」，用意跟以「导」為「礙」相類（南北朝時代「惡」字比較常見的俗體是「𢙣」。《顏氏家訓・書證》所說的「『惡』上安『西』」，就是指這種俗體而言的。東漢碑刻上又有作「悳」的「惡」字，見楊君石門頌等。這兩種「惡」字的上半既有可能是「亞」的訛形，也有可能是「悳」所從的「𠚕」的訛形。東漢碑刻上的「德」字有時就寫作「德」，見衡方、張遷等碑。所以，以「悳」為「惡」有可能在東漢時代就已經開始了）。

前面講複雜象物字「枼」時提到過的「世」字，就其產生途徑來說，可以看作減少「枼」字筆畫的變體字。《說文》畎畝之「畎」作「〈」，溝澮之「澮」作「〈〈」，可以看作減少「〈〈〈」（川）字筆畫的變體字。𡥀（子）和𡦹（𠃒）可以看作減少𡦹（子）字筆畫的變體字。此外如東漢以後一度使用過的「寂」字俗體「家」（「家」字去掉「豕」旁右邊跟「人」字形近的兩筆，表示家中無人），近代方言字中當沒有講的「冇」（「有」字去掉「月」旁中間兩畫），也都可以歸入這一類。

有人認為「甩」也是變體字，「把『用』字中間一豎引長向右拐一個大彎」，就成「甩」字，表示把沒有用的東西扔掉（《漢字的結構及其流變》112頁）。

下面再講改變字形方向的變體字。

按照《說文》的解釋，有不少字是反寫某一個字而成的（這裏所說

的反寫包括左右反寫和上下倒寫）。但是實際上這些字大都並不是這樣造成的。其情況大體上可以分為三類，下面分別舉例加以說明。

A. 有的字從較早的古文字字形來看，跟《說文》認為是它所從出的那個字形，並沒有一正一反的關係。例如：《說文》說「㠯」（ 𠯑 ）從反「巳」（ 𠂤 ）。但是甲骨文「㠯」字作 𠂤 或 𠂤 （「 𠂤 」後來演變為「以」。「以」、「㠯」本是一字。或以為「以」與「似」之古體「𠂤」是一字，不確），「巳」字作 𠂤 ，二者的字形並沒有關係。《說文》說「帀」（ 𠂤 ，今作匝）從反「之」（ 𠂤 ）。但是甲骨文「之」字作 𠂤 ，「帀」作 𠂤 ，二者的字形也沒有關係。《說文》說「旡」（ 𠂤 ，即「既」字右旁，跟「无」有別）從反「欠」（ 𠂤 ）。其實「欠」本作 𠂤 或 𠂤 ，「旡」本作 𠂤 ，這兩個字只有上部口形的方向彼此相反，整個字形並沒有一正一反的關係。戰國中山王墓銅壺「乏」字作 𠂤 ，看來見於《左傳・宣公十五年》並為《說文》所採用的「反正（ 𠂤 ）為乏（ 𠂤 ）」的說法大概也是不可信的。

B. 有的字實際上只作為表意偏旁使用，並不能獨立成字。例如：《說文》說「 𠂤 」從反「止」。其實「止」和「 𠂤 」分別像人的左右腳，「 𠂤 」並不能獨立成字（參看〔三(二)〕）。《說文》說「 𠂤 」從反「邑」。「 𠂤 」只出現在「 𠂤 」（「鄉」）等個別字裏，也不能獨立成字。

C. 有的字跟《說文》認為是它所從出的那個字，本來是使用相同字形的，後來才利用字形的方向把它們分化成兩個字。例如：《說文》說「𠂤」（ 𠂤 ，即「派」之初文）從反「永」（ 𠂤 ）。其實，古文字正寫反寫往往不加區別，「永」和「𠂤」本來不應該是兩個字，金文中「永」字寫作 𠂤 的例子是屢見的。 𠂤 或 𠂤 像水有支流，對｜𠂤｜（派）來說可以看作它的象物字，對當「水長」講的｜永｜來說可以看作它的象事字。這跟 𠂤 和 𠂤 既是「月」字又是「夕」字，是同類的現象。大概後來為了使字義明確，才規定以字形向左的為「永」字，向右的為「派」字（但「脈｜仍可作「脉」）。

下面舉兩個有可能是改變某個字的字形方向而成的變體字的例子。

𠂤 𠂤 （甲）　𠂤 𠂤 （金）𠂤 （篆）今　「今」大概是「吟」

（噤）的初文，本義是閉口不作聲（《史記·淮陰侯傳》：「雖有舜、禹之智，吟而不言，不如瘖聾之指麾也。」這種「吟」字，音義跟呻吟之「吟」不同）。字形大概是倒寫本作 ᗷ 、 ᗷ 等形的「曰」字而成的，但是為了書寫的方便，圓頂變成了尖頂。

片 （ᅪᅥ pán） 有些方言裏把劈成片的竹木叫做「爿」，又引申為量詞，如稱一家商店為一爿店。這個字出現得比較晚，大概是反寫「片」字而成的（這個「爿」跟「床」字初文的楷書「爿」是同形字）。

〔六㈠〕裏提到過的「叵」如果確是反寫「可」字而成的話，也是一個例子。

「曰」和「今」（吟），「可」和「叵」，意義都正好相反。「片」和「爿」的意義則是相類的。

以上我們把表意字分成六類，分別舉了一些例字。這六類可能還不能把全部表意字都包括在內。此外還應該指出，有些表意字的歸類實際上是兩可的。例如：我們把「牢」字歸在複雜象物字裏，把「麤」字歸在會意字 A 類裏，因為一般認為「牢」所從的 ᗙ 是為「牢」字所專用的形符，而「麤」所從的 ᚦ 則是普通的「豕」字。但是甲骨文裏不但有在 ᗙ 中加「牛」而成的「牢」字，而且還有在 ᗙ 中加「羊」而成的 ᙢ 和在 ᗙ 中加「馬」而成的 ᙤ 。加羊的也許可以看作「牢」的異體，加馬的則很可能是「厩」的初文（古文字學者多釋此字為「厩」）。可見 ᗙ 並不一定是「牢」字所專用的形符。如果「麤」可以歸入會意字，「牢」也未嘗不可以歸入會意字。反過來說，如果「牢」可以看作複雜象物字，「麤」也未嘗不可以看作複雜象物字。我們歸入複雜象物字的 ᙁ （囿）跟歸入會意字 B 類的「困」，在構造方式上也很相似。如果把前者所從的「 田 」看作「田」字，就可以把它歸入會意字。如果不把後者所從的「 囗 」看作讀ㄨㄟ（wéi）的「囗」字，而看作象禾困的簡單形符，就可以把它歸入複雜象物字。又如：「雨」字本作 ᙨ 。在古漢語裏，「雨」既可以用為名詞，也可以用為動詞。從名詞的角度看，「雨」字是為了表示雨點連帶表示出天空（即上面的一橫）的複雜象物字。從動詞的角度看，「雨」字應該是一個象物字式的象事字或 A 類會意字。所以在表意字分類問題上不必過於拘泥。我們講表意字的主要目的，

是提高理解、分析表意字字形的能力。斤斤計較哪一個表意字應該歸入哪一類，是沒有多大意義的。

## (二)　字形在詞義研究上的作用

這一節主要講表意字字形在詞義研究上的重要性，以及利用表意字字形研究詞義時需要注意的一些問題。形聲字的形旁也有表意作用。在字形跟詞義的關係上，形聲字跟表意字有類似之處。我們準備在這一節裏附帶舉少數形聲字的例子，在形聲字那一章裏討論形旁的表意作用的時候，就不再涉及這一節裏談到的那些問題了。

表意字字形在詞義研究中的重要性，主要在於它們能夠幫助我們確定字的本義。字的本義就就是造字時準備讓它表示的意義，通常也就是作為造字對象的詞在當時的常用意義。確定本義，對於正確理解字義的發展變化，即作為造字對象的詞的意義在後來的演變和派生新詞等現象，有很大幫助。下面舉兩個例子。

**行**　「行」字有行走、道路、行（ㄏㄤ háng）列等意義。我們在前面講象物字的時候已經說過，從古文字字形看，「行」的本義應該是道路（《爾雅・釋宮》：「行，道也。」古書裏當道路講的「行」字很常見，如《詩・小雅・小弁》「行有死人，尚或墐之」、《豳風・七月》「遵彼微行」等）。行走和行列這兩個意義，顯然是分別從道路這個本義引申出來的。從行走這個意義又引申出流行、通行、施行、經歷（《國語・晉語四》：「行年五十矣」，韋注：「行，歷也。」）、巡視（《呂氏春秋・季夏紀》：「乃命虞人入山行木」，高注：「行，察也。」）、行為（作名詞用的舊讀ㄒㄧㄥ xíng，如品行之「行」）等意義。從行列這個意義又引申出排行（舊讀ㄏㄤ hàng）、行業等意義。商行、銀行的｜行｜大概又是行業之｜行｜的引申義。字義發展變化的途徑很清楚。如果像《說文》那樣，把行走當作本義，「行」字意義的發展變化就得不到確切的說明了。

**休**　「休」字在古代，除一般熟知的休息、休止等義外，還有休蔭、休美等意義。西周金文裏的「休」字還常常用來表示賞賜一類意義（如效卣銘說：「王錫公貝五十朋，公錫厥□子效王休貝二十

朋」，公賞賜其子的「王休貝二十朋」，即出自王賞賜公的「貝五十朋」之中，「休」、「錫」義近）。要想弄清楚這些意義之間的關係，必須先借助於字形以確定「休」字的本義。

甲骨文「休」字作 ，表示人在樹旁休息。「休」在古代可以當樹蔭講（《漢書·孝成班婕妤傳》：「依松柏之餘休」，顏注：「休，蔭也。」），字亦作「庥」（《爾雅·釋言》：「庇、庥，廕也」，郭注：「今俗語呼樹廕為庥」）。唐張參《五經文字》說「休」字「象人息木陰」。結合「休」可以當樹蔭講這一點來看，張參的說法顯然是可取的。金文「休」字往往寫作 ，把「人息木陰」的意思表示得更為明白（參看龍宇純《中國文字學》256頁，學生書局1984年版 。一般認為金文「休」字或從「禾」，不確）。所以「休」的本義應該是人在樹蔭下休息。《詩·周南·漢廣》：「南有喬木，不可休思」，「休」字正用本義。《淮南子·精神》：「今夫繇（傜）者揭钁臿，負籠土，鹽汗交流，喘息薄喉。當此之時，得茠越下，則脫然而喜矣」，高注：「茠，蔭也。三輔人謂休華樹下為茠也。楚人樹上大本小如車蓋狀為越（引者按：字亦作「樾」），言多蔭也。」這個「茠」字是表示「休」字本義的分化字（《淮南子》此處下文為「岩穴之間非直越下之休也」，字仍作「休」。《集韻》以「休」、「庥」、「茠」為一字。「薅」字有異體「茠」，跟這個「茠」是同形字）。從高注可以知道，在東漢晚期還有不少人在使用「休」字的本義。

由「休」的本義分別引申出了單純的休息之義以及樹蔭和尊者蔭庇卑者等意義。休息之義又引申出了休假、休止、休要等義。當樹蔭講的「休」已見前引。當尊者蔭庇卑者講的「休」見《左傳》等書。《左傳·昭公三年》：「民人痛疾，而或燠休之」，《正義》引賈逵注：「燠，厚也。休，美也。」這個「休」字從上下文看正應該當蔭庇講，訓為美是不合適的。「燠」本訓暖，在這裏應該當使溫暖講，「休蔭」本有使人涼快的意思，義正相成。服虔、杜預等人認為「燠休」指口出聲以撫慰有苦痛者，恐怕也是有問題的。《漢書·王莽傳上》：「誠上休陛下餘光而下依辟公之故也」，顏注：「休，庇廕也。」「休陛下餘光」，就是「托庇於陛下之餘光」的意思。

當「蔭庇」講的「休」既可以用作動詞，也可以用作名詞。如《詩·商頌·長發》「何（荷）天之休」、《左傳·襄公二十八年》「以

禮承天之休」以至常見於西周金文同時也見於《詩・大雅・江漢》的「對揚王休」等語中的「休」字，都應該當蔭庇或庇佑講。《詩經》鄭箋訓「休」為「美」，《左傳》杜注訓「休」為「福祿」，都是不恰當的（參看王力《了一小字典初稿》「休」字條，《王力文集》19卷98頁，山東教育出版社，1990）。見於金文和古書的「休命」（如師酉簋「對揚天子丕顯休命」、《左傳・僖公二十八年》「奉揚天子之丕顯休命」），其本來意義也應該是蔭庇在下者之命，而不是注釋家所說的美命。

前面說過，金文裏的「休」字常常用來表示賞賜一類意義。這應該是蔭庇之義的引申義。楊樹達認為這種「休」字是假借為「好」的（《積微居小學述林・詩對揚王休解》），恐怕不可信。古書裏的有些「休」字似乎確實應該訓為「美」。這種意義也有可能是由蔭庇一類意義引申出來的。

總之，在研究「休」字的各種意義的時候，如果充分注意到它的字形，就能把它的大多數意義整理出一個合理的系統來，並且還能糾正一些前人對古書裏某些「休」字的不正確的解釋。

形聲字的形旁有時也能幫助我們確定本義，弄清字義發展變化的過程。例如「理」字從「玉」，本義應該是玉的紋理。按照玉的紋理來剖析它、整治它，也稱為「理」，所以《說文》訓「理」為「治玉」。由前一個意義引申出了一般的紋理以及條理、道理等意義。由後一個意義引申出了治理、整理等意義。字義發展變化的途徑也很清楚。不過，形旁的意義跟形聲字字義的關係，大都泛而不切。總的來看，它們在詞義研究上的價值比表意字字形要小得多。

由於表意字多數造得很早，有時候能借助於某個表意字的字形，糾正長期以來對它所代表的詞的涵義的不夠確切的理解。例如：古代形容人勇敢的「暴虎馮河」一語中的「暴」，《詩・小雅・小旻》毛傳和《爾雅・釋訓》釋為「徒搏」，這大概是相傳的古訓。從毛傳開始，就把徒搏理解為空手搏虎（《詩・鄭風・大叔于田》毛傳：「暴虎，空手以搏之。」）。從有關古文字的字形，可以知道這種理解是有問題的。暴虎之「暴」是個假借字，通常作為「暴」字異體用的「虣」，從「武」從「虎」，是這個「暴」的本字。「虣」字在甲骨文裏寫作 ，在詛楚文裏寫作 ，表示用戈搏虎。可見暴虎應是徒步搏

虎，並不是一定不拿武器。古代盛行車獵，對老虎這樣兇猛的野獸不用車獵而徒步跟它搏鬥，是很勇敢的行為。馮河是無舟渡河，暴虎是無車搏虎，這兩件事是完全對應的。

有時候，甚至還能借助於表意字字形找出早已被人們遺忘的本義來。下面是兩個例子。

**保** 《說文》：「保，養也」。這其實並不是「保」的本義。《尚書·召誥》：「夫知保抱攜持厥婦子以哀籲天……」，以「保」與「抱」並提。在古文字裏，「保」字比較原始的寫法是 𝟛 （見記名金文），表示一個人把孩子背在背上。因此唐蘭先生認為「保」的本義是負子於背，《召誥》「保」字正用此義。這是很正確的。保養、保護是由這個本義引申出來的意義。把小孩兜在背上的包布叫襁褓。「褓」（《說文》作「緥」）大概也是由「保」派生出來的（看唐蘭《殷虛文字記·釋保》58–59頁，中華書局，1981）。如果沒有古文字字形作為依據，「保」字的真正本義恐怕就無從發現了。

**追、逐** 《說文》「追」、「逐」二字互訓，在古書裏也看不出這兩個字的用法有什麼明顯的區別。但是，楊樹達根據這兩個字的字形和它們在甲骨卜辭裏的用法，找出了它們的真正本義，弄清了它們之間原來的區別。甲骨卜辭裏，凡是說到追逐敵人，一定用「追」字，如「追羌」、「追龍」（龍也是方國名）等；凡是說到追逐野獸，一定用「逐」字，如「逐鹿」、「逐豕」等。從甲骨文字形看，「逐」作 𝟛 ，表示人追豕；「追」作 𝟛 ，表示人追 𝟛 。 𝟛（自）在甲骨卜辭裏經常用來表示師眾之{師}。「追」字從「自」，大概是既取其音（「自」本讀「堆」，《說文》說「追」從「自」聲），又取其義的，字形表示追逐師眾的意思。這兩個字在卜辭裏的用法跟它們的字形正好相合。可見「追」的本義是追人，「逐」的本義是逐獸，後來才混而不分（看楊樹達《積微居甲文說·釋追逐》15–16頁，中國科學院，1954）。

上面講的是字形在詞義研究上的重要性，下面講一下利用字形研究詞義時需要注意的問題。

首先，一定要以時代較早的沒有訛變的字形作為研究的根據。不然就無法得到正確的結論。《說文》所說的本義有不少錯誤，其主要原因就是所根據的字形有問題。例如前面講過的「行」字，《說文》由於

所根據的字形是已經訛變的 ⿰亻⿱止 ，就錯誤地把「人之步趨」當作它的本義了。又如：《說文》「慶」字篆形作 ⿱⿰⿱⿰ ，下從「止」（趾）的變形「⿰ ⿰ 」，所以《說文》說「慶」的本義是「行賀人」。但是從古書裏「慶」字的用法，一點也看不出它的意義跟「行」有什麼必然的聯繫。其實「慶」字本作 ⿱⿱⿰ （見金文），後來才訛變為從「⿰又 」。如果許慎以正確的字形作為根據，就不至於無中生有地在「慶」字的說解裏加上「行」字了。有些字形並沒有明顯的訛誤之處，但是距離原始的形態已經很遠。這種字形也很難用作研究字義的根據。例如「保」字，如果研究它的意義時所根據的，是古文字裏常見的已經經過劇烈簡化的 ⿰亻⿰ 、 ⿰亻⿰ 等形，負子於背這一本義恐怕也是難以發現的。

其次，但決不是次要的一點，是必須對文字跟語言的關係有正確的認識。既要牢記文字是記錄語言的符號，也要認識到文字對語言有一定程度的獨立性，例如字的出現和廢棄跟詞的出現和廢棄並不是一一相對應的，字形往往不能確切地表示詞義，為甲詞而造的字也可以借用來表示乙詞等等。總之，在利用字形研究詞義的時候，切忌脫離有關的語言資料，被字形牽著鼻子走。具體地說，在這方面至少有以下一些問題需要注意（下舉前三個問題是為表意字和形聲字所共有的）：

## (1) 字的本義不等於詞的本義

為某一個詞而造的字，並不一定是在這個詞出現之後很快就造出來的。在文字體系形成之前就已經出現的詞固然不用說，就是在文字體系形成之後出現的詞，也有可能先長期用假借字，然後才造本字來表示它。所以在為某個詞造字的時候，這個詞在當時的意義，很可能已經跟它的原始意義有了某種距離。

字的本義就是它所代表的詞在造字時的意義。就多數字來說，它們的本義就是它們所代表的詞能夠為我們所追溯到的最古意義。但是由於存在上面所說的情況，這種意義並不一定就是這些詞的最原始的意義。所以在研究詞義的時候，不應該簡單地把字的本義跟它所代表的詞的本義等同起來。

## ⑵ 在字形表示的意義跟字的本義之間不能隨便劃等號

在詞典裏，有時用了很多話還不能把一個詞的意義表達得很確切、很全面。用簡單的字形來表示詞義，當然更難做到這一點。不但形聲字形旁的意義跟形聲字字義的聯繫往往很鬆懈，就是表意字的字形也往往只能對字義起某種提示作用。所以我們決不能無條件地在字形表示的意義跟字的本義之間劃等號。在這方面最應該注意的一點，就是字形所表示的意義往往要比字的本義狹窄。這種「形局義通」的現象，前人早已指出來了。例如清人陳澧在《東塾讀書記》「小學」條裏，曾指出有的表意字「字義不專屬一物，而字形則畫一物」。還有不少人談到了形聲字形旁表意的片面性。下面舉一些實例來說明一下。

先舉表意字的例子。我們在前面講過，「大」的字形象一個成年大人。這是以一種具有「大」這個特徵的具體事物來表示一般的「大」。如果根據「大」的字形得出結論，認為「大」的本義專指人的大，其它事物的大也叫「大」，是詞義引申的結果，那就錯了。又如本章〔㈠5B〕裏舉過的「相」字，字形表示人在省視樹木，但是它的本義大概也不會這樣狹窄。《詩經》裏有「相鼠有皮」（《鄘風·相鼠》）、「相彼鳥矣」（《小雅·伐木》）、「相爾矛矣」（《小雅·節南山》）、「相彼泉水」（「小雅·四月》）等語，似乎省視隨便什麼東西都可以叫做「相」。《說文》：「相，省視也。从目从木。《易》曰：地可觀者，莫可觀于木」，《段注》：「目所視多矣，而从木者，地上可觀者莫如木也」。如果因為「相」字从「木」，就說「相」的本義是觀木，那就錯了。同樣，我們也不能因為「受」字从「舟」，就說「受」的本義是授受舟船；不能因為「臭」字从「犬」，就說「臭」的本義是狗嗅；不能因為「逐」字从「豕」，就說「逐」的本義是追豕。類似的例子舉不勝舉。

再舉兩個形聲字的例子。《說文》：「羣，輩也。从羊，君聲。」羊喜歡合羣，所以「羣」字从「羊」。這跟「臭」字从「犬」是同類的現象。我們不能因此就說「羣」本來專指羊的類聚，用「羣」指其他動物的類聚都是引申的用法。《說文》：「瑱，以玉充耳也。从玉，真聲。」玉只是古代用作耳瑱的材料之一。可能古人對玉瑱比較重

視，所以「瑱」字以「玉」為形旁。《段注》說：「瑱不皆以玉，許書云以玉者，為其字之從玉也。」這就是說，《說文》所說的「以玉」只不過是對「瑱」字從「玉」的解釋，讀者不應該直接把「以玉充耳」看作「瑱」的本義。這個意見很正確。但是《段注》在有些地方卻把字形表示的意義跟本義混為一談。例如上面所舉的「羣」字，《段注》就認為是由專指羊的類聚「引伸為凡類聚之稱」的。

總之，我們在確定一個字的本義的時候，應該充分注意有關的語言資料，不能過分拘泥於字形。不然，就有可能捏造出根本沒有存在過的本義來。我們在前一節講表意字實例的時候，有時只解釋了字形表示的意義，而沒有解釋本義。希望讀者注意，不要把字形表示的意義當作本義。

## (3) 在研究詞義發展變化的時候不要被本義就是假借義的引申義的字引入歧途

有的詞把為它的某個引申義（這裏說的是包括派生詞在內的廣義的引申義）而造的字，也就是本義是這個詞的引申義的字，用作假借字。如果對這種假借字的性質沒有正確的理解，就有可能把詞義發展變化的次序弄顛倒。下面舉幾個例子。

**糾** 《說文》：「丩，相糾繚也」，「糾，繩三合。從糸、丩」。「繩三合」就是三股的繩。「丩」、「糾」同音，「繩三合」顯然是「相糾繚」的引申義，「糾」應該是由「丩」分化出來的一個字。後來「丩」字廢棄不用，相糾繚之義借「糾」字來表示（也可以說「丩」字併入了「糾」字）。如果忽略了「丩」字，孤立地就「糾」字來考慮，「相糾繚」就反而像是「糾」字的引申義了。1979年版《辭海》、1981年版《辭源》㈢「糾」字條就都把「糾繚」當作了「繩三合」的引申義。

**向** 《說文》：「⟨向⟩，北出牖也。從宀從口。《詩》曰：塞向墐戶。」過去的不少文字學者，如段玉裁、朱駿聲等人，都認為「向」字的方向之義是「北出牖」這個本義的引申義。但是，用「向」字表示方向之義，是相當晚的事，段、朱之說實不可信。方向之｛向｝，甲骨、金文都用「饗」的初文「卿」字表示（參看本章〔㈠5A〕「卿」字條），古書多用「鄉」字表示。「鄉」字篆文作⟨鄉⟩，是由

「卿」分化出來的一個字（後人又造「嚮」字專用來表示方向之
｜向｜）。「卿」本像二人相向對食，但是方向之義也不像是由相向
對食之義引申出來的。《說文》有 𗊊 字，訓為「事之制」。近人多認
為 𗊊 象二人相向，是方向之｜向｜的本字，說當可信。｜饗｜、｜鄉｜
和當北出牖講的｜向｜，都應該是由方向之｜向｜派生出來的詞（鄉
里之｜鄉｜跟方向之｜向｜在意義上的聯繫也很明顯。古代的鄉多以
方位為名，如一個邑靠東的地區就是東鄉）。由於方向之｜向｜的本
字 𗊊 後來廢棄不用，借用「向」字來表示這個意義，人們就誤以為
方向之義是北出牖之義的引申義了。

　　附帶講一下，「向」字的本義究竟是不是北出牖，其實還是個問
題。「向」的字形可能表示在屋子裏用口發出聲音產生回響，也許本
是「響」的初文（馬王堆帛書《經法·名理》「如向之隋聲」，當讀為
「如響之隨聲」。這個「向」字所表示的可能正是本義）。

　　函　　「函」字在甲骨文裏寫作 𘚐 ，本義是藏矢之器（這可以從
字形以及「函」字在小臣牆骨版刻辭裏的用法得到證明。《說文》根據
訛變的篆形把「函」的本義說成「舌」，不可信。這也是依靠古文字
找出被遺忘的本義的一個例子）。古書裏往往用「函」字表示包含之
｜含｜（《漢書·禮樂志》：「人函天地陰陽之氣」，顏注：「函，
包容也，讀與含同，它皆類此」）。除矢函之外，鎧甲（《考工記》：
「燕無函」，鄭注：「函，鎧也」）、封套（如信函）以及盛物的盒
子（如劍函、鏡函）等東西，也都可以稱為「函」。這些東西都是用
來包含其他東西的（鎧甲包裹人身）。如果我們把包含看作「函」字
本義的一個引申義，似乎順理成章。从「口」「今」聲的「含」字顯
然比「函」字出現得晚。這使上述看法更顯得合理。但是從詞義發展
的一般情況來看，由矢函之義引申出包含之義，不如由包含之義引申
出矢函、函甲、函套、函盒等義自然。「含」、「甘」古音相近。
「甘」字本作 𠙵 ，表示口含一物。有人認為「甘」本是「含」的表
意初文，甘美之物是人所愛含的東西，所以由｜含｜派生出了｜甘｜
這個詞，後來「甘」字專用來表示這個派生詞，包含之義另造「含」
字表示。這大概是正確的。「甘」字已見於甲骨文，它的出現完全有
可能早於「函」字。大概「甘」字的甘美一義頻繁使用之後，開始時
一般都把為｜含｜的引申義造的「函」字借來表示｜含｜這個詞。

「含」字出現之後，才改變了這種情況，不過「函」字的這種假借用法仍然部分地保存了下來。總之，從表面上看，「函」字的「包含」一義很像是「矢函」一義的引申義；但是實際上，「矢函」反倒應該是「包含」的引申義。「函」字的函甲、函套、函盒等義，大概也都是「包含」的引申義，不是「矢函」的引申義。

上舉「糾」字所从的「丩」，就是孳生「糾」的母字，因此由於借「糾」為「丩」而造成的字義關係上的假象是容易識破的。「向」字、「函」字的問題就比較複雜了一些。如果把為它的引申義而造的字用作假借字的那個詞，原來所使用的是一個後人已經根本不知道的字，如早已不用的假借字之類，造成的假象就更難識破了。我們在利用字形研究詞義的時候，應該充分估計到上述這種情況存在的可能性，防止把詞義發展變化的次序弄顛倒。

## (4) 曾經使用同一個表意的字形的兩個詞，並不一定有親屬關係

在時代較早的古文字裏，兩個讀音有很大差別的詞，可以使用同一個表意的字形。前面已經舉過幾個這樣的例子，如 𝕯 （也作 𝕯）既是「月」字又是「夕」字，𝕏 （也作 𝕏）既是「大」字又是「夫」字，𝕀（也作 𝕀）既是「𠂢」字也是「永」字。從研究字形源流的角度，當然可以說「月」和「夕」、「大」和「夫」或「𠂢」和「永」本來是一個字（其實是同用一形，參看〔一〇(二)〕）。但是從研究語源的角度來看，卻不能據此得出「月」和「夕」，「大」和「夫」或「𠂢」和「永」彼此有親屬關係的結論。要想證明這一點，必須另有確鑿的語言學上的證據。有的人把字形源流跟語源混為一談，認為兩個詞曾經使用過同一個表意的字形，就是這兩個詞同出一源的充分的證據。這是錯誤的。

總之，在利用字形研究詞義的時候，必須有謹慎的態度，必須注意到上面提到的那些問題。不然的話，利用字形這件事對詞義研究工作不但無益，反而有損。

# 8 形 聲 字

　　由於形聲字跟表意字在構造上有不同特點，我們在本章裏不採取講表意字構造時所用的分類舉例字的方式，而採取以問題為綱的方式，從形聲字產生的途徑、形旁和聲旁配合的各種情況以及形旁和聲旁的表意和表音作用等方面，來說明形聲字的構造。

## (一)　形聲字產生的途徑

　　第一章裏說過，最早的形聲字不是直接用意符和音符組成，而是通過在假借字上加注意符或在表意字上加注音符而產生的。就是在形聲字大量出現之後，直接用意符和音符組成形聲字，如清末以來為了翻譯西洋自然科學，特別是化學上的某些專門名詞，而造「鋅」、「鐳」、「鈾」等形聲字的情況，仍然是不多見的。大部分形聲字是從已有的表意字和形聲字分化出來的（這裏所說的表意字和形聲字，包括用作假借字的以及已經變作記號字，半記號字的那些字），或是由表意字改造而成的。改造和分化的方法主要有下述四種。

### I　在表意字上加注音符

　　我們在第一章裏舉過「鳳」的表意初文加注「凡」聲的例子，在

〔七(一)〕裏提到過「斤」的表意初文加注「干」聲和「猷」（飲）的表意初文加注「今」聲等例子，下面再舉幾個這一類的例子。

（甲偏） （甲） （篆）鷄　「鷄」的初文是象物字，後來加注了音符「奚」，再後像鷄的形符又被換成了「鳥」旁，就成了一般的形聲字。「鷄」字由象物字到一般形聲字的演變過程，跟「鳳」字十分相似。

（甲） （金） （篆）裘　「裘」的本義是皮衣。初文是象物字，後來加注了音符「又」，再後像皮衣的形符又換成了「衣」旁，就成了一般的形聲字。大概是為了適應語音的變化，聲旁「又」後來又換成了「求」。

（甲） （篆）齒　「齒」的初文是連帶表示主體的複雜象物字，後來在初文上加注了音符「止」。「齒」字保留了像牙齒的形符，情況跟「斤」字相似。過去多把這種字看作加聲的象形字。

（甲） （金） （篆）耤　「耤」的初文是一個圖形式會意字，像人持耒耕田。後來在初文上加注了音符「昔」，再後又簡化成了從「耒」「昔」聲的一般形聲字。

（金） （《說文》古文） （野）　「野」的初文作「埜」，從「土」從「林」會意。《說文》「野」字古文作「壄」，「予」是加注的音符。睡虎地秦簡「野」字也多如此作。傳世古書多作「壄」，「矛」是「予」的訛形。篆文作 （見嶧山刻石等），從「田」，從「土」，「予」聲。後來「田」和「土」併成了「里」字（《說文》篆形已如此）。

　　加注音符而成的形聲字跟原來的表意字，一般是一字異體的關係。加注音符的形式通行之後，原來的表意字通常就廢棄了。但是也有二者分成兩個字的情況，如「晶」和「星」。「晶」在甲骨文裏作 、 等形，本是｛星｝的象物字。星看起來比日、月小，而且日、月都只有一個，星則有很多個，所以古人用三個以上較小的「○」來表示星（甲骨文有時把星形刻作「□」，這跟把日形刻作「日」同例）。在較晚的古文字裏，像星形的「○」才被改成「日」。加注「生」聲的「星」在甲骨文裏已經出現，作 、 等形。周代以後變為 ，又簡化為 。「晶」字後來專用來表示｛星｝的一個同源詞——形容星光的｛晶｝，跟加注音符的「星」

分化成了兩個字。我們在〔七(一)2〕的「网」字條裏講過，根據《說文》，「罔」是「网」字加注「亡」聲的異體。後來「罔」專用來表示「沒有」等假借義，跟「网」（網）也分成了兩個字。有時候，在表意字上加注音符，直接起分化文字的作用，如在「食」字上加注「司」聲分化出「飼」字，詳〔一一(一)1Cc〕。

## 2　把表意字字形的一部分改換成音符

有些表意字是通過把字形的一部分改換成音符的途徑，改造成形聲字的，如〔七(一)2〕裏提到過的「 圖 」改為「囿」的例子。又如：當捕兔網講的「罝」，甲骨文作 圖 （罘），是一個表意字，後來「兔」旁換成「且」旁，就成了從「网」「且」聲的形聲字。

應該著重指出的一點，是古人為了使新舊字形有比較明顯的聯繫，往往把表意字字形的一部分改成形狀跟這部分字形相近的一個聲旁，如〔三(二)〕裏提到過的改 圖 為「昊」的例子。下面再舉幾個同類的例子。

圖 （甲）**何**　「何」是負荷之「荷」的本字（「荷」的本義是荷葉，表示負荷之｛荷｝是假借用法）。「何」的表意初文象人肩荷一物，後來荷物人形簡化為一般的「人」旁，像所荷之物的形符「コ」改成形近的「可」，就成為從「人」「可」聲的形聲字了（李孝定指出甲骨文「何」字字形中像所荷之物的コ即「柯」字初文，同時也起表音作用，見《甲骨文字集釋》2629頁。那麼這個字就應該跟我們在〔七(一)5A〕裏講過的「受」字屬於同一類型，變為「何」是由會意兼形聲字變為純形聲字）。

圖 （圖）**馘**（聝）　古人把戰爭中所殺敵人的左耳割下，作為計功的憑據，叫作馘。表意初文從「戈」從「耳」會意，後來「戈」改成從「戈」的「或」，就成為從「耳」「或」聲的形聲字了。

圖 （甲）**羞**　「羞」的本義是進獻食物，表意初文從「又」持｜羊，後來「又」改為形近的「丑」（篆文「丑｜作 圖 ），就成為從「羊」「丑」聲的形聲字了。

圖 （篆）**弦**　《說文》：「 圖 ，弓弦也。從弓，象絲軫之形。」（軫，戾也。這裏指上緊弦）。漢印「弦」字多從「弓」從「糸」，

也是表意字。後來像絲軲之形的「 ⅃ 」改成形近的「玄」，就成為從「弓」「玄」聲的形聲字了。

在上舉各例的形聲結構的後起字裏，「何」、「職」、「羞」在古文字階段就已經出現，「弦」則是在隸楷階段才出現的。

有些俗字也是通過把字形的一部分改成形近的音符而形成的，如第二章裏提到的已經為簡化字所採用的「耻」的俗體「耻」（漢隸「心」、「止」二形相近），又如「肉」的俗體「宍」（「肉」、「六」中古以前音近）、「曼」的俗體「曷」等。不過「耻」字其實本來就是形聲字，「曼」字按照《說文》的分析也是形聲字（《說文》說「曼」字從「又」「冒」聲，但不一定可信）。

## 3　在已有的文字上加注意符

有大量形聲字是由於在已有的文字上加注意符而形成的。加注意符通常是為了明確字義。按照所要明確的字義的性質，加注意符的現象可以分為三類：

### A. 為明確假借義而加意符

這就是在假借字上加注意符。例如：「師」字本當師眾講，漢代人假借它來表示獅子的｜獅｜（《漢書·西域傳》烏弋山離國「有桃撥、師子、犀牛」），後來加注「犬」旁分化出從「犬」「師」聲的「獅」字來專門表示這個假借義（《說文》無「獅」字，前後《漢書》中｜獅子｜都寫作「師子」，《玉篇》《廣韻》有「獅」字）。第一章提到的甲骨文裏的 🈲 字，第二章提到的「徜徉」、「蜈蚣」、「鵁鶄」等字，都是在假借字上加注意符而成的形聲字。

### B. 為明確引申義而加意符

例如「取」字引申而有娶妻的意思（《詩·豳風·伐柯》：「取妻如之何」），後來加注「女」旁分化出「娶」字來專門表示這個引申義。這樣產生的字一般都是形聲兼會意字，如「娶」字既可分析為從「女」「取」聲，也可分析為從「取、女」會意（《說文》：「娶，取婦也。從女從取，取亦聲。」）。

上述這兩種加注意符造分化字的現象都極為常見，由於後面講假借字的後起本字（見〔九(一)〕）和文字的分化（見〔一一(一)1C〕）的時候還要談到，這裏就不多舉例了。

### C. 為明確本義而加意符

在〔七(一)〕裏講表意字實例的時候曾經提到，「它」是「蛇」的初文，「朴」是「林」的初文，「止」是「趾」的初文，「州」是「洲」的初文，「須」是「鬚」的初文，「厷」是「肱」的初文，「北」是「背」的初文，「采」是「採」的初文，「孚」是「俘」的初文，「埶」是「藝」的初文，「縣」是「懸」的初文，「益」是「溢」的初文，「正」是「征」的初文，「韋」是「違」的初文，「各」是「佫」的初文，「莫」是「暮」的初文，「原」是「源」的初文，「臭」是「嗅」的初文。「蛇」、「林」、「趾」、「洲」等字，都是為了明確「它」、「朴」、「止」、「州」等字的本義，在這些字上加注意符而成的後起字。有的形聲字也有加注意符的後起字，如「然」字從「火」「肰」聲（「肰」音 ㄖㄢˊ rán，《說文》：「肰，犬肉也。从犬、肉」。），本來是為︱燃︱而造的，後來又加注「火」旁而成「燃」字（《說文》無「燃」，《玉篇》、《廣韻》以「燃」為「然」的俗體。關於在形聲字上加注意符而成的後起字，參看下一節講「多形」的部分）。

需要加注意符以明確本義的字，多數有比較通行的引申義或假借義，加注意符的後起字出現之後，初文通常就逐漸變得不再用來表示本義，而只用來表示引申義或假借義了。例如：「蛇」字出現後，「它」字就逐漸變得只用來表示指示代詞等假借義了。「趾」字出現後，「止」字就逐漸變得只用來表示停止等引申義了。這種後起字實際上起了分化字的作用，可以看作加注意符表示本義的分化字。它們所包含的初文，如「蛇」、「趾」等字所包含的「它」、「止」等偏旁，一般人都不當作初文而只當作聲旁看待。所以應該承認它們是形聲字。

有些加注意符而成的後起字，跟初文沒有分化成兩個字，例如上面剛舉過的「林」和「肱」以及〔三(二)〕裏舉過的「淵」和「鉞」。這裏提到的幾個字，它們的初文都是象物字。這種後起字按理說應該跟

〔七(一)2〕裏舉過的「胃」字一樣，看作加注意符的複雜象物字（對不知道字形來歷的人來說則是半記號半表意字）。但是，如果它們的初文同時還在某些常用的形聲字裏充當聲旁的話，一般人仍然會把它們看作形聲字。例如：「爿」在「壯」、「狀」等字裏是聲旁（參看〔七(一)2〕），「厷」在「宏」、「雄」等字裏是聲旁，「戉」在「越」字裏是聲旁，因此一般人把「牀」、「肱」、「鉞」等字也都看作形聲字（「胐」在「姻」的異體「嫺」和「遪」、「齋」等字裏是聲旁，但是這些字現在都不常用）。

總之，為了明確本義加注意符而成的後起字，絕大部分都可以看作形聲字。

為了明確本義加注的意符，有時跟被注的初文的一個偏旁重複。例如：「益」字篆文的上部是橫過來的「水」，「溢」字又加「水」旁。「莫」字從「日」，「暮」字又加「日」旁。「然」字從「火」，「燃」字又加「火」旁。

有的後起字是在初文上加兩次偏旁而形成的。例如：「亩」是倉廩之「廩」的初文（甲骨文作 ，疑本像有苫蓋的穀物堆），先加「禾」為「稟」（今多作稟），又加「广」為「廩」（今多作廩。「廩」字產生後，「稟」一般用於發給、領取糧食等義。《說文》已分「稟」「廩」為二字，後來「稟」只用於稟受、稟承等變音引申義，發給、領取糧食等義也由「廩」字表示）。「网」是「網」的初文，先加「亡」聲為「罔」，又加「糸」旁為「網」（參看〔七(一)2〕「网」字條）。但是《說文》認為「肱」字本作 ，先加「又」為「厷」，又加「肉」為「肱」，卻是有問題的。〔七(一)2〕裏已經講過「肱」本作 ，在古文字裏並沒有能夠脫離「又」而單獨存在的「 」字。

加注意符的後起字，有一些始終未能取代初文，如「涼」（見漢碑）、「齒」、「菓」、「韮」等。

清代文字學者王筠把加注意符而成的分化字稱為分別文，把加注意符而成的後起字裏，不起分化字作用的那部分字，稱為累增字（見《說文釋例》卷八。但王筠所舉的累增字，有的實際上仍可看作表示本義的分化字）。

### 4　改換形聲字偏旁

在漢字裏，改換某個形聲字的一個偏旁，分化出一個新的形聲字來專門表示它的某種意義的現象，也很常見。例如：振起的「振」引申而有賑濟的意思（《禮記・月令》季春之月：「命有司發倉廩，賜貧窮，振乏絕」。也有人認為這是「振」的本義），後來就把「振」字的「手」旁改成「貝」旁，分化出「賑」字來專門表示這種意義。由於在講文字分化的時候還要談到這種現象，這裏就不再舉例了。

改造表意字為形聲字以及從已有的文字分化出形聲字的途徑，主要就是以上這四種。由第三種途徑產生的形聲字為數最多。

有些形聲結構的後起字，在外形上跟表意初文毫無聯繫，似乎是直接用意符和音符構成的，但是實際上卻有比較曲折的形成過程。例如：「箙」的初文是 （像盛矢器，後來訛變為「葡」），二者在字形上毫無聯繫，但是「箙」卻並不是直接用「竹」旁和「服」旁構成的。古代多借「服」為「葡」（《詩・小雅・采薇》：「象弭魚服」，魚服即一種魚皮做的矢箙），「箙」應該是在假借字「服」上加注「竹」旁而成的分化字。

由於簡化等原因，也存在一些形聲字被改成表意字的現象。例如：

歙——飲　　　　扆（檿）——閂

糴——籴　　　　巖——岩

還有一些形聲結構的後起字，由於競爭不過表意初文而受到淘汰。例如：「珏」有一個形聲結構的後起字「瑴」（从玉殻聲），「鬲」有一個形聲結構的後起字「甂」（从瓦厤聲），這兩個字都很早就不通行了。

## ㈡　多聲和多形

漢字是單音節的。按理說，一個形聲字只要一個聲旁就足夠了。形旁一般是用來指示形聲字字義的類別的，也沒有超過一個的必要。但是按照《說文》的分析，有些形聲字卻具有兩個聲旁或兩個以上的形

旁。我們稱這種情況為多聲、多形。下面分別對多聲和多形的形聲字作一些考察。

## 1　多聲

《說文》明確說成从二聲的形聲字有「竊」和「韲」（齏）：

竊　盜自中出曰竊。从穴，从米，禼、廿皆聲。廿，古文疾。禼，古文偰（ㄒㄧㄝ xiè）。

韲　齏也。从韭，次、屰（ㄗ zi）皆聲。𪐏，韲或从齊。

《說文》對「竊」字的分析顯然不可信。因為從古文字看，「廿」決不可能是「疾」的古文。有人認為「竊」本是個會意字，「乃鼠穿穴咬物盜米之象」（高亨《文字形義學概論》214頁），可供參考。「韲」字所从的「次」、「屰」二字的確都有作聲旁的資格。但是在造字的時候，大概是不會疊床架屋地把兩個聲旁同時都用上的。前面曾經指出，有些表意字在使用過程中加注了音符。形聲字偶爾也有加注音符的情況。例如在西周金文中，从「示」「畐」聲的「福」字有時加注「北」聲而作 𥙩 （《金文編》9頁）；又有「遘」字（見小臣遘鼎），似是加注「夫」聲的「逋」字。「韲」字可能本是从「韭」「屰」聲或从「韭」「次」聲的一般形聲字，後來加注了一個音符就成為二聲的形聲字了。石鼓文裏有「秋」字，王國維認為「韲」字就是以這個字為聲旁的（《觀堂集林·卷六·釋昱》）。如果確實如此，「韲」就只是一個一形一聲的形聲字了。

總之，真正的二聲字是極少的，而且大概是由於在形聲字上加注音符而形成的。

## 2　多形

《說文》分析為从兩個以上形旁的形聲字比較多。這些字的情況相當複雜。

有的字本是表意字，《說文》根據訛變的形體把它分析成了多形的形聲字。例如「毚」字本象腹上貫矢的豕，「《說文》裏把它錯成从互，从二匕，矢聲，就成了所謂三形一聲了」（唐蘭《中國文字學》

107頁。「矢」、「夒」音近,「矢」也可以認為兼有表音作用)。

有的字實際上是一形一聲的形聲字,《說文》把充當它的形旁或聲旁的合體字割裂了開來,因此把它錯析成了多形的形聲字。下面是幾個例子:

癮 《說文》:「 㿗 ,寐而有覺也。从宀,从疒,夢聲。」(「癮」當由甲骨文的 㿗 字演變而成。《說文》訓「夢」為不明,以「癮」為夢寐之「夢」的本字)。「癮」字所从的「疒」本應作「爿」,《說文》篆形有誤。《說文》作 㿗 的「寐」字,始皇泰山刻石作 㿗 ,可證。甲骨金文裏有 㿗 字,有人指出這就是「癮」字所从的「宁」(《金文編》543 頁引高景成說),當可信。「宁」的字形表示屋子裏有牀,字義當與「寢」相近,也有可能就是「寢」的初文。「癮」本應是从「宁」「夢」聲的一般形聲字。《說文》既把「宁」錯成「疒」,又不知道這本是一個可以獨立使用的字,所以就把「癮」字分析錯了。

敓 《說文》:「 敓 ,妙也。从人,从攴,豈省聲。」古文字裏有 敓 字,「敓」字的左旁是由它變來的。「敓」本應是从「攴」「豈」聲的一般形聲字,《說文》未收「豈」字,所以就把它分析錯了。

飭、蝕 《說文》:「飭,致堅也。从人,从力,食聲」,「蝕,敗創也。从虫、人、食,食亦聲」。古有「飤」字(金文習見,又見《說文・食部》),「飭」應該分析為从「力」「飤」聲,「蝕」應該分析為从「虫」「飤」聲(參看《六書故》)。至於《說文》分析為「从巾,从人,食聲」的「飾」字,本來既有可能跟「飭」、「蝕」相類,是从「巾」「飤」聲的字,也有可能跟下面馬上要講到的「寶」、「埜」等字屬於一類,詳下文。

有的字是在會意字上加注音符而成的形聲字。例如:

寶 《說文》:「 寶 ,珍也。从宀,从玉,从貝,缶聲」。「寶」字在甲骨文裏寫作 寶 ,表示屋子裏有貝、玉等寶物,本是一個會意字。周代金文才加注「缶」聲而成形聲字。《說文》對「寶」字的分析不能算錯,但是不如分析為「从宀从玉从貝會意,缶聲」妥當。上一節講過的「埜」(野)字、「歒」(飲)字,情況跟「寶」相似。《說文》把「歒」字分析為从「欠」「酓」聲,其實應該分析為

「从欠从酉會意，今聲」（高田宗周《古籀篇》卷首「建首系譜」20下）。上面剛提到過的「飾」字，本義是刷拭（「拭」大概就是表示它的本義的分化字，參看《段注》）。這個字也有可能本是从「人」持「巾」以表示刷拭之義的一個表意字（金文有从「人」持「巾」之字），後來才加注「食」聲而變成形聲字。

有的字是在一形一聲的形聲字上加注意符而成的後起字。例如：

**奉**　《說文》：「茻，承也。从手，从𠬞，丰聲。」「𠬞」像兩手。按理說，造「奉」字的時候是沒有必要把「𠬞」和「手」這兩個形旁一起用上的。「丰」字金文作「𡴆」。散氏盤銘文有「𡴆」字，古文字學者大都認為是「奉」的初文，當可信（這個字所从的「丰」不但起音符的作用，同時也代表兩手所捧之物，跟甲骨、金文「受」字所从的「舟」相類。所以這個字也可以看作會意兼形聲字。）。可證「奉」字的「手」旁確是後來加上去的。「奉」字的構造跟上一節講過的「燃」字相類。不過「燃」字出現後，「然」字仍然在頻繁使用（用來表示它的假借義）。「奉」字出現後，它的初文就逐漸被遺忘了。

《說文》對形聲字加注意符的現象，有時是明確指出的。例如：

菹，酢（醋）菜也。从艸，沮聲。蘁，或从皿。

匩（匡），飯器，筥也。从匚，㞷聲（「㞷」，字書音 ㄏㄨㄤ huáng，參看本章〔六3〕）。筐（筐），匡或从竹。

不過許慎已經不知道「奉」字是由「𡴆」變來的，所以處理它的辦法就跟處理「蘁」、「筐」等字不一樣了。像「筐」、「燃」那樣實際上跟初文已經分化成兩個字的後起字，以看作一形一聲的形聲字為妥。像「奉」字那樣初文早就已經廢棄的後起字，把它們分析成多形的形聲字也無不可（這是就「奉」字篆文字形說的，隸、楷字形已喪失表音作用）。不過我們應該知道，它們的形成有一個過程，並不是一開始就使用兩個形旁的。

還有些从二形的形聲字，很像是在形聲字上加注意符而成的後起字，但是由於缺乏確鑿的證據還難以下斷語。例如：

**蓩**　《說文》：「蓩，水藊荛也。从艸，从水，毒聲。」此字有異體「葐」，見《玉篇》等書，它的「水」旁有可能是後加的。但是《玉篇》等書晚於《說文》，所以這一點還不能肯定下來。「蓩」字之

外，「藻」（藻）、「藕」（藕）等字《說文》也認為是从「艸」从「水」的二形字。

**碧**　《說文》：「碧，石之青美者。从玉、石，白聲。」《說文・玉部》裏有很多訓為「石之似玉者」、「石之次玉者」或「石之美者」的字。這些字除去「碧」字之外，都是从「玉」的一形一聲的形聲字。可能「碧」字本來也只从「玉」，「石」旁是後加的（不過「琥珀」之「珀」與「碧」字無關。「琥珀」本作「虎魄」，「珀」是「魄」的分化字）。

總之，可以看作是多形的形聲字，大概絕大多數是由於在表意字上加注音符或在形聲字上加注意符而形成的。


## （三）　省聲和省形

造字或用字的人，為求字形的整齊勻稱和書寫的方便，把某些形聲字的聲旁或形旁的字形省去了一部分。這種現象文字學上稱為省聲、省形。下面分別加以說明。


### l　省聲

省聲的情況大體上可以區分為三類：

**A. 把字形繁複或占面積太大的聲旁省去一部分。例如：**

**襲**　《說文》分析為「从衣，龖（ㄊㄚ tà）省聲」，所錄籀文从「龖」不省。

**秋**　《說文》：「秌……从禾，燋（ㄐㄧㄠ jiāo）省聲。𪓹，籀文不省。」｛秋｝在甲骨文裏寫作𧒒（龜，音ㄑㄧㄡ qiú，較晚的字書多訛作龝）或𪓹（龝，當从龜得聲，《說文》燋字可能即其訛體），都是假借字。後來才在「龜」字上加「禾」旁，造成｛秋｝的專用字。《說文》所錄籀文已變「龜」為「龜」，漢碑「秋」字或作龝（楊著碑），尚存古形。《說文》說「秋」字「燋省聲」，應改作「龝省聲」（看唐蘭《殷虛文字記・釋龜龝》）。

　　**渻** 《說文》分析為「从水，散（散）省聲」。

　　**珊、姍** 《說文》分析為「从玉，刪省聲」，「从女，刪省聲」。《說文》未收的「跚」字也應該是从「刪」省聲的。「柵」字的情況比較複雜。《說文》「柵」字从「冊」聲（木部：「柵，編樹木也。从木，从冊，冊亦聲。」）。《廣韻》中既有从「冊」聲的「柵」（入聲麥韻楚革切：「柵，豎木立柵，又村柵。」入聲陌韻測戟切：「柵，村柵，說文曰豎編木。」），又有从「刪」省聲的「柵」（去聲諫韻所晏切：「柵，籬柵。」）。現在柵欄的「柵」讀ㄓㄚˋ（zhà），由从「冊」聲的音變來；電學上「柵極」的「柵」讀ㄕㄢ（shān），取「刪」音，但聲調跟中古讀所晏切的「柵」不同。

　　對一般人來說，這類省聲字的聲旁多數已經喪失表音作用。

**B. 省去聲旁的一部分，空出的位置就用來安置形旁。例如：**

　　**夜** 《說文》：「𠗟……从夕，亦省聲。」這種寫法的「夜」字已見於西周金文，歷史頗古。楷書「夜」字已經變得根本看不出从「亦」聲的痕跡了。古文字「夜」字也有从「亦」聲不省的，如楚簡的「𡖍」。

　　**畿** 《說文》分析為「从田，幾省聲」。

　　**徽、黴** 《說文》分析為「从糸，微省聲」，「从黑，微省聲」。

　　**蹇、褰、謇、騫** 以上各字《說文》都分析為从「寒」省聲。「搴」字也是从「寒」省聲的，但《說文》作「攐」，从「寒」聲不省。《說文》未收的「謇」字也是从「寒」省聲的。

**C. 聲旁和形旁合用部分筆畫或一個偏旁。例如：**

　　**齋** 《說文》分析為「从示，齊省聲」。「齋」字中間的二橫畫，既可看作「示」的上部，也可看作「齊」的下部，實際上是聲旁和形旁合用的筆畫。漢碑或作「禰」，不省。

　　**黎** 《說文》分析為「从黍，秒（古文「利」）省聲」。其實，「黎」字左上角的「禾」既可看作「黍」的上部，也可看作「秒」的左旁。

　　**羆** 《說文》分析為「从熊，罷省聲」。其實，「羆」字中間的

「能」既可看作「熊」的上部，也可看作「罷」的下部。

桌　《廣韻》以「桌」為「卓」字古文，可能是《說文》「卓」字古文 🐾 的變形。後人多把「桌」當作棹椅之「棹」的簡體用（這個「棹」跟當船槳講的「棹」是同形字，參看〔一〇(二)〕）。按照這種用法，「桌」可以看作形旁「木」和聲旁「卓」合用部分筆畫的形聲字。

這類字的情況本來是介於省聲和省形之間的。不過習慣上都按照《說文》的辦法，把它們當作省聲字處理。

從上面所舉的例子可以看到，省聲字並非都是一開始就省聲的，有些字是在使用過程中由一般的形聲字改成省聲字的。例如篆文的「襲」字、「秋」字，就是由較早的古文字裏的一般形聲字省略而成的。還有不少字在篆文裏並沒有省聲，到隸書或楷書裏，才變成省聲字。例如：

　　　　　省為蠱　　　　　　　　省為島

　　　　　省為釜　　　　　　　　省為薔

「釜」可以看作聲旁、形旁合用部分筆畫的省聲字。漢簡隸書作「釜」，不省（漢代草書也不省）。《說文》未收的「嬙」、「檣」等字以及「牆」的異體「墻」（現在為簡化字所採用），跟「薔」字一樣，也是從「牆」省聲的字。漢石經有「蘠」字，不省。

近代翻譯外語女性第三人稱代詞的字，在剛出現的時候寫作「他ᴺ」（見1918年《新青年》第六卷所載安徒生《賣火柴的女孩》譯文），後來劉半農把它改作「她」。這也可以看作由不省聲變為省聲的一個例子。

有些形聲字是否看作省聲字，是兩可的。這部分字可以分成兩類：

A. 有些字的聲旁本來是單獨成字的，但是後來只在加注意符的後起字裏作為偏旁而存在。這些字既可以看作一般的形聲字，也可以看作從聲旁的後起字省聲的字。

例如：先秦有 ᨔ 字，象燋燭燃燒形，就是「熒」的初文，可以隸定為「灮」。在《說文》的時代，「灮」早已為加「火」旁的後起字「熒」所代替。《說文》把「熒」字錯析成「从焱、冖」，可知許慎已不知古有「灮」字。所以，從「灮」聲的「榮」、「營」等字，在

《說文》裏大都被說成从「熒」省聲。就當時用字的實際情況來說，這樣分析似乎也不能算錯（參看陳世輝《略論〈說文解字〉中的省聲》，《古文字研究》第一輯）。

B. 有些字是改變某個形聲字的形旁而成的分化字。這些字大都既可以看作一般的形聲字，又可以看作从母字（即它們所从分化的字）省聲的字。

例如上一節舉過的由「振」字分化出來的「賑」字，既可以分析為从「貝」「辰」聲，也可以分析為从「貝」「振」省聲。我們還可以舉幾個近代所造的化學用字來看看。近代翻譯外國化學著作的時候，起先把氧稱為養氣，氫稱為輕氣，氮稱為淡氣，氯稱為綠氣。後來才造出了形聲結構的「氧」、「氫」、「氮」、「氯」等字。這四個字既可以分析為从「羊」聲、「𢀖」聲、「炎」聲、「彔」聲，也可以分析為从「養」、「輕」、「淡」、「綠」省聲（參看殷煥先《漢字的教學與漢字的簡化》，《山東大學學報》1964年2期）。採用省聲的分析方法，能反映出這種字的來歷，並且往往能更好地表示字音。但是如果沒有確實掌握這種字的來歷，就無法作這種分析。

雖然省聲是一種並不罕見的現象，我們對《說文》裏關於省聲的說法卻不能隨便相信。《說文》關於省聲的說法有很多是錯誤的，這些錯誤大體上可以分為三類：

(1)錯析字形　例如：「監」本是一個會意字（見〔七(一)5C〕），《說文》所錄篆形作𥅆，錯析為「从臥，䘓省聲」。「龍」本是一個象物字（見〔七(一)2〕），《說文》所錄篆形作龖，錯析為「从肉，飛之形，童省聲」。「敗」本是从「攴」「𡴆」聲的字，《說文》由於失收「𡴆」字，把它錯析為「从人，从攴，豈省聲」（見上節。《說文》「豈」字下又說「从豆，微——當從段注改為「敗」——省聲」，自相矛盾）。

(2)把一般的聲旁錯認作經省略的聲旁　例如：《說文》說「咺」字「从口，宣省聲」，其實「宣」字本身就从「亘」聲，「咺」也應該是从「亘」聲的（這個「亘」音ㄒㄩㄢ xuān，又音ㄏㄨㄢ huán，跟由「亙」變來的音ㄍㄣ gèn的「亘」是同形字）。《說文》說「犢」字「从牛，瀆省聲」，其實「瀆」字本身就从「𧶠」聲，「犢」也應該是从「𧶠」聲的（這個「𧶠」本作「𧷓」，音ㄩ yù，跟本作

「嚚」的買賣的「賣」不是一個字）。這類錯誤，有些可能不是《說文》的原誤，而是由於後人的竄改而造成的。

(3)**把从甲字省聲的字說成从乙字省聲**　例如：唐蘭先生指出古代有从「疒」「易」聲的「瘍」字（見周代金文），傷、殤、惕、觴等字都應該是从「瘍」省聲的。《說文》說「傷」从「殤」省聲，「殤」从「傷」省聲，自相矛盾；說「惕」从「殤」省聲，「觴」从「昜」省聲，也都不正確（「惕」是表示「傷」字憂傷之義的分化字，「殤」大概也是从「傷」分化出來的。從這方面看，《說文》說「殤」从「傷」省聲，還是可以的。「惕」字也可以分析成从「傷」省聲）。又如：《說文》把大多數从「熒」聲的字說成从「熒」省聲。前面已經說過，這樣做也未嘗不可以。但是《說文》又把「禜」、「營」、「鶯」說成从「榮」省聲，把「犖」說成从「瑩」省聲，把「縈」說成从「營」省聲。這就自亂其例了。


## 2　省形

省形字的數量比較少，省形的情況大體上可以區分為兩類：

### A. 把字形繁複的形旁省去一部分。例如：

星　《說文》：「　……从晶，生聲。……　，曐或省。」

晨　《說文》：「　，房星為民田時者。从晶，辰聲。　，晨或省。」（這本是辰星之「辰」的專用字。早晨的「晨」篆文作　。隸楷皆作「晨」）。

### B. 省去形旁的一部分，空出的位置就用來安置聲旁。例如：

考　《說文》：「　，老也。从老省，丂聲。」

者　《說文》：「　，老也。从老省，旨聲。」篆文「老」字下部作「　」，跟「旨」字上部不同，楷書則混而不分。所以楷書「者」字可以看作形旁和聲旁合用部分筆畫的形聲字。

屨　《說文》分析為「从履（履）省，婁聲」。《說文》「履」部所收之字，如「屩」、「屐」等都从「履」省。

弒　《說文》分析為「从殺省，式聲。」

　　《說文》關於省形的說法，也有一些是有問題的。例如：《說文》把「鹼」字分析為「从鹽省，僉聲」。其實「鹽」字本身就是从「鹵」「監」聲的形聲字，「鹼」也應該是从「鹵」的一般形聲字。又如：《說文》把「橐」字分析為「从橐省，石聲」。「囊」、「韜」、「㯩」等字也都被說成从「橐」省。在篆文裏，這些字的形旁都作  。金文有「橐」字，形旁作  ，象縛住兩頭的橐，應該就是「橐」的象形初文（參看高田宗周《古籀篇》卷首「建首系譜」44上及87・31「橐」字條。《史記・酈生陸賈傳・索隱》引《埤倉》：「有底曰囊，無底曰橐。」橐無底，所以盛物時需要縛住兩頭）。在  的上部加上象捆住上口的繩索形的小圈，就成為  了。所以「橐」是跟「齒」、「斤」等字同類的，在象形初文上加注音符而成的形聲字，而不是从「橐」省的字。 （橐，音ㄏㄨㄣ hùn）反倒是从「橐」的象形初文、从「圂」省聲的字（實際上是形旁、聲旁合用部分筆畫。《說文》把「橐」分析為「从束，圂聲」是錯的）。「韜」和「㯩」也都是以「橐」的象形初文為形旁的。由於「橐」的象形初文早已為加「石」聲的後起字所取代，也可以把它們說成从「橐」省，就跟从「燚」聲的字也可以說成从「熒」省聲一樣。「橐」也未嘗不可以分析為「从橐省，圂聲」。「囊」的初文應作  ，象一個束縛上口的有底的袋子（商代金文有  字，象盛有貝的囊。《古籀篇》90・40以為  即  之省，恐非），後來才變為从「橐」的象形初文的形聲字  （《說文》說「囊」从「襄省聲」，《段注》認為經後人竄改，許慎原文當作「𧟥聲」。「𧟥」就是「襄」的聲旁）。

　　從古文字看，「彳」旁實際上是「行」旁之省（「彳」旁只用作意符），「虍」旁實際上是「虎」旁之省（「虍」旁既用為意符也用為音符）。由於《說文》把「彳」（字書音彳chì）和「虍」（字書音ㄏㄨ hū）看作獨立的字，一般不說从「彳」从「虍」是省形省聲。

　　表意字也有省略偏旁字形的現象，在這裏附帶說一下。例如：「塵」的篆文从三「鹿」从「土」（字形表示眾鹿奔跑揚起塵土），籀文則从三「严」（鹿頭形）从二「土」，「严」就是「鹿」的省形（《說文》把「塵」字篆文分析為「从麤从土」。按照這種分析，「塵」所从的「鹿」也可以看作「麤」的省形）。「尿」字篆文从「尾」从「水」會意，隸、楷省「尾」為「尸」，這也是省形。

但是，《說文》分析表意字時所用的省形的說法，也往往是靠不住的。例如本章第一節舉過的「箙」的象形初文，後來訛變為甯（甫），《說文》誤以為它的本義是備具，把它的字形分析為「从用，苟省」。這是完全不可信的。「苟」音ㄐㄧ（jí），《說文》訓為「自急敕」。從古文字看，這本是从「卪」从「口」的一個字。「卪」，有人認為就是「羌」字，它的下部顯然像人形。《說文》把「苟」字分析為「从羊省，从包省，从口」，也是錯誤的。


## (四)　形旁和聲旁的位置

在〔四(四)〕裏已經說過，古漢字的偏旁位置是很不固定的。在形聲字裏，這一現象尤其突出。到成熟的楷書裏，情況有了很大改變，形旁和聲旁有不止一種配置方式的形聲字雖然還有，但是已經不是很多了（參看〔一〇(一)5〕）。不過從全部形聲字來看，形旁和聲旁的配置方式仍然是多種多樣的。粗分一下，大概有八種類型：

(1)**左形右聲**　防（从阜方聲）、祥（从示羊聲）、靳（从革斤聲）、峽（从山夾聲）、肌（从肉几聲）

(2)**右形左聲**　祁（从邑示聲）、欣（从欠斤聲）、斯（从斤其聲）、雌（从隹此聲）、胡（从肉古聲）

(3)**上形下聲**　宇（从宀于聲）、楚（从林疋聲）、芹（从艸斤聲）、崔（从山隹聲）、霖（从雨林聲）

(4)**下形上聲**　盂（从皿于聲）、禁（从示林聲）、斧（从斤父聲）、岱（从山代聲）、肓（从肉亡聲）

(5)**聲占一角**　旗（从㫃其聲）、房（从戶方聲）、病（从疒丙聲）、徒（从辵土聲）、近（从辵斤聲）

(6)**形占一角**　疆（从土彊聲）、載（从車𢦏聲，𢦏通災）、穎（从禾頃聲）、滕（从水朕聲）、修（从彡攸聲）

(7)**形外聲內**　圓（从囗員聲）、閣（从門各聲）、匪（从匚非聲）、衷（从衣中聲）、衙（从行吾聲）

(8)**聲外形內**　齋（从韭齊聲）、聞（从耳門聲）、篡（从厶算聲，厶是公私之私的本字）、哀（从口衣聲）、辯（从言辡

聲）

在上述這八種類型中，最常見的是左形右聲。

上面所舉例字使用的有些偏旁，寫法跟它們獨立成字時不同。除一般所熟知的在左的「阝」（阜）、在右的「阝」（邑）以及「月」（肉）、「礻」（示）、「艹」（艸）、「氵」（水）等偏旁外，還有「滕」所從的「朕」（「騰」、「滕」、「勝」、「謄」所從的「朕」聲也都這樣寫），「篹」所從的「算」（「纂」所從的「算」聲也這樣寫）。

有個別形聲字的聲旁，被後人不恰當地割裂了開來。例如：從「衣」「集」聲的「襍」一般都寫作「雜」。從「匚」「淮」聲的「匯」，也有人寫作「滙」。從「門」「活」聲的「闊」，也有人寫作「濶」。

有時候，同樣的形旁和聲旁由於配置方式不同而形成不同的形聲字。例如：

　　　忡≠忠　　　怡≠怠　　　吟≠含
　　　旰≠旱　　　枷≠架　　　裸≠裹

這種依靠偏旁配置方式來區分同成分形聲字的辦法，在先秦古文字裏通常是看不到的。上面所舉的幾對同成分的形聲字，有的在傳世古書裏仍有不加區分的用例。例如《禮記・曲禮上》說：「男女不雜坐，不同椸枷」，「椸枷」當衣架講，這個「枷」就是用來表示｛架｝的。


# （五）　形旁的表意作用


## I　形旁跟字義的關係

有少數形聲字跟形旁同義，如「船」、「頭」、「爹」、「爸」等。絕大多數形聲字的形旁，只是跟字義有某種聯繫。例如：

**黝**　黝是「微青黑色」（見《說文》），所以其字從「黑」。

**楓**　楓是一種樹木，所以其字從「木」。

邽　邽是都邑名，所以其字从「邑」。

缸　缶是古代常用的一種容器，缸是跟缶相類的器物，所以其字从「缶」。

軸　軸是車的一部分，所以其字从「車」。

紈　紈是用絲織的，所以其字从「糸」（關於「糸」，參看〔七(一)2〕「絲」字條）。在字義跟絲有關的字之外，字義跟繩索有關的字也大都从「糸」。

逃　逃需要走路，所以其字从「辵」（關於「辵」，參看〔七(一)2〕「行」字條）。

歐　「歐」本是「嘔」的異體，嘔吐需要張口，所以其字从「欠」（關於「欠」，參看〔七(一)5C〕）。

刻　刻鏤通常用刀，所以其字从「刀」。

銷　「銷」的本義是熔化金屬，所以从「金」。

醉　醉是喝酒的結果，所以其字从「酉」（關於「酉」，參看〔七(一)2〕）。

禍　「示」字本象神主。古人認為鬼神降禍福於人，所以跟禍福有關的字多从「示」。

啤　啤酒的「啤」本來是表示英語 beer 的音的。為音譯外來語而造的形聲字多从「口」。如「咖啡」、「咖喱」、「噻唑」等等。此外，為語氣助詞、嘆詞等造的形聲字，也往往从「口」，如「哪」、「吧」、「啫」、「噯」等。

通過上引這些例子可以看到，形旁本身的意義跟形聲字字義之間的關係是多種多樣的，情況很複雜。

形旁表意往往有片面性，我們在〔七(二)〕裏講過這個問題，這裏就不重複了。

由於詞義引申和文字假借等原因，有不少形聲字的形旁已經喪失表意作用。這個問題在第二章裏已經講到，這裏也不重複了。

有時候，事物本身或人的思想意識的變化也會影響形旁的表意作用。例如：古代用青銅鏡，所以「鏡」字从「金」。對我們所用的玻璃鏡子來說，从「金」就不合適了。古代統治階級歧視婦女，所以有些表示惡德的字从「女」，如「妄」、「婪」、「嬾」（懶）等。這在今天看起來，是十分不合理的（參看蔣維崧《漢字淺說》84頁，山東

人民出版社，1959 ）。

## 2　形旁的代換

　　有不少形聲字的形旁，既可以用甲字充當，也可以用乙字充當；或者先用甲字，後來改用乙字。我們稱這種現象為形旁的代換。

　　有些義近的形旁有時可以相互代換，如〔七㈠1〕裏提到過的「鳥」和「隹」。下面再舉幾個例子：

| | |
|---|---|
| 犴＝豻 | 雚＝獾 |
| 稉＝粳 | 穅＝糠 |
| 幝＝褌 | 帬＝裙 |
| 歗＝嘯 | 歎＝嘆 |
| 詠＝咏 | 譁＝嘩 |
| 徂＝徂 | 跡＝迹 |

《說文》把「歎」跟「嘆」分成兩個字。實際上它們的使用情況並無區別，應該看作一字異體。

　　為形聲字選擇形旁時，如果對文字所指的事或物有不同的著眼點，所選擇的形旁就會不一樣。這也是造成形旁代換現象的一個原因。例如：

| | |
|---|---|
| 鍊＝煉 | 鎔＝熔 |

熔煉這類行為的對象是金屬，用來熔煉金屬的是火。著眼於前一點，就選「金」為形旁。著眼於後一點，就選「火」為形旁。

| | |
|---|---|
| 缾＝瓶 | 罌＝甖 |

瓶、罌是缶一類的容器，所以其字可從「缶」。它們大都是陶質的，所以其字又可從「瓦」。同類的例子尚有「杯」也作「盃」，「槃」也作「盤」等。

　　此外，器物質料或性能的改變或多樣性，也會引起形旁代換的現象。例如「盤」字，除了「槃」這個異體外，還有過從「金」的異體「鎜」。又如：大炮的「炮」字本來寫作「礮」，又省為「砲」，都以「石」為形旁，因為原始的炮只不過是一種拋石機。後來拋石機演進為火炮，慢慢就有人用「火」旁來取代「砲」的「石」旁了（大炮的「炮」跟炮炙的「炮」是同形字）。

　　有個別形聲字的形旁甚至可以由四、五個不同的字相互代換，後面講異體字的時候將會舉到這種例子（見〔一〇㈠4〕）。

## ㈥　聲旁的表音作用

### 1　聲旁跟字音的關係

　　按理說，聲旁應該盡可能精確地表示形聲字的讀音。但是由於下一小節要講到的種種原因，大多數形聲字都跟聲旁不同音，而且彼此的差異有時還很大。

　　有人曾據《新華字典》裏7,504個可以分析出偏旁的字（絕大多數是形聲字）進行統計，結果讀音跟聲旁全同的形聲字只有355個，占4.7％；聲母、韻母同而聲調異的只有753個，占10％。二者相加也只占百分之15％弱（葉楚強《現代通用漢字讀音的分析統計》，《中國語文》1965年3期）。估計跟聲旁聲韻相同（包括調異的在內）的形聲字，在全部形聲字裏所占的比重不會超過五分之一。

　　有些形聲字的聲旁已經變得一點也沒有表音作用，實際上已經只能看作記號了。在第二章裏曾經談到過這個問題，這裏就不重複了。

　　聲旁表音作用的不健全還表現在同從一個聲旁的形聲字往往有很多種讀音這一點上。例如從「者」聲的形聲字就有十多種讀音：

赭（ㄓㄜ zhě）　奢（ㄓㄜ zhē）　諸（ㄓㄨ zhū）　煮（ㄓㄨ zhǔ）　箸（ㄓㄨ zhù）

奢（ㄕㄜ shē）　闍（梵語「闍梨」之「闍」）（ㄕㄜ shé）

書（本作「書」）（ㄕㄨ shū）　暑（ㄕㄨ shǔ）　楮（ㄔㄨ chǔ）　都（ㄉㄨ dū）

睹（ㄉㄨ dǔ）　屠（ㄊㄨ tú）　緒（ㄒㄩ xù）　觰（ㄓㄚ zhā）

如果再加上「都」字讀ㄉㄡ（dōu）的音和也可以寫作「着」的「著」字的ㄓㄨㄛ（zhuó）、ㄓㄠ（zháo）、ㄓㄠ（zhāo）、˙ㄓㄜ（˙zhe，輕聲）等音（「着」本是「著」的訛體，參看〔一一㈠1A〕），一共就有二十種讀音了。類似的例子還可以舉出一些。至於同從一聲的形聲字有好幾種讀音的例子，就舉不勝舉了。

　　不過，從絕對數量來看，跟聲旁同音的形聲字還是相當多的。偶爾還能看到同從一個聲旁的很多形聲字全都跟聲旁同音的現象。從

「皇」聲的「湟」、「惶」、「煌」、「遑」、「喤」、「蝗」、「篁」、「鍠」、「徨」、「艎」、「凰」、「鰉」、「餭」、「隍」等字全都讀作「皇」，就是一個典型的例子。而且形聲字和聲旁的聲母和韻母即使不相同，在多數情況下總還是比較接近的。例如：「空」的聲母是ㄎ（k），聲旁「工」的聲母是ㄍ（g），二者都是舌根塞音。「貓」的韻母是ㄠ（ao），聲旁「苗」的韻母是ㄧㄠ（iao），區別僅在 i 介音的有無。尤其是在韻尾輔音方面，形聲字和聲旁大多數是一致的。例外如「朕」（ㄓㄣ zhèn）和「滕」、「騰」（ㄊㄥ téng），「兵」（ㄅㄧㄥ bīng）和「賓」的簡化字「宾」（ㄅㄧㄣ bīn）等，為數不是很多。

有的形聲字的讀音跟聲旁很不一樣，但是在跟它同從一聲的形聲字裏可以找到同音或音近的字。例如「堊」（ㄜ è）從「亞」聲，二者的讀音差得很遠，但是同從「亞」聲的「惡」跟「堊」同音。如果跟「惡」字聯繫起來，「堊」字的讀音就很容易記住。有的聲旁已經被改成跟它完全不同音的一個字，但是由於使用它的形聲字不止一個，實際上也還能起一定的表音作用。例如：聲旁「臺」已經被改成「享」（參看〔，五(三)〕），從這個聲旁的「淳」、「醇」、「鶉」、「敦」、「惇」、「諄」、「埻」等字，讀音跟「享」字都毫無共同之處。但是，「淳」、「醇」跟「鶉」（ㄔㄨㄣ chún），「敦」跟「惇」（ㄉㄨㄣ dūn），都是完全同音的；「諄」（ㄓㄨㄣ zhūn）「埻」（ㄓㄨㄣ zhūn）只有聲調不同。如果注意到它們都從同一個聲旁，只要已經知道某一組字裏某一個字的讀音，就很容易記住這組字裏別的字的讀音。這三組字的韻母除聲調外完全相同，如果已經知道其中一組字的讀音，其他兩組字的讀音也是容易記住的。可見這些字裏的「享」旁仍然能起一定的表音作用。

總之，我們一方面要注意防止「讀字讀半邊」的錯誤，一方面仍然應該盡量利用聲旁來幫助記憶字音。

形聲字的讀音有時會由於聲旁或同從一聲的其他形聲字的讀音的影響，發生不合於古今音變規律的變化。例如：「怖」字《廣韻》音「普故切」，今音應為ㄆㄨ（pù），由於聲旁「布」的影響變為ㄅㄨ（bù）。「礦」字《廣韻》音「古猛切」，今音應為ㄍㄨㄥ（gǒng），由於「曠」、「壙」、「纊」等字的影響變為ㄎㄨㄤ（kuàng）。現

在有很多人把「蕁」（ㄑㄧㄢ qián）讀為「尋」（ㄒㄩㄣ xún），
「檔」（ㄉㄤ dàng）讀為「擋」（ㄉㄤ dǎng）……，也是同類的現
象。這表現了文字對語言的反作用（參看黎新第《形聲字讀音類化現
象探索》，中國音韻學研究會《音韻學研究》第一輯，中華書局，
1984）。

## 2　聲旁和形聲字的讀音有差異的原因

聲旁和形聲字的讀音為什麼大多數有差異，而且有時差異還很大
呢？其原因可以分兩方面來談。

首先，在造形聲字的時候，就存在用不完全同音的字充當聲旁的
情況。這主要有兩個原因：

### A. 聲旁不宜用生僻的或字形繁複的字充當。

在選擇聲旁時，為了照顧這方面的條件，有時就不得不在語音條
件上放鬆一點。現代人為形聲結構的簡化字所選擇的聲旁，並不一定
跟這個字完全同音。例如：「审」（審的簡化字）跟「申」聲調不
同；「灿」（燦的簡化字）跟「山」聲母、聲調都不同；「袄」（襖
的簡化字）跟「夭」，一無韻頭 i，一有韻頭 i，聲調也不同。古代
人造形聲字的時候，當然也會有類似的情況。

### B. 形聲結構的分化字，有不少在產生的時候就跟聲旁不完全同
### 音。

這一點需要作較多的說明。古漢語裏的詞往往通過語音上的細微
變化派生出新詞來。這種語音跟母詞略有差別的派生詞，在文字學上
可以稱為變音的引申義。本章第一節裏說過，造加注意符表示引申義
的分化字，是形聲字產生的途徑之一。在這種分化字裏，有很多字是
表示它們所從分化的母字的變音引申義的。這些字跟由它們的母字充
當的聲旁，必然不會完全同音，例如「懈」跟「解」就是這樣。
{懈}指心理上的鬆解，是「解」字的變音引申義。「懈」是在
「解」字上加注「心」旁而成的分化字。它跟聲旁「解」的讀音有去
聲跟上聲的不同（後來「懈」跟「解」的聲母也變得不同了）。

由於一個字原來的讀音跟它用作假借字時的讀音不一定完全相同，在假借字上加注意符而成的形聲結構的分化字，也有可能跟聲旁不同音。例如：古代借耆老之「耆」來表示｜嗜｜（《孟子・告子上》：「曰：耆秦人之炙，無以異於耆吾炙。」）。｜耆｜（ㄑ一ˊ qí）跟｜嗜｜（ㄕˋ shì）不同音，因此在「耆」字上加注「口」旁而成的「嗜」字也跟聲旁不同音。

在初文上加注意符而成的後起字裏具有分化字性質的那部分字，即表示本義的分化字，由於一般人通常只熟悉它們的初文在表示假借義或引申義時的讀音，也有一部分（即初文的本義跟假借義或引申義不同音的那部分字）會被看作跟聲旁不同音的形聲字，如本章第一節裏舉過的「蛇」、「懸」等字。

改換形聲字形旁而成的分化字，也有不少跟聲旁不同音。例如本章第一節裏舉過的「賑」字，是改變跟它同音的母字「振」的形旁而成的分化字。「振」跟聲旁不同音，「賑」當然也跟聲旁不同音。

總之，在分化字裏，產生的時候就跟聲旁不同音的形聲字是相當多的。

以上講的是聲旁和形聲字的讀音有差異的第一方面原因。我們要講的第二方面原因是古今語音的演變。

古今語音的演變會造成或擴大聲旁和形聲字的讀音的差異。

有少數形聲字本來跟聲旁完全同音，後來由於彼此的語音演變情況不一樣，讀音就有了差異。例如：「衡」跟它的聲旁「行」，在中古都是匣母庚韻開口二等字，彼此完全同音。後來，「衡」字的讀音沒有發生很大的變化，而「行」字韻母的元音變成了 i，聲母也從舌根音變成了舌面音。這樣，「衡」和「行」就變得聲韻皆異了。

比較常見的情況，是聲旁和形聲字的讀音本來就略有差異，語音的演變使差異更為擴大。例如：「分」是非母字，從「分」聲的「頒」是幫母字。在上古以至中古初期，輕唇音尚未從重唇音分化出來，非母讀如幫母。所以「分」跟「頒」的關係是聲同韻異。現在，它們的關係已經是聲韻皆異了。上一節舉過的「者」字跟以它為聲的「諸」、「都」等字，現在的韻母一為 e 一為 u。在上古，它們都是魚部字，韻母之間的距離當然不會這樣大。現在的局面也是語音演變的結果。同類的例子俯拾即是，這裏不多舉了。

在語音演變過程中，也有形聲字和聲旁的讀音反而變得比原來接近或是由不同變為相同的現象。例如：「受」是禪母上聲字，「授」是禪母去聲字。禪母是濁音聲母。後來濁上變去，因此「授」、「受」不分。「焦」是精母宵韻字，「噍」是從母笑韻字，聲母和聲調都不同。由於濁聲母的消失，這兩個字現在已經只有聲調的差別了。

形聲字跟聲旁之間在造字時就存在的差異，一般都比較微細。較大的差異大都是語音的歷史演變所導致的。

在以上所說的兩方面原因之外，還可以考慮一下方言對文字的影響。

在今天可以看到這種現象：某個方言地區所造的形聲簡體字，被吸收為全民使用的簡化字。這個字在創造它的本地人讀起來，是跟聲旁完全或基本同音的，可是用普通話或某些別的方言讀起來，就跟聲旁不完全或很不同音了。例如：南方的有些方言區「占」、「鑽」同音（過去上海等地的鐘錶店往往把「十七鑽」寫成「十七占」），「鑽」的簡化字「鉆」應該是這些地區的人造出來的。但是在普通話裏，「鉆」跟聲旁「占」就聲韻皆異了。此外如「柜」（櫃）、「价」（價）等用普通話讀起來聲旁跟字音有較大距離的形聲簡化字，原來大概都是根據某種方言造出來的。在古代，形聲字的創造者大概也不會全是講一種方言的人。古代流傳下來的形聲字，它們和聲旁的讀音之間的關係所以如此複雜，恐怕多少跟方言的影響有些關係。

## 3  聲旁的代換

聲旁跟形旁一樣，也有代換的現象。下面是聲旁代換的一些例子：

| | | |
|---|---|---|
| 舓＝舐＝舓 | 詢＝説＝詘 | 蔾＝藶 |
| 讇＝諂 | 秔＝粳（粳） | 勛＝勳 |
| 羚＝羒 | 枏＝楠（冄即冉） | 嗁＝啼 |
| 鞵＝鞋 | 鞟＝靴 | 椶＝棕 |
| 擣＝搗 | 燈＝灯 | 嬭＝奶 |
| 蔕＝蒂 | 蹤＝踪 | 袴＝褲 |

上面所舉的各組形聲字異體，放在後面的那種字形，出現時間一般都比放在前面的晚。

相代換的聲旁多數不同音。使用跟舊聲旁不同音的新聲旁，似乎往往是為了更好地反映形聲字已經變化了的實際讀音。上面所舉的例子大部分屬於這種情況。

有時候，改換聲旁完全是為了簡省筆畫。上舉的「灯」字顯然屬於這一類，「鞋」字、「靴」字大概也是屬於這一類的（「燈」的簡體「灯」跟字書中與「丁」同音的訓為「火」的「灯」是同形字）。

有的聲旁似乎主要是由於充當這個聲旁的字已經不再獨立使用而被代換的。例如：「匡」、「狂」、「汪」、「枉」等字在篆文裏都從「 坒 」聲。在隸、楷裏，「 坒 」字不再獨立使用，這些字的「坒」旁也都改成了「王」旁（「坒」字據字書音ㄏㄨㄤ huáng，其實就是「往」的初文，甲骨文作 𡴂 。「往」字舊作「往」其右旁就是「坒」的變形，漢隸「枉」字也有從「 主 」的寫法）。

## 4　聲旁的破壞

由於字體演變、字形訛變和偏旁混同等原因，有些形聲字的聲旁遭到了破壞，如第二章舉過的「年」、「春」等字以及在〔五㈢5〕和上面「聲旁跟字音的關係」那個小節裏談到過的「昏」旁被改作「舌」旁和「辜」旁被改作「享」旁的那些字。下面再舉一些例字，每個字後面注明本來的偏旁結構：

泰　从奴从水大聲。

賊　从戈則聲。

隆　《說文》作从生降聲。據古文字及漢簡隸書，當為从土降聲。

責　从貝朿聲。

在　从土才聲。

布　从巾父聲。

那　从邑𠦝（冉）聲。

拋　从手尢（ㄆㄠ páo）聲。

志　从心屮（之）聲。「志」也可以看作从「士、心」會意。

寺　从寸屮（之）聲。

細　从糸囟（ㄒㄧㄣ xīn）聲。

屑　从尸肖（ㄒㄧ xì）聲。

龕　从龍今聲。

稚　本作「穉」，从禾屖（ㄒㄧ xī）聲。漢代人有時把「屖」旁簡寫為 𡰥（見漢印），因此訛變為「稚」。

辞　本作「辝」，从辛台聲。「辝」與「辭」古通用。現在把「辞」用作「辭」的簡化字。

廄　从广𣪊聲。𣪊是簋的初文。

蛋　从虫延聲。

查　本與「柤」（亦作樝，今作楂）為一字，从木且聲。柤或作查，又訛作查。

由於語音的演變，在上舉這些字裏，有很多字的聲旁現在即使尚未破壞，也已經起不了什麼表音作用了。

## （七）　聲旁跟字義的關係

### Ⅰ　有義的聲旁

有些形聲字的聲旁兼有表意作用，可以稱為有義的聲旁。我們在講形聲字產生途徑時已經說過，如果在某個字上加注意符分化出一個字來表這個字的引申義，分化出來的字一般都是形聲兼會意字。有義的聲旁主要就是指這種字的聲旁而言的，例如前面已經舉過的「娶」字的「取」旁、「懈」字的「解」旁。下面再舉一些聲旁有義的形聲字的例子。

惛：日不明為昏，心不明為惛。

駟：一車所套的四匹馬。

牭：四歲牛。

鈁：橫斷面為方形的鍾（「鍾」是古代的一種壺類容器。「鈁」有同形字，參看〔一○（二）3〕）。

誹：以言非毀人。

琀（ㄏㄢ hàn）：放在死者口中的貝、玉等物品（古書多以「含」表｛琀｝）。

菜：為人所採食的草類植物（睡虎地秦簡和有些古書以「采」表
｛菜｝）。

祫（ㄒㄧㄚˊ xiá）：合祭遠近祖先。

鯿（ㄅㄧㄢ biān）：一種身體很扁的魚。

輛：車的單位，因古代的車用兩輪得名（古書多以「兩」表
｛輛｝）。

這些形聲字大概都是在母字上加注意符以表示其引申義的分化
字，至少它們所表示的意義沒有問題是充當它們的聲旁的那個字的引
申義（這既可以是那個字的本義的引申義，也可以是那個字的常用的
假借義的引申義，例如｛鈁｝就是「方」字的假借義方圓之｛方｝的
引申義）。

如果母字本身就是一個形聲字，往往用改變它的形旁的辦法來造
表示引申義的分化字。前面舉過的「賑」、「氫」、「氧」、
「氮」、「氯」等字，就是這樣造出來的。我們在講省聲的時候說
過，「賑」、「氫」等字既可以看作一般形聲字，也可以看作从母字
省聲的字。如果採取後一種看法，這些字的聲旁就也可以認為有表意
作用了。

漢字裏有大量為某個字的引申義而造的形聲字，但是它們並不一
定都以那個字為聲旁，也就是說，它們的聲旁並不一定都有義。如果
某個引申義曾經使用過假借字，後來就在假借字上加注意符分化出一
個形聲字來專門表示它，那個形聲字的聲旁就是無義的。例如：塗抹
的｛塗｝在中古時代產生了｛搽｝這個引申義，起先就用「塗」字表
示它（《廣韻》「塗」字有「宅加切」一音，所表示的就是｛搽｝），
中間曾假借「茶」字表示它（宋金間無名氏所作《劉知遠諸宮調》第十
二《仙呂調・繡帶兒》：「強人五百威猛如虎，茶灰抹土。」），最後
在「茶」字上加注「手」旁，分化出了「搽」字，作為它的專用字
（看李榮《漢字演變的幾個趨勢》，《中國語文》1980年1期12頁）。
「搽」所从的「茶」就只有表音作用。有些在母字上加注意符以表示
其引申義的分化字，後來用一個同音或音近的字取代了所从的母字，
因此成了聲旁無義的形聲字。例如：「柄」字本作「棅」，以「秉」
為聲旁。柄是器物上人手所秉執之處，｛柄｝是｛秉｝的引申義，
「秉」就是「棅」的母字。後來「棅」所从的「秉」為同音的「丙」

字所取代，「丙」這個聲旁就沒有表意作用了。此外當然還會有一些別的原因，使表示某個字的引申義的形聲字，不用那個字作為聲旁。所以，聲旁有義的形聲字在全部形聲字裏所占的比重，並不是很大的。

有義的聲旁對研究詞義，特別是對研究語源很有用處。但是如果把無義的聲旁錯認為有義，就會誤入歧途，給詞義研究工作添加不必要的麻煩。所以我們一定要以十分審慎的態度來對待聲旁是否有義的問題。

最後附帶談一下現代創造的化學用字裏幾個極為特殊的聲旁有義的形聲字，那就是表示質量數分別為1、2、3的三種氫的同位素的名稱的「氕」（ㄆㄧㄝ piē）、「氘」（ㄉㄠ dāo）、「氚」（ㄔㄨㄢ chuān）。它們的聲旁「丿」（「撇」的表意字）、「刂」（「刀」的變形）、「川」，除了起表音作用外，還分別表示質量數1、2、3，所以可以認為是有義的。但是這種意義完全靠聲旁的形象表示，跟聲旁所代表的詞毫無關係。過去有人把在漢字變得不象形之後才造出來的形符字「凹」、「凸」叫做「字妖」。它們的妖氣比起「氕」、「氘」、「氚」來，可就瞠乎其後了。

## 2　右文說

有時候，一些表示同出一源的親屬詞（即同源詞）的形聲字，都把同一個字用作聲旁。這種聲旁，不管它是不是上節所說的那種有義的聲旁，都是研究這組形聲字的意義，特別是它們所代表的詞的語源的重要線索。由於聲旁多數位於字的右邊，研究上述這種文字現象的學說，稱為右文說。

晉代楊泉《物理論》已有「在金石曰堅，在草木曰緊，在人曰賢」的說法（見《太平御覽．卷402．人事部四三》）。「堅」、「緊」、「賢」三字都从「臤」聲）。宋代人正式提出了右文說。沈括《夢溪筆談》卷一四說：「王聖美治字學，演其義為右文。古之字書皆从左文。凡字類在左，其義在右。如木之類其左皆从木。所謂右文者，如戔，小也，水之小者曰淺，金之小者曰錢，歹而小者曰殘，貝之小者曰賤。如此之類，皆以戔為義也。」不過，宋人對「右文」的研究還

是很粗疏的，沈括所引的那個實例就有問題，詳下文。

清代和近代學者曾經舉出過不少比較典型的「右文」現象的例子。例如王念孫在《廣雅疏證》裏指出，從「毳」聲之字，其意義多與「細小」有關：

> 《說文》：耑，車軸耑（端）也，或作轊。……轊之言銳也。昭十六年《左傳》注云：「銳，細小也。」軸兩耑出轂外細小也。小聲謂之嘒，小鼎謂之鏏，小棺謂之椫，小星貌謂之嘒，蜀細布謂之繐，鳥翮末謂之翽，車軸兩耑謂之轊，義並同也。（卷七下）

這個例子就相當可信。這些從「毳」聲之字應該是代表著一組同源詞的。

用右文說來研究詞義，也要持十分謹慎的態度，千萬不能因為某些字同從一個聲旁，就輕率地用同一種模式來解釋這些字的意義。例如宋人所舉的那幾個從「戔」之字，它們的意義其實就應該分為兩個系統，一系與殘損一類意義有關，一系與淺小一類意義有關。「戔」字在甲骨文裏寫作 ，像兩戈相向。前人或以「戔」為「殘」的初文，是可信的。所以「殘」的本義應該是殘害，「歹而小者曰殘」的說法毫無根據。「錢」本是上古一種重要的生產工具的名稱。後世的鏟就是由錢變來的。這種工具顯然是由於主要用於剗（鏟）土而得名的。「錢」、「剗」、「殘」沒有問題是同源詞，它們都跟殘損的意思有關。在正式貨幣出現之前，錢這種工具大概在交易中起過等價物的作用，所以早期的金屬鑄幣往往模仿它的形狀。這是金屬鑄幣稱「錢」的原因。「金之小者曰錢」的說法也完全不可信。只有「淺」和「賤」的字義，才可以像宋人那樣來解釋。土層被鏟削之後就比原來淺了，東西殘損之後就比原來小了，淺小之義跟殘損之義可能是有聯繫的。也就是說，上面所說的從「戔」之字所代表的那兩個系統的詞，仍有可能是同源的。不過即使情況的確如此，「金之小者曰錢，歹而小者曰殘」的說法，也還是錯誤的。

事實上，同從一聲的形聲字具有顯然沒有同源關係的不同系統字義的例子，是很常見的。近人沈兼士在《右文說在訓詁學上之沿革及其推闡》一文中指出：「夫右文之字，變衍多途，有同聲之字而所衍之義頗歧別者，如非聲字多有分背義，而『菲』、『翡』、『痱』等字又有

赤義；吾聲字多有明義，而『齬』、『語』（論難）、『圄』、『啎』等字又有逆止義。」（《沈兼士學術論文集》120頁，中華書局；1986）沈氏指出的從「非」和從「吾」之字各自的兩種字義之間，至少是「非」字的兩種字義之間，就顯然沒有同源關係。有些講右文的人，喜歡說「凡從某聲，皆有某義」一類話。這是不符合實際的。

一方面，同從一聲的形聲字在意義上不見得都有聯繫；另一方面，為在意義上有明顯聯繫的同源詞而造的形聲字，也不見得都從同一個聲旁。它們完全可以使用同音或音近的不同聲旁。沈兼士在上引那篇文章裏，就舉出了從「與」聲、「余」聲和「予」聲的一些字都跟「寬緩義」有關，從「禁」聲和「今」聲的一些字都跟「含蘊義」有關等例子（同上 121 頁等）。這種雖然使用不同聲旁但是音義都很相近的字，它們所代表的詞，一般也應該是有同源關係的。所以我們在把聲旁用作研究同源詞的線索的時候，不能把眼光局限在同從一聲的形聲字的範圍裏。

# 9 | 假　　借

　　我們在前面屢次談到過假借。有些已經闡明的觀點，如假借就是借用同音或音近的字來表示一個詞，引申跟假借應該區分開來，狹義的通借應該包括在假借裏等等，在這裏就不再申述了。下面分幾個專題對假借現象作進一步的討論。

## (一)　本字與假借

　　文字學上使用「本字」這個名稱的情況，並不是很單純的。有時候，本字指一個字的比較原始的書寫形式，如說「𦥑」是「舜」的本字。有時候，本字指分化字所從出的母字，如說「取」是「娶」的本字。我們在這裏要討論的，則是跟假借字相對的本字。

　　一般認為用來表示自己的本義的字就是本字。如果從詞的角度來看，把某個詞作為本義來表示的字，就是這個詞的本字。這種定義對把引申包括在假借裏的文字學者來說是完全合適的。但是我們主張把引申跟假借分開來，所以就不能完全同意這種定義了。按照我們的觀點，即使是把一個詞作為引申義來表示的字，對這個詞的假借字來說，也同樣是本字。例如：「間」字本作「閒」，本義指在空間上有間隙。由於詞義引申，又用來指在時間上有空閑（《孟子・公孫丑上》：「賢者在位，能者在職，國家閒暇」），讀音也發生了變化。

後來假借防閑之「閑」來表示這個引申義（關於「閒」和「閑」的本義，參看〔七㈠5B〕）。對於「閒」字的這個引申義，也就是閑暇之｜閒｜這個詞來說，「閑」是假借字；相對而言，「閒」就是本字。不過，當假借 A 字來表示 B 字的本義的時候，我們可以簡單地說「A」假借為「B」（即本字）。當假借 A 字來表示 B 字的一個引申義的時候，為了避免誤解，最好說「A」假借來表示「B」的這個引申義，或「A」假借為表示這個引申義的「B」。如以「閑」字為例，最好說「閑」假借來表示「閒」的引申義閑暇的｜閒｜，或「閑」假借為閑暇之「閒」，不要簡單地說「閑」假借為「閒」。

為某個字的引申義造的分化字，能否看作這個意義的本字，也是一個需要討論的問題。我們在〔八㈠3B〕裏舉過為「取」的引申義造分化字「娶」的例子。按照把引申包括在假借裏的觀點來看，表示｜娶｜這個意義的「取」字是假借字，「娶」是它的後造的本字。按照我們的觀點來看，如果｜娶｜這個意義另有一個假借字的話，「娶」對這個假借字而言是應該稱為本字的，但是「娶」對它所從分化的「取」字而言卻不能稱為本字。｜娶｜是由「取」字的本義引申出來的意義。以「取」表｜娶｜不是假借，而是語義引申的結果。如果承認「娶」字是表｜娶｜的「取」字的本字，以「取」表｜娶｜就成了假借，引申跟假借就混而不分了。

我們在〔六㈠〕裏曾經提到，朱駿聲主張把引申（他稱為轉注）跟假借區分開來。但是他在《定聲》裏仍然使用「取」假借為「娶」這種說法，這是跟他自己的主張矛盾的。朱氏所以這樣做，是由於他跟其他清代文字學者一樣，過分推崇《說文》，不加分析地把《說文》奉為用字的圭臬的緣故。他們通常認為，如果一個意義（實際上就是我們所說的詞）在《說文》裏有把它當作本義的所謂「正字」的話，古書上其他用來表示這個意義的字，都應該看作這個正字的假借字。《說文》有「娶」字，所以表｜娶｜的「取」只能看作假借字。假使《說文》不收「娶」字，朱氏無疑就會把以「取」表｜娶｜看作他所說的轉注，即語義引申的現象了。朱氏偶爾也有不用《說文》正字的時候。例如：《說文》訓「荒」為「蕪」，訓「稴」為「虛無食」。《定聲》「荒」字條卻以飢荒一義為轉注義，只是附帶說了一句「據許書則借為稴」。這大概是因為使用「稴」字的人實在太少的緣故。其實，「取」和

「娶」的關係跟「荒」和「稅」的關係並無不同。

根據以上所述，本字的定義可以這樣來下：用來表示自己的本義或引申義的字，對假借來表示這一意義的字而言就是本字。從詞的角度來看，把一個詞作為本義或引申義來表示的字，對這個詞的假借字而言就是這個詞的本字。

也許有人要問，按照我們的說法，表示本義的字，如果沒有跟它相對的假借字，是否就根本沒有資格稱為本字了呢？那倒也不是。如果要說明這種字不是假借字，當然可以稱它們為本字。我們所討論的「本字」是跟「假借字」相對的一個名稱，脫離假借字這個概念來談本字，是沒有意義的。但是這並不意味著一個字如果實際上沒有跟它相對的假借字，就根本沒有資格稱本字。

前面說過，「本字」這個名稱的用法不止一種。我們應該注意不要把不同意義的「本字」混淆起來。有的人以自己所理解的本字的定義為標準，來批評別人關於本字的說法。例如由於自己認為本字是跟分化字、後起字相對而言的，就批評別人把表示母字假借義的分化字（如〔八(一)3A〕裏舉過的「獅」字）稱為本字不合理。這是不妥當的。我們不把分化字所從出的字稱為本字，而把它們稱為母字，就是為了跟與假借字相對的本字相區別。

假借可以按照所表示的詞是否有本字，區分為無本字、本字後起和本有本字三類，以下分別舉例加以說明（第二章裏已經說過，有不少假借字實際上已經變為記號字或半記號字。舉例字時，對這種情況不再說明）。

## 一　無本字的假借

有的詞始終只用假借字表示，這是無本字的假借。例如前面提到過的古漢語虛詞｜其｜、｜之｜以及雙音節詞｜猶豫｜，就是始終用假借字的。又如句末語氣詞｜耳｜假借耳朵的「耳」字，語氣詞｜夫｜和指示代詞｜夫｜都假借丈夫的「夫」字，疑問代詞｜何｜假借負荷之「荷」的本字「何」，疑問代詞｜奚｜假借本來當一種奴隸講的「奚」字（「奚」本作 𢍐，大概象一個被人抓住髮辮或捆綁他的繩索的奴隸。《說文》釋「奚」為「大腹」，似非），副詞｜亦｜假借本

為「腋」或「掖」字初文的「亦」字，雙音節詞｜陸離｜假借陸地的「陸」字和本義跟鳥有關的「離」字等等，也都是無本字的假借。

音譯外來詞有很多是始終用假借字記錄的。如第二章裏提到過的達魯花赤、沙發、尼龍、蘇維埃、布爾什維克。又如中古時代隨著佛教傳入的羅漢、比丘、頭陀、夜叉等詞，現代從西方傳入的巧克力、麥克風、法西斯、阿司匹林（或譯作阿斯匹靈）等詞，以及古今很多外來的地名、人名等等。

## 2　本字後造的假借

有的詞本來用假借字表示，但是後來又為它造了本字，例如前面提到過的「獅」、「蜈蚣」、「鷦鷯」、「徜徉」。下面再舉幾個例子。

**栗——凓、慄**　凓冽（義與「凜冽」相近）的｜凓｜和戰慄的｜慄｜，本來都借栗樹的「栗」字表示（《詩・豳風・七月》：「二之日栗烈」。《論語・八佾》：「使民戰栗」），後來才分別加「冫」（冰）旁和「心」旁，造出本字「凓」和「慄」（《說文》有「凓」無「慄」）。

**戚——慼**　憂慼的｜慼｜本來借當斧類兵器講的「戚」字表示（《詩・小雅・小明》：「自詒伊戚」。《論語・述而》：「小人長戚戚」），後來才加「心」旁造出本字「慼」，《說文》作「慽」。

**胃——謂**　云謂的｜謂｜本來借「胃」字表示（東周時代的吉日壬午劍銘有「胃之少虞」之文，長沙楚帛書也有借「胃」表｜謂｜之例），後來才加「言」旁造出本字「謂」（「謂」字已見秦簡和《說文》，但是西漢前期抄寫的竹書、帛書仍多借「胃」為「謂」）。

**毒冒——瑇（玳）瑁**　｜玳瑁｜本來借「毒冒」二字表示（《漢書・司馬相如傳上》：「毒冒鼈黿」），後來才加「玉」旁造出本字「瑇瑁」。「玳」是「瑇」的異體（《說文》無「瑇」，所收「瑁」字當天子用來冒諸侯所執之圭的一種玉器講，跟玳瑁之「瑁」是同形字）。

一般稱後造的本字為後起本字。

有些後起本字造出來之後，使用的人不多，很早就成了死字或僻

字。例如：

**須——需** 「須」的本義是鬍鬚，表示須待之｜須｜是假借用法。《說文》：「需，待也。从立，須聲。」這是須待之「須」的後起本字，只見於《漢書》（《翟方進傳》）等個別古書。

**無——憮** 「無」跟「舞」本為一字，表示有無之｜無｜是假借用法。《說文》：「憮，亡也。从亡，無聲。」這是有無之「無」的後起本字，古書中極罕見，但數見於漢碑。

**衰——瘥** 「衰」字篆文作 𧘇，像衣上有草，是「蓑」的初文，表示衰弱、衰減之｜衰｜是假借用法。《說文》：「瘥，減也。从疒，衰聲。」這是衰弱、衰減之「衰」的後起本字，古書中極罕見。

**然——嘫** 「然」是「燃」的初文，表示然否之｜然｜是假借用法。《說文》：「嘫，語聲也。从口，然聲。」這是然否之「然」的後起本字，古書中極罕見。

《說文》裏還有不少不常用的後起本字，這裏不列舉了。

## 3　本有本字的假借

有很多本有本字的詞也使用假借字。這種假借字，有一些到後來完全或基本上取代了本字。說假借字取代本字，是指假借字在它所表示的意義的範圍裏取代作為它的本字的那個字。對這個字來說，假借字所取代的也許是它的全部職務，如〔七(二)〕裏提到過的「糾」取代「丩」的例子；也許只是它的部分職務，如前面提到過的「荷」取代「何」、「閑」取代「閒」等例子（「荷」只取代表示本義的「何」，不取代表示疑問代詞的「何」。「閑」不取代後來一般寫作「間」的「閒」）。下面再舉幾個假借字取代本有的本字的例子：

**屮——草** 「屮」是草木之「草」的本字（參看〔七(一)2〕）。《周禮・秋官・庶氏》「嘉草攻之」，《釋文》所據本「草」作「屮」。《漢書》有時用「屮」的異體「艸」）。「草」字从「屮」「早」聲，本義是「草（ㄗㄠ zào）斗」，即櫟樹的果實（《說文》：「草，草斗，櫟實。」草斗的「草」後來寫作「皁」，又變作「皂」）。傳世古書大都已借「草」為「屮」。

**耑——端** 《說文》：「耑（耑），物初生之題也（題的本義

是額頭）。上象生形，下象其根也。」這是開端之「端」的本字（《漢書・藝文志》：「言感物造耑，材知深美」，顏注：「耑，古端字也」）。「端」字从「立」「耑」聲，本義是端正。傳世古書大都已借「端」為「耑」（過去或借「耑」字表示專一之｛專｝，今人少用）。

厭——厭　《說文》：「猒，飽也。从甘，从肰。」這是「饜」的初文（金文「猒」作 𤽹，可能是一個主體和器官的會意字，字形以犬食肉表示饜飽的意思）。由饜飽這一本義又引申出了厭足、厭嫌等義（東漢婁壽碑：「好學不猒」，《淮南子・主術》：「是以君臣彌久而不相猒」）。「厭」字从「厂」「猒」聲，本義是壓迫（《說文》：「厭，笮也」，《段注》：「竹部曰：笮者迫也。此義今人字作『壓』，乃古今字之殊。」「壓」字从「土」「厭」聲，《說文》訓為「壞」）。傳世古書大都已借「厭」為「猒」。後來又在「厭」上加「食」旁，分化出「饜」字來表示「猒」的本義，但厭足、厭嫌等義仍借「厭」字表示。

陜——狹　《說文》：「陜，隘也。从𨸏，夾聲。」這是狹隘之「狹」的本字（《爾雅・釋宮》：「陜而脩曲曰樓」。銀雀山竹簡本《孫子・計》「廣狹」之「狹」作「陜」。古書中「陜」有異體「陿」。「陜」跟陜西之「陝」不是一個字，「陝」，本从音尸冄（shǎn）的「夾」）。傳世古書大都已借「狃」的異體「狹」為「陜」（《玉篇》「狃」字下有重文「狹」，注曰：「今為闊狹」）。

刱——創　《說文》：「刱，造法刱業也。从井，刅聲。」這是創造之「創」的本字。「刱」是它的訛體。「創」字从「刀」「倉」聲，本義是創傷（《說文》以「創」為「刅」的後起字）。傳世古書大都已借「創」為「刱」（「刱」已見西周金文，用來表示荊楚之｛荊｝。它的本義究竟是不是創造，其實還是個問題）。

毬——球　皮球的「球」，本字作「毬」（皮球古稱｛鞠｝，音轉為｛毬｝。「毬」字不見《說文》本文，但大徐本新附字中已收入）。「球」字从「玉」「求」聲，本當一種美玉講（《書・禹貢》：「厥貢惟球、琳、琅玕」）。借「球」為「毬」是很晚的事情，《康熙字典》「球」字下尚未注出這種用法。

有些本有本字的假借字，在跟本字並用了一段或長或短的時間之

後，就完全或基本上停止使用了。下面是幾個大家比較熟悉的例子：

**冊——策**　據《說文》，「策」的本義是馬箠，就是一種趕馬的杖（《禮記・曲禮上》：「君車將駕，則僕執策立於馬前。」）。古代常常借「策」為「冊」（《儀禮・聘禮・記》：「百名以上書於策」。古書中冊命、簡冊之｜冊｜常寫作「策」）。現在一般的「冊」字已不能用「策」代替，只有使用「簡冊」「遣冊」等古代詞語時，仍可借「策」為「冊」。

**飛——蜚**　據《說文》，「蜚」的本義是一種蟲（《左傳・隱公元年》：「有蜚不為災」）。古代常常借「蜚」為「飛」（《韓非子・外儲說左上》：「墨子為木鳶，三年而成，蜚一日而敗。」漢代文字資料裏，借「蜚」為「飛」的現象極為普遍）。現在一般的「飛」字已不能用「蜚」代替，只有在使用「流言蜚語」、「蜚聲海內」等熟語的時候，仍然借「蜚」為「飛」（參看〔十二㈡1〕）。

**眉——麋**　古代常常借「麋」為「眉」（《荀子・非相》：「伊尹之狀，面無須麋」。秦簡也借「麋」為「眉」），現在已經不能這樣用了。

還有些本有本字的假借字，不但早已不再使用，而且在古書裏也是偶然出現的。如《周禮・春官・鬯人》有「廟用脩」之文，意謂廟祭盛鬯之器用脩，鄭玄注說「脩讀曰卣」。「脩」字的這種假借用法就極為少見（卣是古代盛酒的一種器皿。〔七㈠2〕「栗」字條已經指出，「卣」跟「卤」本是一字異體。所以當酒器講的「卣」其實也是假借字。古文字裏有從「皿」的「𥂖」字，這才是當酒器講的｜卣｜的真正本字）。

已有本字的詞為什麼還要用假借字呢？原因很複雜。

古書裏有些本有本字的假借字，性質跟現在的同音別字並無區別。那些跟上面所舉的「脩」（卣）字同類的，只是偶爾出現的假借字，大概多數屬於這種性質。鄭玄曾說，經典傳本裏的有些字，「其始書之也，倉卒無其字，或以音類比方，假借為之，趣於近之而已」（見《經典釋文・敍錄》），指的就是這種字。即使是廣泛使用的，甚至最後取代了本字的那些假借字，本來大概也有一部分是同音別字。後來使用的人多了，身分就變了。

有些本有本字的假借字，有分散文字職務的作用。例如：前面提

到過「何」是負荷之「荷」的本字。所以要假借「荷」字來表示「何」字的本義，大概是為了使「何」字可以主要用來表示常用的假借義──疑問代詞｛何｝。在〔十一㈠2〕裏討論分散文字職務的方法的時候，將會比較充分地講到這種現象。

用假借字來分散文字的職務，往往明顯地具有使文字能更好地反映語音的目的。例如借「閑」字表示「閒」字的變音引申義閑暇的｛閒｝，借「茶」字表示「塗」字的變音引申義｛搽｝。這兩個例子前面都已經講過了（後一例見〔八㈦1〕）。後面第四節討論跟假借有關的字音問題的時候，還會講到這類現象。

有些假借字是由本字的分化字充當的，如〔七㈡〕裏提到過的借為「丩」的「糾」字，就是「丩」的一個分化字。人們所以使用這種假借字，可能主要是為了把它們認為沒有必要加以區分的字合併起來。在〔十一㈡〕裏討論文字的合併的時候，將會比較充分地講到這種現象。

有時候，使用本有本字的假借字，是為了簡化字形，如簡化字借「斗」為「鬥」。在歷史上，這種情況主要見於所謂俗字。例如以「只」代「隻」，以「参」代「蓡」，以「姜」代「薑」，以「灵」代「靈」（《廣韻》平聲青韻郎丁切：「灵，字類云小熱皃。」此字與「靈」同音。《正字通》「灵」下注「俗靈字」。簡化字取「灵」的寫法），以「杰」代「傑」（「杰」字古多用為人名，與「傑」同音，見《玉篇》、《廣韻》。《康熙字典》「杰」下注：「俗借作豪傑傑字」），以「勾」代「夠」（見明人戲曲等），以「吊」代「掉」（見《老殘遊記》等）等等。這類俗字有的一直沿用下來，在中國大陸五十年代的異體字整理和漢字簡化中被採用為正體，如上舉前五字；有的在使用了一段時間之後就不通行了，如上舉後二字。借「球」為「毬」，很可能也是以簡化為目的的，因為「玉」旁比「毛」旁好寫（孫常敍《漢語詞彙》389頁，吉林人民出版社，1956）。借作「毬」的「球」，過去也是被看作俗字的。

另一方面，為了使字形不易相混，有意假借筆畫較多的字來代替本字的現象，也是存在的。如〔七㈠1〕裏提到的以「四」代「亖」、以「員」代「〇」等例。我們現在所用的歷史相當悠久的數字大寫，都是假借字（其中有些字的本義跟借它來代替的數字在意義上

有聯繫，詳下節。「柒」的情況比較特殊。「七」的大寫漢代借「桼」字充當，後來借「漆」字充當。「柒」本是「漆」的異體，不過現在這兩個字已經分化，「柒」專用作「七」的大寫）。在古代，有些單位字也有大寫。秦人曾以「尊」代「寸」（見商鞅量銘文及睡虎地秦簡中的《日書》）。唐代前後多以「觔」（本是「筋」的異體）代「斤」，以「碩」代「石」，以「勝」代「升」（「斗」的大寫多用加注音符的「㪷」）。以「觔」代「斤」的辦法一直沿續到晚近。近代開始使用的貨幣單位|元|，本因圓形銀幣而得名。對這個單位詞來說，「圓」是本字，「元」是起簡化作用的假借字。現在以「圓」為「元」的大寫，大寫反而是本字，這是一個特例（或謂「元」的名稱來自「元寶」，依此說「圓」是假借字）。

用「草」、「策」、「蜚」、「麋」等字代替「艸」、「冊」、「飛」、「眉」等字，可能跟人們喜歡用形聲字代替表意字（尤其是非會意字的表意字）的心理有關。「草」的「艸」旁就是假借它來表示的草木之|草|的本字，「策」的「竹」旁跟假借它來表示的|冊|有明顯的意義上的聯繫，「蜚」字的「虫」旁也勉強可以跟|飛|的意思聯繫起來（因為有不少蟲是會飛的）。這大概也是人們喜歡用這幾個假借字的一個原因。在〔一〇(二)〕裏還要從同形字的角度來討論這種現象。

此外，使用本有本字的假借字，還有一些特殊的原因。有時因避諱而用假借字。例如：民國之前，因避孔子諱以「邱」代「丘」，因避康熙帝玄燁諱以「元」代「玄」等等。有時因其他忌諱而用假借字。例如：舊衣服本稱故衣，但是舊時代賣舊衣服的故衣舖都把「故衣」寫作「估（仍讀為故）衣」。這大概是由於人死也稱「故」，「故衣」容易使人聯想起死人的衣服的緣故。明代承元代之後，怕人們把「元來」、「元由」的「元」誤解為元代的「元」，用「原」來代替它（參看下節）。這也可以看作因忌諱而用假借字的例子。有時人們還為了求典雅而用假借字。例如：《詩・小雅・常棣》是講兄弟之間應該友愛的詩篇，因此「常棣」成了跟「兄弟」有關的典故。「弟」、「棣」二字，中古音只有上聲、去聲之別，濁上變去後完全同音。古人詩文中有時以「棣」指弟（「棣」一般仍讀本音）。後來人們在信札中稱對方為弟時，往往直接借「棣」為「弟」，如把「賢

弟」寫作「賢棣」。這本來是為求典雅，實際上卻成了一種俗套。

總之，使用本有本字的假借字的原因是多種多樣的。

有少數本有本字的假借字，後來又為它們造了後起本字。例如：上舉的借為「猒」的「厭」，後來又為它造了後起本字「饜」。〔八㈠〕裏提到過的假借字——矢服的「服」，原來有本字 （葡），後來又為它造了後起本字「箙」。〔八㈦1〕裏講到過的假借字——茶粉的「茶」，原來有把茶粉的｛茶｝作為引申義表示的本字「塗」，後來又為它造了後起本字「搽」。

如果本字跟假借字不像前面舉過的「艸」跟「草」、「謂」跟「胃」等例那樣，在字形上有相包孕的關係，同時關於它們的使用情況又缺乏足夠的歷史資料，就很難確定二者開始使用的時間的先後。例如在古書裏，「疲」字跟它的假借字「罷」都很常見，「疲」字的出現究竟在假借「罷」字表示｛疲｝之前還是之後，就不易斷定（看來「疲」字後起的可能性比較大，但是缺乏有力證據）。又如：在古書裏，早晚的｛早｝往往借「蚤」字表示。過去一般認為「早」是本有的本字。但是，已發現的秦代和西漢的簡冊和帛書，在表示「早」這個詞的時候，大都借用「蚤」字，偶爾也借用「棗」字，卻從來不用「早」字。因此過去對「早」字的看法也就需要重新考慮了（西周時代的敔簋銘裏有 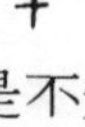 字，一般釋為「早」，但在銘文裏是用為地名的。「早」究竟是不是早晚之｛早｝的本字，其實還是個問題。也許對｛早｝這個詞來說，「早」也是個假借字，而且開始使用的時間比「蚤」還晚。平山戰國中山王墓所出大鼎的銘文，把｛早｝寫作「曓」。這倒是一個貨真價實的本字，不過它多半是在假借字「棗」上加注「日」旁而成的後起本字）。由於本字出現的先後往往很難確定，有時只好不去區分本有本字和本字後起這兩種情況，使用比較籠統的「有本字的假借」的說法。

在〔六㈡〕裏已經說過，狹義的通假指假借一個同音或音近的字來表示一個本有其字的詞。所以本有本字的假借是典型的通假現象。本字後造的假借，在後起本字出現之前，是無本字的假借。後起本字出現之後，假借字如果還繼續使用，就可以看作通假字了。但是由於後起本字出現的確切時間不易斷定，上面所說的這兩種情況有時也難以分清。所以也有人不管使用時間的先後，籠統地把有後起本字的假借

字全都看作通假字。

對那些後起本字由於極少用而不為一般人所知的假借字，稱它們為通假字實際上是不合理的。如果要明確表示這種字的特點，可以稱它們為後起本字不通行的假借字。

## (二) 被借字的意義跟假借義有聯繫的現象

我們在前面已經講到了一些這一類的假借現象，如借「糾」字表示｛丩｝，借「函」表示｛含｝，借「卿」（饗）或「鄉」表示方向的｛向｝（見〔七(二)〕）。下面再舉幾個例子。

借「衷」表｛中｝　《說文》：「衷，裏褻衣。从衣，中聲」。「衷」的本義是貼身內衣，這應該是中間之｛中｝的一個引申義。古書裏講到心理、道德等方面的｛中｝的時候，往往用「衷」字來表示它，如《國語・周語上》「國之將興，其君齊明衷正」（韋注：「衷，中也」。），《左傳・昭公六年》「楚辟我衷」（杜注：「辟，邪也。衷，正也。」）。直到現在，這種「衷」字仍然保存在「折衷」（也作「折中」）、「衷心」、「言不由衷」等詞語的書面形式裏。這種「衷」字所表示的，顯然不是「衷」字本義的引申義，而是「中」字的本義或引申義，它們是假借來表示｛中｝的。這跟借「糾」為「丩」是很相似的。

借「畔」表｛叛｝　《說文》：「畔，田界也。从田，半聲。」田界是判分田地的，｛畔｝應該是｛判｝的同源詞，也可能就是由｛判｝派生的一個詞。古書多以「畔」表｛叛｝（《論語・陽貨》：「公山不擾以費畔」。《孟子・公孫丑下》：「親戚畔之」），「叛」當是用改換形旁的辦法由「畔」分化出來的（《左傳・莊公十八年》：「初，楚武王克權，使鬭緡尹之，以叛」，《釋文》所據本「叛」作「畔」，注曰：「本或作叛，俗字。」《說文》把「叛」分析為「从半，反聲」，似不如分析為「从反，半聲」妥當）。｛叛｝的原意跟現在所謂鬧分裂差不多。它大概就是由｛判｝派生的一個詞（《左傳・襄公二十六年・正義》：「叛者，判也。欲分君之地以從他國，故以叛為名焉。」）。所以｛畔｝跟｛叛｝也應該是同源的，表｛叛｝的「畔」

應該是原來的字義跟假借義有聯繫的假借字（也有人認為┤叛├跟┤反├是同源詞，跟┤判├不是同源詞。「畔」、「叛」關係還可以進一步研究）。

借「說」表┤悅├表┤脫├　《論語》第一句「子曰：學而時習之，不亦說乎」的「說」，應該讀為「悅」。這是讀古文的人都知道的。在古書裏，以「說」表┤悅├是常見的現象。「悅」字是用改換形旁的辦法由「說」分化出來的。┤說├本指以言辭解釋（《墨子·經上》：「說，所以明也。」），┤悅├本指心中解開鬱結，跟由┤釋├派生的┤懌├義近（參看王念孫《廣雅疏證·釋詁三》「忺愉、兌、解，說也」條）。┤說├跟┤悅├顯然是同源詞。古書中還時常用「說」字表示解脫的┤脫├（《易·蒙》：「用說桎梏」，干寶注：「說，解也。」《詩·大雅·瞻卬》「女覆說之」，《後漢書·王符傳》引作「汝反脫之」。《說文》：「挩，解挩也。」這是解脫之「脫」的本字。據《說文》，「脫」的本義是消瘦）。┤說├跟┤脫├也無疑是同源詞。┤說├、┤悅├、┤脫├都應該源自意義跟┤解├、┤釋├相近的一個母詞。這三個詞也許起先都是用「兌」字表示的，但是彼此間似乎並無本義跟引申義的關係。從字形上看，從「言」的「說」應該是為解說之┤說├而造的一個字。借「說」表┤悅├表┤脫├，跟借「畔」表┤叛├是很相似的。

借「原」表┤元├　「原」跟「元」字音相同，意義也有相近之處。「元」的本義是人頭（參看〔七㈠2〕）。┤首├、┤頭├等詞引申出了開頭、首要等意義，┤元├也引申出了元始、元本等意義。「原」是「源」的初文（參看〔七㈠5B〕），由水源之義引申出了原本之義，跟「元」的引申義非常接近。董仲舒《春秋繁露·重政》：「是以《春秋》變『一』謂之『元』，元猶原也」，把「原」用作「元」的聲訓字。原來、原由的┤原├，古代本用「元」字表示，是「元」的引申義；明初因嫌與元朝之「元」相混，才改用「原」字表示（參看顧炎武《日知錄》卷三二「元」條。郝懿行《晉宋書故》「元由」條：「元，始初也。由，萌蘗也。論事所起，或言元起，或言元來，或言元舊，皆是也。今人為書，元俱作原字……蓋起於前明初造，事涉元朝，文字簿書率皆易元為原。」）。這種用來代「元」的「原」字，也可以看作原來的字義跟假借義有聯繫的假借字。不過由於「原」字

本來就有跟所代替的「元」字極其相近的意義，即使不把它看作假借字，有關詞語的意義也不至於誤解。｜元｜跟｜原｜是否有同源關係，目前還不能肯定。

前一節提到過的數字的大寫，也有不少是原來的字義跟假借義有聯繫的假借字，如「壹」（《說文》：「壹，專壹也。」專壹之「壹」現在一般寫作「一」）、「貳」（《說文》：「貳，副益也。从貝，弍聲。弍，古文『二』。」《段注》：「當云『副也，益也』……形聲包會意。」）、「參」（本作曑，後變為參。本義是星宿名。參宿有三顆很亮的星，當因此而得名。《詩・唐風・綢繆》：「三星在天」，毛傳：「三星，參也。」）、「伍」（《周禮・地官・小司徒》：「五人為伍」）、「佰」（《說文》：「佰，相什佰也。从人、百。」）、「仟」（《廣韻》平聲先韻蒼先切：「仟，千人長也。」）。

被借字跟借它來表示的詞在意義上也有聯繫的現象，應該有很多是無意中造成的。這一點在第二章裏已經說過了。

有意挑選意義相關的字作為假借字的情況，也是存在的。例如：古人借「說」字，而不借讀音跟它們的語音更接近的字來表示｜悅｜和｜脫｜，很可能是因為｜說｜跟｜悅｜、｜脫｜是同源詞。明代人借「原」代「元」，大概也跟這兩個字意義相近有關。此外，像借「糾」為「丩」那樣，以表示引申義的分化字來取代母字的全部職務的用字方法，其目的可能主要在於合併文字。這在上一節裏已經提到過了。

對於感覺不到上面所討論的那種假借字的原來字義跟假借義之間的聯繫的人來說，這種假借字跟一般的假借字並無區別。例如：｜畔｜跟｜叛｜在意義上的聯繫，一般人大概是不會注意到的。所以他們大概不會感到借「畔」表｜叛｜跟一般的同音假借有什麼不同之處。

但是有一些原來的字義跟假借義有明顯聯繫的假借字，特別是其中已經把本字排擠掉的那些字，往往會被一般人看作本字，如原來的「原」、糾纏的「糾」（「糾」字的形旁「糸」跟假借義也可以聯繫起來）。

此外還可以看到，由於誤認同音或音近的字為本字，用它來代替真正的本字的現象。這種現象大都發生在雙音節複合詞的一個語素身

上。例如：當劇烈、凶猛講的「利害」，現在一般都把它寫成「厲害」。「利害」本指好處與壞處，引申而有嚴重的意思（有利害關係的事往往比較嚴重），又引申而有劇烈、凶猛等意思。一般人覺得「利」字的意義跟劇烈、凶猛等義聯繫不起來，所以喜歡以「厲」字來代替它。他們顯然是把「厲」看成本字的（有很多人已經根本不知道「厲害」還可以寫作「利害」了）。此外如把「年輕」寫作「年青」，「交代」寫作「交待」，「流連」寫作「留連」，「照相」寫作「照像」等，都是這一類的例子（「相」、「像」在分清、濁音的方言裏不同音。這些方言地區的人一般不會把「照相」寫作「照像」）。上舉這些寫法，在過去曾被認為是使用同音別字，現在卻大都已經為詞典所承認了。我們可以把「厲害」的「厲」、「年青」的「青」這一類字稱為「俗本字」。有的單音節詞也有俗本字。例如望東、望西的「望」，現在一般都寫作「往」。而且還有不少人把這種本應讀去聲的「往」，按照「往」的本音讀作上聲。這充分說明他們是把它看作本字的。（中國大陸1985年12月修訂公佈的《普通話異讀詞審音表》規定「往」字都讀上聲，已經承認了這種俗讀）。又如坑害人的｜坑｜，本來是用「傾」字表示的，應該是「傾」的一個變音引申義。明以後有很多人把這個詞寫作「坑」（李榮《漢字演變的幾個趨勢》，《中國語文》1980年 1 期18-19頁）。現在一般人早已不知道這個詞還有「傾」的寫法了。以「坑」代「傾」，可能也跟誤認「坑」為這個詞的本字有關。


## (三) 一詞借用多字和一字借表多詞的現象

一個詞使用兩個（對雙音節、多音節詞來說是兩組）以上不同假借字的現象，是常見的。有時候，表示同一個詞的不同假借字之間，有比較明顯的前後相承的關係。例如：

**女——汝** 第二人稱代詞｜汝｜先借「女」字表示（先秦古文字資料全都如此，古書中也有很多例子。《漢書・外戚傳下》：「女自知之」，顏注：「女讀曰汝」），後來改借汝水之「汝」表示（傳世先秦古籍中借「汝」之例，似皆後人所改。漢熹平石經、魏三體石經

中，第二人稱代詞｜汝｜都寫作「女」。《書・堯典》「汝陟帝位」，《史記・五帝本紀》作「女登帝位」；同篇「汝作秩宗」，《周禮・春官・序官》鄭司農注引此文，「汝」作「女」。同類之例尚多）。

**皮──彼** 指示代詞｜彼｜先借「皮」字表示（石鼓文「丞皮淖淵」），後來改借《說文》訓為「往有所加」的「彼」字表示（馬王堆帛書《老子》乙本《道經》：「故去彼而取此」。馬王堆帛書又屢次借「罷」表｜彼｜。《老子》甲本中，｜彼｜寫作「罷」、「皮」或「被」。《老子》乙本中，｜彼｜寫作「罷」或「彼」）。

**可──何** 疑問代詞｜何｜先借《說文》訓為「肯」的「可」字表示（石鼓文「其魚隹可」讀為「其魚惟何」。秦簡也借「可」表｜何｜），後來改借負荷之｜荷｜的本字「何」表示（馬王堆帛書《老子》甲本《德經》：「夫何故也」）。

**顛──願** 欲願的｜願｜先借《說文》訓為「顛頂」的「顥」字表示。漢代人往往把這個字簡寫為「顛」（見銀雀山漢簡等）、「頿」、「頗」（以上見漢碑）等形，南北朝和唐代人進一步簡化為「顅」。《說文》訓為「大頭」的「願」，在漢代也已假借來表示欲願的｜願｜（見定縣40號漢墓簡文，《文物》1981年8期9頁圖一一94號簡），但是用的人似乎不多。六朝以後，「願」字的使用逐漸普遍。到宋代，一般人大概就不用「顅」字只用「願」字了。

有時候，不同的假借字之間沒有明顯的前後相承的關係。例如：

**衹（秖）──只** 限制性副詞｜只｜，古代或借「緹」的異體「衹」字表示（《詩・小雅・我行其野》「亦衹以異」之「衹」唐石經作「衹」。參看張參《五經文字》），或借《說文》訓「語已詞」的「只」字表示（《世說新語・任誕》「襄陽羅友有大韻」條注引《晉陽秋》「我只見汝送人作郡」）。「衹」也寫作「秖」（見《干祿字書》等）。在傳世古書裏，這個字多訛作「袛」、「秖」等形，或訛作「祇」字、「祗」字（錢大昕則認為作「祇」不誤，「祇」為六朝俗體，見《十駕齋養新錄》卷一「祇」字條。《玉篇》有訓「穀始熟」的「秖」字，也有人認為表示｜只｜的「秖」就是假借這個字的）。過去，「只」與「衹」的訛別之體長期並用，簡化字採用「只」（據《廣韻》，訓「專辭」的「只」跟訓「適」的「衹」，同屬平聲支韻章移切支小韻；訓「語辭」的「只」屬上聲紙韻。《五音集韻》說「只」

俗讀若「質」，楊慎《丹鉛雜錄》卷三「衹有兩音」條也說訓「適」的「衹」「俗讀曰質」。現在普通話裏訓專辭的「只」讀上聲，不知是否由入聲的「質」音變來，其與古代訓專辭的「只」的確切關係待進一步研究）。

**纔—裁—財—才**　當「僅僅」講的｛才｝，古代或借《說文》訓為「帛雀頭色」的「纔」字表示（《漢書·鼂錯傳》：「遠縣纔至則胡又已去」，顏注：「李奇曰：纔音裁。師古曰：纔，淺也，猶言僅至。」），或借《說文》訓為「制衣」的「裁」字表示（《漢書·高惠高后文功臣表》：「裁什二三」，注：「裁與纔同」。同書《王貢兩龔鮑傳·序》：「裁日閱數人」，注：「裁與才同」），或借《說文》訓為「人所寶」的「財」字表示（《漢書·杜周附孫欽傳》：「高廣財二寸」，注：「財與纔同，古通用字。」同書《李廣利傳》：「士財有數千」，注：「財與才同」），或借本義不明的「才」字表示（《三國志·吳志·吳主傳》孫皓天紀四年裴注引干寶《晉紀》「眾才七千」。《說文》：「才，艸木之初也」。依此說，當僅僅講的｛才｝可以看作「才」字的引申義。但是甲骨文「才」或作 ↓，顯然不象草木初生之形，此說不可信）。睡虎地秦簡以及馬王堆帛書中的《五十二病方》等借「毚」表｛才｝，為一般傳世古書所未見，但《玉燭寶典》有同樣用例（卷二：「易傳曰：太陽毚——原註：古纔字也——出地上少陽得並而雷聲徵。」）近代一般用「纔」或「才」，簡化字用「才」。

**猗儺—猗那—阿那**　形容姿態柔美的雙音詞｛婀娜｝（ㄜˊ ㄛ ㄋㄨㄛˊ nuó，舊又讀ㄜˇ ㄛ ㄋㄨㄛˇ nuǒ，古音疊韻），古代或借《說文》訓為「㸹犬」（閹割之犬）的「猗」字和《說文》訓為「行有節」的「儺」字表示（《詩·檜風·隰有萇楚》：「猗儺其枝」），或借「猗」字和《說文》訓為「西夷國」的「那」字表示（《淮南子·修務》：「今鼓舞者……扶於猗那」），或借《說文》訓為「大陵」的「阿」字和「那」字表示（《文選》卷四張衡《南都賦》：「阿那蓊茸」，卷三〇陸機《擬古詩十二首·擬青青河邊草》：「皎皎彼姝女，阿那當軒織」）。上一字作「猗」或「阿」，下一字作「儺」或「那」。《詩·小雅·隰桑》：「隰桑有阿，其葉有難（ㄋㄨㄛˊ nuó）」，可能是分用｛婀娜｝的一個例子，下一字又作「難」（也有人認為先有分用的｛阿｝和｛難｝，然後才有合用的｛猗儺｝）。

「婀娜」是這個詞的後起本字。現在{婀娜}這個詞基本上只存在於書面語中，寫法已統一於「婀娜」。

**猶豫—猶預—猶與—由豫—由與** 《說文》訓「猶」為「玃屬」，訓「豫」為「象之大者」。這兩個字都是假借來記錄雙音詞{猶豫}的（《楚辭・離騷》：「欲從靈氛之吉占兮，心猶豫而狐疑」）。這個詞在古書裏還有「猶預」（《史記・魯仲連傳》：「平原君猶預未有所決」）、「猶與」（《禮記・曲禮上》：「卜筮者……所以使民決嫌疑定猶與也」，《釋文》：「與音預，本亦作豫」），「由豫」（《呂氏春秋・論威》「心無有慮」高誘注：「無由豫之慮」）、「由與」（《呂氏春秋・下賢》「就就乎」高注：「就就讀如由與之由」，畢沅校注：「由與即猶豫」）等寫法，上一字借「猶」或「由」，下一字借「豫」、「預」或「與」。現在只用「猶豫」一種寫法。

外來專名的音譯，有不少使用過不同的假借字。例如：漢代前後在我國北方有一種游牧民族叫「丁零」（《漢書・匈奴傳上》）。這個族名在古書裏還有「丁靈」（《史記・匈奴傳》、《漢書・李陵傳》）、「丁令」（《漢書・匈奴傳上》）、「釘靈」（《山海經・海內經》）等寫法。隋唐宋元時稱台灣為「流求」。這個地名在古書裏還有「流虬」、「留仇」、「留求」、「琉求」、「瑠求」等寫法。近代現代的譯名的寫法，也有很多是逐漸固定下來的，如「馬克思」就有過「馬克斯」、「馬克司」等不同寫法（不同音的譯法，如「馬格斯」、「馬爾格時」、「麥喀士」等為數更多）。

在一個沒有本字的詞所用的不同假借字裏，一般總有一個字（對雙音節詞、多音節詞來說是一組字）是比較為人所熟悉的。人們往往把其他假借字看作這種假借字的通假字，就跟把有本字的假借字看作本字的通假字一樣。我們可以把這種假借字稱為準本字。

一方面，同一個詞可以使用不同的假借字。另一方面，同一個字也可以假借來表示不同的詞，下面舉兩個例子。

**匪** 「匪」是筐篚之「篚」的初文（《周禮・春官・肆師》：「共設匪甕之禮」。《說文》有訓為「車笭」的「篚」，跟筐篚之「篚」似是同形字）。古書裏「匪」有以下一些假借用法：

1.表示否定詞{匪}，用法同{非}。《詩・衛風・氓》：「匪來貿絲，來即我謀」，鄭箋：「匪，非也。」

2．表示指示代詞｛匪｝，用法同｛彼｝。《詩・小雅・小旻》：「如匪行邁謀，是用不得於道。」《左傳・襄公八年》引用此文，杜預注：「匪，彼也。」

3．假借為當「有文采」講的「斐」。《詩・衛風・淇奧》：「有匪君子」，《禮記・大學》引此文，「匪」作「斐」。

4．假借為「分」或「頒」。《周禮・地官・廩人》：「掌九谷之數，以待國之匪頒、賙賜、稍食」，鄭玄注：「匪，讀為分。」「匪」、「分」古音陰陽對轉。也有人認為這種「匪」字是假借為「頒」的。《說文》：「頒，賦事也……讀若頒，一曰讀若非。」「賦」有分配之義。據《玉篇》、《集韻》等，「頒」有「頒」、「匪」二音。

5．表示疊音詞｛匪匪｝（ㄈㄟ・ㄈㄟ　fēi　fēi），與「騑騑」通。《禮記・少儀》：「車馬之美，匪匪翼翼」，鄭注：「匪讀如四牡騑騑」。「四牡騑騑」見《詩・小雅・四牡》，毛傳：「騑騑，行不止之貌。」

「匪」字的這些假借用法，現在大都已經不再存在。只有否定詞｛匪｝還保留在書面語的少數熟語中，如「匪夷所思」、「獲益匪淺」等。此外，盜匪、匪徒的｛匪｝，可以看作由否定詞｛匪｝派生的一個詞（「盜匪」之｛匪｝，當是由本來當「非其人」講的「匪人」一語演化出來的）。

干　據《說文》，「干」字的本義是干犯（《說文》：「Ұ，犯也。从反入，从一。」干求、干涉等義大概都是干犯的引申義）。在古書和漢碑裏，「干」字有以下一些假借用法：

1．表示與「盾」同義的｛干｝。《詩・大雅・公劉》：「干戈戚揚」，鄭箋：「干，盾也。」《方言》九：「盾，自關而東……或謂之干。」我們在〔四㈣〕裏講「戎」字的時候，曾提到本象盾牌形的「毌」字。這個字可能本與「干」同音，就是當盾講的「干」的本字。《說文》有訓為「盾」的「戦」字，當是後起本字（「干」在古代又可以用來表示｛扞｝。扞衛之義當是干盾之義的引申義。「扞」是表示「干」字的假借義干盾之｛干｝的引申義的一個分化字）。

2．表示與「岸」同義的｛干｝。《詩・魏風・伐檀》：「寘之河之干兮」，毛傳：「干，厓（涯）也。」

3.表示與「澗」同義的｛干｝。《詩・小雅・斯干》：「秩秩斯干」，毛傳：「干，澗也。」

4.假借為「犴」（音ㄢ án）。《儀禮・大射》：「大侯九十，參七十，干五十」，鄭注：「侯謂所射布也……干讀為犴。犴侯者，犴鵠犴飾也。」犴鵠就是犴皮做的箭靶子。

5.假借為乾濕的「乾」。《莊子・田子方》：「老聃新沐，方將被髮而乾」，《釋文》所據本「乾」作「干」（有人認為對乾濕的｛乾｝來說，「乾」也是假借字）。

6.表示旗杆的｛杆｝。《詩・鄘風・干旄》：「孑孑干旄」，《毛傳》：「注旄于干首，大夫之旃也。」旗杆的｛杆｝古代多寫作「竿」，《左傳・定公九年》引《干旄》，「干」，就作「竿」。所以也有人說當旗杆講的「干」是假借為「竿」的。不過，對旗杆之｛杆｝來說，用「竿」字顯然晚於用「干」字（「干」也有可能就是旗杆之｛杆｝的本字，詳下文）。

7.表示干支的｛干｝。「干支」本來是得名於「幹枝」的（天干是本，如樹木之幹。地支配天干，如樹木之枝。「幹」本作「榦」）。《廣雅・釋天》：「甲乙為幹。幹者，日之神也。寅卯為枝。枝者（者字據《廣雅疏證》補），月之靈也。」所以，干支的「干」是假借來表示「幹」的引申義的（干支的「干」跟一般的「干」字一樣讀平聲，「幹」則是去聲字。引申義跟本義不完全同音，是常見的現象。但是也有可能干支的「干」本讀去聲，後來才變成平聲字）。

8.假借為當辦事小吏講的「幹」。東漢以下，官府中設有稱為「幹」的辦事小吏。漢晉碑刻多借「干」為幹吏之「幹」，如鄭季宣碑陰有「直事干」，司馬整碑陰有諸曹干十三人。幹吏因幹主事務而得名。樹木以幹為主，幹主、幹辦當是樹幹的引申義。所以這種「干」字也是假借來表示「幹」的引申義的。漢簡又經常借干為箭幹之「幹」，可能「幹」字各義古代多可借「干」表示。

9.表示「丹干」的｛干｝。《荀子・王制》以「丹干」與「曾青」並提，同書《正論》篇作「丹矸」。「丹干」可能是朱砂的別名（看《荀子》楊倞注）。

10.表示「若干」之｛干｝。《漢書・食貨志下》：「或用輕錢，

百加若干」，顏注：「若干，且設數之言也。干猶箇也，謂當如此箇數耳。」

11. 表示當「縱橫交錯」等義講的雙音詞｜闌干｜的下一個音節。

此外「干」字還有其他假借義，不一一列舉了。

我們在上面講「干」字本義的時候，是以《說文》為據的。但是《說文》對「干」字字形的分析十分牽強，以「犯」為「干」字本義大概是錯誤的。甲骨文裏象旗幟形的「𣃚」字寫作 𣃚，𣃚（干）字所象的可能就是旗杆（徐灝《說文段注箋》已「疑干即古竿字，亦即古杆字」）。如果確實如此，上面所舉的第 6 條假借義，就應該是「干」字的本義，干犯則是「干」字的假借義。不過「干」字早已變成了記號字，究竟哪一種意義是它的本義，已經不是一個重要問題了。

簡化字借「干」字代「乾」（不包括乾坤的「乾」）和「幹」（已包括「榦」）。所以雖然「干」字在古代的假借用法有不少已經不再存在，在我們現在所用的漢字裏它仍然是假借義比較多的一個字。

## （四） 跟假借有關的字音問題

被借字的讀音（也可以說是假借字原來的讀音），跟借它來表示的那個詞的音，可以僅僅是相近的，而不是完全相同的。所以一個字的本義跟假借義的讀音往往有差異。有時候一個字還會有兩個以上既跟本義不同音，彼此也不同音的假借義。總之，假借時常造成一字異音的現象。下面舉幾個例子，為了方便起見，姑且用普通話的語音來加以說明。「夫」字本讀ㄈㄨ（fū），借表語氣詞或指示代詞時則讀ㄈㄨ（fú）（這兩個音的差別，本來在聲母的清濁上，後來才變為陰平與陽平的不同）。「女」字本讀ㄋㄩ（nǔ），借表第二人稱代詞｜汝｜時則讀ㄖㄨ（rǔ）。「干」字本讀ㄍㄢ（gān），借為「幹」時讀ㄍㄢ（gàn），借為「豻」時讀ㄢ（án）。

就跟聲旁和形聲字的讀音一樣，一個字的本義和假借義的讀音，在開始的時候即使並不全同，至少也是很相近的，二者之間比較明顯

的差異一般是後來的語音演變所造成的。例如按照現代語音來看，「女」、「汝」二字聲母的差異很明顯。但是「女」是泥母字，「汝」是日母字，在上古時代日母的讀音跟泥母極其接近（也有人認為完全相同），所以在當時「女」可以假借來表示｜汝｜。本義跟假借義的讀音從完全相同變得有差異的現象，偶爾也可以看到。例如：古代往往借「麋」為「眉」（看本章第一節），有時還借「麋」為「湄」（《詩・小雅・巧言》：「居河之麋」）。據中古韻書，這三個字都讀武悲切。但是在普通話裏，「麋」讀為ㄇㄧˊ（mí）「眉」和「湄」讀為ㄇㄟˊ（méi），「麋」字本義跟假借義的讀音就有了差異。1979年版《辭海》把借為「眉」和「湄」的「麋」也讀為ㄇㄧˊ（mí），是錯誤的。

　　有時候，假借也能起減少一字異音現象，使文字更好地反映語音的作用。例如在一個字有了變音的引申義之後，如果不造分化字的話，有時就假借一個跟這個引申義同音的字來表示它。在本章第一節裏講本有本字的假借字的時候，已經舉出了借「閑」字表示「閒」字的變音引申義和借「茶」字表示「塗」字的變音引申義的例子。第二節講俗本字的時候舉出的以「坑」代「傾害」之「傾」的例子，也起了這種作用。前面說過，「女」跟「汝」的聲母本來很接近，但是後來由於語音的演變有了明顯的差異。改借「汝」字來表示本由「女」字表示的第二人稱代詞｜汝｜，也是通過假借使文字更好地反映語音的一個例子。在〔十一㈡2〕裏講分散文字職務的方法的時候，還會遇到這方面的例子。

　　有的詞由於用為某個複合詞的一個成分或其他特殊原因而發生音變（有時實際上是保持了較古的語音）。在遇到這種情況的時候，有時也會假借一個能夠反映實際語音的字來代替原來所用的字，例如現代人把「張家（˙ㄍㄜ ˙ge）莊」、「龐家莊」的「家」改為「各」，把「叫化（ㄏㄨㄚ huā）子」的「化」改作「花」，把「木樨（也作犀，音ㄒㄩ xū）肉」、「木樨湯」裏的「樨」改為「須」等等（關於「木須」，看李榮《語音演變規律的例外》，《中國語文》1965年2期117頁）。

　　在假借字讀音方面，還有一個有爭論的問題，就是通假字是否一定要讀如本字。例如：有一個本讀 A 音的字，現在假借為讀 B 音的

一個字。這個字是必須改讀為 B 音呢，還是仍然可以讀為 A 音呢？
按理說，這是不應該成為問題的。字音就是字所代表的詞的音。通假
字是被借來表示它的本字所代表的詞的。它跟本字的讀音應該完全相
同。原來的讀音，即未被假借時的讀音跟本字的讀音有出入的通假
字，應該讀如本字。但是實際上卻有不少人持通假字不必一定讀如本
字的觀點。上文曾提到《辭海》把借為「眉」和「湄」的「麋」讀為
ㄇㄧˊ（mǐ），就是一個實例。通借字是通用字的一部分。在〔十二(二)〕
裏有一小節專門講通用字的讀音問題。為了避免重複，這裏對通假字
是否一定要讀如本字的問題就不作深入的討論了。


## (五)　語文研究中跟假借有關的幾種錯誤傾向

　　語文研究中存在的錯誤傾向，有一些跟人們對假借現象缺乏正確
認識有關。下面分詞義研究和古籍解讀兩個方面，簡單談談幾種主要
的錯誤傾向。


### １　詞義研究方面的錯誤傾向

詞義研究方面需要指出的錯誤傾向主要有兩種。

#### A. 牽強附會地把假借義說成引申義

　　假借字是由本身有意義的現成文字充當的，所以人們容易把假借
所引起的一字多義現象，誤認為語義引申的結果。

　　文字學的鼻祖，把引申稱為假借的許慎，就屢次把我們稱為假借
的現象曲解為語義引申。例如用本來當麥子講的「來」字表示來去之
｜來｜，明明是跟語義引申無關的假借現象，但是許慎卻說：
「來，周所受瑞麥來麰……天所來也，故為行來之來。」又如「韋」
是「違」的初文（參看〔七(一)5B〕），本義是違離，引申而有違背的
意思（《說文》以「離」為「違」字本義，「相背」為「韋」字本義，
不妥），用它來表示皮韋之｜韋｜，也顯然是假借的現象，但是許慎
卻說：「韋，相背也……獸皮之韋可以束枉戾相韋背，故借以為皮

韋」，竟認為皮韋是因為可以用來捆束「枉戾相韋背」的東西而得名的。

許慎把假借曲解為引申的做法，對後人有很大影響。《段注》就時常犯類似的錯誤。例如：「莫」字注認為本義為「日且冥」的「莫」（「暮」字的初文），「引伸之義為有無之無」，竟把否定詞｛莫｝看作｛暮｝的引申義。「格」字注說：「木長皃（貌）者，格之本義，引申之，長必有所至，故《釋詁》曰：格，至也。」其實當「至」講的「格」是假借為「各」的（參看〔七(一)5B〕），跟「木長皃」一點也沒有關係。

直到目前，還有人寫文章，說「胡須」的「須」所以能用為「必須」的「須」，是由於「在古人心目中，『髭須』對男子是『必須』的」；跳蚤的「蚤」所以能用為「蚤（早）晚」的「蚤」，是由於古代衛生條件差，蚤虱橫行，天明起床就要捉殺蚤虱，「久而久之，捉殺蚤虱之時，便稱為蚤時」的緣故。比之古人，真是有過之而無不及了。

在詞義研究中，對那些難以確定究竟是語義引申還是文字假借的現象，最好持存疑態度。寧可放過一些語義引申的現象，也不要去犯把假借曲解為引申的錯誤。我們應該盡可能客觀地去研究語言現象，不應該去「創造」語言現象。

附帶提一下，在詞義研究中也存在跟上面所說的那種傾向相反的另一種錯誤傾向，就是由於求之過深而把某個字的本義或引申義硬說成假借義。例如：紙張的｛張｝顯然是張開的｛張｝所派生的一個詞。不但紙以「張」為單位詞，其他可以張開的東西也往往以「張」為單位詞。但是有的人卻硬說「紙張的張，本字是箈，為抄紙用的竹簾」（「張」、「箈」古韻不同部，就是從語音條件上看，這兩個字相通的可能性也很小）。這種庸人自擾的做法也是應該注意防止的。

## B. 把同源詞之間的關係跟本字和假借字的關係混為一談

假借字有的根本沒有本字，有的雖有本字，但早已被人遺忘。因此有不少假借字是無法或很難為它們找到本字的。清代的有些文字學者，在不能為假借字找到真正的本字的時候，就找一個音義皆近的字來充當本字。例如《段注》認為處所的「所」是假借為「處」的

（「所」字从「斤」「戶」聲，據《說文》，本義是「伐木聲」），《定聲》認為當否定詞講的「莫」是假借為「𣞤」（無）的（《定聲》對「所」的看法與《段注》同）。這樣來找本字，顯然是不合理的。

也許有人要問，前面曾經講到過假借「閑」字來表示「閒」字的變音引申義這一類現象，「所」跟「處」以及「莫」跟「無」的關係，有沒有可能是與「閑」跟「閒」的關係相類的呢？也就是說，處所之「所」有沒有可能是假借來表示「處」字的一個變音引申義的呢？當否定詞講的「莫」有沒有可能是假借來表示有無之「無」的一個變音引申義的呢？這種可能性當然不能排除。但是即使事實的確如此，為了避免誤解，也應該說明「所」是假借來表示「處」的一個引申義的，「莫」是假借來表示有無之「無」的一個引申義的，而不應該簡單地說「所」假借為「處」，「莫」假借為「𣞤」（無）。何況這還是未經證實的猜測呢？如果認為處所之｜所｜跟｜處｜，否定詞｜莫｜跟｜無｜，可能是同源詞，那倒還不失為一種可以考慮的假設。說「所」假借為「處」，「莫」假借為「𣞤」（無），則是武斷的，不合理的。

《定聲》有時還給一個假借義找兩個以上的本字，例如「庸」字條就說「庸」字當凡庸講，是「假借為『中』為『眾』」。這就更不合理了。凡庸的｜庸｜跟｜中｜和｜眾｜，大概連同源詞的關係都未必會有。

上面指出的清代人講假借的那種錯誤傾向，對後人有相當大的影響。在現代的語言文字學方面的著作裏，「爾」假借為「你」、「豆」假借為「菽」一類說法，仍然不時可以看到。第二人稱代詞｜爾｜跟｜你｜無疑是有極近的親屬關係的同源詞。｜菽｜跟豆麥之｜豆｜也有類似的關係（「菽」、「豆」二字古音比較相近）。但是它們既然早已由於書面語跟口語的分歧或其他原因分化了開來，我們就不能簡單地說「爾」假借為「你」、「豆」假借為「菽」了。如果想說明豆麥之｜豆｜跟｜菽｜之間、爾汝之｜爾｜跟｜你｜之間的關係，應該用語言學的術語，不應該用文字學上假借的說法。

此外，還可以看到比上面所舉的那兩個例子還要不合理得多的一

些說法。有人把「身」說成當「我」講的「朕」的本字。其實「身」、「朕」二字古音並不相近（上古音「身」屬真部，「朕」屬侵部，聲母也不同）。不但「身」不可能是「朕」的本字，｜身｜和｜朕｜這兩個詞也不見得會有同源關係。有人說「跋扈」是「暴橫」的借字。在古漢語裏，｜暴｜跟｜橫｜雖有連用之例，但並未形成一個複合詞，｜跋扈｜則是一個不能分用的雙音詞，情況很不一樣。從古音看，「扈」跟「橫」還可以說有陰陽對轉的關係，「跋」跟「暴」的韻部並不相近（上古音「跋」屬月部，「暴」屬宵部）。「暴橫」跟「跋扈」從文字上看不可能有正借關係，從語言上看也不可能有同源關係。

有的人批判《定聲》以「匄」（丐）為乞求之「乞」的本字的說法，認為「乞」的本字是「祈」。其實從講假借的角度來看，說「乞」借為「祈」，跟說「乞」借為「丐」同樣不合理。從研究語源的角度來看，這兩說的優劣也很難定。這樣的批判只會使初學者越來越糊塗。

從清代以來，有很多人給方言、俗語裏的詞找本字。那些找得根本不對頭的且不去說他，就是那些找得比較好的，所找到的也往往並不是真正的本字，而只是代表同源詞的字。

古人沒有接觸過近代的語言學，不能把研究語源跟講假借明確區分開來，這是情有可原的。今人就不應該再步他們的後塵了（古人的情況也是不一致的，王念孫在這方面要比段、朱等人高明，參看〔十二㈡3〕關於「農」、「努」關係的說明）。

近年來，不少研究方言的人在為方言詞找本字的時候，要求找出來的本字的音跟方言詞的音有嚴格的對應關係，在很大程度上糾正了上述那種錯誤傾向。這是很值得稱道的。可惜有些人還在走前人的老路。

## 2　古籍解讀方面的錯誤傾向

古籍解讀方面需要指出的錯誤傾向主要也有兩種。

### A. 把通假字當作一般的字理解

古書裏有很多通假字（這裏所說的通假字包括本章第三節裏講過的對準本字而言的通假字）。如果誤把它們當作一般的字對待，就會讀不通古書或誤解古書文義。不常見的同音別字性質的通假字，在字書裏往往沒有記載。有些在古代通行過的通假字，由於停止使用的時間很早，也往往不為後人所知。這些通假字給讀古書的人造成的困難尤其大。

清代學者解讀古籍的水平大大超越前人。其主要表現之一，就是他們給古書裏前人不能正確理解的很多通假字找出了本字。這方面的例子在王念孫、王引之父子的《讀書雜志》、《經義述聞》等著作裏很容易找到，這裏就不準備徵引了。下面通過我們在參加銀雀山漢墓竹書整理工作時遇到的一個問題，具體說明一下正確理解通假字的重要性。

在銀雀山漢墓出土的《齊孫子》（孫臏兵法）的《威王問》等篇裏有「篡卒」一詞，從上下文看，可以知道是指能「絕陣取將」的精銳士卒而言的。起初我們認為「篡」字用的是本義，給「篡卒」作了如下注解：

> 篡，強取。篡卒指能搴旗斬將的剽悍士卒。

後來由於同墓所出竹簡中有關資料的啓發，才想到這個「篡」字應該是選擇之「選」的通假字（《晏子春秋·內篇問上·第二十章》「選賢進能」之「選」，銀雀山竹簡本作「篡」）。「選」跟「算」音近，古書中有相通之例（《論語·子路》「何足算也」，《鹽鐵論·雜事》引作「何足選哉」）。從「食」「算」聲的「籑」，或體作「饌」。武威漢墓所出簡本《儀禮·特牲》43號簡「選」字三見，今本皆作「饌」。「篡」從「算」聲，所以也可以跟「選」相通。選卒就是精選的士卒。古書中「選卒」之稱屢見，如《戰國策·齊策一》「其良士選卒亦殛」，《呂氏春秋·愛類》「非必堅甲利兵，選卒練士也」。回過頭來看自己原來望文生義的注解，覺得非常可笑。

初學古漢語的人，當然沒有條件去辨識字書裏沒有注明的通假字，但對字書已經注明的，尤其是其中比較常用的那些通假字，一定要努力去掌握，不然是學不好古漢語的。《光明日報》副刊《文物與考古》

94期曾發表過一篇新發現的魯迅用文言寫的文章——《會稽禹廟窆石考》。其中有兩句話，本來是應該這樣標點的：

> 豈以無有圭角，似出天然，故以爲瑞石與？晉宋時不測所從來，乃以爲石船，宋元又謂之窆石，至於今不改矣。

但是發表時卻把前一句之末的「與」字當作了下一句的第一個字，以致文義難通。這個「與」字應該讀爲「歟」。「與」通「歟」是古漢語常識，可是這篇文章的標點者卻不知道，所以在「瑞石」之後就斷了句。這個例子可以說明掌握常用通假字的重要性。

## B. 亂講通假

清儒講通假，本來是一件好事。可是風氣一開，跟著就出現了流弊。有些人既不充分注意古書使用通假字的實際情況，也不用心研究古書內容，以輕率的態度大講通假。他們往往把古書裏本來不是通借字的字說成是通借字。就是碰到真正的通假字，他們找出來的本字也幾乎總是錯的。由於漢字裏音近的字太多，以及其他一些原因，爲通假字找本字有時的確很難。即使是態度比較認真、學識比較淵博的學者，也往往免不了犯錯誤。

一般說，只有讀音跟某個字相同或很相近的字，才有可能用作這個字的通假字。但是很多人卻大講所謂「雙聲通假」、「疊韻通假」，認爲兩個字只要它們的聲母和韻母這兩種語音成分裏的一種相同或相近，就可以相通假，另一種語音成分即使很不一樣也沒有關係。這樣，有可能相通假的字的範圍就變得漫無邊際了。古人用通假字是以當時的語音爲根據的。王念孫等人講通假，所以能超越前人，一個很重要的原因就是他們懂先秦古音。可是有些人卻根據自己的語音去講古書裏的通假，把讀音在古代有明顯區別的字看作可以相通假的同音或音近字。這些在通假語音條件方面存在的問題，更增加了通假的說法出現錯誤的可能性。

上面指出的亂講通假的風氣，不但一直延續到現在，而且還有愈演愈烈的趨勢。如果我們略爲注意一下近二三十年來出版的、跟古漢語有關的書刊，就可以清楚地看到問題的嚴重性。下面從一篇文章和一本書裏各舉一個通假謬說以示例。

有一篇講通假字的文章，說睡虎地秦墓所出《秦律・田律》裏「唯

不幸死而伐棺椁者」一句的「伐」字，是借為「乏」的。其實「伐棺椁」就是伐取作棺椁的木材的意思。《詩·豳風·伐柯》所說的「伐柯」，是伐取作斧柄的木材的意思（《伐柯》毛傳：「柯，斧柄也。」）。《魏風·伐檀》所說的「伐輻」、「伐輪」，是伐取作車輻、車輪的木材的意思。其文例都跟「伐棺椁」相同。「伐」字不勞改讀。而且古音「伐」屬月部，「乏」屬葉部，韻尾不同。從語音上看，說「伐」借為「乏」也是有問題的。

《韓非子·外儲說左下》：

> 管仲父……庭有陳鼎，家有三歸。孔子曰：「良大夫也，其侈偪上。」孫叔敖相楚，棧車牝馬，糲餅（「飯」之誤字）菜羹……面有飢色，則良大夫也，其儉偪下，

同書《揚權》：

> 毋貴人而偪焉

陳奇猷《韓非子集釋》140 頁注〔八四〕說：

> 偪偪同，偪當爲匹之同音假字。謂管仲之侈匹擬於君，孫叔敖之儉匹擬於下賤之人。若釋偪爲迫，儉何迫於下？不通。毋貴人而偪焉，猶言毋貴臣匹擬於君。《說疑篇》云：「無尊變臣而匹上卿，無尊大臣以擬其主」，即此義。作匹作擬，亦可證偪爲匹之借字也。

洪誠《訓詁雜議》批評說：

> 案，陳氏由於不明語例，主觀強解，這一條注釋出現三個錯誤。1. 偪字古音屬職部，之部的入聲，幫紐；匹字古音屬質部，脂部的入聲，滂紐。兩字既不同音，亦非疊韻。2. 用偪，用匹，義各有當，兩不相干，如何代古人改作文？匹、擬例對平敵以上而言，未見對下。改偪下爲匹下，不合原意。偪下者，使下面的人受壓力，感到難處，不能比孫叔敖更儉。何以不通？……（《中國語文》1979年5 期364頁）

這個批評很中肯。遺憾的是目前出版物裏通借謬說多如牛毛，類似的批評卻極為少見。

董同龢在給他所譯的高本漢《詩經注釋》寫的序裏，指出高氏處理假借字問題極其嚴格慎重。他說：

> 高氏不輕言假借。前人說某字是某字的假借字時，他必

定用現代的古音知識來看那兩個字古代確否同音（包括聲母
和韻母的每一個部分）。如是，再來看古書裏面有沒有同樣
確實可靠的例證。然而，即使音也全同，例證也有，只要照
字講還有法子講通，他仍然不去相信那是假借字。他曾不止
一次的批評馬瑞辰的輕言假借。他說，中國語的同音字很
多，如果漫無節制的談假借，我們簡直可以把一句詩隨便照
自己的意思去講，那是不足爲訓的。

高氏的做法也許有矯枉過正的地方，但是他的謹嚴態度是非常值得我
們學習的。

不明通假和亂講通假都不好。比較起來，亂講通假更容易把初學
者引入歧途，危害性更大。

# 10 | 異體字、同形字、同義換讀

## (一) 異體字

異體字就是彼此音義相同而外形不同的字。嚴格地說，只有用法完全相同的字，也就是一字的異體，才能稱為異體字。但是一般所說的異體字往往包括只有部分用法相同的字。嚴格意義的異體字可以稱為狹義異體字，部分用法相同的字可以稱為部分異體字，二者合在一起就是廣義的異體字。

1955年中國大陸公佈的《第一批異體字整理表》（以下簡稱「異體字整理表」），包含著大量部分異體字。例如：表中「雕」字一組有精簡掉的「鵰」、「彫」、「琱」、「凋」四個異體（「凋」字實際上仍在使用，1965年初發佈的《印刷通用漢字字形表》收入「凋」字）。「雕」字主要有三種意義：(1)一種凶猛的鳥（本義），(2)雕刻、雕飾（假借義），(3)雕零（假借義）。「鵰」只在第一種意義上跟「雕」是異體。「彫」只在第二、第三兩種意義上跟「雕」是異體。「琱」只在第二種意義上跟「雕」是異體。「凋」只在第三種意義上跟「雕」是異體（參看呂叔湘《語文常談》26–27頁，三聯書店，1980）。

部分異體字用法的同異情況，大體上可以分為兩類。一類是包含式，也可稱包孕式，就是一個字的用法為另一個字所包含（參看高更

生《精簡字數的一條途徑——試談包孕字》,《光明日報》1975年 9 月26日）。例如「採」的用法為「采」所包含,「鵰」的用法為「雕」所包含。另一類是非包含式,就是彼此既有共同的用法,又各有不同的用法。例如「女」和「汝」在當古漢語裏的第二人稱代詞講的時候可以通用,但男女的「女」不能用「汝」代替,汝水的「汝」不能用「女」代替。又如「記」和「紀」在表示｛記錄｝、｛記念｝、｛記要｝、｛大事記｝等詞裏的｛記｝的時候可以通用,但是單獨成詞的｛記｝以及｛記憶｝、｛記號｝、｛記者｝等詞裏的｛記｝不能寫作「紀」（在古代,單獨成詞的｛記｝有時也寫作「紀」）,當紀律講的｛紀｝以及｛紀年｝、｛世紀｝、｛本紀｝等詞裏的｛紀｝不能寫作「記」。

非包含式部分異體字用法的同異情況往往很複雜,而且有時找不出規律性,不能類推。這可以用上面所舉的「記」和「紀」來說明。｛記錄｝的｛記｝跟｛記者｝的｛記｝,意義並無明顯區別,但是前者也可以寫作「紀」,後者卻只能寫作「記」。｛記憶｝的｛記｝跟｛記念｝的｛記｝,意義也並無明顯區別,但是前者不能寫作「紀」,後者不但能寫作「紀」,而且大多數人都這樣寫。

狹義異體字跟部分異體字的界線並不是一成不變的。狹義異體字在使用過程中有可能轉化為部分異體字。例如上舉的「雕」和「鵰」最初顯然是用法全同的一字異體,後來由於「鵰」不能用來表示「雕」的假借義,就成為部分異體字了。部分異體字在一般人心目中也有可能變成狹義異體字。例如《整理表》裏所舉的「帆」字異體「颿」,本來是｛帆｝的假借字,它的本義是「馬疾步」（見《說文》。《吳越春秋·勾踐入臣外傳》有「颿颿獨兮西往」之語）。由於這個本義早已停止使用,一般人大概是把「颿」跟「帆」看作狹義異體字的。

在部分異體字裏,由用法全同的一字異體變成的字只占很小的比例。絕大多數部分異體字是彼此可以通用的不同的字,也就是〔十二(二)〕裏將要討論的通用字。所以在這裏就不對部分異體字多加說明了。

下面根據狹義異體字之間在結構上或形體上的差別的性質,把它們分成八類,分別舉些例字。

## (1) 加不加偏旁的不同

皃──貌（从「豹」省聲。也有人認為「貌」所从的「豸」本是「貓」的初文，「貌」本从「豸」聲）

匜──篋

齧──齧（字亦作「嚙」）

凳（也作凳）──櫈（也作櫈）

在〔八㈠、㈡〕裏已經舉過一些這一類的例子，可以參閱。

## (2) 表意、形聲等結構性質上的不同

看（从「手」在「目」上會意）──䀗（从目乾聲。乾音ㄍㄢˋ gàn）

羶（从羊亶聲）──羴（从羊臭會意。字亦作「膻」）

豔（从豐盍聲）──艷（从豐、色會意）

淚（从水戾聲）──泪（从目从水會意）

在〔八㈠〕裏已舉過一些這一類的例子，可以參閱。上面舉的都是一為表意字一為形聲字的例子。此外如〔八㈠〕裏舉過的「恥」和「耻」、「曼」和「鄸」等比較特殊的例子，也可以附入此類。

## (3) 同為表意字而偏旁不同

尟──尠

犇──羴

塵──尘（塵本作麤，見〔八㈢2〕）

躰──体（本作體，是从骨豊聲的形聲字）

## (4) 同為形聲字而偏旁不同

響──响

桮──杯──盃（又作柸。籀文作匜）

速 ──迹──蹟──跡

韤──韈──韤──襪──袜──帓──絑──袜

在〔八㈤2〕裏曾舉過一些形聲字形旁不同的異體，在〔八㈥3〕裏曾舉過一些形聲字聲旁不同的異體，可以參閱。

### (5) 偏旁相同但配置方式不同

拿——舒

肢——翅

蟹——蟹

棊——棋

鑑——鑒（此字「監」旁所从的「皿」變為「皿」，並移至右側）

鵵——鵝——鵞（《康熙字典》還收有古文鵞）

有少數異體字可以附入此類，它們的情況跟上舉各組字相類，但是有一個偏旁只是相近而不是完全相同，如：

絲——綿

蚊——蚊

以上所舉各例中，「拿」和「綿」是表意字，其餘都是形聲字。

### (6) 省略字形一部分跟不省略的不同

灋——法

淀（从旋省聲）——漩

雖（从虫唯聲）——虽

聲——声

### (7) 某些比較特殊的簡體跟繁體的不同

辦——办

對——对

歲——岁

頭——头

### (8)寫法略有出入或因訛變而造成不同

矦——侯

匃——匂——丐（當由匃訛變）

弔——吊

皋——皐

虛———虗

竝———並

恖———怱

姉———姊

珍———珎

祕———秘

霸———覇

呪———咒

避諱缺筆字，如唐人所用的「𪪺」（避太宗世民諱），清人所用
的「𤣥」（避康熙玄燁諱），可以看作屬於本類的異體字。印刷體和
手寫體的分歧也大都可以歸入本類。

上列這八類，並沒有一個完全統一的分類標準，所以有些例子的
歸類其實是兩可的。如第一類裏的「兒」和「貌」，也未嘗不可以歸
入第二類。

## (二) 同形字

同形字這個名稱是仿照同音詞起的。不同的詞如果語音相同，就
是同音詞。不同的字如果字形相同，就是同形字。同形字的性質跟異
體字正好相反。異體字的外形雖然不同，實際上卻只能起一個字的作
用。同形字的外形雖然相同，實際上卻是不同的字。

對同形字的範圍，可以有廣狹不同的理解。

範圍最狹的同形字，只包括那些分頭為不同的詞造的、字形偶然
相同的字。例如：古代有一個「鉈」字（音ㄕㄜˊ shé或ㄕ shi，也作
「釶」、「鏂」），當矛講（丈八蛇矛的「蛇」可能就是它的通假
字）。近代有一個「鉈」字（ㄊㄨㄛˊ tuó），是秤砣之砣的異體。現
代化學家又造了一個「鉈」字（ㄊㄚ tā），用作一種金屬元素的名
稱。這三個「鉈」字就是屬於最狹義的同形字之列的。

範圍最廣的同形字，包括所有表示不同的詞的相同字形。按照這
種理解，被借字和假借字，如表示本義的「花」和表示假借義「花
費」的「花」，也應該算同形字。甚至用來表示本義的和用來表示派

生詞性質的引申義的同一個字，如當道路講的讀ㄒㄧㄥ（xíng）的「行」和當行列講的讀ㄏㄤ（háng）的「行」，也可以看作同形字。

但是，由於語義引申而造成的一個字可以表示兩個以上同源詞的現象，是大家都熟悉的，似乎沒有必要另用同形字的概念來說明它。假借是一種很重要的文字現象，講漢字的人一般都要專門加以討論，也沒有必要從同形字的角度另外再加以說明。所以我們不準備講範圍最廣的那種同形字。（有人把使用同一個書寫形式的不同語素稱為「同形字」，例如把行走的｜行｜跟行列的｜行｜稱為同形字。這跟我們所說的同形字是兩回事。我們建議把這種同形字名副其實地改稱為「同形語素」。）

不過，我們覺得如果只把分頭為不同的詞造的、字形偶然相同的字看作同形字，範圍又嫌太窄了一些。在〔七㈠5A〕裏講「隻」字的時候，曾經說到過「形借」。形借是不管一個字原來的音義，只借用它的字形的一種現象（注意：一個字原來的音義就是它原來所代表的詞的音義，跟它所使用的字符的表音和表意作用是兩回事）。我們認為由於形借而產生的、用同樣的字形表示不同的詞的現象，也應該包括在同形字現象裏。例如表示｜獲｜的「隻」跟當單個講的「隻」，就應該看作同形字。因為一個字原來所代表的詞跟借它的形的那個詞之間，既沒有本義跟假借義的關係，也沒有本義跟引申義的關係。對這個字的字形來說，它們都可以看作本義。也就是說，如果不管歷史情況，這個字也可以看作是為借它的形的那個詞而造的（《說文》就把「鳥一枚」當作「隻」的本義）。有時候由於缺乏資料，根本無法斷定兩個表示不同的詞的相同字形，究竟是分頭造的，還是有像表｜獲｜的「隻」跟當單個講的「隻」那樣的關係。所以，由於形借而產生的同形現象，以納入同形字的範圍為好。此外，有些本來不同形的字，由於字體演變、簡化或訛變等原因，後來變得完全同形了。這種字當然也應該看作同形字。

古人沒有明確提出同形字的問題，但是有些人已經注意到了這種字的存在。

《漢書・武帝紀》「怵於邪說」句顏師古注說：「如淳曰：怵音怵惕，見誘怵於邪說也。師古曰：⋯⋯如說云見誘怵，其義是也，而音怵惕又非也。怵，或體誄字耳。詸者，誘也，音如戌亥之戌。」顏氏

指出當「誘」講的「忕」（ㄒㄩ xù）是「訹」的異體，跟怵惕之「忕」無關。這實際上就是把這兩個「忕」看作同形字（1979 年版《辭海》把當「誘」講的「忕」也讀作ㄔㄨ chù 是錯誤的）。

鄭樵《六書略》按六書說給文字分類,在假借字之末別列「雙音並義不為假借」一類,所收之字大部分就是我們所說的同形字。例如：

杷　　補訝切（ㄅㄚ bà）,枋（柄）也。

杷　　白加切（ㄆㄚ pá）,收麥器。

現在,當收麥器講的「杷」寫作「耙」,當柄講的「杷」已併入「把」字。不論是為當柄講的｜把｜這個詞,還是為耙子的｜耙｜這個詞造字,都可以造出一個从「木」「巴」聲的字來。所以鄭氏認為這兩個「杷」「雙音並義」,都是本字。用我們的話來說,這兩個「杷」就是同形字。

段玉裁也注意到了同形字現象。例如《說文》「泰,滑也」下《段注》說：「滑則寬裕自如,故引申為縱泰……又引申為泰侈,如《左傳》之『汏侈』,……『汏』即『泰』之隸省隸變,而與淅米之『汏』（指《說文》訓『淅潘』的『汏』字）同形,作『汰』者誤字。」段氏認為泰侈是「泰」字滑義的引申義,「汏侈」之「汏」是「泰」的省變之體,並不一定可靠。但是上引這段話可以說明他是認識到漢字裏有同形字存在的。

朱駿聲在《定聲》裏,把本義之外的字義分成轉注（相當於一般所謂引申）,假借和別義三類。列入別義類的字義大都可以用同形字來解釋。例如：古書裏的「篿」字有兩種意義。《說文》：「篿（ㄊㄨㄢ tuán）,圜（圓）竹器也。从竹,專聲。」《楚辭‧離騷》：「索藑茅以筳篿」,王逸注：「楚人名結草折竹以卜曰篿（ㄓㄨㄢ zhuān）」。不論是為當圓竹器講的｜篿｜造字,還是為當「結草折竹卜」講的｜篿｜造字,都可以造出一個从「竹」「專」聲的字來。所以分別見於《說文》和《離騷》的這兩個「篿」應該看作同形字。在《定聲‧乾部》「篿」字條下,《離騷》「篿」字之義就是列為別義的（《段注》「篿」字條也說「結草折竹卜」是「別一義」,只是《段注》沒有像《定聲》那樣經常地有系統地使用「別義」這個術語）。不過在《定聲》裏,有不少同形字仍然被當作本義跟假借義處理,可見朱氏對同形字的認識也還不是很明確的。

現代學者明確提出了同形字的問題。王力先生在《字的形音義》一

書中討論一字兩讀現象的時候，指出一字兩讀雖然多數反映詞性的不同，「但也有兩個意義偶然同形的，例如疑問代詞的「哪」和語氣詞的「哪」，「咳嗽」的「咳」和「咳喲」的「咳」，它們在意義上是沒有關係的」（27頁，中國青年出版社，1953。又見《王力文集》3 卷522頁）。

王先生在那本書裏還指出，羣眾創造的分別字「有些字偶然和字典裏的一些僻字同形（例如……『份』，同彬），但是只有文字學家看見過這些僻字，一般羣眾是不理會它們的」（9 頁）。這就是說羣眾為「分」字的引申義創造的分化字「份」，跟古代作為「彬」字異體的「份」是同形字。李榮先生在《漢字演變的幾個趨勢》一文裏，也舉過一個同類的例子。周代金文裏有「鋁」字，指鑄銅器的原料。漢代的《方言》裏也有「鋁」字，當磨錯講。現在也有「鋁」字，指一種金屬元素。李先生說：「造『鋁』字的化學家，不一定知道《方言》有這個字，更不見得知道周朝銅器上有這個字，應該說是個創造。時不分古今，周朝人、漢朝人、現代人分別造从金从呂的形聲字，用法不同，造字的心理是相同的。」（《中國語文》1980年 1 期6頁）

過去的學者在看到上面所說的那種造字現象的時候，往往指責羣眾用錯或造錯了字。例如：《說文》有訓「富」的「賑」字，我們在〔八（一）〕裏舉過的「振」的分化字「賑」恰好跟它同形。顏師古在《漢書》注裏說振救之「振」「今流俗作字從貝者，非也，自別有訓」（見《文帝紀》注，參看同人所著《匡謬正俗》卷七「振」字條）。其實，兩個「賑」字的關係跟顏氏在《武帝紀》注裏指出的兩個「怵」字的關係並無不同。但是賑救之「賑」在顏氏心目中是俗字，所以對它的態度就不一樣了。

有的學者把上面所說的那種造字現象解釋為「《說文》本字俗借為它用」（錢大昕《十駕齋養新錄》卷四），或「故有之字今強借以名他物」（章炳麟《訄書‧訂文》）。這也是不妥當的（順便說一下，賑救之義在《定聲》「賑」字條裏就是當作假借義處理的）。龍宇純在《中國文字學》裏說：「……有過去以為某一字的假借用法，實際本是二字，一形聲，一轉注（引者按：大體上指在已有的文字上加注意符而成的分化字），不過偶然形體相同而已。如《說文》以紅為紅綠字，从糸工聲。古書中女工字亦作紅，《史記‧酈食其傳》『工女下機』，

《漢書》工字作紅，即其例。學者並謂此借紅綠字為工字。不知此字既與紅綠字讀音有異，其始但書作工，則書作紅者即是工字加糸的轉注字。又漢書文帝紀：『服大紅十五日，小紅十四日。』大紅小紅即大功小功，則『紅』又別為功的轉注字。並與紅綠字異字。」（147頁）他的意見是很有道理的。

下面按照同形字在結構或形體上的特點把它們分成四類，分別舉一些例子。

## (1) 文字結構性質不同的同形字

偶爾可以看到一個表意字和一個形聲字，字形恰好完全相同的現象。例如：

体（ㄅㄣ bèn）——体（ㄊㄧ tǐ）較古的「体」字，音義與粗笨之「笨」同，是一個从「人」「本」聲的形聲字（《廣韻》上聲混韻蒲本切：「体，麤兒，又劣也。」《資治通鑒》卷 252 唐懿宗咸通十二年：「春正月辛酉葬文懿公主……賜酒百斛，餅餤四十橐駝，以飼体夫」，胡注：「体，蒲本翻。体夫，舉柩之夫也。」）。「體」字的簡體「体」比較晚出，从「人」、「本」會意。

姥（ㄇㄨ mǔ）——姥（ㄌㄠ lǎo）較古的「姥」字當老婦講，音義與「姆」同（《廣韻》上聲姥韻莫補切：「姥，老母，或作姆，女師也，亦天姥山也，又姓，出何承天《纂文》。」《晉書・王羲之傳》：「又嘗在戢山，見一老姥，持六角竹扇賣之。」）。到了近代，北方人造了個从「女」「老」聲的形聲字，作為稱呼外祖母的「老老」的專用字（這個「姥」是「老」的分化字，聲旁「老」有義）。

戰國楚銅器銘文中有「忑」字，朱德熙先生認為應該分析為从「心」「下」聲，跟後世造的會意字志忑的「忑」「形同字異」（《壽縣出土楚器銘文研究》，《歷史研究》1954 年 1 期 113 頁）。

## (2) 同為表意字的同形字

例如：

甭（ㄅㄚ bà）——甭（ㄑㄧ qi）——甭（ㄅㄥ béng）《顏氏家訓・雜藝》說北朝時俗字有以「不用為罷」者。宋代遼僧行均所

編字典《龍龕手鑒》以「甭」為「棄」字異體。我們現在所用的「甭」，則是表示「不用」的合音詞的。如果著眼於現代的「甭」不但是會意字，同時又是合音字，也可以把它跟古代的「甭」看作結構性質不同的同形字。

〔七(一)5A〕裏講過的表｜獲｜的「隻」跟當單個講的「隻」，〔七(一)6〕裏講過的表｜片｜的「𤴐」跟表｜析｜的「𤴐」，也都是同為表意字的同形字。

第一章裏說明早期表意字的原始性的時候，曾經講到一形多用的現象，如 ☽ 既是「月」字又是「夕」字，☆ 既是「夫」字又是「大」字。〔七(一)6〕裏又提到了 ☆ 的例子。表｜月｜的 ☽ 跟表｜夕｜的 ☽ ，表｜夫｜的 ☆ 跟表｜大｜的 ☆ ，表｜辰｜的 ☆ 跟表｜永｜的 ☆ ，也都可以看作同為表意字的同形字。不過我們應該認識到，早期和晚期漢字裏的表意字同形現象，是有相當大的區別的。在早期漢字裏，一形多用曾經是相當普遍的一種現象，而且這種現象通常是存在於同時同地的文字裏的。在晚期漢字裏，表意字同形的現象是罕見的，而且這種同形字極少在同時同地的文字裏一起使用。此外，上面所舉的晚期漢字裏的表意同形字「甭」是由義符構成的會意字，這跟早期漢字裏一形多用通常只跟形符有關的情況也是不一樣的。

### (3) 同為形聲字的同形字

這是同形字裏最常見的一種。前面講到過的「鉈」、「怵」、「杷」、「簟」等同形字，都屬於這一種。下面再舉幾個例子。

椅（一 yī）——椅（ˇ yǐ）《說文》：「椅，梓也。从木，奇聲。」這個「椅」當一種樹講，念平聲（《詩·鄘風·定之方中》：「椅桐梓漆」）。桌椅之椅由於有可倚之背而得名，本來就寫作「倚」，後來才把「倚」字的「人」旁改成「木」旁分化出「椅」字來（宋黃朝英《靖康緗素雜記》：「今人用倚卓字，多從木旁。」明方以智《通雅·雜器》：「倚卓之名，見於唐宋。……楊億《談苑》云：『咸平、景德中，主家造檀香倚卓』。俗以為椅子、棹子。」）。這個「椅」跟「倚」同音，念上聲。用來形容樹木柔弱之貌的「旖旎」（ˇ ˇ yǐ nǐ），古代或作「椅柅」，這個「椅」也可以看作上舉那兩個「椅」字的同形字。

棹（ㄓㄠˋ zhào）──棹（ㄓㄨㄛ zhuō，木名）──棹（ㄓㄨㄛ zhuō，同「桌」）「櫂」（ㄓㄠˋ zhào）的異體作「棹」，指划船的一種工具。古代一種樹的名稱也作「棹」（見《南方草木狀》卷中）。卓倚的「卓」後來也加「木」為「棹」（參看上條。現在多用「桌」字）。桌子本因卓立於地而得名，棹椅的「棹」字聲旁有義。

鈁（方壺形器）──鈁（鑊類器）──鈁（元素名）《說文》：「鈁，方鍾也。从金，方聲。」這個「鈁」字的聲旁「方」有義（參看〔八(七)1〕）。《廣韻》平聲陽韻府良切有「鈁」字，訓為「鑊屬」。現代的化學家又為一種放射性元素造了一個「鈁」字，聲旁「方」表示原名的第一個音節。

枋（ㄅㄧㄥ bing）──枋（ㄈㄤ fāng，樹木名）──枋（ㄈㄤ fāng，用於防堰之木）──枋（ㄈㄤ fāng，木排）──枋（ㄈㄤ fāng，方木材）《周禮·春官·內史》：「內史掌王之八枋之法」，「八枋」，《釋文》作「八柄」，注曰「本又作枋」。這個「枋」跟「柄」是一字異體。《說文》：「枋，木可作車。从木，方聲。」這個「枋」當一種樹講。《廣韻》平聲陽韻府良切：「枋……又蜀以木偃（堰）魚為枋。」《水經注·九·淇水》引晉盧湛《征艱賦》：「後背洪枋巨堰，深渠高堤」。這個「枋」當用於防堰之木講，可能是表示「防」字引申義的一個分化字。《後漢書·岑彭傳》：「乘枋箄（排）下江關」，李賢注：「枋箄，以竹木為之，浮於水上。《爾雅》曰：『舫，泭也』，郭景純曰：『水中簰（排）筏也』。」這個「枋」當木排講，也作「舫」（跟當船講的讀ㄈㄤ fāng的「舫」是同形字）。後世所用的「枋」字，當方柱形木材講，聲旁「方」有義。此外，見於《南方草木狀》卷中的「蘇枋」樹的「枋」，也可以看作上引諸字的同形字。

怕（ㄅㄛˊ bó）──怕（ㄆㄚˋ pà）《說文》：「怕，無為也。从心，白聲。」這是澹泊之「泊」的本字（《文選》卷七司馬長卿《子虛賦》：「怕乎無為，憺乎自持。」《史記》和《漢書》的《司馬相如傳》錄此賦，「怕」、「憺」皆作「泊」、「澹」）。懼怕之「怕」是憺怕之「怕」的同形字（《論衡·四諱》：「孝者怕入刑辟」。這可能是現存古書中使用懼怕之「怕」的最早一例。但是也有人認為這個

「怕」應讀為「迫」）。

同為形聲字的同形字，有一個不同於其他性質同形字的特點。其他性質的同形字，彼此的讀音大都顯然有別。同為形聲字的同形字具有同樣的聲旁，它們的讀音大都是相近或相同的。因此在形聲字的同形現象跟假借現象之間很難劃出一條截然分明的界線。如果借用一個形聲字來表示一個詞，這個字不但跟所要表示的詞同音或音近，而且它的形旁跟所要表示的詞在意義上也聯繫得起來，就會形成一種既可以看作假借，又可以看作形借的現象。也就是說，這個字既可以看作假借字，也可以看作被借字的同形字。在〔九(一)〕裏已經提到了幾個這樣的例子，其中以借為「冊」的「策」字為比較典型。冊是由竹木簡編成的，「策」所從的「竹」旁對｛冊｝也適用（《說文》所收「冊」字古文，就是从「竹」从「冊」的）。因此以「策」表｛冊｝既可以看作假借，也可以看作形借；表｛冊｝的「策」既可以看作假借字，也可以看作當馬箠講的「策」的同形字。前面屢次提到的借為「丩」的「糾」字，也未嘗不可以看作當「繩三合」講的「糾」字的同形字，因為「糸」旁跟｛丩｝的糾繚之義也是聯繫得起來的。此外還可以找到不少同類的例子。例如：筆硯之｛硯｝是由研磨之｛研｝派生出來的一個詞（《釋名·釋書契》：「硯，研也，研墨使和濡也。」），本來就用「研」字表示（《漢書·薛宣傳》：「下至財用筆研，皆為設方略。」），後來才借用本來當「石滑」講的「硯」字表示（《說文》：「硯，石滑也。从石，見聲。」）。硯臺大都是石質的，「硯」字的「石」旁在意義上跟筆硯之｛硯｝也聯繫得起來。因此，以「硯」表示筆硯之｛硯｝既可以看作假借，也可以看作形借。又如：願意的「願」的簡化字「愿」，一般認為是假借謹愿的「愿」的。「愿」的「心」旁在意義上跟願意的｛願｝也聯繫得起來。人們所以用它來代替「願」，這顯然是一個重要原因。近年，化學家借「爐」字已經停止使用的異體「鑪」，簡化為「鈩」，來表示104號元素的名稱。這也顯然是因為它的「金」旁在意義上跟104號元素聯繫得起來。

上面所說的這種現象，似可稱為假借兼形借，「策」（冊）、「硯」（研）一類字可以稱為形音兼借字。我們在前面批評過的「《說文》本字假借為它用」、「故有之字今強借以名他物」等說法，

如果僅僅用來指這種現象，那還是可以的。由於我們對很多字的歷史
知道得不夠清楚，獨立造出來的同形形聲字跟形音兼借字往往不易分
清。我們在前面所舉的同為形聲字的同形字的例子，大部分可以肯定
是分頭造出來的。但是也很難擔保其中沒有形音兼借字。

### (4) 由於字形變化而造成的同形字

有些本來不同形的字，由於字體演變、簡化或訛變等原因而成為
同形字。例如：

**潔**（ㄌㄟˇ lěi）——**潔**（ㄊㄚˋ tà）《說文》：「灅，水出雁門
陰館累頭山，東入海……从水，纍聲。」這個字音ㄌㄟˇ（lěi），隸、
楷多省作「潔」。《說文》：「濕，水出東郡東武陽，入海。从水，㬎
聲。」（潮濕之「濕」跟水名之「濕」可以看作同形形聲字。潮濕之
「濕」《說文》作「溼」）。這個字音ㄊㄚˋ（tà），在隸書裏先省作
「潔」，又訛變為「潔」，跟讀ㄌㄟˇ（lěi）的「潔」成為同形字（河
南省有潔河市，「潔」音ㄌㄨㄛˋ luò，跟讀ㄌㄟˇ lěi的「潔」大概是同
形形聲字）。

**适**（ㄎㄨㄛˋ kuò）——**适**（ㄕˋ shì）《說文》：「𣤙，疾也。
从辵，昏（ㄎㄨㄛˋ kuò）聲。」這個字音ㄎㄨㄛˋ（kuò），隸楷變作
「适」，古人多用作人名。「適」的簡化字跟它同形。

**萑**（ㄓㄨㄟ zhūi）——**萑**（ㄏㄨㄢˊ huán）《說文》：「萑，
艸多皃。从艸，隹聲。」這個字音ㄓㄨㄟ（zhūi）（益母草的古名
「萑」也音ㄓㄨㄟ zhūi，可以看作這個字的同形形聲字）。又：「蒮，
薍也。从艸，萑（ㄏㄨㄢˊ huán）聲。」這個字音ㄏㄨㄢˊ（huán），在
傳世古書裏已省作「萑」（如「萑葦」、「萑苻」）。此外，「萑」
字也有人寫作「萑」（見《康熙字典》。萑是一種鴟屬的鳥）。

**這**（ㄧㄢˋ yàn）——**這**（ㄕˋ shì，ㄓㄜˋ zhè）《玉篇》、《廣
韻》都有訓「迎」的「這」。這個字从「辵」「言」聲，音ㄧㄢˋ
（yàn）（《龍龕手鑒》收「唁」字俗體「這」，跟這個字是同形形聲
字）。「適」字在古代也有寫作「這」的（《大正新修大藏經》卷一四
《文殊師利問菩薩署經》：「這有是念，便見佛在虛空中住言『善哉，
善哉！』」校注謂「這」字宋、元、明本及宮內省圖書寮本作
「適」）。唐代玄應《一切經音義》屢言「適」字「三蒼古文作這」，

其實「這」應該是古俗字。指示詞｜這｜就是假借這個字表示的
（「適」字古有「之石切」一音，指示代詞｜這｜較古的音也應該是
「之石切」。此條據陳治文《近指指示詞「這」的來源》，載《中國語
文》1964年6期）。

此外如「歹」（ㄉㄞ dǎi）和「歺」（ㄜ è）都變為「歹」（參
看〔六㈢〕），「匹」的訛體「疋」（ㄆㄧ pǐ）跟「疋」（ㄕㄨ shū）
同形，「亙」（ㄍㄣ gèn）變得跟「亘」（音ㄒㄩㄢ xuān或ㄏㄨㄢ
huán）同形，「廣」簡化為「广」跟它的形旁「广」（一ㄢ yǎn）同形，「廠」
簡化為「厂」跟「厈」的初文「厂」（ㄏㄢ hǎn）和「庵」的舊簡體
「厂」（ㄢ ān）同形，都是這一類的例子。

在簡化字中，有的形聲字由於改用筆畫較少的聲旁而跟別的形聲
字同形，如「僕」的簡化字跟前仆後繼的「仆」（ㄆㄨ pū）同形，
「證」的簡化字跟諫証之「証」同形，「櫃」的簡化字跟柜柳之柜
（ㄐㄩ jǔ）同形，「籲」（ㄩˋ yù。从頁籥聲）的簡化字跟吁嘆之
「吁」（ㄒㄩ xū）同形等等。由於「幾」旁跟獨立成字的「幾」一
樣簡化為「几」，饑荒的「饑」也變得跟飢餓的「飢」同形了（不過
這兩個字在古書裏已有混用的例子）。有時候，兩個不同形聲字的簡
化字是同形的形聲字，如「鐘」和「鍾」都簡化為「钟」，「纖」和
「縴」都簡化為「纤」，「髒」和「臟」都簡化為「脏」。由於這些
原因造成的同形字，如「證」的簡化字「证」跟諫証的「証」，
「鐘」的簡化字「钟」跟「鍾」的簡化字「钟」，既可以歸入由於字
形變化而造成的同形字，也可以歸入同為形聲字的同形字。（上面所
舉的簡化為「钟」的「鍾」，既是壺鍾的「鍾」字，又是酒盅之
「盅」的異體字。古代那種跟壺同類的鍾，跟酒盅是大不相同的兩種
東西。鍾壺的「鍾」跟「盅」的異體「鍾」也可以看作同形字。所以
「钟」這個簡化字形可以認為實際上代表了三個同形字。沖虛之
「沖」的本字是「盅」。《說文》：「盅，器虛也。从皿，中聲。」酒
盅的「盅」跟這個「盅」又是同形字）。

前面談到過假借兼形借的現象。這裏再舉一個這類現象裏比較特
殊的例子——借「罪」為「辠」。

犯罪的｜罪｜本來是用「辠」字表示的。到了秦代，統治者嫌
「辠」的字形近於皇帝的「皇」（篆文或从「自」作「皇」），借本

來當「捕魚竹网」講的「罪」字來代替它(《說文》:「辠,犯法也。從辛,從自……秦以辠似皇字,改為罪。」又:「罪,捕魚竹网。從网、非。秦以罪為辠字。」李榮《漢字演變的幾個趨勢》指出,睡虎地秦墓竹簡用「辠」字,《馬王堆漢墓帛書〔壹〕》所收的帛書則用「罪」字,可見的確有過改字的事,見《中國語文》1980年1期7頁。1989年發現的時代較睡虎地11號秦墓為晚的龍崗6號秦代墓所出竹簡,已不用「辠」字而用「罪」字,進一步證實了這件事。參看劉信芳、梁柱《雲夢龍崗秦簡綜述》,《江漢考古》1990年3期83頁。傳世始皇三十七年會稽刻石的摹刻本有「辠」字,似是秦代改字說的一個反證。但是我們在〔四(四)〕裏已經指出今傳會稽刻石摹刻本有偽作的嫌疑,恐不足為據。即使這個摹刻本中的「辠」字確有根據,也不能因此就否定秦代改字說,因為也有可能改字之事是發生在刻石之事之後的)。今本《說文》說「罪」字「從网非」,段玉裁、王筠等人因為「网非」之意跟「捕魚竹网」這一本義不合,認為「罪」字應是形聲字,《說文》「非」字下本應有「聲」字,為後人刪去。這應該是可信的。「非」跟「辠」上古音同韻部,但聲母並不相近。「罪」字本義的讀音大概不會跟「辠」字完全相同。秦代統治者所以要借用「罪」字,而不借用別的跟「辠」音近的字,應該是由於「罪」字還可以當作「從网非」的會意字來看的緣故(《說文》「辠」字《段注》:「罪本訓捕魚竹网,從网非聲,始皇始易形聲為會意」)。「网非」之意跟「辠」字之義並不切合,但是把為「非」的犯罪者一「网」打盡,正是統治者的心願。後人刪去《說文》「非」下「聲」字,大概也是由於看到了這一點。把本是形聲字的「罪」的字形當作會意字的字形來用,這是一種比較特殊的形借的現象。但是如果「罪」跟「辠」不是同韻部的音近字,恐怕也不會借「罪」來代替「辠」。所以借為「辠」的「罪」可以看作一個比較特殊的形音兼借字。

本章第一節裏提到的借表{帆}的「颿」字,情況跟借為「辠」的「罪」字略有些相似。充當「颿」字聲旁的「風」字,在意義上跟{帆}聯繫得起來。人們所以假借「颿」字來表示{帆},這大概也是一個原因,說不定還會有人把表示{帆}的「颿」字當作從「風」、「馬」會意的字來理解呢。

同形字多數不是同時並行的。例如:姥姥的「姥」字出現的時

候，一般人已經不用从「老」、「女」會意的「姥」字了。當一種放射性元素講的「鿔」字造出來的時候，一般人早已不用當方鍾講的「鿔」字了。「廣」所以能簡化為「广」，是因為讀ㄧㄢ（yǎn）的「广」字除了用為表意偏旁之外，早已不再使用的緣故。反之，由於「麼」的簡化字跟它所從的「么」（ㄧㄠ yāo）這個比較常用的字同形，簡化方案就只得規定把讀ㄧㄠ的「么」寫作「幺」（這本是「么」字原來的寫法），以避免混淆了。比較起來，同為形聲字的同形字同時並行的情況要多一些。

最後，附帶談談雙音節複合詞的同形現象。有時候，兩個分頭構造的意義不同的雙音節複合詞，具有相同的書寫形式。例如指人的「女工」跟指物的「女工」（也作女功、女紅），指用來拍打的工具的「拍子」跟指音樂節拍的「拍子」，指人的容儀的「儀表」跟指儀器的「儀表」，與「妻」同義的「妻子」（ㄑㄧ・ㄗ qi·zi）跟當妻與子講的「妻子」（ㄑㄧ ㄗˇ qī zǐ。後一種「妻子」也許不能算作複合詞），從「撥亂世反（返）諸正」一語（見《公羊傳・哀公十四年》）演化出來的「反正」（ㄈㄢˇ ㄓㄥˋ fǎn zhèng。現在當「敵方的軍隊或人員投到己方」講）跟當副詞用的「反正」（ㄈㄢˇ・ㄓㄥ fǎn·zheng）等等。如果把雙音節複合詞看作一個整體，上面所舉的這些例子，也都可以看作同形字。

## （三） 同義換讀

有時候，人們不管某個字原來的讀音，把這個字用來表示意義跟它原來所代表的詞相同或相近的另一個詞（一般是已有文字表示的詞）。這兩個詞的音可以截然不同。現代學者中注意到這種現象的，有沈兼士、呂叔湘、李榮等人。沈氏稱這種現象為「異音同用」或「義同換讀」（《漢魏注音中義同換讀例發凡》，收入《沈兼士學術論文集》），李先生稱這種現象為「同義字互相替代」（《語音演變規律的例外》，《中國語文》1965年 2 期126頁）或「同義替代」（《漢字演變的幾個趨勢》，《中國語文》1980年 1 期10頁）。我們採用沈氏「義同換讀」的說法，只是為了通俗起見，把「義同」改成了「同義」。

　　呂先生指出同義換讀現象的性質接近於日本人所說的「訓讀」。訓讀就是「借用漢字代表日語的字眼，不取漢字的音而用原有字眼的音來讀，例如寫『人』可是讀 hito，寫『山』可是讀 yama」（《語文常談》31 頁，三聯書店，1980）。同義換讀可以說就是我們自己使用漢字時的訓讀（訓讀的現象在純粹的拼音文字裏有時也能看到。例如講英語的人往往把拉丁文 id est 的縮寫 i・e・讀為 that is, et cetera 的縮寫 etc・讀為 and so on，這就是訓讀）。

　　下面舉幾個同義換讀的例子。

### ● 俛、頫換讀為俯

　　《說文》訓「頫」為「低頭」，以「俛」為「頫」的異體。很多字書和古書注釋認為當低頭講的「俛」和「頫」是「俯」的異體（《文選・卷八・上林賦》李善注引《聲類》：「頫，古文俯字。」《漢書》顏師古注屢言「頫古俯字」。唐顏元孫《干祿字書》謂「俯」、「俛」「並俯仰字，俗以俛音免，非也」）。《異體字整理表》已經把「俛」和「頫」都併入了「俯」字。其實「俛」跟「俯」原來是讀音截然不同的兩個字。「俛」字從「人」「免」聲，本應讀為「免」，《段注》「頫」字條論之甚詳。銀雀山竹書本《尉繚子・兵談》有「僶者不得迎」之文，應讀為「俛者不得仰」。「黽」、「免」音近，「僶」應即「俛」的異體。這也是俛仰之「俛」原來讀「免」不讀「俯」的一個證據。只是由於「俛」跟「俯」同義，後來就被換讀為「俯」了。至於「頫」字，《段注》據《玉篇》反切認為本應與「俛」同音；黃生《字詁》「頫」字條則認為「頫」、「俛」、「俯」三字原來都同義不同音，「頫」當音「眺」（古書中當聘問、察視等義講的「頫」都讀「眺」），「後人以其義同」，遂誤讀為「俯」。總之，「頫」字讀「俯」也應該是同義換讀的現象。

### ● 圩換讀為圍

　　大約從五代宋初或更早一些的時候開始，江淮一帶洼地往往在一大塊田地四周築堤防水，以利墾殖耕種。堤稱圩或圍，堤內之田稱圩田或圍田。「圩」本讀「于」，由於跟「圍」同義，後來常被換讀為「圍」。在《新華字典》和《現代漢語詞典》裏，「圩」字的這一意義只

注ㄨㄟ（wéi）一音，本音ㄩ（yú）似已淘汰（「圩」又讀ㄒㄩ xū，實為墟市之「墟」的簡寫，跟讀ㄨㄟ wéi的「圩」是同形字）。

### ● 石換讀為擔

「石」可以當重量或容量的一種單位講，一百二十斤為一石（《說文》作「秙」），十斗也是一石。有很多地方把一石的重量或容量叫做一擔（《後漢書·宣秉傳》：「自無擔石之儲」，李賢注：「今江淮人謂一石為一擔」。唐以後，謂一石為一擔的，早已不限於江淮人了）。因此很多人把「石」用作當量詞講的「擔」的簡體。「石」讀為「擔」的用法不見於《康熙字典》等較老的字書，現代的字典則都已收入（參看《語文常談》30–31頁）。

### ● 腊換讀為臘

古代把乾肉叫做「腊」，音同「昔」。後代稱一種腌肉為「臘肉」，有的人就把「腊」當作「臘」的簡體用，簡化字採用了這個簡體（由此類推，「獵」和「蠟」也被簡化為「猎」和「蜡」，分別跟「狷」的異體「猎」和蜡祭的「蜡」成為同形字）。

福建、台灣和廣東的有些人，把「田」換讀為「塍」，「黑」換讀為「烏」，「香」換讀為「芳」（李榮《漢字演變的幾個趨勢》，《中國語文》1980年 1 期10–11頁）。北方人有時把「尿」換讀為ㄙㄨㄟ（suī）（古代或稱小便為「私」，有人認為｛suī｝可能是由｛私｝變來的）。過去有很多人把「骰子」（ㄊㄡ·ㄗ tóu·zi）換讀為「色子」（ㄕㄞ·ㄗ shǎi·zi）。明清人把「馹」（ㄖˋ rì）用作「驛」（ㄧˋ yì）的簡體。這些都是同義換讀的例子。

同義換讀跟假借和形借一樣，也是一種文字借用現象。一個詞由於為另一個詞造的文字的字形對它也適合而借用這個字形，是形借；由於另一個詞的音跟它相同或相近而借用這個詞的文字，是假借；由於另一個詞的意義跟它相同或相近而借用這個詞的文字，是同義換讀。假借和同義換讀也未嘗不可以稱為音借和義借。我們在〔九（一）〕裏說過，有些本有本字的假借字，其實就是同音或音近的別字。有些同義換讀字，其實也就是同義或義近的別字。

同義換讀跟假借和形借各有不同的特點，但是有時也有不容易區

分的情況。

上一節已經指出，有些文字借用現象，主要是某些形聲字的借用現象，既可以看作假借，也可以看作形借。此外，還有少數文字借用現象，似乎既可以看作同義換讀，也可以看作被借字的字義跟假借義有聯繫的假借現象。「仇」讀為「讎」就是一個例子。

「仇」和「讎」都可以當對頭、仇敵講，古書常見。據中古韻書，「仇」讀巨鳩切（ㄑㄧㄡ qiú），「讎」讀市流切（ㄔㄡ chóu），韻同而聲異。《戰國策・秦策一》：「且夫商君固大王仇讎也。」《釋名・釋用器》：「仇矛。仇，讎也。所伐則平，如討仇讎也。」《周禮・春官・典瑞》鄭玄注：「讎，仇讎」；《地官・調人》注：「讎，相與為仇讎」。上引各例皆「仇」、「讎」連文，「仇」顯然不能跟「讎」讀一個音。但是，早在唐代就有很多人把「仇敵」之「仇」讀為「讎」，後來這竟成了大家所接受的正規讀法。《異體字整理表》已經把當仇敵講的「讎」併入了「仇」字（校讎之「讎」未併）。顏師古《匡謬正俗》卷八「僅」字條說：「怨耦曰仇，義與讎同。嘗試之字，義與曾同。邀迎之字，義與要同。而音讀各異，不相假借。今之流俗，徑讀仇為讎，讀嘗為曾，讀邀為要，殊為爽失。」按照顏氏的說法，「讀仇為讎」跟「讀嘗為曾」一樣，是同義換讀的現象。這當然是講得通的（關於「讀邀為要」，需要作些說明。《廣韻》訓「遮」的「邀」有「於霄切」、「古堯切」二讀。顏氏之意蓋謂邀迎之「邀」當讀古堯切，讀為於霄切，就是改讀為「要」）。但是「仇」、「讎」二字的讀音畢竟比較相近，似乎也未嘗不可以把讀「仇」為「讎」解釋為假借一個音義都跟「讎」有密切關係的筆畫較少的字來代替「讎」字。也許把這個例子看作兼有同義換讀和假借兩種性質或介於這二者之間的現象，是比較妥當的辦法。在〔十二㈡1〕裏還將講到相類的例子。

還有些文字借用現象，主要是某些表意字的借用現象，既可以看作同義換讀，也可以看作形借。下面以「凸」字為例來加以說明。

由於不同地區的人往往都用「凸」字來表示當地最常用的當凸起、高出講的那個詞，這個字的讀音頗為分歧。1949年出版的《國音字典》，在「凸」字下注了ㄊㄨ（tū）、ㄉㄧㄝ（dié）、ㄍㄨ（gǔ）這三個音。《鍾祥方言記》記「凸」字白話音為〔puŋㄚ〕。西南有些地區

讀「凸」為 ㄍㄨㄥˇ（gǒng）。此外大概還會有別的讀法。各地的「凸」字所表示的詞，意義都是相同或極為相近的。所以「凸」字的多音現象可以用同義換讀來解釋。但是，由於這些用「凸」字表示的詞都可以看作「凸」的本義，也未嘗不可以把這個現象解釋為形借，把不同音的「凸」看作同為表意字的同形字。

有個別文字借用現象，甚至可以認為跟假借、形借和同義換讀全都有關。例如：「閘」本是從「門」「甲」聲的一個形聲字（音同「押」。又馬王堆帛書《老子》甲本「母閘其所居」，借「母閘」為「毋狎」），《說文》訓為「開閉門」。明清以來借「閘」為「牐」，指可以隨時開閉的水門（「牐」音ㄓㄚˊ zhá，本來並不是專用來指水門的，《廣韻》入聲洽韻士洽切：「牐，下牐，閉城門也。」《異體字整理表》已把「牐」併入「閘」字）。「閘」字的本義跟「牐」相近。而且如果不管它原來的結構，單從字的外形上看，還真有點像門中有一塊牐板的樣子。它的原來讀音，聲母跟「牐」顯然不同，但是韻母跟「牐」很接近（「閘」屬狎韻，「牐」屬洽韻，都是咸攝二等入聲字）。古人所以借「閘」為「牐」，大概在形、音、義三方面都是有所考慮的（單從音的方面看，借「閘」為「牐」的條件是不充分的）。所以這有可能是一個兼有假借、形借和同義換讀等性質的文字借用的特例。

# *11* 文字的分化和合併

## ㈠ 文字的分化和分散文字職務的其他方法

在漢字裏，由於語義引申、文字假借等原因，一字多職的現象，也就是一個字表示兩種以上意義或音義的現象，是極其常見的（參看〔一二㈠〕）。為了稱說的方便，我們把具有兩種以上意義或音義的字，都叫做多義字。從歷史上看，一字多職的現象不斷在產生。另一方面，為了保證文字表達語言的明確性，分散多義字職務的工作也不斷在進行。在本節裏，將討論分散多義字職務的各種主要方法。代表兩個以上同形字的多義字形的職務分散方法，跟一般多義字大體相同。在本節裏，也要附帶提到一些分散這種多義字形的職務的例子。

### I 文字的分化

分散多義字職務的主要方法，是把一個字分化成兩個或幾個字，使原來由一個字承擔的職務，由兩個或幾個字來分擔。我們把用來分擔職務的新造字稱為分化字，把分化字所從出的字稱為母字。文字分化並不一定都是成功的。有些分化字始終沒有通行，有些分化字後來又併入了母字。

具體地說，文字分化的方法大體上可以分為四類：A，異體字分

工。B，造跟母字僅有筆畫上的細微差別的分化字。C，通過加注或改換偏旁造分化字。D，造跟母字在字形上沒有聯繫的分化字。下面分別舉例加以說明。

## A. 異體字分工

有些多義字的分化，是通過狹義異體字的分工而實現的。例如：

**猷—猶** 「猷」字在本義獲屬獸之外，還可以用來表示謀猷的｜猷｜、猶如的｜猶｜和猶可的｜猶｜等假借義。「猶」跟「猷」本是偏旁位置不同的異體，用法並無區別（《說文》只收「猷」的寫法）。在較早的時代，謀猷的｜猷｜也可以寫作「猶」（《詩·小雅·小旻》：「謀猶回遹」），猶如的｜猶｜、猶可的｜猶｜等詞也可以寫作「猷」（《爾雅·釋言》：「猷，若也」，「猷、肯，可也」。銀雀山竹書中「猷」和「猶」的用法毫無區別）。後來謀猷的意義專用「猷」字表示，猶如等意義則用「猶」字表示，異體變成了用法不同的字。

**邪—耶** 「邪」字从「邑」「牙」聲，本是地名字（音一ㄚ yá，舊音一ㄝ yé。瑯琊古作琅邪）。「邪」可以假借來表示邪正的｜邪｜（ㄒㄧㄝ xié。本字作「衺」，見《周禮》、《說文》等書，但後世少用），還可以假借來表示句末疑問語氣詞｜耶｜（一ㄝ yié。《史記·項羽本紀》：「羽豈其苗裔邪？」），此外還有其他假借義，姑從略。漢隸時常把「牙」旁寫得跟「耳」旁難以分辨，所以「邪」字有一個作「耶」的異體（唐顏元孫《干祿字書》分文字為「正、通、俗」三體，書中以「邪」為「正」體，「耶」為「通」體）。它們的用法本來並無區別。後來邪正的｜邪｜不再寫作「耶」，疑問語氣詞｜耶｜不再寫作「邪」，異體變成了用法不同的字。

**亨—享** 「亨」和「享」本是一字異體，用法並無區別（這個字金文作 ☒、☒ 等形，《說文》作 ☒、☒ 二體。王莽嘉量「享傳億年」之「享」作 ☒）。在較早的時代，祭享、享受的｜享｜也可以寫作「亨」（《易·大有》九三爻辭：「公用亨於天子」。東漢劉熊碑：「子孫亨之」），亨通的｜亨｜和烹飪的｜烹｜也可以寫作「享」（《周易》「元亨利貞」的「亨」，馬王堆帛書本《周易·乾卦》和東漢時代的張公神碑都作「享」。雲夢睡虎地秦簡《日書》：「享而

食之」，以「亨」表｛烹｝。｛烹｝在傳世的較早古書裏一般用
「亨」表示，如《詩・豳風・七月》「七月亨葵及菽」）。後來，它們
通過分工變成了兩個用法不同的字（《干祿字書》說「亨」是「亨通、
亨宰」字，「享」是「祭享字」。大概「享」不作「亨」晚於「亨」
不作「享」。《太平廣記》卷252「俳優人」條：「經年與人旋磑亨
利」，仍以「亨」表｛享｝）。此外，又用加意符的辦法從「亨」字
分化出了「烹」字，原來的一個字分化成為三個字。

**箸—著—着**　「著」本來是當筷子講的「箸」的異體（漢隸
「竹」頭「艸」頭往往不分，所以「箸」變作「著」。《說文》無
「著」）。後來，「箸」專用來表示本義（亦作「筯」），「著」則
用來表示假借義及其引申義，異體變成了用法不同的字（「著」表示
的假借義及其引申義，在古書裏仍有用「箸」表示的例子。《荀子・
王霸》：「箸仁義」，《列子・仲尼》：「形物其箸」，以「箸」表示
顯著的｛著｝。鮑彪本《戰國策・趙策一》：「兵箸晉陽三年矣」，以
「箸」表示附著的｛著｝。《世說新語・方正》：「今見鬼者云箸生時
衣服」，以「箸」表示著衣的｛著｝）。「著」字表示的意義很多，
除不常用的意義外，其讀音可分兩系。一系讀去聲，如顯著的
「著」、著作的「著」（ㄓㄨ zhù）。一系本讀入聲，如著衣、附著
和著落的「著」（ㄓㄨㄛ zhuó）以及助詞「著」（・ㄓㄜ ·zhe）。後
一系的「著」現在一般寫作「着」（讀ㄓㄠ zhāo和ㄓㄠ zháo的
「着」所表示的各種意義，都是本讀入聲的「著」的引申義）。
「着」本是「著」的異體（在漢魏六朝文字裏，「日」旁有時訛變為
「目」旁，如「莫」也作「莫」。《干祿字書》以「者」為「著」的俗
體，如果把它的艸頭寫得低一點，斜撇寫得不出頭，就成為「着」
了）。宋王雱《俗書證誤》在「着」字下注：「原『著』，今『着實』。」
似乎在宋代的通俗文字裏已經出現了「著」、「着」分用的傾向。不
過在舊時代文人眼裏，「着」字是鄙俗不可用的。一直到民國時代編
的《辭源》，都還沒有收「着」字，只是在「著」字下附帶說了句「凡
讀入聲者，俗多作着」。在現在的《新華字典》、《現代漢語詞典》
裏，「著」字入聲系統各義都已經以「着」為字頭。在一般人眼裏，
「着」和「著」已是兩個用法不同的字了。土著的「著」本取附著之
義，應讀為ㄓㄨㄛ（zhuó）。由於這個字沒有像一般本讀入聲的

「著」字那樣改寫為「着」，大家就把它唸成了ㄓㄨˋ（zhù）（參看〔一二(二)1〕）。（本讀入聲的「著」，台灣仍多作「著」不作着。）

異體字分工是常見的現象。在上舉各例外，如「鴉」和「雅」，「諭」和「喻」，「讎」和「售」，「吏」和「事」，「烏」和「於」（《說文》以「於」為「烏」字古文的省體），「句」和「勾」，「弁」和「卡」（本是「弁」的省變之體），「沈」和「沉」（本是「沈」的訛體）等等，都是由狹義異體字分化成用法不同的文字的（這裏所說的「用法不同」，是以現代一般人使用文字的情況為標準的）。

同形字字形的分化往往採用跟異體字分工類似的辦法。例如：𝔇和 𝔇 本來都既可以用來表示｜月｜，也可以用來表示｜夕｜。後來讓 𝔇 專門表示｜月｜，𝔇 專門表示｜夕｜，把它們分化成了兩個不同的字。「大」和「夫」、「辰」和「永」的情況也都如此。這些例子前面都已經講過了（參看〔一〕、〔七(一)6〕）。又如：簡化字都作「钟」的「鐘」和「鍾」，在古文字裏本來就都是既可以用來表示鐘鼓的｜鐘｜，也可以用來表示壺鍾的｜鍾｜的。表示鐘鼓的「鐘」字跟表示壺鍾的「鍾」字，表示鐘鼓的「鍾」字跟表示鍾壺的「鐘」字，都應該看作同形字。後來讓「鐘」專門表示鐘鼓的｜鐘｜，「鍾」專門表示壺鍾的｜鍾｜，把它們分化了開來。這也是跟異體字分工非常相似的一個例子。

### B. 造跟母字僅有筆畫上的細微差別的分化字

有些多義字通過筆畫上的細微改變，分化出一個新字來分擔部分職務。例如：

**母—毋** 古文字本來假借「母」字表示否定詞｜毋｜。到戰國時代，有人把「母」字的兩點改成一畫，分化出 𢓌 （毋）字來專門表示這個詞（戰國時代秦國的詛楚文和江陵望山一號等楚墓所出簡文都有「毋」字。這些大概是目前所能看到的最古「毋」字。但戰國時代一般似仍以「母」表｜毋｜。秦在戰國晚期鑄造的新郪虎符也仍以「母」表｜毋｜）。到秦漢時代就普遍使用「毋」字了（但秦漢文字資料裏仍有少量以「母」表｜毋｜之例）。

**巳—已** 已然之「已」本來假借辰巳之「巳」表示（春秋晚期

的蔡侯盤銘以「母巳」表｛毋已｝。漢代人除有時借「以」表｛已｝外，都以「巳」表｛已｝，漢簡、漢碑中屢見其例，如孔龢碑「事巳即去」）。後來以在「巳」字左上角留缺口的辦法，分化出了專用的「已」字（《說文》無「已」）。

**刀—刁**　「刀」字在古代有「刁」音（齊桓公近臣豎刁，《墨子・所染》、《公羊傳・僖公十八年》皆作「豎刀」。刁斗，《漢書・李廣傳》作「刀斗」。漢印「刁」姓之字皆作「刀」）。後來，變「刀」字的撇為挑，分化出「刁」字來取代讀「刁」音的「刀」字（《說文》無「刁」）。

**荼—茶**　茶葉的｛茶｝本用「荼」字表示（《爾雅・釋木》：「檟，苦荼。」檟就是茶樹。荼本是苦菜之名，茶葉也味苦，｛茶｝大概就是由｛荼｝派生的一個詞。錢大昕《十駕齋養新錄》卷十九「于頔茶山詩述」條引瞿鏡濤云：「袁高、于頔兩題名，荼字凡五見，皆作荼。唐人精於六書，不肯輕作俗字如此。」）。「茶」是「荼」字減去一筆而成的分化字，大概在唐代才出現（「荼」字還曾分化出「榤」字來表示｛茶｝這個詞，但是這個分化字後來被「茶」排擠掉了）。

此外如「气」分化出「乞」（乞求之｛乞｝本借「气」字表示），「角」分化出「甪」（ㄌㄨˋ lù。「角」字本有此音），「余」分化出「佘」，「洗」分化出「冼」（「佘」、「冼」都是姓氏用字）等等，都是這一類的例子。

在上述這種文字分化現象裏，分化字的讀音跟母字的本音幾乎都是不同的。可見減少文字的異讀是這種文字分化極為重要的一個目的。

如果缺乏充分的資料，上述這種文字分化現象，跟利用寫法略有出入的異體字（如「著」和「着」、「亨」和「享」、「句」和「勾」等）分工的現象，往往不易區別。可能上面所舉的有些例子本應歸入異體字分工，我們由於掌握資料不充分，把它們的性質搞錯了。

有少數造分化字的情況，介於對母字作筆畫上的細微改動跟下面就要講到的改換母字偏旁這兩種情況之間。例如：

**陳—陣**　陳列之｛陳｝引申而為戰陣之｛陣｝。這一意義本來

就用「陳」字表示（《論語・衛靈公》：「衛靈公問陳於孔子」），後來把它的「東」旁改為「車」旁，分化出了專用的「陣」字（《漢書・刑法志》「善師者不陳」句顏注：「戰陳之義，本因陳列為名而音變耳。字則作『陳』，更無別體。而末代學者輒改其字旁從『車』，非經史之本文也。」《說文》無「陣」。《顏氏家訓・書證》謂「陣」字始見王羲之《小學章》，顧藹吉《隸辨》指出東漢司農劉夫人碑已見此字）。古代戰爭中車很重要，「車」跟「陣」在意義上多少有些聯繫。但是當初所以把「陳」字的「東」旁改作「車」旁，顯然跟「東」、「車」字形相近這一點有很大關係。「東」字的撇跟捺如果併成一橫畫，就成為「車」字了。所以，改「陳」為「陣」可以看作介於對母字作筆畫上的細微改變和改換母字偏旁這兩種情況之間的例子。

**辨—辦** 《說文》：「辡，判也。从刀，辡聲。」「辨」字「刀」旁作「刂」，是隸、楷偏旁變形的現象。辨別的｛辨｝引申而為辦理的｛辦｝，這一意義本來就用「辨」字表示（《史記・項羽本紀》：「項梁常為主辨」），後來把它的「刀」旁改為「力」旁，分化出了專用的「辦」字（《說文》無「辦」）。「力」跟「辦」在意義上多少有些聯繫，但是當初所以改「刀」為「力」顯然跟「刀」、「力」形近這一點有關，情況跟改「陳」為「陣」類似。

卿（卿）分化出 鄉（鄉），也可以算這一類的例子（參看〔七(二)〕）。

## C. 通過加注或改換偏旁造分化字

這是最常用的一種分化文字的方法。下面分加注意符（即表意偏旁）、改換意符和加注或改換音符（即表音偏旁）三類情況，分別舉例加以說明。加注音符和改換音符的情況都比較少見，所以合成一類。最後還要專門講一下用這種方法給雙音節詞造分化字的情況。

### a. 加注意符

有些有比較常用的假借義或引申義的字，通過加注意符分化出一個字來表示它們的本義。我們在〔七(一)〕、〔八(一)〕裏曾經提到過不少這一類的例子。例如：「它」字大概是由於假借它來表示的指示代詞｛它｝一度很常用，所以加注「虫」旁分化出「蛇」字來表示本義

的（《說文》以「蛇」為「它」字或體）。「孚」字大概是由於假借它來表示的當「信」講的｛孚｝一度很常用，所以加注「人」旁分化出「俘」字來表示本義的（《說文》不以「孚」為「俘」之初文）。「韋」字大概是由於假借它來表示的皮韋的｛韋｝一度很常用，所以加注「辵」旁分化出「違」字來表示本義的（《說文》不以「韋」為「違」之初文）。「莫」字大概是由於假借它來表示的否定詞｛莫｝一度很常用，所以加注「日」旁分化出「暮」字來表示本義的（《說文》無「暮」）。「暴」大概是由於假借它來表示的疾暴的｛暴｝很常用，所以加注「日」旁分化出「曝」字來表示本義的（《說文》無「曝」）。「然」字大概是由於假借它來表示的然否的｛然｝及其引申義很常用，所以加注「火」旁分化出「燃」字來表示本義的（《說文》無「燃」。然否的｛然｝曾有過為它造的分化字「嘫」，但不通行）。「止」字大概是由於引申義停止的｛止｝很常用，所以加注「足」旁分化出「趾」字來表示本義的（《說文》無「趾」）。「州」字大概是由於引申義州縣的｛州｝很常用，所以加注「水」旁分化出「洲」字來表示本義的（《說文》無「洲」）。「北」字大概是由於引申義方位詞｛北｝很常用，所以加注「肉」旁分化出「背」字來表示本義的（《說文》不以「北」為「背」之初文）。「益」字大概是由於引申義增益和利益的｛益｝很常用，所以加注「水」旁分化出「溢」字來表示本義的（《說文》不以「益」為「溢」之初文）。「臭」大概是由於引申義腐臭的｛臭｝很常用，所以加注「鼻」旁分化出「齅」字來表示本義的（後來「齅」改為「嗅」。又腐臭的｛臭｝曾有過為它造的分化字「殠」，但不通行）。「原」字大概是由於引申義本原的｛原｝和假借義原野的｛原｝很常用，所以加注「水」旁分化出「源」字來表示本義的（《說文》無「源」。據《說文》，原野之｛原｝的本字作「邍」。此字金文作「𨘋」，《說文》字形有誤）。此外，「埶」字大概是由於常常用來表示形勢的｛勢｝（《考工記・弓人》：「射遠者用埶」，鄭注：「埶謂形埶」），所以加注「艸」旁分化出「蓺」（藝）字來表示本義的（後來又為｛勢｝造了分化字「勢」，「埶」就廢棄了。《說文》無「蓺」、「勢」）。「縣」字大概是由於常常用來表示州縣的｛縣｝，所以加注「心」旁分化出「懸」字來表示本義的（《說文》無「懸」）。「正」字大概是由於常常用來表示糾

正和偏正的｛正｝，所以加注「彳」旁分化出「征」字來表示本義的
（《說文》不以「正」為「征」之初文）。｛勢｝、｛縣｝、｛正｝等
詞究竟應該看作「埶」、「縣」、「正」等字的引申義還是假借義，
有不同意見，這裏就不討論了。下面再舉兩個加注意符表示本義的例
子。

**氣—餼**　「氣」的本義是送給人糧食、飼料一類東西（《說
文》：「氣，饋客芻米也。从米，气聲。春秋傳曰：齊人來氣諸
侯。」此義讀ㄒㄧ　xì），由於假借為雲气的「气」（「气」是雲氣之
｛氣｝的本字。漢代以來一直借「氣」為「气」，簡化字才重新用
「气」字），加注「食」旁分化出「餼」字來表示它的本義（《說文》
以「餼」為「氣」字或體）。

**禽—擒**　「禽」的本義是擒獲（《左傳·哀公二十三年》：「齊
師敗績，知伯親禽顏庚。」甲骨文以 ♀ 表｛擒｝，本象田獵用的一
種網。後來此字加注「今」聲，♀ 又繁化為 ，成為篆文的 。
隸書破壞了聲旁「今」），引申而為禽獸的｛禽｝（《北堂書鈔》卷89、
《太平御覽》卷526引《白虎通·田獵》：「禽者何？鳥獸之總名，明為
人所禽制也。」），因此加注「手」旁分化出「擒」字來表示它的本
義（《說文》無「擒」，但已經誤把「走獸總名」當作「禽」的本
義）。

　　有些字通過加注意符分化出新字來表示引申義。在形聲字章裏曾
經舉過「取」分化出「娶」、「解」分化出「懈」、「秉」分化出
「棅」（柄）等例子（參看〔八(七)1〕），下面再補充幾個例子。

**景—影**　《說文》：「景，光也。从日，京聲。」光景之｛景｝
引申而為陰影之｛影｝。這一意義本來就用「景」字表示（《周禮·
地官·大司徒》：「正日景以求地中」），後來加注「彡」旁分化出
了專用的「影」字（「彡」旁通常是表示文飾、花紋一類意思的。
《說文》無「影」）。

**奉—俸**　「奉」的本義是兩手捧物，引申而有供給之義，供給
之義又引申而有俸祿之義。這一意義本來就用「奉」字表示（《漢
書·王莽傳上》：「其令公奉、舍人賞賜皆倍故」），後來加注
「人」旁分化出了專用的「俸」字（《說文》無「俸」）。

**慈—磁(磁)**　慈愛的｛慈｝引申而為磁石的｛磁｝（古人以磁

石引鐵與慈母愛子相比）。這一意義本來就用「慈」字表示（《呂氏春秋‧精通》：「慈石召鐵」），後來加注「石」旁分化出了專用的「礠」字，「磁」是由它簡化的（《說文》無「礠」字。《廣韵》平聲之韵疾之切：「礠，礠石可引針也。」《洪武正韵》謂「磁本作礠，省从茲」。明清以來「瓷」也可寫作「磁」，據說跟磁州盛產瓷器有關）。

　　**兩—緉、輛**　｜兩｜引申而為成對的鞋的單位詞｜緉｜以及車的單位詞｜輛｜（關於「輛」，參看〔八(七)1〕）。這兩個引申義本來都用「兩」字表示（《詩‧齊風‧南山》：「葛屨五兩」。《詩‧召南‧鵲巢》：「之子於歸，百兩御之」），後來分別加注「糸」旁和「車」旁分化出了專用的「緉」字和「輛」字（《說文》：「緉，履兩枚也。」「輛」字為《說文》所無）。

　　此外如「竟」分化出「境」、「反」分化出「返」、「坐」分化出「座」等等，都是為了表示引申義加注意符造分化字的例子。

　　有些字通過加注意符分化出新字來表示假借義。假借章裏已經說過，表示母字假借義的分化字就是後起本字。在那一章裏曾經舉過一些加注意符造後起本字的例子，在形聲字章裏也曾舉過個別這樣的例子（〔八(一)〕的「獅」、〔八(六)2〕的「嗜」）。這裏再補充一個從一個母字分化出幾個後起本字的例子：

　　**牟—麳、眸、侔、恈**　「牟」的本義是牛鳴（《說文》：「⻄，牛鳴也。从牛，象其聲气从口出。」），古代假借它來表示當大麥講的｜麳｜（《詩‧周頌‧思文》：「貽我來牟」）、眸子的｜眸｜（《說文》：「盲，目無牟子」）以及當相齊相等講的｜侔｜（《漢書‧司馬相如傳下》：「德牟往初」），又假借來記錄疊字雙音詞｜牟牟｜（《廣雅‧釋訓》：「牟牟，進也。」）。後來分別加注「麥」、「目」、「人」、「心」等意符，分化出了「麳」、「眸」、「侔」、「恈」（《荀子‧榮辱》：「恈恈然惟利之見」）等後起本字（但「恈」字不常用。《說文》無「眸」、「恈」二字）。

　　b. **改換意符**

　　改換意符而成的分化字，大部分是表示母字的引申義的。如前面提到過的由「振」分化出來的「賑」，由「養」、「輕」、「淡」、「綠」分化出來的「氧」、「氫」、「氮」、「氯」（見〔八(三)1〕）

以及由「倚」分化出來的「椅」（見〔一〇（二）3〕等字；小部分是表示母字的假借義的，如前面提到過的由「畔」分化出來的「叛」、由「說」分化出來的「悅」等字（見〔九（二）〕）。下面再補充幾個例子。

先舉表示母字引申義的例子：

**赴—訃** 「赴」的本義是趨，引申而有奔赴告喪之義。這一意義本來就用「赴」字表示（《禮記·文王世子》：「死必赴」。《史記·周本紀》：「昭王……其卒不赴告，諱之也。」），後來把「赴」的「走」旁改為「言」旁，分化出了專用的「訃」字（《說文》無「訃」。現在「訃」已經只有報喪的意思，而沒有奔赴的意思了）。

**張—脹、帳** 張開的｛張｝引申而為腫脹的｛脹｝和帳幕的｛帳｝（《說文》：「帳，張也。」）。這兩個意義本來都用「張」字表示（《左傳·成公十年》：「將食，張，如廁」，杜注：「張，腹滿也。」《史記·袁盎傳》：「乃以刀決張」，《集解》讀「張」為「帳」），後來把「張」的「弓」旁分別改為「肉」旁和「巾」旁，分化出了專用的「脹」字和「帳」字（《說文》無「脹」。賬簿的｛賬｝本用「帳」字表示，「賬」是改換「帳」字意符而成的分化字，出現時間較晚）。

**障—嶂、瘴、幛** 障隔之｛障｝引申而為山嶂之｛嶂｝、瘴癘之｛瘴｝（瘴氣當因鬱結如障而得名）以及幛軸之｛幛｝。這些引申義本來都用「障」字表示（《文選》卷二七丘希範《旦發魚浦潭》：「櫂歌發中流，鳴鞞響沓障」，李善注：「《爾雅》曰：山正曰障。」這是以「障」表｛嶂｝之例。《周禮·地官·土訓》鄭注：「地慝，若障蠱然」，《正義》：「障即瘴氣」。這是以「障」表｛瘴｝之例。杜甫《題李尊師松樹障子歌》：「手提新畫青松障。」這是以「障」表｛幛｝之例），後來把「障」字的「阜」旁分別改為「山」旁、「广」旁和「巾」旁，分化出了專用的「嶂」、「瘴」、「幛」三字（《說文》無此三字）。

**綿—棉** 我國本來只有絲綿，沒有木棉、草棉。中古時代種植木棉、草棉之後，起初就用「綿」字表示它們，後來把「綿」字的「糸」旁改為「木」旁，分化出了專用的「棉」字（俞正燮《癸巳類稿》卷七「吉貝木棉字義」條：「又木棉字，本止作木綿，謂木中之

綿。袁文《甕牖閒評》云：『木綿止合作此綿字，今字書又出一棉字為木棉。』是棉字亦始於宋。此字可云新增，不可云俗。於六書法，從木，從綿省，即聲即義也。」俞氏把「棉」字分析為「從木從綿省」可從。但「棉」字已見於《玉篇》、《廣韵》，其出現當在宋代之前）。

改換意符造分化字的辦法，一般用於形聲字。「綿」則是一個會意字，由「綿」分化出「棉」是一個比較特殊的例子。

下面再舉一個表示母字假借義的例子：

**澹—贍**　「澹」的本義是「水搖貌」（《說文》：「澹，水搖也。」《文選》卷三張平子《東京賦》：「淥水澹澹」，李善注引《說文》作「水搖貌也」）。古代假借它來表示贍足的｜贍｜（《漢書・食貨志上》：「猶未足吕——同「以」——澹其欲也」，顏注：「澹古贍字也。贍，給也。」）。後來把它的「水」旁改為「貝」旁，分化出了後起本字「贍」（鄭珍《說文新附考》卷三：「至晉右將軍鄭烈碑始見從貝之贍，殆制於魏晉間。」）。

### c. 加注或改換音符

加注音符的例子，如：

**午—牾**　「午」字金文作↑，𣇫（舂）字從之，當是「杵」字的初文。古代假借「午」字來表示牾逆的｜牾｜（《禮記・哀公問》：「午其眾以伐有道」，「午」當讀為「牾」。《說文》認為「午」字本有「牾」義，恐不確），後來加注音符「吾」，分化出「牾」字來表示這一意義（《說文》：「啎，逆也。从午，吾聲。」）「牾」就是「啎」的訛體。「牾」還有抵觸等義。後來又造「忤」字，專門表示「牾」的牾逆一義。現在「牾」字一般只用來表示抵觸等義）。

**食—飼**　飲食的「食」引申而有餵食的意思（《戰國策・齊策四》：「左右以君賤之也，食以草具。」），後來加注音符「司」，分化出「飼」字來表示這一意義（「飼」字本來通用於人、畜。《舊唐書・陸贄傳》：「張頤待飼」，「飼」字即用於人。「飼」字在古書裏也作「飤」。《說文》有「飤」無「飼」，但「飤」字訓「糧」，似與作為「飼」字異體的「飤」無關）。

改換音符的例子，如：

**潦—澇**　「潦」本來當雨水大或地面積水講（音ㄌㄠ lǎo），引

申而有水淹成災的意思（音ㄌㄠˋ lào，舊亦音ㄌㄠˋ lào。《莊子·秋水》：「禹之時十年九潦」）。後來把「潦」字的聲旁「尞」（ㄌㄧㄠˊ liáo，舊讀ㄌㄧㄠˋ liào）改為「勞」，分化出「澇」字來表示這一意義（《說文》有「澇」字，當河流名講，音ㄌㄠˊ láo。水澇之「澇」可以看作它的同形字）。

**濫—灠** 「濫」字可以當用水漬果子講（音ㄌㄢˇ lǎn，舊亦音ㄌㄢˋ làn。《禮記·內則》：「漿、水、醷、濫」，鄭注：「濫，以諸和水也」，《釋文》：「乾桃乾梅皆曰諸」）。後來為了跟其他用法的「濫」字，如泛濫的「濫」相區別，把「濫」字的聲旁「監」改為「覽」，分化出「灠」字來表示這一意義（《集韻》上聲敢韻魯敢切：「灠，漬果也，一曰染也，或作濫。」現在有些地方有「灠柿子」的說法，指把柿子泡在熱水或石灰水裏以去掉澀味。「灠」跟「漤」同義，現在這兩個字都讀為ㄌㄢˇ lǎn，一般把「灠」當作「漤」的異體。但是《集韻》把「漤」收入感韻，並不把它跟「灠」看成一字異體。《廣韻》無「灠」字，「漤」字也在感韻）。當用水漬果子講的「濫」跟泛濫的「濫」也許是同形字。如果確實如此，「濫」分化出「灠」就是同形字字形分化的一個例子了。

**華—花** 花草的｛花｝本用「華」字表示（《禮記·月令》季秋之月「鞠有黃華」當讀為「菊有黃花」）。《說文》：「𠌶，草木華也」，「䔢（華），榮也。从艸，从𠌶。」隸、楷「華」字所從的「𡥀」是「𠌶」的變形，原來是音符兼意符（對一般人來說已經成為記號）。「花」字可以看作把「華」字所從的「𠌶」改為純音符「化」而成的分化字（《說文》以「蘤」為「𠌶」字或體。或謂「花」是「蘤」的分化字）。

造分化字的時候，偶然還有把母字的音符改換成意符的情況，如：

**稱—秤** 據《說文》，「再」為稱舉之｛稱｝的本字，，「偁」為稱揚之｛稱｝的本字，「稱」為稱量之｛稱｝的本字（從語言角度看，稱量、稱揚都應該是稱舉的引申義。「偁」和「稱」都應該是表示「再」字引申義的分化字）。後來「再」和「偁」都廢而不用，稱舉、稱揚之｛稱｝也都用「稱」字表示，所以又把「稱」的「再」旁改為「平」旁，分化出「秤」字來專門表示稱量之義。作為衡器名稱

的｛秤｝是稱量之｛稱｝的變音引申義，本來就用「稱」字表示（《顏氏家訓・書證》：「開皇二年五月，長安民掘得秦時鐵稱權」）。現在「秤」字專用來表示這個意義，一般的稱量之義仍用「稱」字表示。「稱」的「爯」旁是音符兼意符（對一般人說其實已經成為記號），「秤」的「平」旁則是純意符。

此外，囹圄之「圄」本作「圉」，是從「囗」從「幸」的會意字（幸本象梏形，參看〔七（一）5A〕「執」字條）。「圄」字從「囗」「吾」聲，似可看作把母字的意符改作音符的分化字。不過當養馬的地方講的「圉」，古代也有作「圄」之例。所以「圄」字最初有可能只是「圉」的一個狹義異體字，後來彼此才有了分工（《說文》已分「圉」「圄」為二字，「圉」在十下「幸」部，「圄」在六下「囗」部）。

### d. 通過加注或改換偏旁為雙音節詞造分化字

這一類分化字我們在第二章和第九章裏曾經提到過一些，如由「吳公」加「虫」旁而成的「蜈蚣」、由「倉庚」加「鳥」旁而成的「鶬鶊」、由「尚羊」加「彳」而成的「徜徉」，由「毐冒」加「玉」旁而成的「瑇（玳）瑁」、由「阿那」加「女」旁而成的「婀娜」。下面再舉兩個例子。

**綠耳—騄耳—騄駬** 古代傳說中的一種名馬叫「綠耳」（《穆天子傳》卷一：「天子之駿……綠耳」，郭璞注：「魏時鮮卑獻千里馬，白色而兩耳黃，名曰黃耳，即此類也。」）。後來把「綠」字的「糸」旁改為「馬」旁，寫作「騄耳」（見《史記・秦本紀》）；又在「耳」字上加「馬」旁，寫作「騄駬」（見《廣雅・釋獸》）。

**蒲陶—蒲萄—葡萄** ｛葡萄｝是漢代自西域傳入的一個音譯外來詞。這個詞《史記・大宛傳》、《漢書・西域傳》等寫作「蒲陶」，兩個字都是借來表音的。《後漢書・西域傳》、《玉篇》等寫作「蒲萄」，「陶」字的「阜」旁改為「艸」頭，「蒲」字由於本有「艸」頭沒有改動。後來為了使上下二字在外形上有更緊密的聯繫，又把「蒲」字的聲旁「浦」改成「匍」，兩個字都變成了專用字（《說文》有「萄」字，注曰「草也」。葡萄的「萄」可以看作它的同形字，不過它們也有可能是形音兼借字和被借字的關係）。

此外如「夫容」、「目宿」加「艸」旁而成「芙蓉」、「苜

蓿」，「科斗」、「即且」加「虫」旁而成「蝌蚪」、「蜘蛆」，「空同」、「昆侖」加「山」旁而成「崆峒」、「崑崙」，「分付」、「丁寧」加「口」旁而成「吩咐」、「叮嚀」，「鹿盧」加「車」旁而成「轆轤」，「方皇」加「彳」旁而成「彷徨」，「（亦作「仿偟」）」，地名「琅邪」上字加「邑」旁下字加「玉」旁而成「瑯琊」，「消搖」變作「逍遙」，「流黃」變作「硫黃」、「硫磺」，「馬腦」變作「馬瑙」、「瑪瑙」等等，都是這一類的例子。有些記錄雙音節詞的文字，只有其中的一個字加過或改過偏旁，如「伐閱」上字加「門」旁而成「閥閱」，「展轉」上字加「車」旁而成「輾轉」，「爛漫」也有人寫作「爛熳」。

從上舉諸例可以看到，使用漢字的人往往喜歡把記錄雙音節詞的文字改成具有同樣的偏旁。這也就是說，他們希望記錄一個雙音節詞的兩個字之間具有明顯的形式上的聯繫。在上舉諸例中，「葡萄」不但都以「艸」為形旁，而且聲旁都是從「勹」的；「瑯琊」不但右旁都從「邑」，而且左旁都從「玉」。這是十分典型的例子。有時候，為了達到上面所說的那種目的，甚至可以完全不管文字學的原則。例如：「鳳凰」本作「鳳皇」，「鳳」字從「鳥」「凡」聲，「凰」字的「几」旁既無音也無義，完全是為了跟「鳳」字取得形式上的聯繫而加上去的。

### D. 造跟母字在字形上沒有聯繫的分化字

有些分化字不是以母字的字形為基礎，而是另起爐灶地造出來的。例如：

**鮮—尟（尠）**　據《說文》，「鮮」的本義是一種魚，通常假借它來表示新鮮的｜鮮｜（據《說文》，本字是「鱻」）以及鮮少的｜鮮｜（ㄒㄧㄢ xiǎn。《詩‧鄭風‧揚之水》：「終鮮兄弟」）。後來另造「尟」字來表示後一假借義，異體作「尠」（「尟」已見《說文》。但這個後起本字出現後，假借字「鮮」仍然使用得相當普遍）。

**蘇—甦**　「蘇」的本義是一種草名，表示死而復蘇的｜蘇｜，是假借用法（這個詞古代也假借本義為「把取禾若」的「穌」字表示。禾若即禾葉）。南北朝時另造「甦」字來表示「蘇」的這一假借義（見《顏氏家訓‧雜藝》。但這個後起本字出現後，假借字「蘇」仍

然使用得相當普遍）。

有些字看起來像是拋開母字字形另造的分化字，實際上卻有比較曲折的產生過程。例如：陰陽的｜陽｜引申而為佯裝的｜佯｜。這一意義本來就用「陽」字表示（《漢書・田儋傳》：「儋陽為縛其奴」，顏注：「陽即偽耳」。陰是內，陽是外。所以由｜陽｜可以引申出表面、佯裝等義）。「佯」字很像是拋開母字字形另造的分化字，其實並非如此。古代多假借「詳」字來表示佯裝的｜佯｜（如上引《田儋傳》語，《史記》就作「田儋詳為縛其奴」。《孫子・軍爭》「佯北必從」之「佯」，銀雀山竹書本也作「詳」），「佯」應該是改換假借字「詳」的形旁而成的分化字。〔八(七)1〕裏提到過的「搽」字，從表面上看像是拋開母字「塗」的字形另造的分化字，實際上卻是在假借字「茶」上加注「手」旁而成的，情況與此類似。

## 2　分散多義字職務的其他方法

在分化文字之外，還有兩種比較重要的分散多義字職務的方法，下面分別加以說明。

### A. 用假借字來分擔多義字的部分職務

有時候，為了分散某個多義字的職務，假借一個字來表示它的假借義或引申義。

我們在〔九(三)〕裏曾經講到過一個詞先後使用不同的假借字的現象，如第二人稱代詞｜汝｜先借「女」後借「汝」，指示代詞｜彼｜先借「皮」後借「彼」，疑問代詞｜何｜先借「可」後借「何」。對「女」、「皮」、「可」等字來說，這就是假借別的字來表示它們的一個假借義。「女」、「皮」、「可」各字在｜汝｜、｜彼｜、｜何｜各假借義外，都還有很常用的意義，而且讀音都跟這些假借義不同。男女之｜女｜跟爾汝之｜汝｜，可以之｜可｜跟何以之｜何｜，用同一個字表示還很容易產生歧義。所以有必要借別的字來表示這些假借義（但是有些改換假借字的現象不能這樣解釋。例如：先後假借來表示願意之｜願｜的「顅」和「願」，除這個假借義外都沒有很常用的意義，改借「願」字也許是因為它的聲旁有較好的表音作用）。下面

再舉一個借別的字來表示某個字的假借義的例子。

**臧—藏** 《說文》：「臧，善也。从臣，戕聲。」（也有人認為「臧」字本來當一種奴隸講。「臧」的本義究竟是善還是奴隸，跟我們現在要講的問題關係不大）。古代假借「臧」字來表示儲藏的｛藏｝（《漢書·禮樂志》：「今叔孫通所撰禮儀與律令同錄，臧於理官」，顏注：「古書懷藏之字本皆作臧，《漢書》例為臧耳。」秦漢簡和馬王堆帛書等都以「臧」表｛藏｝）。由於「臧」當「善」講在古代也是常見用法，大約從東漢開始，又借本當草名講的「藏」字來表示這一假借義（司馬相如《子虛賦》有草名「藏莨」，《漢書·司馬相如傳上》顏注引郭璞曰：「藏莨，草中牛馬芻。」意即可供牛馬食用的一種草）。東漢碑刻「臧」、「藏」並用（衡方碑：「用行舍臧」，孫叔敖碑：「聚藏於山」），後世專用「藏」字表示儲藏的｛藏｝（｛藏｝的引申義｛贓｝和五臟的｛臟｝，本來就用「臧」或「藏」字表示。「贓」是在「臧」字上加「貝」旁而成的分化字。「臟」是在「藏」字上加「肉」旁而成的分化字）。

在前面曾經舉過幾個假借別的字來表示某個字的引申義的例子，如假借「閑」字表示「閒」字的引申義閑暇的｛閑｝（見〔九㈠〕），假借「荼」字表示「塗」字的引申義｛搽｝（見〔八㈦1〕），假借「詳」字表示「陽」字的引申義｛佯｝（見本節〔1D〕）。所以要這樣做，顯然是為了避免引申義跟本義混淆。下面再舉幾個同類的例子。

**見—現** 看見的｛見｝引申而為呈現的｛現｝。這一引申義本來就用「見」字表示（《論語·泰伯》：「天下有道則見，無道則隱。」）。後來為了跟本義相區別，假借从「見」聲的「現」字來表示這一意義（據《集韻》，「現」字本來當「石之次玉者」或「玉光」講）。

**視—示** 視察的｛視｝引申而為顯示、指示的｛示｝（使人視就是示）。這一引申義本來就用「視」字表示（《詩·小雅·鹿鳴》：「視民不恌」，鄭箋：「視，古示字也。」秦簡、馬王堆帛書都以「視」表｛示｝）。後來為了跟本義相區別，假借充當「視」字聲旁的、本來當神主講的「示」字來表示這一意義（《說文》：「示，天垂象見——讀為「現」——吉凶，所以示人也」，誤以假借義為本義。

銀雀山竹書《齊孫子・擒龐涓》等篇已用「示」字表示顯示之﹛示﹜。《儀禮・士昏禮》：「視諸衿鞶」，鄭注：「示之以衿鞶者，皆托戒使識之也……視乃正字，今文作示，俗誤行之。」鄭玄以用「示」字為俗誤，未免拘泥）。

**指—旨**　指示的﹛指﹜引申為意旨的﹛旨﹜。這一引申義本來就用「指」字表示（《漢書・河間獻王德傳》：「文約指明」，顏注：「指謂義之所趨，若人以手指物也。」）。後來為了跟指示等義相區別，假借充當「指」字聲旁的、本當味美講的「旨」字來表示這一意義（「指」的這個引申義，或者說「旨」的這個假借義，有為它造的分化字「恉」，但使用得不普遍）。

**伯—霸**　伯仲的﹛伯﹜引申而為諸侯之長的稱呼（《周禮・春官・大宗伯》：「九命作伯」，鄭眾注：「長諸侯為方伯」），當諸侯之長講的﹛伯﹜又引申為霸主的﹛霸﹜。這一引申義本來就用「伯」字表示（《荀子・仲尼》：「五尺之豎子，言羞稱乎五伯」，楊注：「伯讀為霸」）。後來為了跟方伯等義相區別，假借《說文》訓為「月始生魄然也」的「霸」字（本音ㄆㄛˋ pò）來表示這一意義。

有時候，在某個字有了常用的假借義或引申義之後，假借一個字來表示它的本義。我們在前面曾經講過，「何」是負荷之「荷」的本字（見〔八(一)2〕），「各」是來格之「格」的本字（見〔七(一)5B〕）。所以要假借「荷」和「格」來表示「何」和「各」的本義，大概就是由於「何」字的假借義疑問代詞﹛何﹜和「各」字的假借義副詞﹛各﹜都很常用的緣故。《說文》訓「各」為「異辭」，已經把它的假借義誤當作本義了。疑問代詞﹛何﹜本來借「可」字表示，後來為了減少「可」字的職務，改借「何」字來表示。「何」字用來表示這一意義之後，為了減少職務又假借「荷」字來表示它的本義。這種連鎖反應式的文字職務轉移的現象，在漢字裏是屢見的。

下面再舉一個由於某個字有了常用的假借義或引申義，假借一個字來表示它的本義的例子。

**前—翦**　「前」字本作「歬」，是「剪」的初文（《說文》：「歬，齊斷也。從刀，歬聲。」「歬」是前進之「前」的本字。《說文》：「歬，不行而進謂之歬，從止在舟上。」）。由於「前」假借來表示前進的﹛前﹜，另借「翦」字表示它的本義（「翦」本作

「翎」。《說文》：「翎，羽初生也。一曰矢羽。从羽，弟聲。」）。較早的古書幾乎都借「翦」字表示｛剪｝（《詩·召南·甘棠》：「勿翦勿伐」）。後來專門造了从「刀」的「剪」字，假借「翦」的辦法就逐漸不通行了（《干祿字書》以「剪」為「翦」的俗體）。

多義字轉移給假借字表示的意義，跟仍然由它表示的意義，大多數是不同音的。上舉各例中只有｛指｝跟｛旨｝，｛陽｝跟｛佯｝，彼此同音。｛視｝跟｛示｝在中古時代聲母有別（「視」屬禪母，「示」屬船母），後來才變得完全同音。

從上舉各例看，起減少多義字職務的作用的假借字，通常是由本身的意義跟所要表示的假借義極少有可能混淆的字充當的，而且有很多字的本義是不常用的，如「彼」（本義為往有所加）、「現」、「藏」、「翦」、「霸」等。如果不是這樣，一方面減少了舊有的字義混淆的可能性，一方面又會增加新的字義混淆的可能性。

有時候，為了減少同形字現象，也採取用假借字的辦法，例如：

**訟——頌** 《說文》：「訟，爭也。从言，公聲。一曰謌（歌）訟。」歌訟之「訟」跟訟爭之「訟」是同形字。「頌」字从「頁」「公」聲，是容貌之「容」的本字。一般假借「頌」字為歌訟的「訟」大概是為了避免跟訟爭之「訟」相混淆。

### B. 通過文字職務的集中來分散多義字的職務

文字職務的集中，指兩個以上不同的字的某個共同職務，集中由其中的一個字來承擔的現象。對於交出被集中的職務之後仍有自己的職務的那些字來說，職務的集中起了分散它們的職務的作用（如果交出職務的字沒有其他職務，職務的集中就是文字的合併。這種現象將在後面「文字的合併」節中討論）。

在假借章裏曾經提到過一些文字職務集中的例子。例如：「纔」、「裁」、「財」、「才」等字一度都可以用來表示訓「僅」的｛才｝，後來逐漸變成只用「纔」或「才」來表示這個詞（見〔九(三)〕）。｛眉｝這個詞一度也可以用「麋」字表示，後來恢復到只用「眉」字表示（見〔九(一)〕）。這類現象是常見的，這裏不準備再講了。下面講一下一種比較特殊的文字職務集中的現象，即兩個字的職務的交互集中。

　　如果 A、B 兩字都可以用來表示某兩詞的話，在使用過程中有時會逐漸形成讓 A 只表示其中的某一個詞，B 只表示其中的另一個詞的情況。這就是我們所說的文字職務的交互集中（A、B 兩字有可能還被用來表示這兩個詞之外的詞。這裏是只就跟這兩個詞有關的用法來說的）。下面舉幾個例子。

　　**又—有**　在古代有一段時間裏（下限大約是西漢），「又」、「有」二字都可以用來表示有無的｜有｜（古文字本來是以「又」表｜有｜的。在傳世古書裏仍可看到一些這樣的例子，如《詩‧周頌‧臣工》「亦又何求」、《荀子‧議兵》「人之情，雖桀、跖，豈又肯為其所惡賤其所好者哉。」在馬王堆帛書裏還可以看到在同一句中既用「有」字又用「又」字來表示｜有｜的例子。如《老子》乙本「又周車无所乘之，有甲兵无所陳之」，「又周車」即「有舟車」。《經法‧六分》「王天下者之道有天焉，有人焉，又地焉」，「又地」即「有地」）。另一方面，這兩個字也都可以用來表示副詞｜又｜（秦簡和馬王堆帛書等經常以「有」表｜又｜。在傳世古書裏仍可看到一些這樣的例子，如《詩‧邶風‧終風》「終風且曀，不日有曀」，《禮記‧玉藻》「既搢必盥，雖有執於朝，弗有盥矣」。《玉藻》這一句，前一個「有」是有無之「有」，後一個「有」讀為「又」）。後來，除了用於整數和零數之間的｜又｜，既可以寫作「又」也可以寫作「有」（讀ㄧㄡˋ yòu）之外，「又」、「有」二字有了明確的分工。「又」不再用來表示有無之｜有｜，「有」也不再用來表示副詞｜又｜。

　　**氏—是**　在古代有一段時間裏（大約主要在兩漢時代），「氏」、「是」二字有混用現象。「氏」也可以用來表示指示代詞｜是｜（中山王墓銅器銘文已有以「氏」表｜是｜之例，如鼎銘「氏以寡人許之」。漢代文獻裏這種用法常見。《白虎通‧宗族》引《儀禮‧士昏禮》「惟是三族之不虞」，「是」作「氏」。《漢書‧地理志下》：「至玄孫，氏為莊公」，顏注：「氏與是同，古通用字。」馬王堆帛書等也有以「氏」表｜是｜之例，如《戰國縱橫家書》第十五章「願君之以氏慮事也」），「是」也可以用來表示姓氏之｜氏｜（春秋戰國間的侯馬盟書已有以「是」表｜氏｜的用法。漢代文獻裏這種用法常見。如見於《韓非子‧難三》的「龐糷氏」，《論衡‧非韓》作「龐捆是」。張遷碑「張是輔漢」，「張是」即「張

氏」。秦漢印、馬王堆帛書和銀雀山漢簡等也都常常以「是」表
｛氏｝。馬王堆帛書《戰國縱橫家書》第八章內「趙氏」、「趙是」
並見，第十二章「梁氏」、「梁是」並見，第十六章「安陵氏」、
「安陵是」並見，充分反映了當時人混用這兩個字的情況）。後來，
「氏」、「是」二字的用法回復到混用之前的情況（如西周、春秋金
文的情況），「氏」不再用來表示指示代詞｛是｝，「是」也不再用
來表示姓氏之｛氏｝。

**常—嘗** 　據《說文》，「常」本是「裳」的異體。一般都假借它
來表示經常的｛常｝。「嘗」的本義是嘗味，又用來表示當曾經講的
｛嘗｝（這可能是「嘗」字嘗試一義的引申義）。在古代有一段時
間裏，「常」、「嘗」二字有混用現象。「常」也可以用來表示當曾
經講的｛嘗｝，「嘗」也可以用來表示經常的｛常｝。在唐宋人的著
作裏時常可以看到這種現象，下面從《太平廣記》裏引幾個例子：

> 唐柳州刺史河東柳宗元，常自省郎出爲永州司馬。（卷
> 467「柳宗元」條，出《宣室志》）

> 中宗常召宰相蘇瓌、李嶠子進見。二子皆僮（童）年，
> 上迎撫於前，賜與甚厚。（卷493「蘇瓌李嶠子」條，出《松
> 窗錄》）

> 昔者霍王小女將欲上鬟，令我作此，酧（酬）我萬錢，
> 我嘗不忘。（卷487，錄蔣防《霍小玉傳》）

> 蜀市人趙高好鬥，嘗入獄。滿背鏤毗沙門天王，吏欲杖
> 背，見之輒止。（卷264「趙高」條，出《酉陽雜俎》）

據文義，前兩條的「常」字當讀爲「嘗」，後兩條的「嘗」字當讀爲
「常」。末一條出自《酉陽雜俎》前集卷八「黥」條，「嘗」在今本
《雜俎》中正作「常」（《廣記》中「常」、「嘗」用法跟現在相同的例
子從略）。在《史記》、《漢書》裏也可以找到「常」、「嘗」混用的例
子。《史記·高祖本紀》、《漢書·高帝紀上》都有「高祖常繇（徭）咸
陽」之文，宋代的劉攽已指出「常」當作「嘗」。《史記·始皇本紀
贊》、《漢書·陳勝項籍傳贊》所引賈誼《過秦論》中「常以十倍之地」
一句的「常」，也應讀爲「嘗」。此字在《賈誼新書》中正作「嘗」。
下面再從《史記》和《漢書》中各引一個「嘗」當讀爲「常」的例子。
《史記·李將軍列傳》：

　　　　廣所居郡，聞有虎，嘗自射之。

此文「嘗」字據文義當讀為「常」，《漢書李廣傳》正作「常」。《漢書・循吏・龔遂傳》：

　　　　臣聞膠西王有諛臣侯得……王說（悅）其諂諛，嘗與寢
　　（寢）處，唯得所言，呂（以）至於是。

此文「嘗」字據文義也當讀為「常」。明清以來，除了某些特殊情況（如某些喜歡仿古的文人有時以「常」為「嘗」，明末避光宗常洛諱往往以「嘗」為「常」），「常」、「嘗」二字已不再混用。

　　此外，如「無」和「毋」，「以」和「已」，「由」和「猶」等，也都經歷過職務交互集中的過程。

　　上面所舉各例涉及的那兩個詞，如果用同一個字來表示，都有產生歧義的可能性。例如：王引之《經義述聞》曾指出經籍「借有為又，而解者誤以為有無之有」的現象（卷一「遲有悔」條、卷三十二「經義假借」條）。上引《漢書・地理志》「氏為莊公」句的「氏」字，顏師古認為當讀為「是」，清代有些學者卻認為仍然應該當作一般的「氏」字來理解（參看《漢書補注》，這種意見大概不可信）。「常」、「嘗」混用更是容易使人誤解文義。所以這些字的職務的交互集中是很有必要的。

　　有時候，兩個字經歷了彼此混用和職務交互集中的過程之後，各自所表示的意義是另一個字原來所表示的意義，這樣就造成了職務互易的現象。例如：

　　**扁—匾**　「扁」從「戶」、「冊」，是匾額之⌇匾⌇的本字。表示扁薄之⌇扁⌇，是它的假借用法。《玉篇》、《廣韻》都訓「匾匦」為「薄」，「匾」應該是為「扁」字的這個假借義而造的分化字。唐以下古書多用「匾」字表示扁薄之⌇扁⌇（《酉陽雜俎》續集卷四：「今言梟鏡者，往往謂壁間蛛為鏡，見其形規而匾，伏子，必為子所食也。」「扁擔」古亦多作「匾擔」，見《續傳燈錄》、《水滸》等）。但是使用「匾」字之後，「扁」字表示扁薄之義的用法並未廢棄，而扁額之義後來反倒常常假借「匾」字來表示，形成了兩個字用法互混的局面。經過職務的交互集中，匾額之⌇匾⌇專用「匾」字表示，扁薄之⌇扁⌇專用「扁」字表示，兩個字各自的本來意義都交給了對方（但是指淺而圓的竹器的⌇匾⌇，一般仍寫作「匾」，而不寫

作「扁」，如「針線匾」）。

**童—僮** 《說文》：「童，男有辠（罪）曰奴，奴曰童，女曰妾。從辛，重省聲」，「僮，未冠也。從人，童聲」，以僮僕為「童」之本義，童子為「僮」之本義。在古書中，僮僕和童子二義本來都用「童」字表示（古代奴隸和孩子都不蓄髮，所以都稱童，山無草木也稱童），「僮」是「童」的分化字（《左傳·哀公十一年》：「公為與其嬖僮汪錡乘」。據《釋文》及《禮記·檀弓下》鄭玄注，此「僮」字本作「童」）。但是「僮」字出現後，一方面「童」字表示童子之義的用法並未廢棄，一方面「僮」字也時常用來表示僮僕之義，兩個字的用法互混。經過職務的交互集中，童子的｜童｜專用「童」字表示，僮僕的｜僮｜專用「僮」字表示，兩個字各自的本義都交給了對方（《干祿字書》「童、僮」條：「上童幼，下僮僕，古則反是，今所不行。」但上文「常、嘗」條所引《太平廣記》「蘇瓌李嶠子」條「童年」作「僮年」，可見唐代仍有人用「僮」字表示童子之義）。

酬酢之｜酢｜，《說文》用「醋」字表示。醬醋之｜醋｜，《說文》用「酢」字表示（《急就篇》：「酸鹹酢淡辨濁清」，也以「酢」表｜醋｜。「乍」、「昔」古音相近）。用字情況正好跟後世相反，這兩個字很可能也經歷過混用和職務交互集中的過程。不過，表示醬醋之｜醋｜的「酢」跟表示酬酢之｜酢｜的「酢」，表示醬醋之｜醋｜的「醋」跟表示酬酢之｜酢｜的「醋」，也可以都當作同形字來看。那末，固定地以「醋」表｜醋｜，以「酢」表｜酢｜，就跟「文字的分化」節裏講過的「鍾」、「鐘」分工的情況一樣，是分化同形字字形的一個例子了（現在，「酢漿草」的「酢」仍用來表示｜醋｜，是「酢」字用法的一個特例）。

### 3 用不同的字表示同一個詞的不同用法的現象

在一般情況下，分散文字職務就是使原來由一個字所表示的不同的詞，分別由不同的字來表示。但是，有時候也可以看到用不同的字分別表示同一個詞的不同用法的情況。常常被提到的一個例子，就是表示第三人稱代詞的「他」、「她」、「它」。

人稱代詞｜他｜是古漢語裏的指示代詞｜他｜派生出來的。指示

代詞｜他｜原來假借「蛇」的初文「它」或當負荷講的「佗」字表示（《詩·小雅·鶴鳴》：「它山之石，可以為錯。」《左傳·隱公元年》：「制，岩邑也，虢叔死焉。佗邑唯命。」）。「他」本是「佗」的異體（从「它」之字往往變作从「也」，參看〔五(二)〕）。後來，「它」的本義另造「蛇」字表示，「佗」跟「他」也分了工。「它」和「他」實際上都成了代詞｜他｜的專用字。這兩個字本來通用無別，但是｜他｜發展出第三人稱代詞的用法之後，一般只用「他」字來表示這一意義（這可能是由於人們感到从「人」的「他」比較適合於表示人稱代詞的緣故，參看〔一○(二)3〕關於形借的說明）。到了本世紀一十年代後期，受了西洋人稱代詞性別的影響，有的人從「他」字分化出「她」字來指稱女性（參看〔八(三)〕），又分化出「牠」字，或用「它」字來指稱人以外的事物（現代的個別翻譯工作者甚至還給指上帝的第三人稱代詞造過从「示」的專用字「祂」）。開始提倡使用「她」、「牠」（它）的人，「本來希望在口語中造成一種分別（「她」念「伊」，「它」念「拖」）」。但是這種願望沒有實現，大家仍然按照「他」的音來念它們（看王力《漢語史稿》，《王力文集》9卷358頁，山東教育出版社，1988）。「她」字早已得到了普遍的承認，「牠」字在《異體字整理表》中，併入了「它」字。現在，「它」字基本上只用來指稱人以外的事物（「其他」還有人寫作「其它」，但是已經不很常見了）。表示人稱代詞的「他」，在一般情況下也已經不再用來指稱女性和人以外的事物，基本上跟「她」、「它」已經不相通用（台灣仍有以「他」指女性的用法）。指稱女性的「她」、指稱人以外事物的「它」跟指稱男性的「他」，讀起來完全同音，所以一般認為它們仍然代表著同一個詞，只不過從字面上對這個詞的一些不同用法作了區別而已。

　　但是，要分別什麼是同音的同源詞，什麼是同一個詞的不同用法，很難找到一個明確的標準。如果說「他」、「她」、「它」應該看作表示同一個詞的不同用法的文字的話，像「炭」跟「碳」，「溶化」跟「熔化」以及前面講過的「棉」跟「綿」那樣的字，是不是也都可以這樣看呢？又如溝岔的「岔」、港汊的「汊」、樹杈的「杈」和衣衩的「衩」，全都讀作ㄔㄚ（chà），它們是不是也可以看作表示同一個詞的不同用法的文字呢？再進一步說，如由「取」分化出來

的「娶」字，雖然在古代有去聲的讀法（《廣韵》、《經典釋文》都把「娶」讀作去聲，《集韵》「娶」字有上、去二音），現在跟「取」字是讀一個音的，它跟「取」又是什麼關係呢？如果丟開方塊漢字的字形，「ㄑㄩ（qǔ）錢」的｜ㄑㄩ（qǔ）｜跟「ㄑㄩ（qǔ）媳婦」的｜ㄑㄩ（qǔ）｜，究竟是看作兩個同源詞合理呢，還是看作同一個詞的兩種不同用法合理呢？

上面提出的這些問題，在這裏是無法詳細討論的。我們所以提出這些問題，只是想提醒一下，漢字的確從字面上區別了很多在語言裏沒有從語音上加以區別的意義。其中不但有彼此沒有親屬關係的一般同音詞，也有關係極其密切的同音同源詞，很可能還有不少屬於同一個詞的不同用法。

有些表示同一個詞的字，性質介於異體字跟「他」、「她」、「它」這類字之間。例如｜疙瘩｜在當小球形或塊狀的東西講的時候，既可以寫作「疙瘩」（「瘩」或作「疸」），也可以寫作「圪墶」（「墶」或作「塔」）、「屹嵺」、「紇繨」或「咯噠」（「噠」或作「嗒」）。但是，「圪墶」、「屹嵺」多用於土疙瘩，「紇繨」多用於紗、線、織物的疙瘩，「咯噠」多用於可吃的疙瘩，如麪咯噠、芥菜咯噠，用法雖不如「她」、「它」之絕不相通，但各自顯然有所偏重。｜疙瘩｜當皮膚上突起的或肌肉上結成的硬塊講，或當不易解決的問題講的時候，一般寫作「疙瘩」，有時也寫作「圪墶」、「屹嵺」，但不能寫作「紇繨」、「咯噠」。這些意義的｜疙瘩｜跟也可以寫作「紇繨」、「咯噠」的｜疙瘩｜，是不是應該看作一個詞，也是個問題。

## ㈡ 文字的合併

文字的合併指一個字把全部職務交給另一個字承擔的現象。如果 A 字把全部職務交給 B 字承擔，本身不再使用，就可以說 A 字併入了 B 字，或 B 字合併了 A 字。有時候，合併 A 的 B 原來就有跟 A 相同的職務（例如後面將要提到的合併分化字的母字）。在這種情況下文字的合併也可以解釋為文字職務的集中（參看本章〔㈠2B〕）。

在漢字發展的過程裏，人們一方面在不斷分化文字，一方面為了

控制字數、簡化字形（借筆畫少的字代替筆畫多的字），或是由於使用文字的某些習慣，又在不斷合併文字。

文字的合併往往以文字的分化為前提。有些母字後來併入了自己的分化字。有些分化字在使用了一段或長或短的時間之後，回頭併入了自己的母字。

我們先舉母字併入分化字的例子：

屰—逆　《說文》：「屰，不順也」，「逆，迎也。从辵，屰聲」。「屰」是順逆之｛逆｝的本字（參看〔七(一)4〕）。迎人者跟被迎者，彼此的方向是相逆的。迎逆是順逆之｛逆｝的引申義。「逆」應是表示「屰」字的這個引申義的分化字。後來「屰」字廢棄不用，順逆之｛逆｝也用「逆」字表示。

叚—假　《說文》：「叚，借也」，「假，非真也。从人，叚聲」。「叚」是假借之｛假｝的本字。真假之｛假｝是假借之｛假｝的引申義（睡虎地秦簡用「叚」字表示真假之｛假｝，如「今叚父盜叚子，可論」，當讀為「今假父盜假子，何論？」）。「假」是表示「叚」字的這個引申義的分化字。後來「叚」字廢棄不用，假借之｛假｝也用「假」字表示。

侌—陰　《說文》：「霒，雲覆日也。从雲，今聲。侌，古文或省」，「陰，闇（暗）也，水之南、山之北也。从阜，侌聲」。「侌」是陰晴之｛陰｝的本字。陰陽之｛陰｝是陰晴之｛陰｝的引申義（古代稱山北為陰，山南為陽。山北少見日光故稱陰）。「陰」應是表示「侌」字的這個引申義的分化字。後來「侌」字廢棄不用，陰晴之｛陰｝也用「陰」字表示。

褢—懷　《說文》：「褢，俠（可能應讀為「挾」）也」，「懷，念思也。从心，褢聲。」「褢」是懷抱之｛懷｝的本字（《說文》：「褒，褢也。」「褢褒」即「懷抱」。《老子》第七十章：「是以聖人被褐而懷玉」，馬王堆帛書甲、乙本「懷」皆作「褢」）。懷念是懷抱的引申義。「懷」是表示「褢」字的這個引申義的分化字。後來「褢」字廢棄不用，懷抱之｛懷｝也用「懷」字表示。

前面提到過的「丩」併入「糾」（見〔七(二)〕），「爯」併入「稱」（見本章〔(一)1C〕）等例，跟上舉諸例是同性質的。母字跟合併它的分化字同時又是本字跟假借字的關係。

　　下面再舉分化字併入母字的例子。中國大陸在五十年代的異體字整理和漢字簡化中，有不少分化字併入了母字，例如：

**嚐—嘗**　《說文》：「嘗，口味之也。从旨，尚聲。」「嚐」是表示「嘗」字本義的分化字，開始通行的時間比較晚（《康熙字典》未收此字），異體字整理中把它併入了「嘗」字，簡化字作「尝」

**荳—豆**　「豆」字本當一種盛食物的器皿講（參看〔七(一)2〕），表示豆麥之｛豆｝，是假借用法。「荳」是為這一假借義造的分化字（《說文》無「荳」）。不過，「荳」字出現後，「豆」字仍被普遍用來表示豆麥之｛豆｝。異體字整理中把「荳」併入了「豆」字。

**捨—舍**　屋舍之｛舍｝引申而為舍止之｛舍｝，舍止之｛舍｝又引申而為舍棄之｛舍｝。「捨」字是為「舍」字的這一引申義造的分化字。漢字簡化中把它併入了「舍」字。

　　此外，如「雲」併入「云」（《說文》以「云」為「雲」字古文），「採」併入「采」（《說文》無「採」），「鬚」併入「須」（《說文》無「鬚」），「迴」併入「回」（《說文》無「迴」），「樑」併入「梁」（《說文》無「樑」），「剋」併入「克」（「剋」《說文》作「勊」），「併」併入「并」，「阨」併入「厄」，「誇」併入「夸」，「譭」併入「毀」（《說文》無「譭」），「颳」併入「刮」（《說文》無「颳」），「揹」併入「背」（「揹」字晚出，《康熙字典》未收。下「睏」、「錶」二字同），「睏」併入「困」，「錶」併入「表」，「佔」併入「占」（「佔」字晚出，《康熙字典》所收「佔」字意義不同，是同形字），「鬍」併入「胡」（《康熙字典》未收「鬍」字，但《毛部》「毠」字下引《海篇》：「俗鬍字，見《字學元元》」），「慼」及其異體「慽」併入「戚」，「溧」、「慄」併入「栗」（《說文》無「慄」，參看〔九(一)〕），「尠」及其異體「尟」併入「鮮」，「嚮」併入「向」（「嚮」也可以看作「鄉」的分化字。《說文》無「嚮」），「陞」、「昇」併入「升」（《說文》無「陞」、「昇」），「甦」併入「蘇」（《說文》無「甦」）、「崑崙」併入「昆侖」（《說文》無「崑崙」，《說文》新附字已收入）等等，都是分化字併入母字的例子。

　　有些分化字雖然作為現在仍在使用的文字記錄在字典、詞典裏，實際上一般人卻只使用它們的母字，例如由「扁」分化出來的蘺豆的

「蒻」、由「甜」分化出來的菾菜的「菾」、由「酸」分化出來的痠痛的「痠」（這幾個字都不見於《說文》）。這種分化字大可併入母字。

在漢字簡化中，有時讓母字跟分化字同用一個簡化字形。例如：「曆」是表示「歷」字引申義的分化字（曆法以觀測推算日月的歷程為基礎，所以就稱為「歷」。《說文》無「曆」），這兩個字的簡化字都是「历」。「穫」是表示「獲」字引申義的分化字，這兩個字的簡化字都是「获」。「儘」是表示「盡」字引申義的分化字（《說文》無「儘」），這兩個字的簡化字都是「尽」。「複」是表示「復」字引申義的分化字（單衣複衣之「複」漢簡多作「復」），這兩個字的簡化字都是「复」（《說文》「复」訓「行故道」，「復」訓「往來」。據此，「復」原來應該是「复」的分化字，但是也有可能「复」跟「復」本來就是一字的繁簡二體）。上述這種現象也可以解釋為把分化字併入母字。

分化字併入母字的現象，在歷史上也是常見的。〔九(一)〕裏提到的一般人早已不用的後起本字，如「翌」、「懋」、「瘋」、「嚥」等字，就可以看作已經併入母字的分化字。下面再舉幾個一般人早已不用的表示母字引申義的分化字。

**勥** 《說文》：「勥，迫也。从力，強聲」。強弱之｜強｜引申而為強迫之｜強｜，「勥」字是表示「強」字這一引申義的分化字（「強」字从「虫」，本當蟲名講。據《說文》，強弱之「強」是「彊」的假借字。精確地說，「勥」是表示「強」字假借義的引申義的分化字）。

**慯** 《說文》：「慯，憂也。从心，殤省聲（「殤省聲」之說不確，參看〔八(三)〕）。」創傷之｜傷｜引申而為憂傷之｜傷｜，「慯」是表示「傷」字這一引申義的分化字。

**猝** 《說文》：「猝，大夫死曰猝。从歺，卒聲。」終卒之｜卒｜引申而為亡卒之｜卒｜，「猝」是表示「卒」字這一引申義的分化字（如從「卒」的木義是兵卒的說法，就應說「猝」所表示的是「卒」字假借義的引申義。但此說不一定正確）。

**殠** 《說文》：「殠，腐气也。从歺，臭聲。」「臭」是「嗅」的初文。｜嗅｜引申而為當氣味講的｜臭｜（ㄒㄧㄡ xiù），又由此

引申而為當腐氣講的｜臭｜（ㄔㄡˋ chòu），「殠」是表示「臭」字這一引申義的分化字。

上舉的這些分化字實際上也早就併入母字了。

過去，主張以《說文》「正字」為用字規範的文字學者，寫文章的時候喜歡使用見於《說文》的那些早已併入分化字的母字以及早已併入母字的分化字。這種違反一般用字習慣的做法是很不足取的。

除了發生在母字跟分化字之間的文字合併之外，還可以看到一些別的文字合併現象。其中比較常見的是本字併入一般假借字的現象。

上面講過的母字併入分化字和後起本字性質的分化字併入母字這兩種現象，同時也是本字併入假借字的現象。本章〔㈠1Cc〕裏曾經提到稱揚之「稱」的本字是「偁」。「偁」併入「稱」也是本字併入假借字。「偁」跟「稱」都是由「爯」字分化出來的，是兩個表示有密切關係的同源詞的字，情況也是比較特殊的。我們這裏所說的一般假借字，是由跟本字既沒有母字跟分化字的關係，也沒有「偁」跟「稱」那樣的關係的字充當的。

在異體字整理和漢字簡化中，有不少本字併入了一般假借字。例如：「彊」併入「強」（參看上文「勞」字條），「屮」併入「草」，「毬」併入「球」，「薓」併入「參」，「隻」併入「只」，「薑」併入「姜」，「靈」併入「灵」，「傑」併入「杰」，（以上參看〔九㈠〕），「穀」併入「谷」，「葉」併入「叶」（「叶」本是「協」的異體），「幾」併入「几」，「醜」併入「丑」，「鬥」併入「斗」，蘿蔔的「蔔」併入「卜」，「臺」、「檯」、「颱」併入「台」等等。上舉這些假借字大都是過去就已經使用的，而且有的假借字過去基本上已經取代了本字，如「強」、「草」、「參」、「球」等。但是也有少數假借字，使用的歷史大概極短，如代「鬥」的「斗」、代「蔔」的「卜」等。

有些用來合併本字的假借字，如「草」、「球」、「灵」、「杰」等，它們未被假借時的原來用法一般人早就不知道了。所以這些字看起來很像被合併的本字的狹義異體字。

在有些文字合併現象裏，被合併的字跟合併它的字究竟是什麼關係，不大好判斷。例如：漢字簡化中把「裏」併入了「里」。「裏」字早在西周金文中就已經出現。它跟合併它的「里」字之間的關係，

似乎可以看作本字跟一般假借字的關係。但是「裏」字是從「里」聲的，而且在西周金文裏偶爾也有借「里」表⌐裏⌐的例子（如 𣄰 侯鼎）。《素問・刺腰痛論》：「肉里之脈，令人腰痛……」，也借「里」為「裏」。所以也有可能⌐裏⌐這個詞本來就是假借「里」字來表示它的，後來才為它造「裏」字。那麼，「裏」跟「里」的關係就是後起本字跟母字的關係了（我們在前面舉過的併入「台」字的「颱」，也不能說一定沒有是「台」的分化字的可能性）。

在〔一〇(二)〕裏講同形字的時候曾經指出，有些不同形的字後來由於字形演變等原因而變得同形了。如果只從文字的外形著眼，這也可以看作一種文字合併的現象。

有的多義字或者代表兩個以上同形字的多義字形，只把自己的一部分職務併入了另一個字，但是由於它的其他職務早已不起作用，實際上等於完全併入了另一個字。至少對一般使用漢字的人來說，是這個情況。在異體字整理和漢字簡化中有不少這樣的例子。例如在〔一〇(一)〕裏講過的「驫」字，雖然只是把假借用法併入了「帆」字，但是由於當「馬行疾」講的本義早已停止使用，實際上等於完全併入了「帆」字。下面再舉兩個例子：

**彙—滙** 漢字簡化中把「滙」和「彙」都簡化為「汇」。這可以解釋為把彙集的「彙」併入「滙」字。因為從字形上看，「汇」是由「滙」簡化而成的。據《說文》，「彙」本是「猬」字的古體。表示彙集之⌐彙⌐，是它的假借用法。由於「彙」跟「猬」早已分化成兩個字，把表示假借義的「彙」併入「滙」字，實際上等於把「彙」字完全併入「滙」字（彙集的「彙」本來跟「猬」一樣讀為「胃」，後來才變得跟「滙」同音。彙集的意思是按類集中，跟滙合的意思有別。《周易・泰卦・釋文》：「彙，音胃，類也。」表示彙集之⌐彙⌐的「汇」應該看作假借字）。

**摺—折** 「摺」字主要有兩讀，當摧折講讀ㄌㄚ(lā)，當摺疊講讀ㄓㄜ(zhé)。這兩個「摺」似可看作同形字）。漢字簡化中把讀ㄓㄜ(zhé)的「摺」併入「折」字。由於讀ㄌㄚ(lā)的「摺」早已不再使用，實際上等於把「摺」完全併入了「折」（古書中讀ㄌㄚlā的「摺」不簡作「折」。讀ㄓㄜzhé的「摺」跟「折」，古代不同音。「摺」屬葉韻，「折」屬薛韻。摺疊的意思跟折斷的意思本來並無關

係。表示摺疊之∣摺∣的「折」可以看作形音兼借字）。

有時候，文字的合併或者某個字部分職務的併入它字，反映了語言裏兩個意義相同或相近的詞的混同。例如：

**鬱—郁** 「鬱」和「郁」都有當芳香講的用法。但是這兩個字古代不同音（「鬱」屬物韻，「郁」屬屋韻），當芳香講的時候並不代表同一個詞。《文選》卷五十五劉孝標《廣絕交論》：「言鬱郁於蘭茞」，二字連用，李善注：「鬱郁，香也。《上林賦》曰：芬芳漚鬱，酷烈淑郁。」這兩個字變得同音之後，當芳香講的∣鬱∣跟∣郁∣在語言裏實際上已經無法區分。漢字簡化中又把「鬱」字併入「郁」字，這兩個詞就完全混而不分了（當憂鬱講的「鬱伊」跟「郁伊」，原來可能也是不同音的，恐怕也不能簡單地看作同一個詞的不同書寫形式。簡化之後，彼此也無從區別了。據《說文》，「鬱」的本義是草木茂盛。現在用來表示這一意義的「郁」，跟「鬱」是一般假借字跟本字的關係）。

**於—于** 「於」和「于」都可以用作介詞，用法十分相似。但是它們在古代並不同音（「於」是影母魚韻字，「于」是喻母三等虞韻字），不能簡單地看作同一個詞的不同書寫形式（介詞∣於∣和∣于∣可能是由於方言或時代的不同而由一詞分化的。有的語言學者認為在較早的時代，介詞∣于∣和∣於∣的用法有一定區別）。按照語音演變規律，用作介詞的「於」的讀音應該演變為ㄩ（yū）。但是現在卻讀為ㄩ（yú），跟「于」完全同音。有不少人把它們當作通用字。異體字整理中乾脆把讀ㄩ（yú）的「於」併入「于」，二者就完全混而不分了（讀ㄨ wū的「於」和讀ㄩ yū的姓氏字「於」，沒有併入「于」字）。

**寘—置** 「寘」跟放置之「置」同義，但是在古代並不同音（「寘」是照母三等寘韻字，「置」是知母志韻字），不能看作同一個詞的不同書寫形式。後來這兩個字變成了同音字，有的人就把它們當作通用字了。異體字整理中乾脆把「寘」併入了「置」（《現代漢語詞典》「寘」、「置」二字分列，是正確的）。

**貲—資** 當財產講的「貲」本是訾量之「訾」的分化字，它跟資貨之「資」在古代不同音（「貲」是支韻字，「資」是脂韻字），並不是同一個詞的不同書寫形式。秦漢政府為了收稅等方面的需要，

經常訾量各家各戶的財產，因此「訾」引申而有「所訾量的家產」以至一般的家產的意思。居延漢簡中記戶訾之簡，有「凡訾直（值）十五萬」、「訾直萬五千」等語，熹平四年陶瓶有「訾財千億」等語，都用「訾」字表示這類意義。後來才改「言」旁為「貝」旁，分化出了專用的「貲」字（「貲」字出現後，訾量的｛訾｝也往往寫作「貲」。《說文》：「貲，小罰以財自贖也。」這一意義的「貲」屢見於睡虎地秦墓所出的秦律。貲財、貲量的「貲」可以看作它的同形字）。《史記》、《漢書》中，家貲之「貲」本來也作「訾」，但是有的被後人改成了「貲」。例如：《史記・張釋之傳》有「以訾為騎郎」語，今本《漢書・張釋之傳》已改「訾」為「貲」。《漢書・司馬相如傳》有「以訾為郎」語，今本《史記・司馬相如傳》已改「訾」為「貲」。由於「貲」、「資」義近，這兩個字變成同音字之後，人們往往把它們當作通用字。異體字整理中乾脆把貲財的「貲」併入「資」字，二者就完全混而不分了（貲量之「貲」和當「小罰以財自贖」講的「貲」，沒有併入「資」字）。

**徵—征**　徵求的「徵」跟征稅的「征」，意義相近，但在古代不同音（「徵」是知母蒸韻字，「征」是照母三等清韻字）。後來這兩個字變成了同音字，有些人認為它們可以通用，但是征稅的「征」一般仍不寫作「徵」，徵求的「徵」一般仍不寫作「征」。漢字簡化中把「徵」併入了「征」，征稅的「征」跟徵求的「徵」就混而不分了（宮商角徵羽的「徵」沒有簡化為「征」）。

此外，異體字整理中把「斲」和「斮」都併入了「斫」。這三個字現在雖然都讀為ㄓㄨㄛ（zhuó），古音卻都不相同（「斫」是照母三等藥韻字，「斲」是知母覺韻字，「斮」是照母二等藥韻或覺韻字）。它們的意義很相近，但是用法仍有相當明顯的區別，過去基本上沒有相互混用的現象。所以，把「斲」和「斮」作為異體併入「斫」字是很不妥當的。《現代漢語詞典》把這三個字分列，不作為異體處理，是正確的。

這裏附帶講一下「麤」（亦作麁）、「觕」、「粗」的關係問題。異體字整理中把「麤」、「觕」併入「粗」字。過去，這三個字的確可以通用，把它們合併起來是有道理的（據《說文》，「麤」字的本義是「行超遠」。古書中未見這種意義的「麤」字）。但是古書中

有時又以「麤」與「粗」或「觕」連用，如：

> 《春秋繁露·俞序》「是亦始於麤粗（此從盧文弨校本，
> 武英殿聚珍版作「穤」，非是），終於精微」。

> 《論衡·正說》「略正題目麤粗之説」。

> 《莊子·則陽·釋文》引司馬彪注「鹵莽猶麤粗也」。

> 《漢書·藝文志》（數術略）「庶得麤觕」。

> 《公羊·隱公元年》何休注「用心尚麤觕」。

這應該如何解釋呢？原來「粗」和「觕」在古代都有倉胡切（ㄘㄨ cū）和徂古切（ㄗㄨ zù）兩讀，意義沒有明顯區別。跟「麤」連用的「粗」和「觕」應讀為徂古切（上引《藝文志》顏師古注謂「觕，粗略也，音才戶反」，「才戶」與「徂古」的反切同音。參看王念孫《讀書雜志·管子第七》「麤麤」條）。這種「粗」和「觕」跟與「麤」通用的「粗」和「觕」不能混為一談。也有人認為「粗」和「觕」本來只應有徂古切一讀，讀為倉胡切，就是與「麤」相混。那麼，「粗」和「觕」跟「麤」的關係，跟〔一〇三〕裏講過的「仇」跟「雠」的關係就是同性質的了（上面講過，「於」本應讀ㄩ yū而實際讀ㄩ yú。這可能也是由於與「于」相混）。

我們在前面說過，文字的合併往往以文字的分化為前提。另一方面，文字合併之後又重新分化的現象也是存在的。例如：

**𣎵、垂—垂—垂、陲**　據《說文》，下垂之「垂」的本字是「𣎵」（《說文》：「𣎵，艸木華葉𣎵，象形。」漢碑有時也用「𣎵」字，如孔宙碑「殁𣎵令名」），「垂」是邊陲之「陲」的初文（《說文》：「垂，遠邊也。从土，𣎵聲。」）。傳世古書則大都以「垂」表示下垂之｛垂｝，以「陲」表示邊陲之｛陲｝，跟現在的用字習慣相同。推測其演變過程，應該是「𣎵」先併入「垂」字，然後又從「垂」字分化出「陲」字（《說文》有訓為「危」的「陲」字，可以看作邊陲之「陲」的同形字。即使認為古人借訓「危」的「陲」表示「垂」的本義，由於「陲」字的「危」義早已不用，實際上也已經跟「垂」的分化字沒有什麼區別了）。

**凥、居—居—居、踞**　據《說文》，居處之「居」的本字是「凥」（《說文》：「凥，處也。从尸得几而止。」），「居」是蹲踞之「踞」的初文（《說文》：「居，蹲也。……踞，俗居从足。」）小徐

本「踞」作「屍」）。傳世古書大都以「居」表示居處之｛居｝，以「踞」表示蹲踞之｛踞｝，跟現在的用字習慣相同。推測其演變過程，應該是「尻」字先併入「居」字，然後又從「居」字分化出「踞」字（或以為「尻」字本象人踞几之形——「踞」本指跟現代的「垂足而坐」相似的一種姿勢，見《馮漢驥考古學論文集》156頁及160頁注㉒。有可能「尻」就是蹲踞之「踞」的初文，居處則是「踞」的引申義。《說文》以「處」為「尻」之本義，「蹲」為「居」之本義，不一定可靠）。

按照文字分化的一般情況來看，「垂」字非常可能是由「𠂹」字分化出來的，「居」字也很可能是從「尻」字分化出來的。所以上舉這兩組字大概經歷了兩回分合。

# 12 字形跟音義的錯綜關係

　　漢字字形跟音義之間的關係非常錯綜複雜。不但同音的詞多數用不同的字形來表示，就是同一個詞也常常有兩種以上不同的書寫形式。另一方面，同一個字形又常常可以用來表示兩個以上不同的詞，有很多字形還具有兩種以上不同的讀音。我們把上述前一種現象稱為一詞多形，後一種現象稱為一形多音義。下面先講一形多音義現象，然後再講一詞多形現象。

## (一)　一形多音義

　　造成一形多音義現象的原因，主要有下列四種：

　　(1)語義引申　語義引申是漢語裏極其常見的現象。一個字的本義往往可以產生出幾個引申義。引申義本身以及假借義也都可以引申出新的意義。例如：「行」的引申義「行列」又引申出「行業」等意義（看〔七(二)〕）。「強」的假借義強弱的｛強｝又引申而為勉強的｛強｝（看〔一一(二)〕「勞」字條）。引申義跟所從引申的意義，有時是同一個詞的不同意義，有時是不同的詞，即派生詞跟母詞。派生詞有很大一部分跟母詞不完全同音。所以引申是造成一形多音義現象的重要原因。

　　(2)假借　假借是漢字裏極其常見的現象。有假借義的字為數很

多，而且一個字可以有好多種假借義（看〔九(三)〕）。一個字的本義跟假借義，同一個字的不同假借義，通常都是不同的詞，彼此的讀音也往往並不完全相同（看〔九(四)〕）。所以假借也是造成一形多音義現象的重要原因。我們在前面講過的俗本字（見〔九(二)〕），可以附在假借字裏。

(3)**同義換讀**　同義換讀就是借用一個字來表示跟它原來所表示的詞同義或義近但彼此不同音的一個詞（看九(三)〕），所以必然造成一形多音義的現象（我們把一個字表示兩個同義詞的現象，也包括在多義現象裏）。

(4)**異字同形**　同形的異字就是〔一〇(二)〕所講的同形字。同形字都分別代表著不同的詞。除了一部分同為形聲字的同形字之外，它們的讀音彼此都不相同。所以異字同形也是造成一形多音義現象的原因。形音兼借字（見〔一〇(二)〕）既可附在假借字裏，也可附在同形字裏。

除了上述這四種原因之外，還有一些造成一形多音的原因，如文白異讀、讀音訛變等，這裏就不討論了（關於一字異讀，參看呂叔湘《語文常談》28-32頁）。

在上述的造成一形多音義現象的各種原因裏，起主要作用的是引申和假借。異字同形不如引申和假借常見，同義換讀比較起來最為少見。

引申、假借和同義換讀所造成的一形多音義現象，也可以稱為一字多音義現象。但是，同形字造成的一形多音義現象，嚴格地說，就不能稱為一字多音義現象了，因為同形字雖然在外形上毫無區別，實際上卻是不同的字。

漢字裏的一形多音義現象是很嚴重的。翻一下《康熙字典》等大型的字典、詞典，常常可以看到有三、四種讀音和十多種義項的單字。還有一些字有更多的讀音和義項，例如新版《辭源》的「齊」字條就列了六種讀音、十九個義項。如果加上這些字典、辭典沒有收入的音義，情況就更複雜了。當然，這種複雜情況是由於把各個字在歷史上曾經有過的各種用法全都考慮在內而形成的。如果著眼於各個字在某一較短時期內的實際用法，情況就會大有不同。多義字形所表示的某個意義的停止使用、文字分化以及其他分散文字職務的措施（參看〔一一(一)1、2〕），都會使這些字形所表示的意義，有時還會使它們的

讀音減少。此外，同形字往往不是同時通行的，這在〔一○㈡〕裏講同形字的時候已經作過說明了。

但是，即使不管現代一般人已經沒有必要知道的那些音義，一形多音義的現象也仍然是相當嚴重的。只要翻一下為現代漢語編的字典、詞典，就可以明白這一點。據有的文章統計，1971年版《新華字典》中有七百三十四個多音字，約占總字數的百分之十（周有光《現代漢字中的多音字問題》，《中國語文》1979年6期）。有些字的讀音有三、四種，而且每種讀音所包含的義項往往不止一個。例如據《現代漢語詞典》，「着」字就有四種讀音、十九個義項。（台灣所用的「著」相當於大陸的「著」和「着」，音義更多。）

我們在〔三㈡〕裏已經說過，由於漢字構造的特點，一般使用的文字的數量不能太多，不然用起來就會不方便。這就是說，在漢字裏不可避免地會存在比較嚴重的一形多音義現象。這種現象當然也帶來了一些不方便。一形多音往往使人讀錯字音。一個字形的常用義太多，或者所表示的不同意義容易混淆，也會造成問題，重則使人誤解文義，輕則減慢閱讀速度。所以在歷史上，人們一方面不斷給已有的文字增加職務，一方面又不斷在減少多義字的職務，以防止一形多音義現象發展到過分嚴重的地步。

五十至六十年代，大陸的普通話審音委員會對「異讀詞」進行了審定標準讀音的工作。八十年代前期，又對審定結果作了一些修訂（見1963年公布的《普通話異讀詞三次審音總表初稿》和1985年12月公布的《普通話異讀詞審音表》）。由於審音的對象是詞而不是字，而且有很多取消的異讀本來就沒有被一般字典承認過，這項工作對減少文字異讀並沒有起多大作用。有很多詞的異讀取消後，表示它們的字仍有其他讀這種音的用法。因此對這些字來說，異讀仍然存在。當然，審定異讀詞讀音確實起了減少文字異讀的作用的例子，也還是有的。例如：從俗把舊讀平聲的「勝」（如勝任的「勝」）改讀為去聲，把舊讀ㄕㄜ（shè）的地名字「葉」改讀為ㄧㄝ（yiè）等等。另一方面，由於在異體字整理和漢字簡化中，把有些讀音跟母字所保留的意義的讀音不同的分化字併入了母字（如把「捨」併入「舍」，把「儘」併入「盡」），還把有些不同音的字變成了同形字（如把「纖」和「縴」都簡化為「纖」），並且採用了音近通假的辦法（如借「斗」

為「鬥」，借「卜」為「蔔」），又使有些字恢復了舊的異讀或增加了新的異讀。

在異體字整理和漢字簡化中，還合併了少量彼此的意義相混淆的可能性比較大的同音字。例如：相並的「並」併入合并的「并」（「併」也併入「并」），彙集的「彙」併入匯合的「匯」（簡化為「汇」），摺疊的「摺」併入折斷的「折」，重疊的「疊」併入交迭的「迭」（這幾對字古代都不同音。「並」是並母迥韻字，「并」是幫母勁韻字。關於中間兩對字，參看〔一一(二)〕。「疊」是帖韻字，「迭」是屑韻字）。《簡化字總表》規定：「在折和摺意義可能混淆時，摺仍用摺」，「在迭和疊意義可能混淆時，疊仍用疊」。《新華字典》和《現代漢語詞典》都把「疊」和「迭」分列，沒有把「迭」看作「疊」的簡化字。1986年10月重新發表《簡化字總表》時，正式規定「疊」不再當作「迭」的繁體字處理。如果較多地合併這類意義混淆的可能性比較大的同音或音近字，就會嚴重影響文字表達語言的明確性。

## (二) 一詞多形

關於一詞多形，有好些問題要討論，所以我們把這一節分成三個小節。

### 一 一詞多形現象概況

為什麼會造成一詞多形的現象呢？簡單地說，有兩個原因。

首先，由於漢字有異體。一個字有了異體，就意味著它所代表的詞有了不同的書寫形式（關於一字異體，參看〔一〇(一)〕）。

其次，由於用來表示某一個詞的字是可以更換的。同一個詞先後或同時有兩個以上不同的字（如果是雙音詞或多音詞，便是兩組以上不同的字）可以用來表示它的現象，是常見的。下面我們把這種現象稱為一詞用多字。

具體地說，一詞用多字主要有下列四種情況：

(1)已有本字的詞又使用假借字（參看〔九(一)、(二)〕）。

(2)同一個詞使用兩個以上不同的假借字（參看〔九(三)〕）。

(3)一個詞本來已經有文字表示它，後來又為它或它的某種用法造了專用的分化字（參看〔一一(一)1、3〕）。

(4)已有文字表示的詞又使用同義換讀字（如重量、容量單位｜擔｜既用「擔」又用「石」，參看〔一〇(三)〕）。

上舉前三種情況都是很常見的。

對一個本來是某個字的假借義的詞來說，為它造的分化字就是後起本字。如果把上舉第一種情況說成「一個詞既有本字又有假借字」，而不去管本字出現的先後，就可以把由於造後起本字而形成的一詞用多字的現象，從第三種情況裏分出來歸併到第一種情況裏去。

不同的字在用來表示同一個詞的時候，它們的使用範圍並不一定完全相同。例如〔九(一)〕裏講過的由於常棣的典故而借為「弟」的「棣」，在一般的文章裏是不用的，並不是所有當兄弟講的「弟」字都可以用「棣」來代替。又如〔一〇(一)〕裏講過的「記」和「紀」，在用來表示當記錄講的｜記｜這個詞的時候，在某些複合詞裏可以通用，在另一些複合詞裏則不能通用，單獨成詞的｜記｜也不能寫作「紀」。至於在〔一一(一)3〕裏講過的那種分別表示同一個詞的不同用法的字，使用範圍就完全不同了。不過，後一種情況是特殊的；表示同一個詞的不同文字，用法一開始就有很大出入的情況，也是不常見的。它們的用法大多數是相同或基本相同的，或者開始時是相同或基本相同的，後來才變得出入很大，如〔九(一)〕裏提到過的表示｜飛｜的「飛」和「蜚」，表示｜冊｜的「冊」和「策」。

在同一個詞的彼此可以通用的不同書寫形式裏，被認為是合乎規範的那種書寫形式，可以稱為正體。不同時代的人對正體的看法是不一樣的。舊時代最保守的文字學者，把合乎《說文》的書寫形式看作正體。大陸現在把簡化字看作正體。

過去，講文字學的人在討論跟一詞用多字現象有關的問題的時候，喜歡用「正字」這個術語。我們在〔九(一)〕裏已經說過，過去的文字學者大都是根據《說文》來講正字的。他們認為如果《說文》把某個意義（即我們所說的詞）當作某個字的本義，這個字就是這個意義的正字。在一個意義在《說文》裏沒有把它當作本義的字的情況下，也有人就在《說文》裏找一個可以把這個意義看作它的引申義的字，作為這個

意義的正字。但是，不見於《說文》的字，尤其是那些出現得比較晚的字，即使確實是為某個意義而造的，他們也不承認它是這個意義的正字。我們認為，像他們那樣講正字，實際上沒有多大意義；在討論跟一詞用多字有關的問題的時候，「習用字」的概念比「正字」的概念有用得多。

在可以用來表示同一個詞的不同文字裏，通常總有一個字是比較經常地用來表示這個詞的。這就是我們所說的習用字。習用字跟正字可以是重合的，也可以是兩個字。在不同的時代裏，作為習用字的字可能不相同。

在有兩個以上的字可以用來表示它的那種詞裏，有不少詞實際上是沒有正字的（如只使用假借字的詞），或是很難為它們找到正確的正字的（過去的文字學者就時常找錯正字）。但是沒有習用字的詞則是極為少見的；確定一個詞的習用字，通常也不會有什麼困難。有些詞的正字，一般人根本不知道，如我們在〔九(一)〕裏舉過的那種早就廢棄不用的後起本字以及在〔一一(二)〕裏舉過的那種早就廢棄不用的表示母字引申義的分化字和早就併入分化字的母字。習用字當然也沒有這種問題。我們如果要消滅一詞用多字的現象，應該盡可能保留習用字，而不必考慮它是不是正字。對注釋古書字義來說，習用字也比正字有用得多。後面講通用字的時候，將會談到這個問題。

在漢字裏，一詞多形現象跟一字多音義現象一樣，也是很嚴重的。一個字有多種異體和一個詞使用好幾個不同的字的例子，我們在前面都曾經舉出過，如「襪」字至少有八種異體（見〔一○(一)〕），訓「僅」的｛才｝除「才」字外，還使用過「纔」、「纔」、「裁」、「財」等假借字（見〔九(三)〕）。

雙音節詞書寫異形的情況，比單音節詞更複雜。〔九(三)〕裏曾舉過｛婀娜｝、｛猶豫｝二詞使用幾組不同假借字的例子。｛婀娜｝一詞，除我們已經舉出的「猗儺」、「猗那」、「阿那」和「婀娜」（也許還應該加上「阿難」）等異形外，還有「妸娜」、「旃旎」、「袲裒」、「橠橠」）（以上皆見《廣韻》、《集韻》）、「裒橠」（玄應《一切經音義》十九引《字書》）等異形（「旃旎」、「袲裒」、「橠橠」似乎主要分別用於形容旌旗、衣服和草木的柔美之貌，使用範圍較窄）。此外，如形容宛曲之貌的｛透迤｝一詞，竟有「委它」、「委佗」、

「委陀」、「委蛇」、「委虵」、「委蚮」、「蝼蛇」、「蝼蚮」、「蹀虵」、「透蛇」、「透虵」、「透陀」、「透迆」、「透迱」、「透池」、「潙池」、「蝸迆」、「透移」、「委移」、「萎蕤」、「崣崔」等二十多種異形（參看《辭通》、《聯綿字典》有關各條。「蝸迆」見慧琳《一切經音義》四十九、《集韻》平聲支韻邕危切「透」字。「萎蕤」和「崣崔」分別用於形容草木和山或山徑的宛曲之貌，使用範圍較窄。｛透迆｝有ㄨㄟ一（wēi yí）、ㄨㄟ ㄊㄨㄛ（wēi túo）二讀。慧琳《一切經音義》十五「透迆」下注云：「上畏為反，下以伊反……迆又音徒何反。」希麟《續音義》五「透迆」下注云：「上於為反……下弋支反……案：透迆，迂曲邪行皃。下又音達羅反，訓同上。」《集韻》把當「委曲自得皃」講的「委蛇」、「委迆」的「蛇」和「迆」收入支韻余支切移小韻，把當「行皃」講的「透迱」、「透迆」的「迱」和「迆」收入戈韻唐何切駝小韻，分二音為二義，恐無據。《後漢書・任光邳彤傳贊》：「委佗還旅，二守焉依」，李賢注：「委音於危反，佗音移，行貌也」，並不讀「佗」為「唐何切」。又《集韻》戈韻「迱」字下說「透迱」之「迱」「通作佗、他」，可知｛透迆｝還有「透佗」、「透他」等寫法）。

　　上一節說過，同一個字形的不同音義並不都是同時通行的，同一個詞的不同書寫形式也並不都是同時通行的。表示同一個詞的母字和分化字，或是本字和假借字，它們的通行時間往往基本上是前後相承的。有些表示同一個詞的不同假借字，也有這種關係（參看〔九(三)〕）。異體字的通行時間基本上前後相承的情況，也是常見的。有時候甚至可以看到一個詞的兩種書寫形式根本沒有同時使用過的情況。這就是說，在其中的一種形式開始使用的時候，另一種形式早就不用了。此外，還有不少字形似乎從來沒有通行過，現在只有在字書上才能看到它們。當然，一個詞的兩種或幾種書寫形式長期並用的現象，也還是常見的。《異體字整理表》裏所列的異體，就有不少是長期並用的。不過在並用的各種書寫形式中，由不同的字充當的異體，通常總有一種是比較常用的，即我們所說的習用字；同一個字的異體通常也總有一種是比較常用的。各種形式勢均力敵的情況是很少見的。

　　有時候，還可以看到一個詞的某種書寫形式不通行之後，在某個或某些特定場合仍然被使用的現象。比較常見的，是這樣一種情況：

一個詞的某種書寫形式，在一般場合已經不再使用。但是由於舊習慣的影響，當這個詞作為某個或某些成語或複合詞的組成部分而出現的時候，仍然可以使用，有時甚至必須使用這種書寫形式。例如前面已經提到過，｜飛｜這個詞在古代曾經既可以寫作「飛」，也可以寫作「蜚」。現在，一般的｜飛｜已經不能寫作「蜚」了。但是「飛短流長」、「流言飛語」的｜飛｜仍然可以寫作「蜚」，「飛聲」的｜飛｜按照一般習慣甚至只能寫作「蜚」（如「蜚聲海內」）。又如：「褲」、「袴」、「絝」是一字異體。《異體字整理表》廢除「袴」字，保留「褲」字。「絝」字很早就已不通行，所以《整理表》沒有管它。但是由於｜紈褲｜這個詞在「褲」這個字形出現之前早就已經形成，並且已經成了書面語，所以直到今天，一般人還是按照這個詞在古書裏的寫法，把它寫作「紈絝」或「紈袴」。

上述這種現象有時會使人弄不清某個字所表示的是哪個詞。例如：回返的｜返｜本來是寫作「反」的（｜返｜是反覆之｜反｜的引申義）。「返」字通行之後，一般就不用「反」字來表示｜返｜了。但是，當返於正講的「反正」，由於表示的是自古相傳的書面語，「反」字卻一直沒有改寫為「返」。一般人大概都已經不知道這種「反」字是表示｜返｜的了（關於「反正」，參看〔一〇㈡〕）。這種現象甚至還會導致讀音的改變。在〔一一㈠1A〕裏曾經指出，本應讀為ㄓㄨㄛ（zhúo）的「土著」的「著」，由於沒有改寫為「着」，被大家讀成了ㄓㄨ（zhù）。又如：曝曬的｜曝｜本來是寫作「暴」的。「曝」字通行之後，一般就不用「暴」字來表示｜曝｜了（「一曝十寒」的「曝」還有少數人寫作「暴」）。但是，「暴露」的「暴」雖然本來是表示｜曝｜的（「暴露」本讀ㄆㄨˋ ㄌㄨˋ pù lù），卻一直沒有改為「曝」。因此有很多人就按照殘暴之「暴」的音來念它。在普通話異讀詞審音中，這種讀音已經被正式承認，念「曝」的音反倒作為異讀而廢除了。照相術語裏既有「暴光」，又有「曝光」。「暴光」的說法就是在「暴露」的影響下產生的（1985年的《普通話異讀詞審音表》規定「曝光」的「曝」也讀ㄅㄠˋ（bào），使「曝」字有了異讀）。

下面再舉幾個由於書寫形式不同，同一個詞被讀成兩種音的例子。「遟」、「夷」二字古音相近，可以通用。古書中的「陵遟」跟

「陵夷」，「倭遲」、「逶遲」跟「倭夷」，「威遲」跟「威夷」，本來都分別是一詞的異寫（參看顏師古《匡謬正俗》卷八「陵遲」條），但是後人卻按照字面把它們都讀成了兩種音。「於戲」跟「嗚呼」、「於乎」也是一詞的異寫，應該讀為「嗚呼」。但是在唐代卻曾經習慣於把它們分用，「若哀誄祭文，即為嗚呼。其封拜冊命，即為於戲。於讀如字，戲讀為羲」（《匡謬正俗》卷二「嗚呼」條）。我們在前面說過，「逶迤」本有ㄨㄟ ㄧ（wēi yí）、ㄨㄟ ㄊㄨㄛ（wēi túo）二音（這兩種音有可能是從上古時代的同一種讀音演化出來的）。但是後來「逶迤」、「委蛇」、「委移」等大多數書寫形式一般只讀為ㄨㄟ ㄧ（wēi yí），「委陀」、「逶陀」等一般只讀為ㄨㄟ ㄊㄨㄛ（wēi túo）。這也可以看作同一個詞由於書寫形式不同而讀成兩種音的例子。

另一方面，又存在著把音義皆近或音近義同的字讀成一個音，把它們看作同一個詞的不同書寫形式的現象。〔一〇（三）〕裏講同義換讀時所舉的讀「仇」為「讎」的例子，就可以看作這一類的現象。下面再舉兩個例子。

《後漢書》裏屢見「尤豫」之文，義同「猶豫」（《來歙傳》：「故久尤豫不決」。又見《馬援傳》、《竇武傳》等），李賢注音「尤」為「淫」。「尤豫」跟「猶豫」音近義同，它們所代表的應該是關係密切的同源詞。《廣韻》把「尤豫」的「尤」收在尤韻以周切猷小韻裏。按照這種讀音，「尤豫」跟「猶豫」就成為同一個詞的不同書寫形式了。後世字書多從之，恐怕是不妥當的（「尤豫」之「尤」在《集韻》裏有「淫」、「猶」二音，分見侵韻、尤韻。黃生《義府》卷下「猶豫」條謂尤豫之「尤」即「尤」字，恐不足信）。

《莊子・應帝王》裏有神巫季咸給壺子看相的故事，《列子・黃帝》襲用之，文字略有出入。《應帝王》「吾與之虛而委蛇」一句，《黃帝》作「吾與之虛而猗移」。「猗（ㄧ yī）移」跟「委蛇」音義皆極近，二者的關係當與「尤豫」跟「猶豫」的關係相似（《應帝王》的「委蛇」當委曲隨順講，可以看作形容宛曲之貌的「委蛇」的引申用法。這種「委蛇」通常不寫作「逶迤」）。但是，殷敬順《列子釋文》音「猗」為「於危切」，把「猗移」跟「委蛇」看成了同一個詞的不同書寫形式，後人往往從之。從上古音系統來看，除「猗移」外，「倚移」

（見《說文·禾部》「移」字）、「旖施」（見《說文·㫃部》。也作「檹施」，見《說文·木部》）、「檹㭊」（見《集韻》上聲紙韻隱倚切倚小韻）、「婀娜」（也作「猗儺」、「㛥㛰」，見前）、「婑媠」、「媕娿」（娿或訛作娾）等等，在語言上跟「逶迤」（委蛇）都應該是同源的。但是它們跟「逶迤」大概很早就分化成不同的詞了。從字音上看，「猗移」跟「倚移」、「旖施」的關係，應該比跟「委蛇」的關係更為密切，可見把「猗移」直接讀為「委蛇」是不妥當的。

前面說過，訓「僅」的｛才｝除「才」字外還使用過「毚」、「纔」、「裁」、「財」等假借字。但是「毚」、「纔」二字本來讀音的韻母，跟「才」、「裁」、「財」等字有比較明顯的差別（前者屬咸韻或銜韻，上古音屬談部。後者屬咍韻，上古音屬之部）。也有可能當僅僅講的「毚」、「纔」，本是假借來表示跟方才之｛才｝不同音的一個詞的，由於這兩個詞音近義同，後來「纔」就讀成了「才」，就跟「仇」讀成了「讎」一樣。

還有些音義皆近或音近義同的字，由於語音演變，成了同音字，因此被後人看作同一個詞的不同書寫形式。〔一一㈡〕裏已經舉過了當芳香講的「鬱」和「郁」、當放置講的「寘」和「置」、當財產講的「貲」和「資」、當徵求講的「徵」和「征」等例子，這裏再補充一個例子。前面提到過的「威夷」和「透夷」都跟「逶迤」同義，但是這三者原來都不同音。「威」跟「逶」，「夷」跟「迤」，在上古音和中古韻書裏都不同韻。後來它們變得完全同音了。因此很多人把「威夷」、「透夷」、「倭夷」跟「逶迤」、「委蛇」等等都看成了同一個詞的不同書寫形式（參看本節〔2A〕）。

由於漢語裏語音演變和詞語分化的情況以及漢字裏一詞多形的情況都很複雜，有時簡直無法判斷究竟應不應該把某些不同的書寫形式讀成一個音，看成一詞的異形。例如：在漢碑和古書裏有用法跟「委蛇」相同的「逶隨」（「隨」或作「遀」）、「委隨」等文（參看《辭通》、《聯綿字典》有關各條）。《莊子·天運》的「委蛇」，《釋文》引或本作「委施」。從古音系統看，它們都有跟「委蛇」相通的可能，但是在字書和古注裏找不到明確根據。古人究竟是用它們來表示「委蛇」的同源詞的呢？還是用來表示｛委蛇｝的呢？我們究竟應該

按照它們的本音來念，還是應該把它們讀成「委蛇」呢？實在有些難以決定。

一詞多形的現象，在漢魏六朝時代曾發展到很嚴重的地步。就一般情況來說，唐宋以後，詞語書寫的異形不斷在減少。五十年代以來，大陸由於進行了異體字整理和漢字簡化，並由於《新華字典》等新編的字典、詞典的影響，在通行字的範圍裏，一詞多形的現象大部分已經消滅（參看第十三章）。由於很多異形早已自然淘汰，那些寫法尚未統一的詞，它們的異形一般也很少。有三四種以上寫法的詞相當少見。當然，這裏所說的是合乎規範的印刷品的情況，少數用繁體排印的書籍不在其內。在人們手頭，由於使用行書、草書，並受舊的用字習慣的影響，異形也比較多。

從理論上說，一字多音義的現象是無法消滅的，一詞多形的現象基本上是可以消滅的。目前，在通行字範圍內還存在著數量不算太少的一詞多形的現象。這主要是由於在過去的異體字整理和漢字簡化中，對一部分詞（多數是雙音節詞）的異形（多數是部分異體字），還沒有來得及加以處理。例如：酸痛的｜酸｜有「酸」、「痠」二形，攙合的｜攙｜有「攙」、「摻」二形，當「稠」、「濃」講的｜糨｜有「糨」、「粷」、「漿」三形（一般人大都用假借字「漿」，尤其是漿糊的「漿」極少有人寫作「糨」、「粷」），「逶迤」也作「委蛇」，「折中」也作「折衷」，「含義」也作「涵義」，「烏賊」也作「烏鰂」，「甜菜」也作「荼菜」，「扁豆」也作「稨豆」、「藊豆」、「萹豆」，「年輕」也作「年青」，「記錄」也作「紀錄」等等。

此外，還可以看到少量由於異體字整理和漢字簡化中作出的規定沒有被遵守而存在異形的情況。例如：《異體字整理表》把「蹚」併入「趟」，實際上「蹚」仍在普遍使用，因此蹚水、蹚地的｜蹚｜就有了「蹚」、「趟」二形。《漢字簡化方案》把「瞭」併入「了」，實際上「瞭」字仍有很多人在使用，因此｜瞭｜就有了「瞭」、「了」二形（《印刷通用漢字字形表》收入「瞭」字。一般用於瞭望一義。1986年重新發表《簡化字總表》時，規定瞭望之「瞭」不再簡作「了」）。《簡化方案》把「疊」併入「迭」，「像」併入「象」，「餘」併入「余」，「摺」併入「折」，但《簡化字總表》又規定在意義可能混淆

時仍可用「疊」、「像」、「餘」、「摺」這些繁體字。這種處理方法也導致一詞用兩字的現象（1986 年重新發表《簡化字總表》時，規定「疊」和「像」不再當作「迭」和「象」的繁體字處理，恢復了這兩個字的使用）。

## 2 一些有關的術語

### A. 通用字

文字學上所說的「通用」，指不同的字在某種或某些用法上可以相替代的現象。可以通用的字就是通用字。文字學者講通用，往往著眼於漢字從古到今的全部使用情況。所以他們所說的通用字並不限於現在可以相通用的字。過去曾經相通用過的字，以至雖然具有某種或某些共同用法，但並未同時使用過的字，也都可以稱為通用字。如果要跟現行的通用字相區別，可以把它們稱為歷史通用字。

在現在的規範化的漢字裏，通用字使用得不多。大部分通用字只是在讀古書的時候才會遇到。

前一節已經說過，同一個詞的不同書寫形式可以分為兩類。一類是同一個字的異體，一類是用來表示同一個詞的不同的字。後一類基本上相當於通用字，只有少數始終分別用來表示同一個詞的不同用法的字，如「她」和「牠」（它），不能包括在通用字裏。

有些用來表示同一個詞的不同書寫形式，既有人看作一字的異體，也有人看作通用字。成問題的主要是表示母字本義的分化字跟母字的關係。我們以「洲」跟「州」為例來加以說明。有些人著眼於「州」和「洲」都是為｜洲｜這個詞而造的字，認為用來表示｜洲｜的「州」和「洲」是一字的異體。有些人著眼於「州」和「洲」跟其它種類的母字和分化字一樣，是主要用途不同的字，認為用來表示｜洲｜的「州」和「洲」是通用字（《康熙字典》就說「州」「又與洲通」）。這兩種看法各有它的道理。我們由於要對各種分化字作統一的處理，採取後一種看法（不過在著眼於母字的本義的時候，我們仍然把母字和表示它的本義的分化字看作初文和後起字）。

異體字分工也使有關的詞的不同書寫形式的性質成了問題。例如

「猶」跟「猷」本來是一字的異體，它們都既可以用來表示謀猷的｜猷｜，也可以用來表示「猶」字的各種常用意義，後來彼此才分了工（參看〔一一㈠1A〕）。按理說，較早的古書裏用來表示｜猷｜的「猷」和「猶」，或是用來表示「猶」字各種常用意義的「猶」和「猷」，都應該看作一字的異體。可是人們習慣於「猶」、「猷」二字分工之後的用法，往往把它們都看作通用字。

〔一〇㈠〕裏曾經說過，狹義異體字跟部分異體字合起來，就是廣義異體字。所謂廣義異體字，從詞的角度來說就是同一個詞的各種不同書寫形式。狹義異體字大體上相當於一字的異體，部分異體字大體上相當於通用字。不過，有些字的異體後來變成了部分異體字，如「雕」和「鵰」；有些通用字由於各自獨有的用法已經淘汰，在一般人心目中已經成了狹義異體字，如「帆」和「颿」。這些在〔一〇㈠〕裏都已經講過了。

第六章裏曾經提到，通假有廣義、狹義之分，最廣義的「通假」和「通用」所指的文字現象的範圍是相同的。為了避免跟狹義的「通假」（有本字的假借）相混，最好不要使用廣義的「通假」，而使用「通用」這個術語。

「通用字」也有兩種不同意義，因為一般把古今所有的漢字裏現在在使用的那部分字也稱為通用字。為了避免混淆，我們把那種意義的通用字改稱為通行字。

近年來，有些講文字學的人對廣義的「通假字」這個術語有一種新的解釋方法。他們認為「通假字」的「通」是指通用字而言的，「假」是指假借字而言的，通用字跟假借字合起來就是通假字。他們把假借字排斥在通用字之外，這跟前人使用通用字這個術語的情況是不相合的。例如《漢書・杜欽傳》「迺（乃）為小冠高廣財二寸」句顏師古注說：「財與纔古通用字」，這兩個被顏氏稱為通用字的字，就都是假借字。我們覺得改變通用字這個術語的傳統用法是沒有必要的。

有的把假借字排斥在通用字之外的人，認為通用字就是「同源字」。例如「張」、「帳」、「脹」、「漲」這幾個代表著一組同源詞的字，就都被認為是通用字。把所謂同源字全都看作通用字，也是不妥當的。說「張」跟「帳」、「脹」、「漲」等字有通用關係是可

以的，因為「帳」、「脹」、「漲」都是「張」的分化字，「張」字有過跟它們相同的用法。可是像「帳」跟「脹」、「漲」，雖然有同源關係，卻從來沒有共同的用法，怎麼能說這些字之間也有通用關係呢？

根據前面對一詞用多字的具體情況的分析，通用字之間的關係大體上可以分成下列四類：本字跟假借字，假借字跟假借字，母字跟分化字，同義換讀字跟本字或其他性質的字。由於字形訛變、文字本義失傳以及引申跟假借不易區分等原因，往往很難確定通用字之間的具體關係。過去的文字學者在確定這種關係的時候，大都以《說文》為準。但是，《說文》在文字本義等方面的意見，其實有不少是不可信的。我們在前面講過這個問題，這裏再補充一個實例。《說文》：「鼻（異），分也。從収，從畀。畀，予也」，「舁（异），舉也。從収，㠯（以）聲」。這兩個字古有通用之例，五十年代整理異體字，把「異」併入了「异」。按照《說文》的說法來看，在這一對通用字裏，「異」是本字，「异」是假借字。但是，「異」在較早的古文字裏寫作㠯，像人頭戴一物，很多古文字學者都認為它是「戴」的初文（「戴」、「異」二字古音極近），《說文》把它當作分異之｜異｜的本字是錯誤的。那麼，「異」和「异」就應該是一對假借字了。還有不少字，我們雖然知道《說文》對它們的解釋靠不住，但是並不知道正確的解釋是什麼。所以我們往往只能滿足於指出某兩個字是通用字，而無法進一步指出它們的具體關係。此外，在有些場合，例如在給古文作一般性的注釋的時候，只要講文字之間的通用關係就能解決問題，根本沒有必要自找麻煩去講通用字之間的具體關係。所以通用字這個概念是很有用處的。

指出文字之間的通用關係，古代多用「A 讀為 B」、「A 讀曰 B」，「A 與 B 同」，「A 與 B 通」等說法。例如：

《周禮·春官、肆師》「治其禮儀」鄭玄注：「故書儀為義。鄭司農云：義讀為儀。」

《漢書·司馬相如傳上》「雍容閑雅」顏師古注：「閒讀曰閑」。

《漢書·高帝紀上》「毋得鹵掠」顏注：「應劭曰：鹵與虜同。」

《漢書・文帝紀》「遺財足」顏注：「財與纔同。纔，少也。」

《荀子・修身》「端愨順弟」楊倞注：「弟與悌同」。

《文選》卷二張衡《西京賦》「慘則尟於歡」李善注：「尟，少也，與鮮通也。」

此外，還有一些類似的說法，如「A讀與B同」、「A與B古字通」等等，不一一徵引了。近人一般用「A同B」或「A通B」的說法。這是「A與B同」、「A與B通」等說法的簡化。

「同」除了用來指明通用關係之外，也用來指明一字異體的關係，如：

《漢書・司馬相如傳下》顏注：「埜與壄同，古野字也。」

《荀子・勸學》楊注：「蹞與跬同」。

「通」用於指明一字異體關係的例子則很少見。近年來有不少人主張讓「同」跟「通」分工，「A同B」專用於一字異體，「A通B」專用於通用字。不過，《新華字典》、《現代漢語詞典》這兩部有影響的字書，卻都用「同」來指明通用關係。這大概是由於「同」對初學者來說要比「通」好懂。

上舉的那些指出文字之間的通用關係的說法，主要是用來解釋古書字義的，B起注釋A的作用，為了使讀者容易理解，一般都以習用字充當B，至於它是不是正字，那是無關緊要的（參看本章〔(二)1〕）。用非習用字的正字充當B的情況雖然不是沒有，但很少見。在上舉的《周禮》鄭注至《文選》李注各例裏，充當B的都是當時的習用字（這些字直到現在仍然大都是習用字）。其中，「虜」和「悌」同時也是正字。不過「悌」字不見於《說文》，有些保守的文字學者是把它看作俗字的。「閑」、「纔」、「鮮」都是假借字。「鮮」所注釋的「尟」（《說文》文作「尟」），反倒是正字。禮儀之｛儀｝的正字究竟是「義」還是「儀」有不同看法。

字典・詞典使用「通」的說法的時候，有時為了區別正借，用非習用字的正字來充當B。例如：按照《說文》，強弱之｛強｝的本字是「彊」（《說文》：「彊，弓有力也。从弓，畺聲。」「畺」即「彊」的初文），「強」的本義是一種蟲，強弱之「強」是假借為「彊」

的。所以《康熙字典》在「強」字下注「與彊通」，用正字「彊」來注習用字「強」。有時它們也用習用字來注正字。尤其是現在編纂的字典、詞典，往往這樣做，很少受區別正借的拘束。例如1980年版《辭源》㈡就在「彊」字下注「通強」，「強」字下雖然指出「古籍多借為彊」，但是沒有用「通彊」的說法（舊《辭源》與《康熙字典》同）。

有人認為，字典、詞典使用「A通B」這種說法的時候，如果A所表示的詞有本字，就必須用這個本字來充當B。例如：古書裏常用「澹」字來表示一個當安靜講的詞，有時也用「贍」字來表示這個詞。1979年版《辭海》說這種用法的「贍」字「通澹」。但是按照《說文》，「澹」的本義是「水搖」，「憺」的本義才是「安」。這就是說，對那個當安靜講的詞來說，不但「贍」是假借字，就是「澹」也是假借字，只有「憺」才是本字。因此有的人認為《辭海》說「贍」通「澹」是錯的，要說通「憺」才對。我們覺得這種要求並不很合理。前面已經說過，「A通B」這種說法是用來指明文字之間的通用關係的，而且主要是用來注釋古書字義的，一般都用習用字來充當B。這種說法跟文字學上指明狹義通假關係的「A（假借字）通假為B（本字）」的說法是不同性質的。古書裏經常用「澹」字，而很少用「憺」字來表示｜憺｜這個詞。所以古人注釋古書的時候，有時反而用「澹」字來注「憺」。《文選》卷七司馬相如《子虛賦》有「憺」字，李善注就說：「憺與澹同」。像《辭海》這種供一般使用的詞典，繼承古書注釋的傳統，說「贍」通「澹」，而不說它通「憺」，並沒有什麼可指責的地方（《康熙字典》也說這種「贍」「與澹同」）。同樣，《辭源》不說「強」通「彊」，而說「彊」通「強」，也是合理的。因為一般人只需要知道「彊」通「強」，而不需要知道「強」通「彊」。當然，如果要編一部嚴格講本義講字源的高級字典，那就另當別論了。不過在那種字典裏，應該用精確的方式去說明各種通用字之間的具體關係；「A通B」這種比較籠統的說法，根本就不適用。

還有人對「A通B」這種說法提出了另一種要求。他們認為B必須是在A之前就已經使用的一個字。在他們看來，像「坐通座」、「說通悅」這一類用後出的分化字充當B的說法，都不能成立。因為在古人用「坐」、「說」等字表示｜座｜、｜悅｜等詞的時候，「座」、「悅」等字還沒有造出來，根本無從「通」起。這種要

求也不是很合理的。人們用「A通B」這種說法，通常只是想說明某一種用法的 A 字所表示的詞，就是一般習慣於用 B 字來表示的那個詞，所以沒有必要去考慮 A、B 二字出現的先後。

「A通B」這種說法的主要好處，就是在選擇充當 B 的字的時候，可以只考慮它是不是習用字，而不必考慮其他條件。這樣，確定本字等麻煩就可以避免了。而且由於使用了習用字，也比較容易為初學者所理解。如果加上上述那些限制，使它喪失這些好處，這種說法也就沒有多大存在的必要了。

在字典、詞典和古書注釋裏，可以看到一些「通」字用得不恰當的例子。下面從常用的字典、詞典裏舉例加以說明。

《康熙字典》「倭」字下說「倭遲」「與透迤、逶迤、委蛇、威遲、委移並通」。我們在講「一詞多形現象概況」的時候已經指出，「逶迤」（也作「委蛇」等形）、「透夷」（也作「倭遲」等形）、「威夷」（也作「威遲」）三者，不能簡單地看作同一個詞的不同書寫形式。《康熙字典》認為「倭遲」跟「威遲」和「逶迤」的一些不同寫法「並通」，是不恰當的。1979年版新《辭源》㈠「委蛇」條說「委蛇」「也作……倭遲、威遲、威夷等」，與《康熙字典》同誤。

1979年版《辭海》「蕭」字下有一個義項說：「通肅，見蕭牆。」「蕭牆」條引何晏《論語集解》所引鄭玄注：「蕭之言肅也，牆謂屏也。君臣相見之禮，至屏而加肅敬焉，是以謂之蕭牆。」「蕭牆」的「蕭」從來沒有人讀為「肅」。我們即使相信鄭玄的說法，也只能得出「蕭牆」的「蕭」在語源上跟「肅」有關，或者「蕭牆」得名於「肅敬」的結論。簡單地說「蕭」通「肅」是不妥當的。我們並不排斥這樣的可能性：蕭牆的｛蕭｝是「肅」的變音引申義，「蕭牆」原來寫作「肅牆」，後來為了照顧實際讀音，才假借「蕭」來代替「肅」，就跟「叫花子」原來寫作「叫化子」，後來才假借「花」來代替「化」一樣（參看〔九㈣〕）。但是，由於找不到「蕭牆」本作「肅牆」的證據，我們至多只能作這樣的推測，而沒有理由肯定地說「蕭」通「肅」。在〔九㈤1B〕裏，我們已經談到過類似的問題了。

下面通過「哈」字的例子，進一步說明一下怎樣判斷該不該說「通」。1979年版《辭海》認為當「張口呼氣」講的「哈」通「呵」。這樣說本來是可以的。「呵」有張口呼氣的意思，據 1949 年出版的

《國音字典》，這種「呵」字的口語音是ㄏㄚ（hā），正與「哈」同音。我們可以把當張口呼氣講的讀ㄏㄚ（hā）的「呵」跟「哈」看作通用字。可是《辭海》「呵」字下只給跟「張口呼氣」相當的義項「吹氣使溫」注ㄏㄜ（hē）一個音。因此「哈」通「呵」的說法就沒有著落了。如果認為沒有必要給「呵」字的這個義項兼注ㄏㄚ（hā）音的話，可以在說「哈」通「呵」的時候，注明這種「呵」字本有讀ㄏㄚ（hā）的口語音。不然，就不應該說「哈」通「呵」。因為讀ㄏㄚ（hā）的「哈」跟讀ㄏㄜ（hē）的「呵」，儘管意義相同，也不能認為有通用關係。

字典、詞典裏一方面有不該說「通」而說「通」的地方，另一方面又有該說「通」而不說的地方，下面也舉一個例子。

1979年版《辭海》「詘」字第一義項是「屈曲；折疊」，注明通「屈」；第二義項是「屈服；敗退」，不注通「屈」。1983年版《辭源》(四)的處理方法大體相同。西漢以前，一般都用「詘」字來表示屈曲、屈服的｛屈｝（屈服應是屈曲的引申義），「屈」則用來表示竭盡的意思（這一意義的「屈」音ㄐㄩㄝ jué）。後來借「屈」來表示屈曲、屈服之｛屈｝的用法普遍了起來，「詘」字就少用了。所以當屈服講的「詘」跟當屈曲講的「詘」一樣，也是通「屈」的。《辭海》、《辭源》只把當屈曲講的「詘」看作「屈」的通用字，是不妥當的。《新華字典》「詘」字下根本不提「詘」跟「屈」的通用關係，更不妥當。

## B. 古今字

「古今字」也是跟一詞多形現象有關的一個術語。一個詞的不同書寫形式，通行時間往往有前後。在前者就是在後者的古字，在後者就是在前者的今字。

指出古今字的關係，通常用「A，古B字」或「A、B，古今字」等說法。A和B可以是一字的異體，如：

　　　　《漢書·司馬相如傳上》顏注：「綺，古袴（褲）字。」

　　　　《後漢書·光武帝紀上》李注：「瑉，古寶字。」

也可以是各種通用字，如：

　　　　《國語·吳語》韋注：「北，古之背字。」（「背」是表

示「北」字本義的分化字，參看〔七㈠5A〕）。

《漢書‧食貨志上》「猶未足㠯（以）澹其欲也」顏注：「澹，古贍字也。」（贍足的｛贍｝古代假借「澹」字表示，「贍」是後起本字，參看〔一一㈠1Cb〕）。

《漢書‧禮樂志》顏注：「屮，古草字。」（「屮」同「艸」，草木之「草」是「艸」的通假字）。

《禮記‧曲禮下》「予一人」鄭玄注：「余、予，古今字。」（表示第一人稱代詞的「余」和「予」大概都是假借字）。

說某兩個字是古今字，就是說它們是同一個詞的通行時間有先後的兩種書寫形式。至於它們究竟是一字異體還是通用字；如果是通用字，又是哪一種性質的通用字；這些問題是可以不必考慮的。這跟說「A 通 B」的時候，不必考慮 A 和 B 是哪一種性質的通用字的情況，是一致的。

在古代，「A，古 B 字」、「A、B，古今字」等說法，主要也是用來注釋古書字義的。用來注釋某個詞的古字的今字，通常就是這個詞在當時的習用的書寫形式。所以，這種說法跟「A 通 B」一類說法，在實際內容上往往並無區別。例如：《漢書‧食貨志下》「饟」字兩見，顏師古在前一處注「饟字與餉同」，後一處注「饟古餉字」（《食貨志上》也有「饟」字，顏注也說「饟古餉字」）。《郊祀志上》「曑」字兩見，顏氏在前一處注「曑古遷字」，後一處注「曑與遷同也」。當然，如果 A 和 B 的通行時間沒有比較明顯的先後之別的話，就只能用「A 通 B」一類說法，而不能用「A 古 B 字」一類說法了。

古今字的「古今」是相對的。由於新的今字的出現，前一個時代的今字變成古字的情況，是常見的。例如：上引《司馬相如傳》顏注把「綺」和「袴」看作古今字。「褲」字通行之後，「袴」也成了古字（「褲」字不見於《康熙字典》，大概出現得很晚）。《段注》「誼」字條說：「古今無定時，周為古則漢為今，漢為古則晉、宋為今。隨時異用者，謂之古今字。」這是很正確的。

由於講古今字的目的主要在於注釋古書字義，而不在於說明文字歷史，所謂「古今」並不一定反映一個詞的不同書寫形式開始使用的

時間的早晚。如果 A 開始使用的時間晚於 B，但是到後來 A 已經不再通行而 B 仍在通行的話，就可以把 A 看作 B 的古字。例如：《漢書 · 武帝紀》「氐羌徠服」句顏注說：「徠，古往來之來也。」往來之｜來｜顯然是先假借本義為麥的「來」字，然後才造出後起本字「徠」字來表示它的。但是在顏師古的時代，假借字「來」仍在通行，「徠」卻已經不通行了。所以他把「徠」看作往來之「來」的古字（現在｜來｜的引申義招徠之｜徠｜寫作「徠」，一般的｜來｜不寫作「徠」）。

有時候，還會出現古今字地位互易的情況。前一時代的今字到後一時代變成了古字，前一時代的古字到後一時代反而變成了今字。例如：《說文》「綫」下收古文「線」。《漢書 · 高惠高后文功臣表》「不絕如綫」句顏注所引晉灼注則說：「綫，今線縷字也。」（意謂「綫」相當於今之『線』。晉灼是晉代人）。所以《段注》說：「許（指許慎）時古『線』今『綫』，晉（指晉灼）時則為古『綫』今『線』，蓋文字古今轉移無定如此。」《異體字整理表》廢「線」行「綫」，又回復到古「線」今「綫」了（但《新華字典》跟《現代漢語詞典》都仍把「線」列為字頭）。

研究古今字，不能完全依賴傳世古書。因為在古代著作流傳的過程裏，作者原來所用的字往往會被傳抄刊刻的人改成今字。下面舉兩個例子。

《禮記 · 曲禮下》「予一人」鄭玄注，說「余」和「予」是古今字。這是很對的。在我們現在所能看到的商代甲骨文和西周春秋金文裏，第一人稱代詞｜余｜都寫作「余」。古人開始用「予」表｜余｜，不會早於春秋時代。但是在傳世的《尚書》、《詩經》兩書所包含的那些西周時代作品裏，第一人稱代詞「余」卻全都已經被後人改作「予」了。如果根據傳世的《尚書》、《詩經》來反駁鄭玄「余予古今字」的說法，那就錯了。

一般都認為司馬遷作《史記》多用今字，班固作《漢書》多用古字。《漢書》的確有用古字的地方。但是，有些人舉出來的《史記》用今字《漢書》用古字的例子，如《史記》用「烹」《漢書》用「亨」，《史記》用「早」《漢書》用「蚤」等（《漢書》顏師古注屢言「蚤古早字」），卻是有問題的。從我們現有的關於古代用字情況的知識來看，在司馬遷

和班固的時代，从「火」的「烹」根本還沒有出現（參看〔一一㈠1A〕「亨──享」條）；把早晚的｛早｝寫作「蚤」，在班固的時代是很常見的，在司馬遷的時代更是普遍現象（參看〔九㈠〕）。《史記》原來一定也跟《漢書》一樣，是以「亨」表｛烹｝，以「蚤」表｛早｝的，後來才被傳抄、刊刻的人改成了「烹」和「早」。就這兩個例子來說，《史記》、《漢書》本來都用了當時的通行字，並不存在一今一古的問題，只不過《史記》所用的字被後人改成了他們所用的今字而已。《漢書》裏被後人改成今字的字，要比《史記》少得多。人們所以會產生《史記》多用今字《漢書》多用古字的印象，這是一個重要原因。總之，研究古今字，要重視各個時代直接遺留下來的文字資料，不能輕信屢經後人傳抄刊刻的古書。

就跟有人把兩個代表同源詞的字，不恰當地說成本字和假借字一樣，也有人把這種字不恰當地說成古今字。例如：《段注》「尗」（菽）字條說：「尗、豆，古今語，亦古今字。」段氏說尗和豆是古今語，是對的；說它們也是古今字，就不妥當了。古今字應該是同一個詞的不同書寫形式。｛菽｝和｛豆｝是不能直接看作一個詞的，我們在批評把「豆」當作「菽」的假借字的說法的時候，已經說明過了（見〔九㈤1B〕）。不過，段氏關於古今字的說法絕大部分是正確的。他說「尗」和「豆」是古今語兼古今字，可見他對它們跟一般古今字的區別也還是覺察到的。

把兩個代表同源詞的字說成古今字的現象，在現代的語言文字學方面的著作裏也能看到。例如我們在〔九㈠〕裏提到過的「鞠」和「毬」（球），就有人稱它們為古今字。還有人稱「毬」為「鞠」的「後起『或體字』」，那就更不妥當了。如果我們認為｛球｝原來是｛鞠｝在口語裏的一個變體的話，就應該明確地把這個意思講出來。用「古今字」來說明它們的關係，就把語言和文字的界線搞亂了。

近代講文字學的人，有時從說明文字孳乳情況的角度來使用「古今字」這個名稱，把它主要用來稱呼母字跟分化字。近年來，還有人明確主張把「古今字」這個名稱專用來指有「造字相承的關係」的字。他們所說的古今字，跟古人所說的古今字，不但範圍有大小的不同，而且基本概念也是不一致的。古人講古今字是從解釋古書字義出發的。這種意義的古今字當然也包括母字和分化字，但是孰古孰今是

根據文字使用的實際情況而定的，母字並不一定被看作古字，分化字並不一定被看作今字，上面舉過的「來」和「徠」就是一例。這跟著眼於「造字相承的關係」來講古今字，是有很大區別的。

### C. 所謂「異體詞」

六十年代以來，有不少人把同一個詞的各種不同書寫形式稱為「異體詞」或「異形詞」。同一個詞的各種不同書寫形式本來是可以稱為異體字的。但是「異體字」還有指一字異體的狹義用法，因此有些人不願意把包括通用字在內的、同一個詞的各種不同書寫形式也稱為異體字。一般講異體字的人往往局限於討論單音節詞的不同書寫形式，而很少顧到雙音節詞和多音節詞的不同書寫形式。這也使得有些人不願意用異體字這個名稱來概括同一個詞的不同書寫形式。這些就是「異體詞」、「異形詞」這兩個名稱出現的背景。這兩個名稱的含義並無不同，所以下文就只提「異體詞」了。

提出異體詞這個名稱的用意很好，可是這個名稱卻並不好。我們如果不願意把同一個詞的各種不同書寫形式稱為異體字，又嫌「同一個詞的不同書寫形式」這種說法太囉唆的話，可以把它們稱為「一詞的異形」或「一詞異形」。「異體詞」這種名稱應該取消。

把一詞的異形稱為異體詞，是對語言和文字的區別缺乏明確認識的反映。這從有些人對「異體詞」所作的解釋，可以看得很清楚。有人說：「意義、讀音完全相同，但書寫形體不同，如『ㄢ ㄩ』（àn yǔ），有『按語』『案語』兩種不同的形體⋯⋯這種同一詞語的不同形體的詞，可以叫做異體詞。」顯然，他所說的「同一詞語的不同形體的詞」，就是我們所說的「同一個詞的不同書寫形式」。詞的不同書寫形式怎麼能稱為不同形體的「詞」呢？還有人說：「所謂異體詞，就是讀音相同或相近，意義相同，而詞形不同的詞。」他所說的異體詞的範圍比較廣。「讀音相同」，「意義相同，而詞形不同的詞」，跟上面所批評的「同一詞語的不同形體的詞」是一個意思。「讀音相近，意義相同，而詞形不同的詞」，按字面理解，應該指書寫形式不同的、音近義同的同源詞；不過說話的人則是指這種同源詞的書寫形式而言的。同義不同音的同源詞的書寫形式的不同，反映了語言上實際存在的差別。同一個詞的書寫形式的不同，只不過是字面上存在的

差別。把這兩種性質不同的差別混為一談，用「異體詞」來概括它們，也是由於沒有分清語言和文字的界線。

在現在的語言文字學方面的著作裏，分不清語言和文字的界線的現象，是頗為常見的。有些人雖然沒有使用「異體詞」這種名稱，但是也把同義不同音的同源詞的不同書寫形式，跟同一個詞的不同書寫形式混為一談。例如：把「筋斗」和「斤斗」（ㄐㄧㄣ ㄉㄡ jīn dǒu）也看作「跟頭」（ㄍㄣ ·ㄊㄡ gēn ·tou）的不同寫法，把「魯蘇」和「嚕蘇」（ㄌㄨ ·ㄙㄨ lū ·su）也看作「囉唆」（ㄌㄨㄛ ·ㄙㄨㄛ luō ·suo）的不同寫法，把古書上音義跟「黽勉」相近的「文莫」、「密勿」也看作「黽勉」的不同寫法等等。

還有人給「通用」和「假借」下定義說：「凡兩個讀音相同或相近，意義也相通的詞，古代可以寫這個，也可以寫那個，叫做通用」，「凡兩個讀音相同或相近而意義不同的詞，古代有時可以借代，叫做假借」，竟然把字跟字之間的通用關係說成詞跟詞之間的關係（他所說的「通用」和「假借」都在我們所說的「通用」的範圍之內）。這跟稱詞的異形為異形詞如出一轍。

我們在講假借、通用字和古今字等問題時，曾經批評過一些不正確的說法。這些說法多數也是跟分不清語言和文字的界線有關的。

## 3　通用字讀音問題

前些年，在有些刊物上曾經討論過這樣一個問題：原來的字音跟本字不完全相同的通假字，是否應該讀如本字？討論者所說的通假字是廣義的，所舉出的本字有的實際上並不是真正的本字。所以這個問題其實應該這樣來提：原來不完全同音的字相通用的時候，是否應該讀一個音？或者說：原來的字音跟習用字不完全相同的通用字，是否應該讀如習用字。

在上面所說的討論中，主要有三種意見：

(1)「通假字一般不應當讀同本字的音讀，而仍應讀……自身的音讀。」（趙天吏《古音通假的條例以及通假字的讀音問題》，《開封師院學報》1979年2期）。

(2)「凡古代字書、韻書或前人注疏裏注有通假字與本字讀音相同

的反切或直音的，則通假字的今讀同本字」，不然就讀它原來的字音。

(3)「不管古代字書、韻書或前人注疏裏是否注有通假字與本字讀音相同的反切或直音，只要它確切是通假字，其今讀應當同本字。」（以上兩種意見都引自盛九疇《通假字小議》，載《辭書研究》1980年1期。此文作者主張第三種意見）。

我們同意第三種意見。

〔九(四)〕裏討論跟假借有關的字音問題的時候曾經指出，假借字跟本字是代表同一個詞的，應該讀一個音。說兩個字相通用，就是說這兩個字被用來表示同一個詞。所以，其他性質的字相通用的時候，跟假借字和本字一樣，也應該讀一個音。原來的字音跟習用字不同的通用字，應該讀如習用字。古人往往以「Ａ讀為Ｂ」、「Ａ讀曰Ｂ」、「Ａ讀與Ｂ同」等說法來指出通用關係，也說明了這一點。

為什麼會有人認為相通用的字不必讀一個音呢？主要由於存在下述兩種情況。首先，某些彼此只有音義相近的關係的字，被有些人誤認作了相通用的字。其次，在古代的古書注釋和字書（包括韻書）裏，可以看到一些這樣的現象：古人對某個字在用來表示某種意義的時候，是不是另一個跟它音近的字的通用字，有不同看法。與此相應，這種字的讀音也有兩種，或者改讀那個音近的字的音，或者仍讀原有的音。但是有些人一方面把這種字看作那個音近的字的通用字，一方面卻仍然按照原有的字音來讀它。上述這兩種情況都會造成相通用的字不必讀一個音的假象。

下面先舉上述前一種情況的例子。

先秦古書裏有訓為「誓」的「矢」字（《詩·鄘風·柏舟》：「之死矢靡它」，毛傳：「矢，誓也。」）。由於「矢」、「誓」二字讀音相近，很多人認為訓「誓」的「矢」就是「誓」的通假字（1979年版《辭海》就說「矢」通「誓」）。但是按照傳統讀音，這種「矢」字卻並不讀作「誓」，而仍與弓矢之「矢」同音。因此這就成了通假字不必讀如本字的一個實例。這個例子實際上是有問題的。古書裏的「矢」字時常假借來表示意義跟陳列之「陳」很相近的一個詞，既可以當陳列講（《詩·大雅·大明》：「矢於牧野」，毛傳：「矢，陳也。」），也可以當陳述講（《書序》：「皋陶矢厥謨」，偽孔傳：

「矢，陳也。」《詩・大雅・卷阿》：「矢詩不多」，鄭箋：「矢，陳也。我陳作此詩不復多也。」）。「矢」字的「誓」這一意義，應該是由陳述之義引申出來的（《論語・雍也》「夫子矢之」的「矢」一般都訓為「誓」，晉代蔡謨則訓為「陳」，見《釋文》。郝懿行《爾雅義疏・釋言》「矢，誓也」條，已經指出「陳」、「誓」義近，「矢」可訓「陳」，所以也可訓「誓」。但是他又惑於虞翻「矢古誓字」的謬說，認為「矢」跟「誓」古代也可以通用。這是不妥當的。朱珔《說文假借義證》也誤以為訓「誓」的「矢」是「誓」的假借字。為了證成這種說法，甚至不惜臆改古書。他說：「若《表記》引《詩》『信誓旦旦』，《釋文》『信』本作『矢』，此當為下「誓」字之誤，『信』與『矢』義未合也。」其實古代經籍不同傳本的異文並不一定同義，「矢誓」就是陳述誓言，文義很通順，「信誓旦旦」一本作「矢誓旦旦」，是完全可能的。這也是「矢」字的「誓」義當由「陳」義引申而來的一個證據）。「矢」、「誓」字音相近，只不過是巧合。而且「誓」是禪母字，韻母在上古屬祭部；「矢」是書母字，韻母在上古屬脂部。這兩個字的古音一般說來可以認為是相近的；但是作為本字和通假字來看，差別就顯得大了一點，總之，把訓「誓」的「矢」看作「誓」的通假字是缺乏根據的。

有的人以「《尚書・洪範》『農用八政』，農通假為努，而不讀同努音」作為通假字不必讀如本字的一個證據。對「農用八政」的「農」字，古代學者的解釋是不一致的。到清代的王念孫，才把它訓為「努」。但是即使是王念孫，也並沒有把它看作「努」的通假字。王氏在《廣雅疏證》卷三上「薄、恕、文、農，勉也」條下說：「農猶努也，語之轉耳。《洪範》云『農用八政』，謂勉用八政也。」王引之《經義述聞》卷四「農殖嘉穀」條引述王念孫的意見，也說「農力猶努力，語之轉也」。「語之轉」或「一語之轉」，是過去的語言文字學者常用的術語，是用來指出詞語之間的同源關係，而不是用來指出通假、通用的關係的。清代的有些學者，如朱駿聲，確有「農」假借為「努」的說法（見《定聲》「農」字下）。我們在〔九(五)1B〕裏早已指出，朱氏等人往往把同源詞之間的關係跟本字和假借字的關係混為一談。這又是一個例子。他們的那種假借說，是不能作為討論通用字讀音的根據的。

　　還有人以「暴虎馮河」的「『暴』通『搏』，不讀ㄅㄛ（bó），卻讀ㄅㄠ（bào）」，來證明通假字不必讀如本字。可是「暴通搏」卻是無根據的臆說。古人雖然訓暴虎之「暴」為「徒搏」，卻從來沒有說過「暴」跟「搏」是通用字。這個「暴」的本字應該是「虣」，正與「暴」同音（參看〔七(二)〕）。

　　下面再舉上述第二種情況的例子。

　　先秦時代文獻裏常見跟「賜」同義的「錫」，它究竟是不是「賜」的通用字呢？長期以來對這個問題一直有兩種看法。過去，多數人把這種「錫」字看作「賜」字的音近的同義字，仍然按照銅錫之「錫」的音來念它；少數人把這種「錫」字看作「賜」的通用字，按照「賜」字的音來念它。《周易・師卦》「王三錫命」句《釋文》，說徐爰音「錫」為「賜」。《集韻》去聲寘韻收入了「錫」字的這個音，《康熙字典》也把這個音收入了。但是，現在有很多人既認為這種「錫」字是「賜」的通用字，又仍然按照銅錫之「錫」的音來念它（1979年版《辭海》就如此處理）。有的人還用這個例子來證明通假字不必讀如本字。這是不合理的。既然把「錫」看作「賜」的通用字，就應該像古代持這種看法的人那樣把它念作「賜」（但是即使把先秦文獻裏當賜講的「錫」讀為「賜」，漢以後文獻裏當賜講的「錫」也還是應該讀它的本音的。因為當時人一般都是這樣讀的。如果把漢以後文獻裏的「九錫」讀為「九賜」，就鬧笑話了）。

　　有的人以「《詩・兔罝》『公侯干城』，干通假為扞而不讀同扞音」，來證明通假字不必讀如「本字」。其實這個「干」字也是有兩種解釋和相應的兩種讀音的。古人有的認為這個「干」就是干戈的「干」，有的認為這個「干」是扞衛之「扞」的通用字。《釋文》說：「干城，如字。《爾雅》（《釋言》）云：干，扞也。孫炎注云：干，楯（盾），所以自蔽扞也。鄭（指《詩經》的鄭箋）云：干也，城也，皆以禦難也。舊戶旦反。」《釋文》同意鄭玄、孫炎的意見，認為這個「干」應該當盾講，所以注「干」的音為「如字」，意思就是按這個字的一般讀音來念。《釋文》又收舊音「戶旦反」。這是「扞」的音切，是把這個「干」看作「扞」的通用字的人所讀的音（參看董同龢譯《高本漢詩經注釋》上24–25頁）。我們怎麼能張冠李戴，一方面採用「干」與「扞」通的說法，一方面卻按照把「干」解釋為盾的人所

讀的音來念它呢？

通過以上的分析可以看到，通假字不必讀如本字，相通用的字不必讀一個音的論點，是站不住的。

現存的古代的字書和古書注釋，它們所記載的字音是不全面的。我們不可能在裏面找到所有的通用字的讀音。所以，前面所舉的關於通假字讀音的第二種意見，即按照古代的字書、韻書或前人注疏裏的注音，來判斷通假字是否應讀如本字，也是不合理的。例如：現存的古代字書、韻書和前人注疏，全都沒有給「擇」字注過讀「釋」的音。可是在秦漢時代的文字資料和有些古書裏，確實可以看到不少與「釋」通的「擇」字，如《墨子・節葬》「為而不已，操而不擇」、《論衡・非韓》所引《韓非子・五蠹》「布帛尋常，庸人不擇」（今本《韓非子》作「釋」）等等（參看黃暉《論衡校釋》及《文史》第七輯所載求是《說「河海不擇細流」》）。這種「擇」字當然應該讀為「釋」，決不能因為在現存的古代字書、韻書和前人注疏裏找不到這個音，就仍然按照「擇」字的一般讀音來讀它。又如：在古文字資料和古書裏，「有」通「又」和「又」通「有」的例子都可以見到（參看〔一一㈠2B〕「又──有」條）。但是在過去的字書裏，「有」字有讀「又」的音，「又」字卻沒有讀「有」的音。因此在 1979 年版《辭海》裏，通「又」的「有」讀為「又」（一ㄡˋ yòu），通「有」的「又」卻不讀為「有」（一ㄡˇ yǒu）而仍讀為「又」（一ㄡˋ yòu）。這顯然是不合理的。1980 年版《辭源》㈡把通「有」的「又」讀為「有」，是正確的。

〔九㈢〕裏曾提到古書中借「匪」字表示否定詞{匪}和指示代詞{匪}，借「干」字表示當「岸」講的{干}和當「澗」講的{干}。有些人認為這種「匪」字就是通「非」通「彼」的，這種「干」字就是通「岸」通「澗」的。我們因為這種「匪」字、「干」字一般仍讀本音，沒有採用那種說法。如果同意那種說法，就應該按照「非」、「彼」、「岸」、「澗」等字的音來讀它們。

有些通用字讀如習用字的音，在古代字書裏是有記載的，但是《辭海》、《辭源》卻沒有採用。例如：古書裏有時借「蚤」字來表示爪牙之{爪}（本字作「叉」，見〔七㈠3〕）。在《集韻》裏，這種「蚤」字是與「爪」同音的（見上聲巧韻側絞切爪小韻）。在1979年

版《辭海》、1983年版《辭源》㈣裏,這種通「爪」的「蚤」字卻仍讀本音ㄗㄠ(zǎo)而不讀ㄓㄠ(zhǎo)。這是不應該的。

　　總之,我們在處理通用字讀音的時候,原則上應該恪守相通用的字必須讀一個音的準則。首先應該注意不要把沒有通用關係的字說成有通用關係。一旦確定某個字是某個習用字的通用字,就要按照那個習用字的音來讀它。

# *13* 漢字的整理和簡化

漢字由於是一種意符音符文字，具有結構複雜、異體眾多和容易發生訛變等特點。因此歷代政府多數很重視統一文字形體的工作。

《周禮・春官》說「外史」之官「掌書外令，掌三皇五帝之書，掌達書名於四方」。「書名」指文字，「掌達書名於四方」應該就是統一全國文字的一種措施（參看孫詒讓《周禮正義》）。周宣王太史作《史籀篇》可能與此有關。

戰國時代各國文字異形，社會上出現了統一文字的強烈要求。一般認為是戰國時代作品的《管子・君臣上》，在講理想的政治的時候，就提到了「書同名」這件事。秦始皇統一全國，成功地進行了「同文字」的工作，廢除了六國文字跟秦文不合的異體，實現了人們的願望（《禮記・中庸》「今天下車同軌書同文」一段，有人認為是秦統一後儒家後學加進去的，所以我們在上面沒有跟《管子・君臣上》一起引用）。

但是秦的篆文本身還是有異體，隸書裏很多字的寫法尚未固定，異體當然更多。早期的楷書，異體也很多。在南北朝時代，由於國家分裂，政局動蕩，文字的寫法尤其混亂。翻閱一下《碑別字》一類書所搜集的資料，就可以瞭解到情況的嚴重。

唐代承南北朝文字混亂之後，政府很注意正字工作，學者中間也有人寫這方面的專著（我們在前面屢次引用的《干祿字書》，就是比較重要的一部）。玄宗開元二十三年（735）頒佈《開元文字音義》（書

已亡佚），據說對楷書字形的統一起了不小的作用。

宋代以後，由於印刷業的發達以及科舉考試對文字寫法的要求的嚴格化，字形不斷趨向穩定。到了近代，隨著印刷業的進一步發展以及新式學校教育的興起和普及，這種趨勢就更為明顯了。

漢字裏除了一字異體的現象，還存在一詞用多字的現象。唐宋以來，用字趨於統一的形勢也越來越明顯了（參看〔一二(二)1〕）。

歷代政府在統一文字上所起的作用不能低估。但是，舊時代統治階級對文字的態度，一般是比較保守的。他們對來自民間的簡體通常取排斥態度，不能把統一文字和簡化文字這兩方面的工作很好地結合起來。在歷史上，漢字的簡化主要是民間自發進行的。

五十年代以來，大陸在政府領導下進行了大規模的文字改革工作，對現行漢字進行了以簡化字形、精簡異體（指廣義異體字）為主的大規模的整理工作。

1952年，中國文字改革委員會（一般簡稱文改會）成立，開始草擬漢字簡化方案。1955年1月，文改會發表《漢字簡化方案草案》（其中包含擬廢除的異體字表草案），公開徵求各方面意見。草案經過國務院漢字簡化方案審訂委員會的審訂和1955年10月全國文字改革會議的討論修正，最後由文改會整理成《第一批異體字整理表》和《漢字簡化方案》兩個正式文件。前者於1955年12月由文化部和文改會共同發佈，後者於1956年1月由國務院公佈。

《第一批異體字整理表》包含異體字810組，精簡的異體共1055個（此表有1956年2月人民教育出版社單行本）。1956年3月，文改會和文化部又聯合發出補充通知，規定「阪」字不再列入「坂」組，「挫」字不再列入「銼」組，因此精簡的異體減至1,053個（其中有少數字後來仍在使用，如前面提到過的「凋」、「蹚」等字）。

《漢字簡化方案》把564個繁體字簡化為515個簡化字，並規定了54個偏旁的簡體。《方案》有時把兩三個繁體歸併為一個簡化字，所以廢除的繁體字比簡化字多。《異體字整理表》裏的有些正體，如「寶」、「備」等，在《方案》裏已被當作繁體廢除。《方案》裏的簡化字和簡化偏旁，從1956年到1959年先後分四批推行。1964年3月，文改會、文化部和教育部聯合發布通知，進一步規定簡化字中「爱」（愛）、「罢」（罷）等九十三個字在用作偏旁時也同樣簡化，「贝」

（貝）、「宾」（賓）等四十個簡化偏旁在獨立成字時也同樣簡化。同年，文改會根據新規定編印了《簡化字總表》，表中除了《方案》規定的簡化字外，還收入通行字範圍內根據簡化偏旁類推出來的簡化字，共收字2238個（由於「须」、「籤」二字重見於第一和第三表，實際字數是2236個。見陳明遠《現代漢字筆畫的統計分析》，《中國語言學報》第一期305頁）。

在精簡異體和簡化之外，對漢字還做了一些其他的整理工作。

從1955年到1964年，經國務院批准，將三十五個縣以上地名中的生僻字改成了同音或音近的常用字，如和闐、于闐的「闐」改為「田」，鄱陽縣的「鄱」改為「波」等等（鄱陽湖的「鄱」未改。改字的地名，按新改的字的音唸，如波陽的「波」就唸ㄅㄛ bō，不唸「鄱」的ㄆㄛ pó音）。

1965年 1 月，文化部、文改會聯合發佈了《印刷通用漢字字形表》。這個表給6196個印刷通用漢字規定了印刷通用字體（即宋體）的標準字形（這裏所說的「通用」相當於我們所說的「通行」），使印刷體盡可能接近手寫楷書，對漢字規範化起了不小的作用。

1977年 8 月，公佈了文改會和國家標準計量局制定的《部分計量單位名稱統一用字表》，廢除了那些合文式的計量單位用字，如「瓩」「哩」「浬」等。

1977年12月，文改會又公佈了《第二次漢字簡化方案（草案）》。這個草案把1116個繁體字簡化為853個簡化字。如果不算類推而得的字，共有簡化字462個。其中45個可以用作簡化偏旁，加上另列的不能單獨成字的簡化偏旁16個，共有簡化偏旁61個。這個草案初步試用後，各方面意見很多，因此在1980年 7 月成立了《二簡草案》修訂委員會，重新加以修訂。

1985年文改會改組為國家語言文字工作委員會（一般簡稱語委）。1986年 6 月，國務院發出批轉語委《關於廢止〈第二次漢字簡化方案（草案）〉和糾正社會用字混亂現象的請示》的通知，宣佈廢止《第二次漢字簡化方案（草案）》，並強調：「今後，對漢字簡化應持謹慎態度，使漢字形體在一個時期內保持相對穩定，以利於社會應用。」

1986年10月，語委重新發表《簡化字總表》，規定「疊」「覆」

「像」「囉」不再當作「迭」「复」「象」「罗」的繁體字處理（但「囉」依簡化偏旁「罗」類推簡化為「啰」），「瞭」字讀 ㄌㄧㄠˋ（liào　瞭望）時不再簡作「了」。

1988 年 3 月，語委和新聞出版署聯合發佈了《現代漢語通用字表》。此表收字 7000 個，對《印刷通用漢字字形表》有所增刪。

重新發表的《簡化字總表》和《現代漢語通用字表》是目前大陸使用漢字的規範。

圖版部份

# 附 圖 目 錄

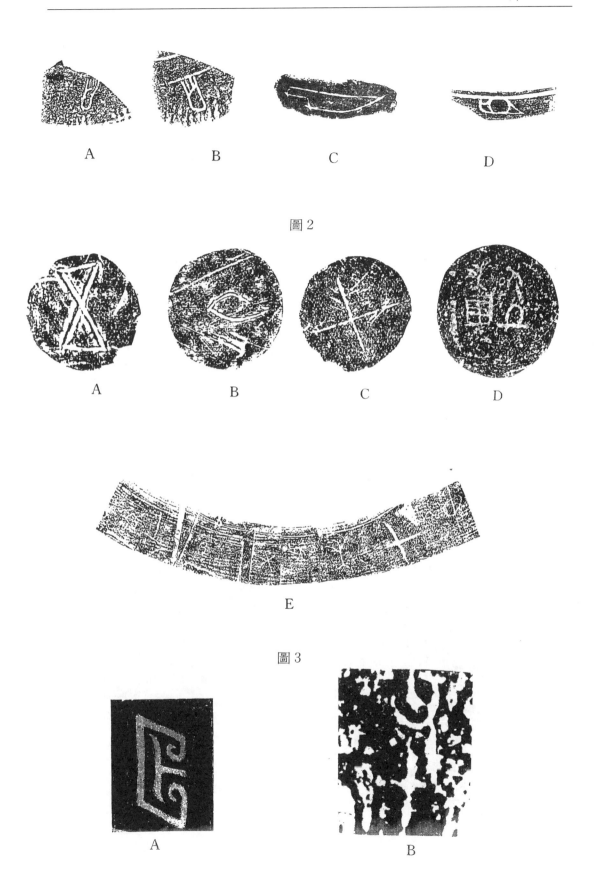

A  B  C  D

圖 2

A  B  C  D

E

圖 3

A  B

圖 4

圖 5

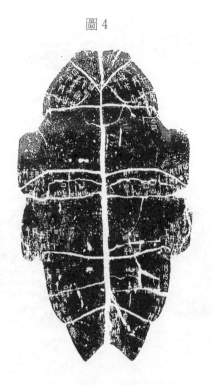

圖 6

圖 7

圖 8

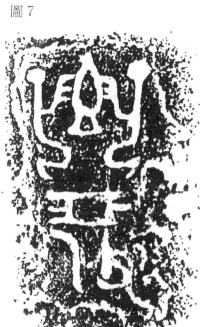

圖 9

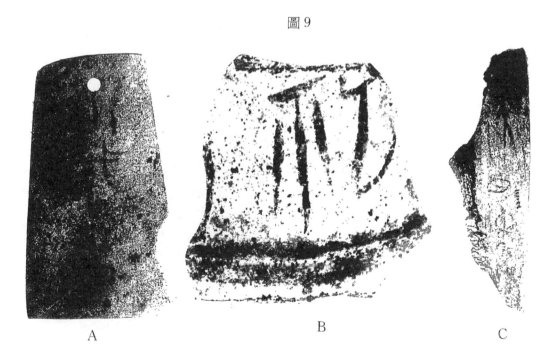

A

B

C

圖 10

圖 11

圖 12

A

B

圖 13

圖 14

圖 15

A

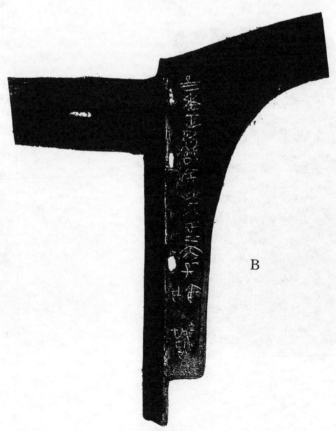

B

圖 16

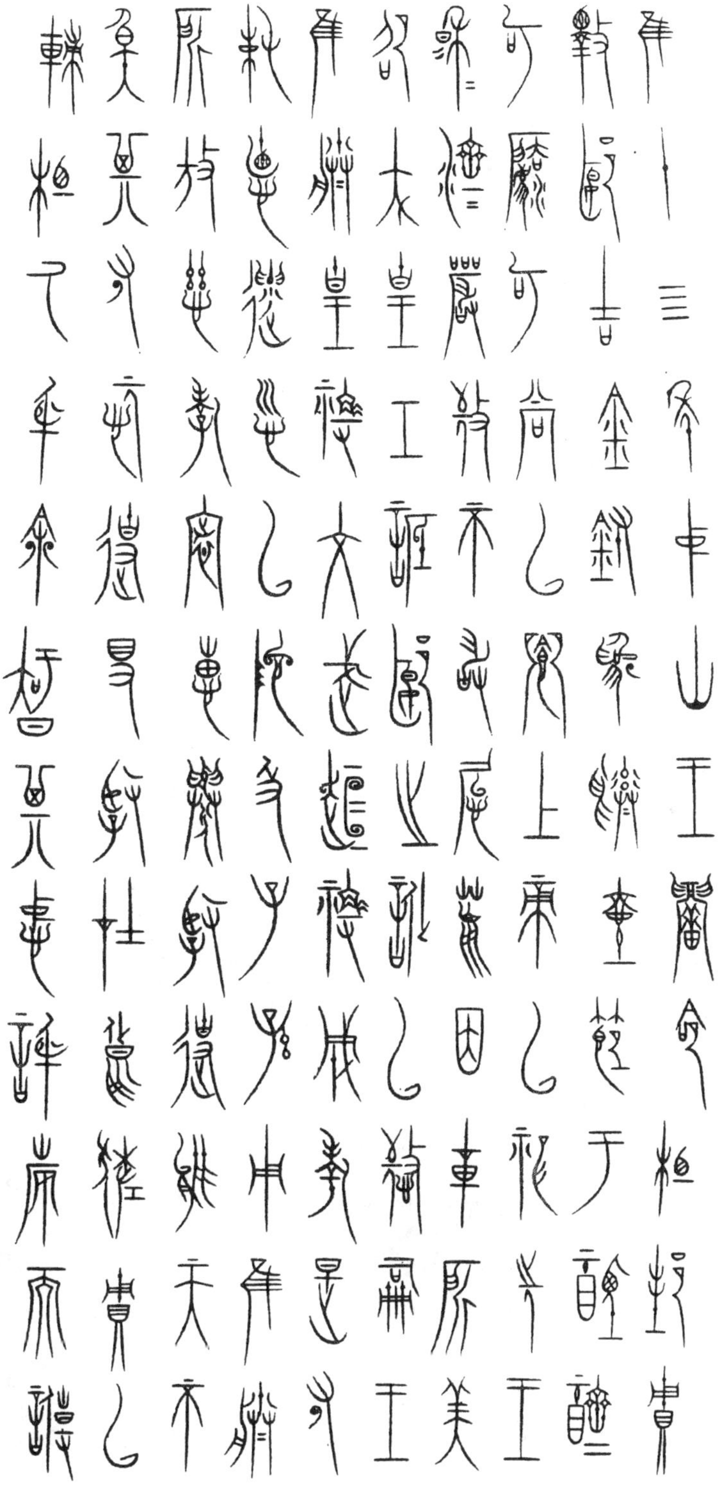

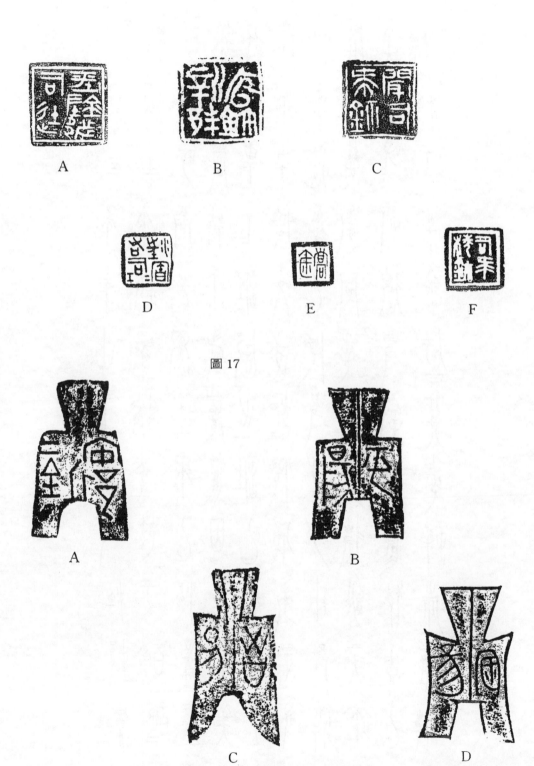

A　　　　　B　　　　　C

D　　　　　E　　　　　F

圖 17

A　　　　　　　　　　B

C

D

圖 18

圖 19

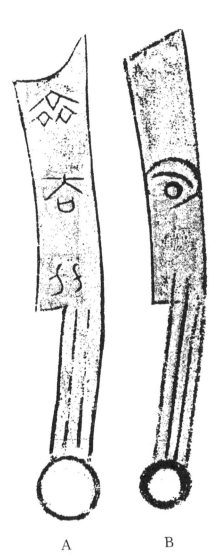

A　　　　B

C

左　　　　右

D

E

圖20

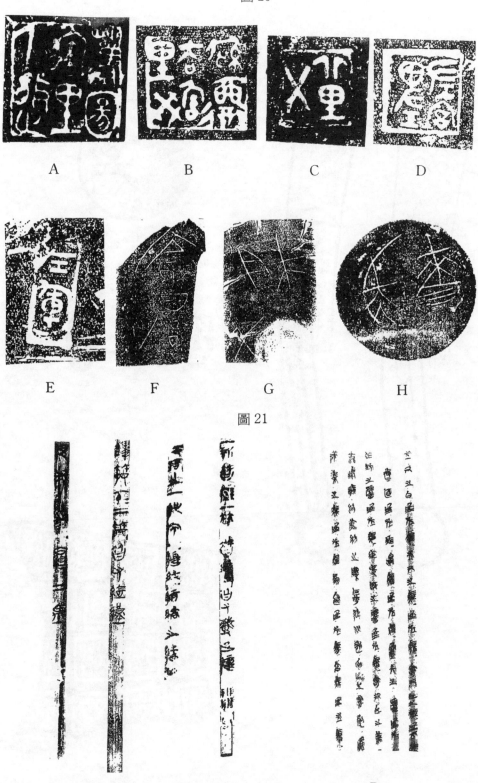

圖21

圖 22

圖 23　　　　　　　　　　　　　圖 24

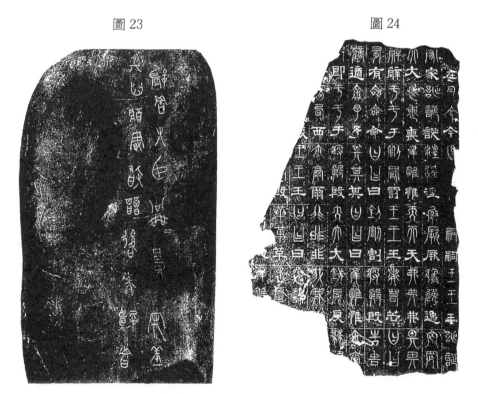

圖 25

圖 26

圖 27

圖 28

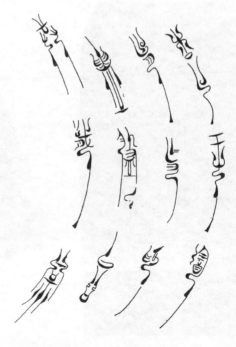

圖 29

圖 30

A

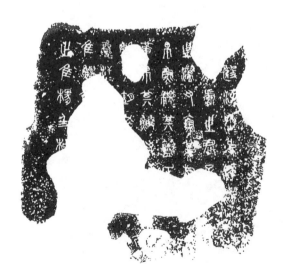

B

圖 31

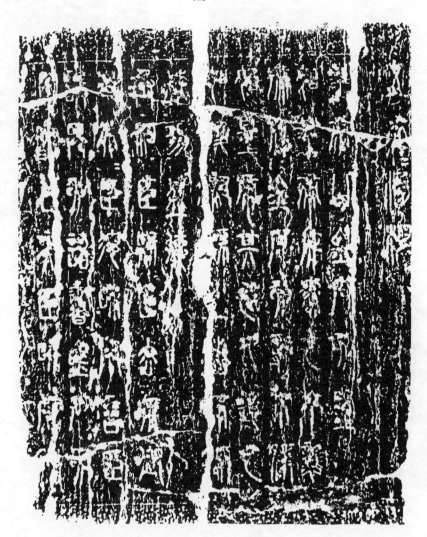

圖 33

圖 32

圖 34

圖 36

A

圖 35

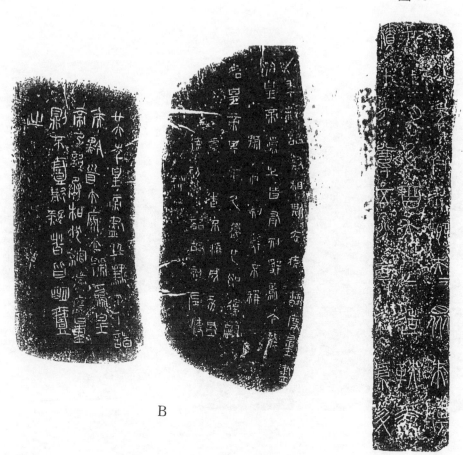

B

圖 38

A

B

圖 37

C

D

E

F

G

H

圖 39

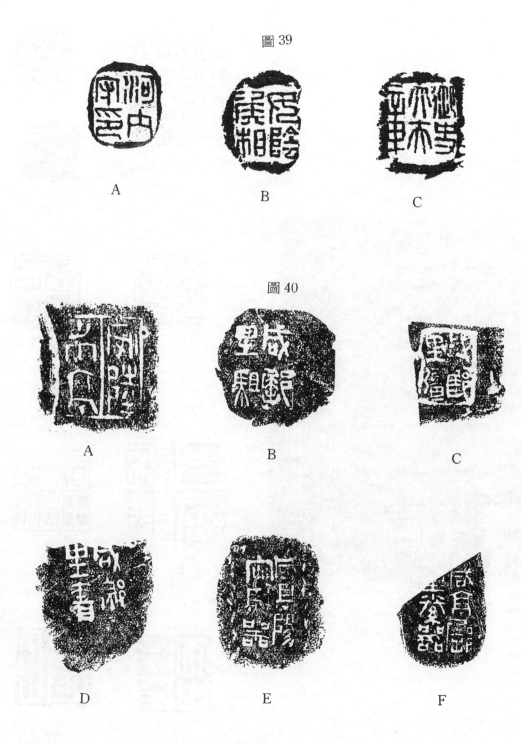

A                   B                   C

圖 40

A                   B                   C

D                   E                   F

圖 42

圖 41

圖 43

 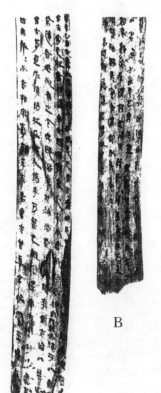

B

A

圖 44

 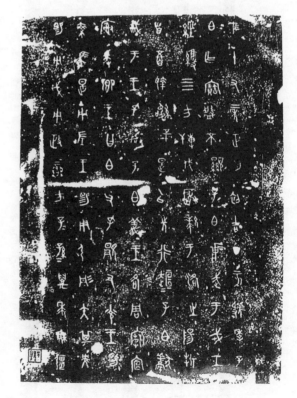

圖 45

圖 46

A

B

圖 47

A

B

C

D

圖 48

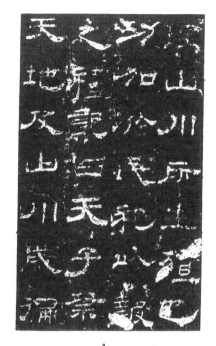

A

C

B

D

圖 49

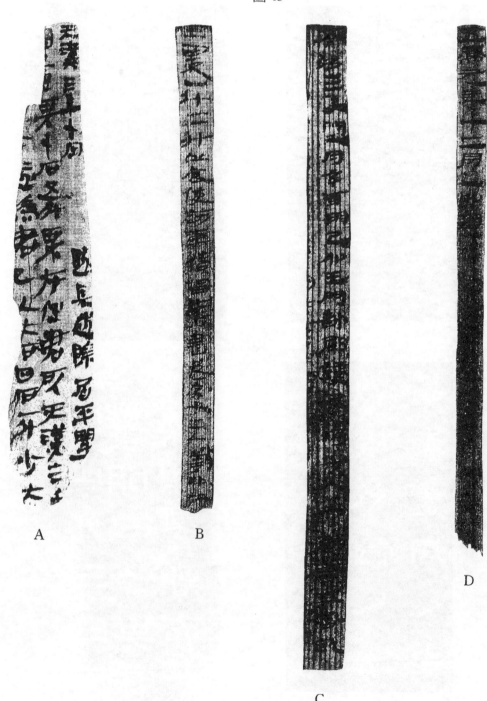

A  B  C  D

圖 50

A    B         C              D

圖 51

圖 52

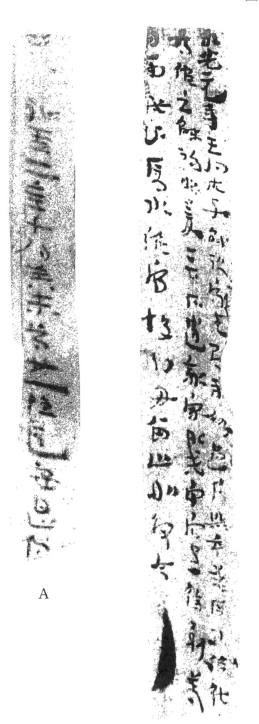

A

B

C

D

圖 53

圖 54

圖 55

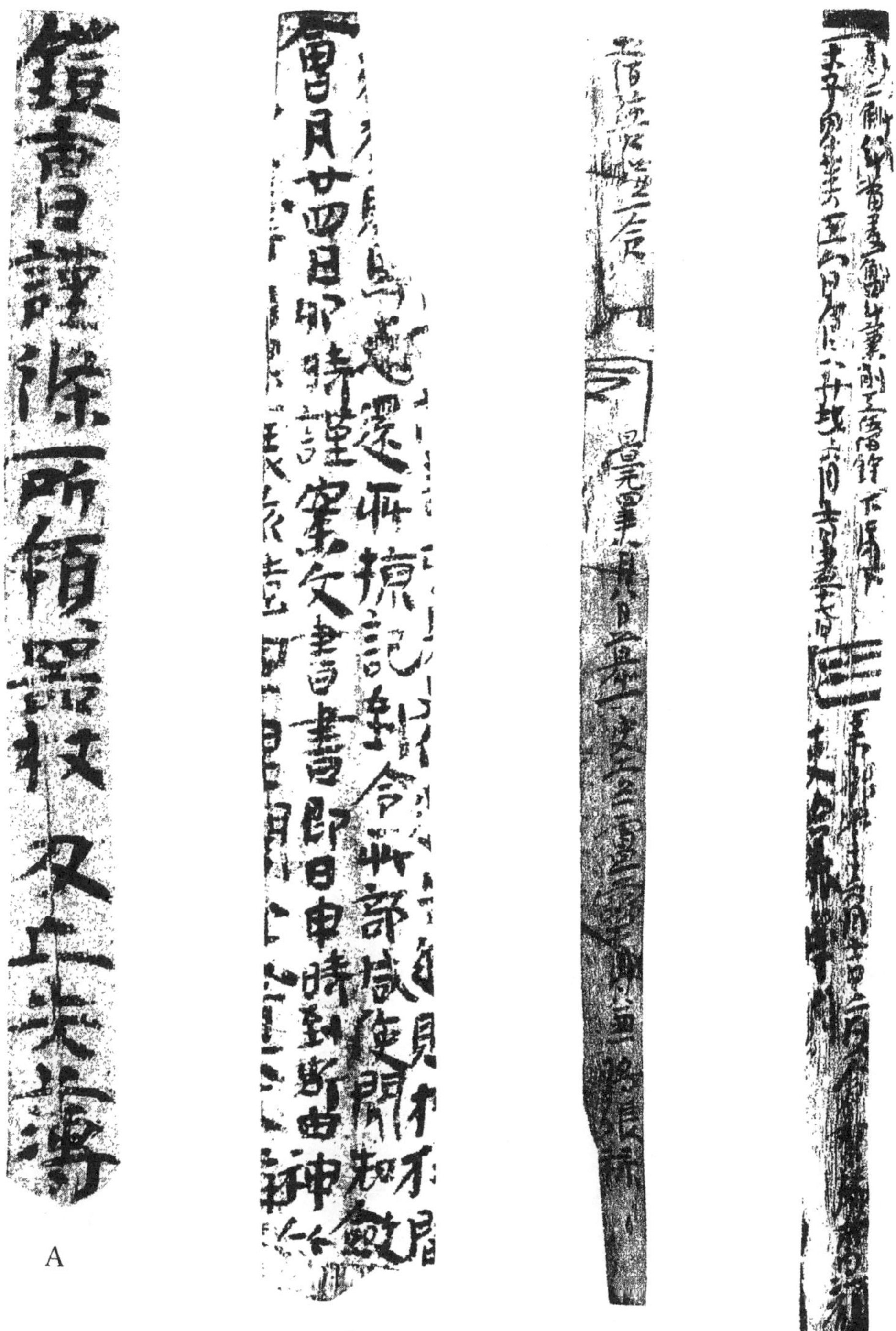

A

B

C

D

圖 56

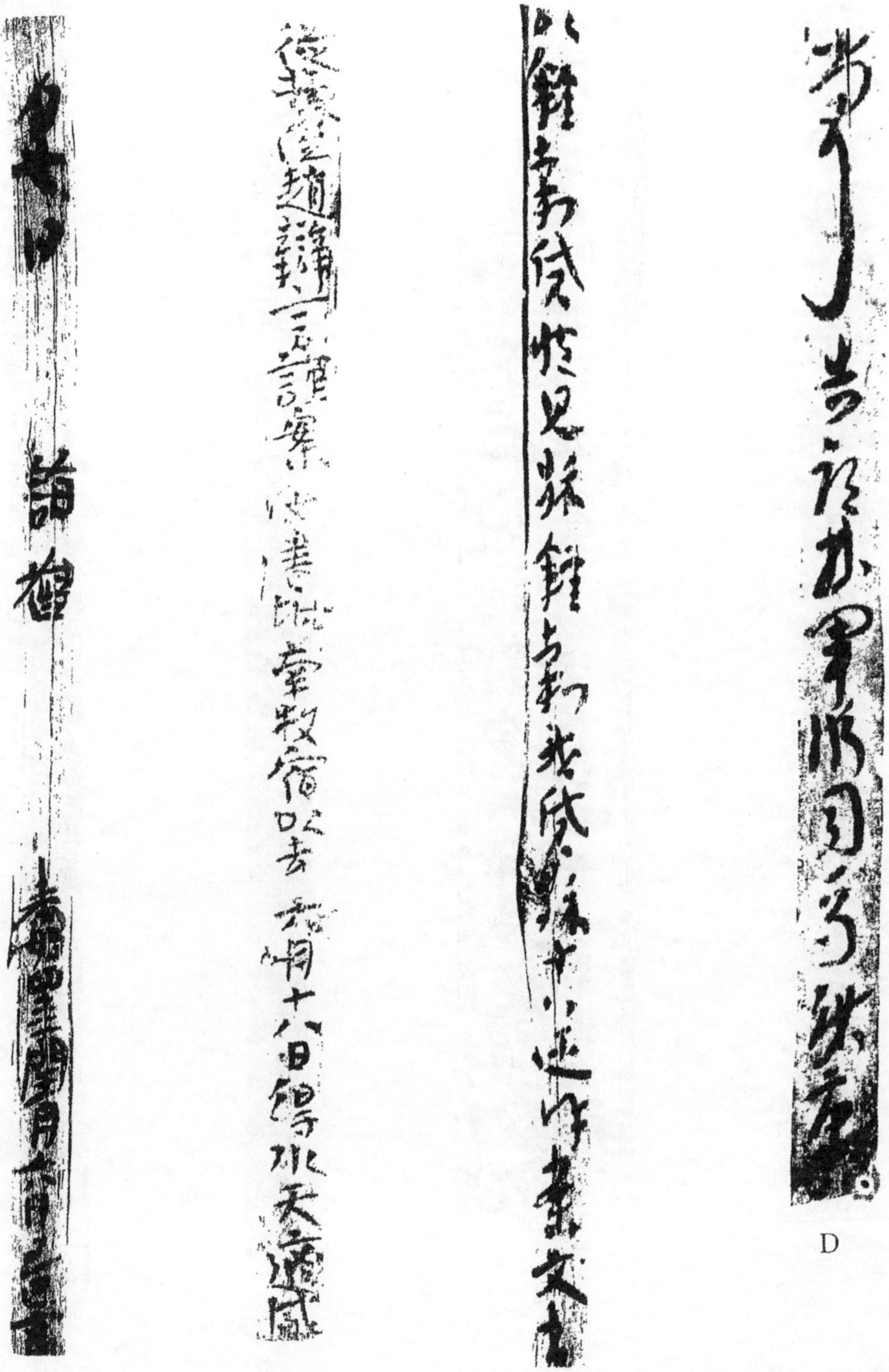

A    B    C    D

圖 57

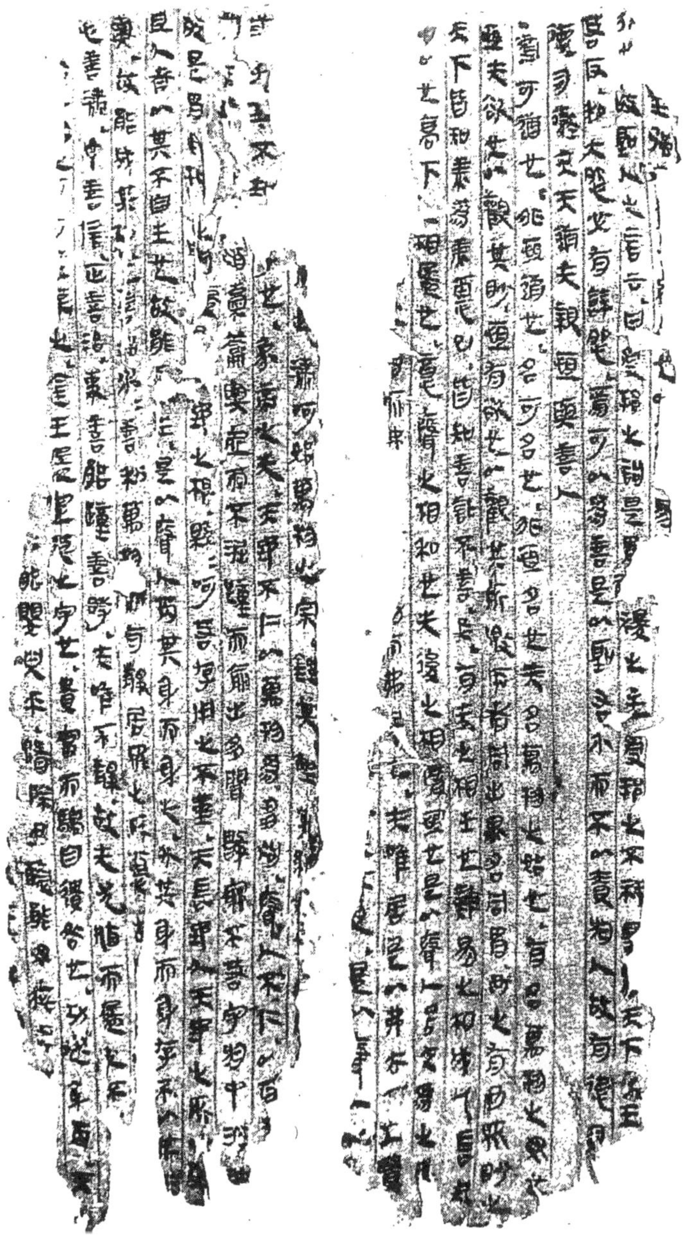

圖 58

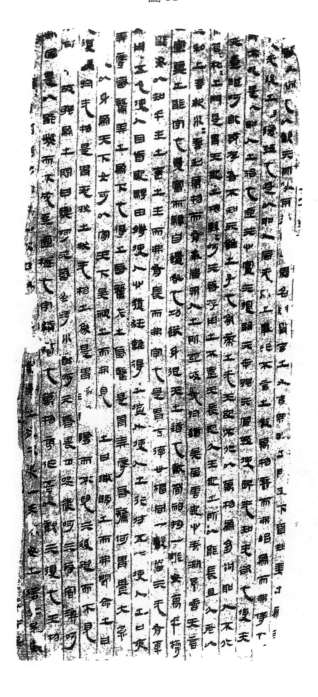

圖 59

A

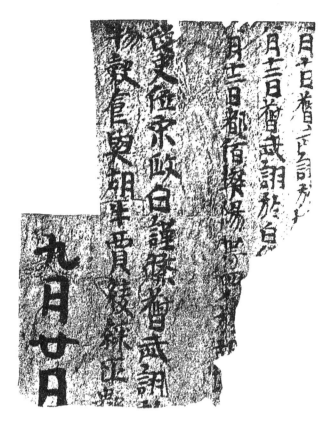

B

圖 60

C

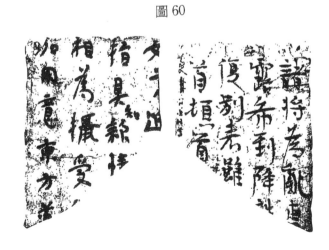

圖 61

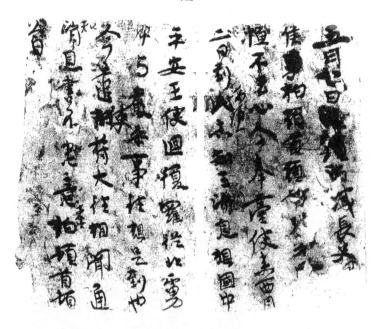

圖 62

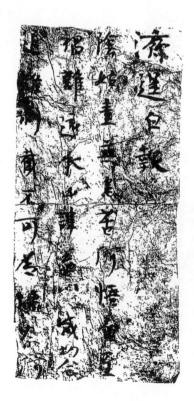

A                                B

圖 63

圖 64

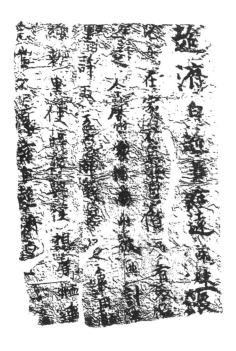

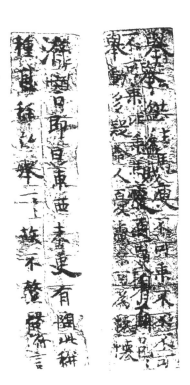

圖 65

A           B           C

圖 66

圖 69

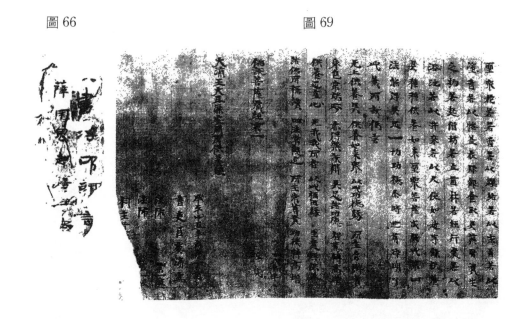

圖 67

圖 68

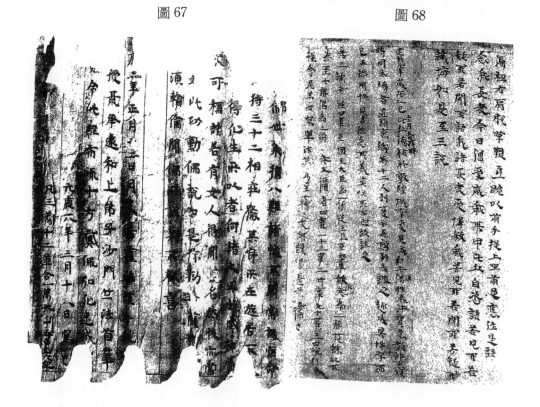

圖 70

A

B

圖 71

A

B

C

圖72

A

圖73

B

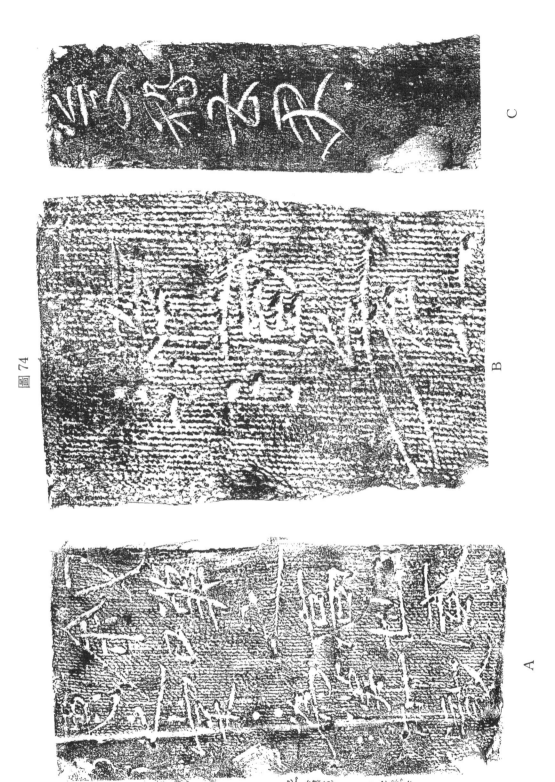

圖 74

圖 75　　　　　圖 76 　　　　　　　圖 77

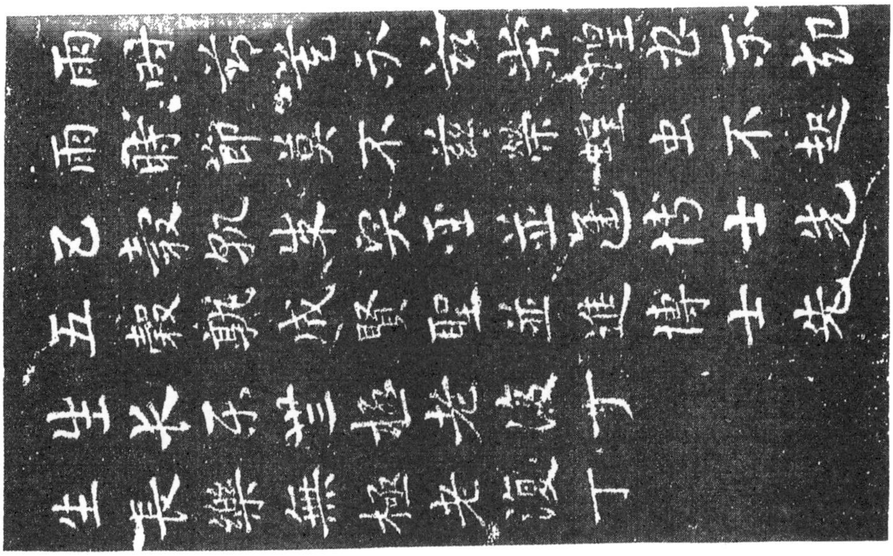

圖78

B

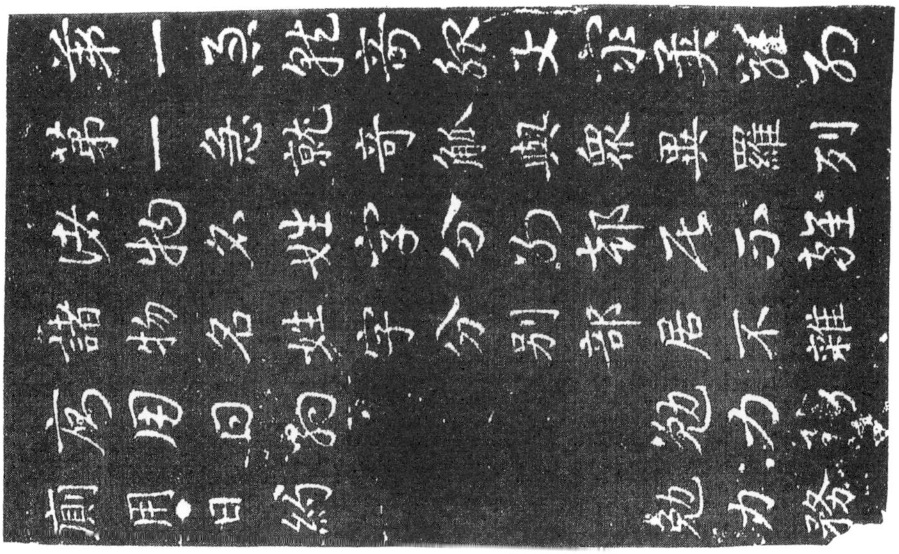

A

圖 79

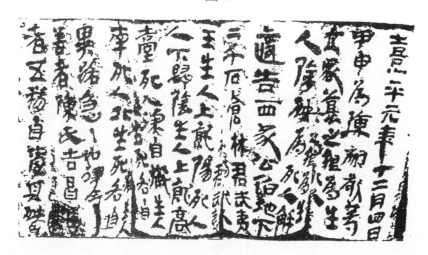

圖 80

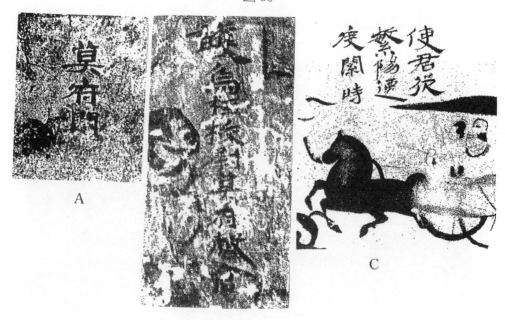

A

B

C

圖84

圖82

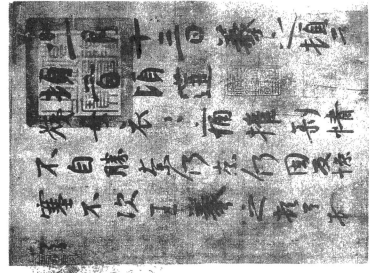

圖81

圖 83

A　　　　　　　　　　B

圖 87

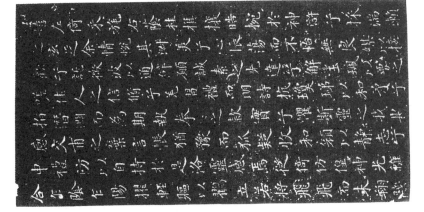

圖 86

圖 85

圖 88

圖 89

圖 90

圖 91

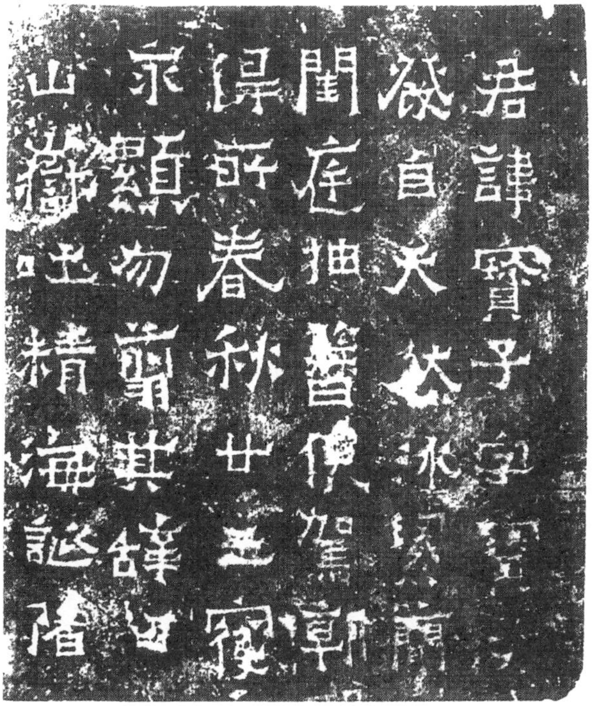

圖 92

圖 93

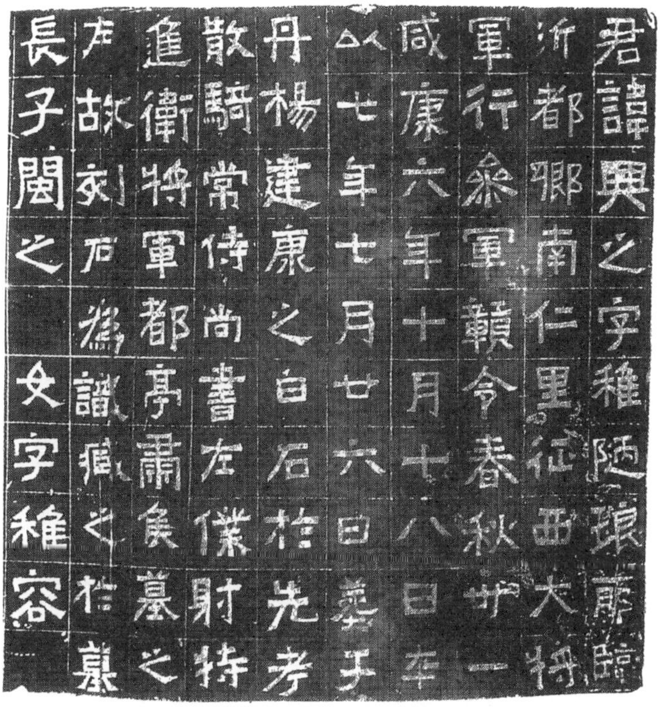

圖 94

圖 95

圖 96

圖 97

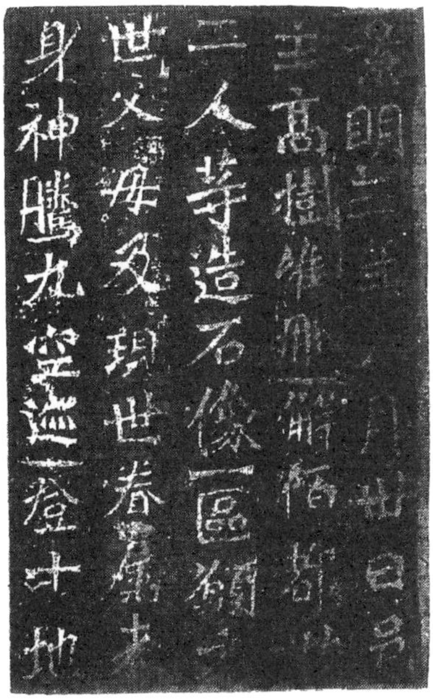

世父母又現世春秋末
三人等造石像一區頌
主高樹維那一□佰卿
梁明已共月出日月
身神騰九空道一登十
地

圖 98

大夫張光春秋嘉
其將緒漢初趙景
公詠其深家光神
□興是賴晉

圖 99

忠武體一于情義均奧是
丁魯攉旌推毅出蕃入輔
鞞飛騰九軌絹是謳歌明
櫻如鄡裘偈曲晉乞鷁西

圖 100

梁故侍中中軍將
軍開府儀同三司
南康蘭王之神道

圖 101

圖 102

圖 103

圖 104

圖 105

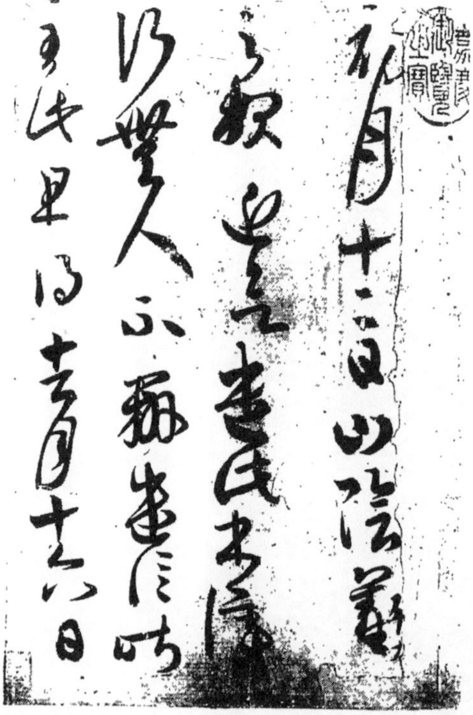

圖 106

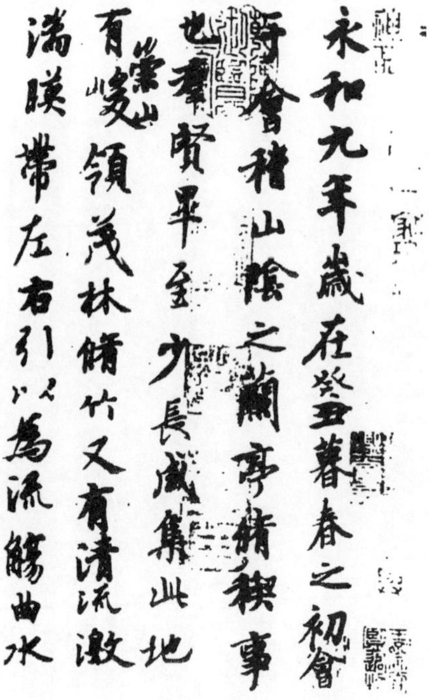

圖 107

文獻研究叢書・出土文獻譯注研析叢刊 0902004

# 文字學概要

作　　者　裘錫圭
校　　訂　許錟輝
責任編輯　吳家嘉

發 行 人　林慶彰
總 經 理　梁錦興
總 編 輯　張晏瑞
編 輯 所　萬卷樓圖書股份有限公司
　地址　臺北市羅斯福路二段 41 號 6 樓之 3
　電話　(02)23216565
　傳真　(02)23218698

發　　行　萬卷樓圖書股份有限公司
　地址　臺北市羅斯福路二段 41 號 6 樓之 3
　電話　(02)23216565
　傳真　(02)23218698
　電郵　SERVICE@WANJUAN.COM.TW
香港經銷　香港聯合書刊物流有限公司
　電話　(852)21502100
　傳真　(852)23560735

ISBN 978-957-739-129-2
2020 年 9 月再版二十刷
1995 年 4 月再版一刷
定價：新臺幣 500 元

如何購買本書：

1. 劃撥購書，請透過以下郵政劃撥帳號：
　帳號：15624015
　戶名：萬卷樓圖書股份有限公司
2. 轉帳購書，請透過以下帳戶
　合作金庫銀行 古亭分行
　戶名：萬卷樓圖書股份有限公司
　帳號：0877717092596
3. 網路購書，請透過萬卷樓網站
　網址 WWW.WANJUAN.COM.TW
大量購書，請直接聯繫我們，將有專人為
您服務。客服：(02)23216565 分機 610

如有缺頁、破損或裝訂錯誤，請寄回更換

國家圖書館出版品預行編目資料

文字學概要 ／ 裘錫圭著.
　-- 再版.-- 臺北市：萬卷樓, 民國 84
　面；　公分.--(語文類叢書；7)
ISBN 978-957-739-129-2(平裝)
1.中國語言-文字
802.2　　　　　　　　　84001906